# A fuga

# Jennifer Weiner

# A fuga

tradução
Alexandre Boide

HARLEQUIN
Rio de Janeiro, 2024

Copyright © 2023 by Jennifer Weiner. Todos os direitos reservados.
Copyright da tradução © Alexandre Boide por Editora HR LTDA.
Todos os direitos reservados.

Título original: *The Breakaway*

Todos os direitos desta publicação são reservados à Casa dos Livros Editora
LTDA. Nenhuma parte desta obra pode ser apropriada e estocada em sistema
de banco de dados ou processo similar, em qualquer forma ou meio, seja eletrô-
nico, de fotocópia, gravação etc., sem a permissão dos detentores do copyright.

| | |
|---|---|
| COPIDESQUE | Gabriela Araújo |
| REVISÃO | Suelen Lopes e Mariana Gomes |
| ILUSTRAÇÃO DE CAPA | Bron Payne/Always Brainstorming 2020 |
| DESIGN DE CAPA | Siobhan Hooper – LBBG |
| ADAPTAÇÃO DE CAPA | Beatriz Cardeal |
| DIAGRAMAÇÃO | Abreu's System |

Dados Internacionais de Catalogação na Publicação (CIP)
(Câmara Brasileira do Livro, SP, Brasil)

Weiner, Jennifer
    A fuga / Jennifer Weiner ; tradução Alexandre Boide. – 1. ed. –
Rio de Janeiro : Harlequin, 2024.

    Tradução de: The breakaway
    ISBN 978-65-5970-403-3

    1. Romance americano. I. Boide, Alexandre.
II. Título.

24-91342                                        CDD: 813

Índice para catálogo sistemático:
1. Romance americano    813
Bibliotecária responsável: Meri Gleice Rodrigues de Souza – Bibliotecária – CRB-7/6439

Harlequin é uma marca licenciada à Editora HR Ltda. Todos os direitos reservados à Editora HR LTDA.

Rua da Quitanda, 86, sala 601A – Centro,
Rio de Janeiro/RJ – CEP 20091-005
Tel.: (21) 3175-1030
www.harpercollins.com.br

*Para Tim Carey e todos os membros e organizadores
do Clube de Ciclistas da Filadélfia*

Não desejo que [as mulheres] tenham poder sobre os homens, mas sobre si mesmas.

— Mary Wollstonecraft,
*Reivindicação dos direitos da mulher*


A vida é como andar de bicicleta. Para manter o equilíbrio é preciso se manter em movimento.

— Albert Einstein

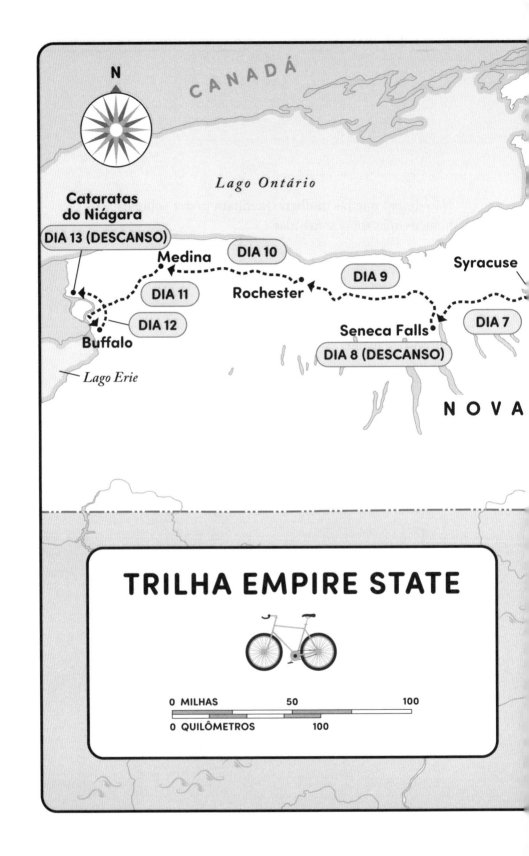

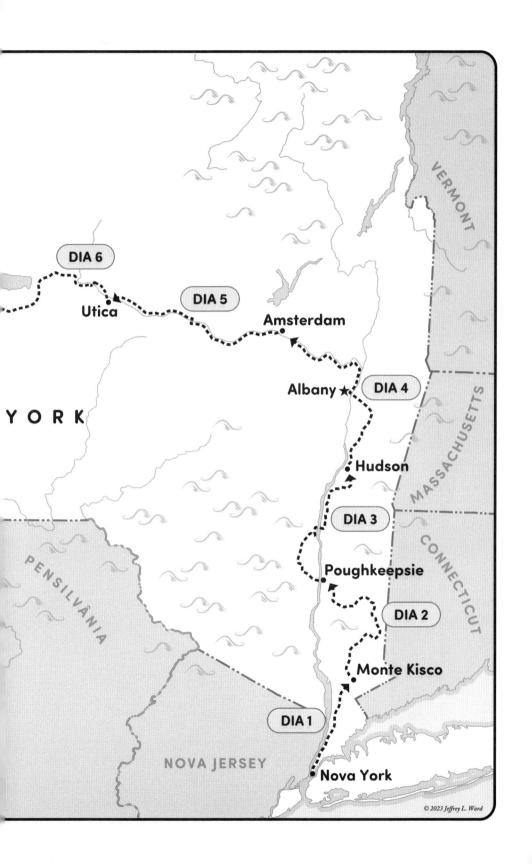

# Abby

**1996**

— Pronta?

Não, ela não estava pronta. Só que tanto a irmã como o irmão haviam aprendido a andar de bicicleta antes dos 6 anos, e faltavam poucas semanas para o aniversário de 7 anos de Abby. O pai tinha passado vinte minutos tirando as rodinhas de apoio, e ela sabia que precisava tentar.

— Certo, vou ficar segurando o banquinho até você se equilibrar, e depois eu solto.

Ela assentiu sem se mover um milímetro sequer no selim da bicicleta. Se quisesse tirar os pés dos pedais, conseguiria encostar no chão com a pontinha dos dedos. Mesmo assim, sentia como se estivesse no espaço sideral, o chão a milhares de quilômetros de distância; parecia que, se perdesse o equilíbrio, seria uma queda mortal.

— Muito bem. Aqui vamos nós.

Abby sentiu a mão do pai na parte detrás do assento, estabilizando a bicicleta, então ela fez força com a perna direita. Os pedais se moveram. As rodas giraram.

— Muito bem! Pedale, pedale, pedale! Você consegue! — gritou o pai.

E então ele não estava mais lá. Restou apenas Abby, sozinha na bicicleta... e não estava caindo. Ela se segurou ao guidão, sem prestar atenção à qual direção a bicicleta ia, e pedalou, pedalou, pedalou, mantendo-se em equilíbrio, sentindo o vento frio no rosto, que jogava seu cabelo para trás, e foi pegando velocidade, bambeando só um pouquinho, mas *não estava caindo*. Estava andando de bicicleta.

Era como flutuar. Como voar. Era como se estivesse longe de tudo que pudesse lhe fazer mal. Os silêncios gélidos entre os pais. A insistência da mãe em pôr cenouras e pimentões em seu prato, e no de mais ninguém, na hora de jantar. O fato de ter sido chamada de Menina Gelatina por Dylan McVay na escola, e então todos os meninos terem começado a fazer a mesma coisa.

— Abby! Pare! Dê a volta! Não vá para a rua movimentada! — gritava o pai, correndo atrás dela, com a voz ficando mais distante a cada giro dos pedais.

Só que Abby não estava caindo, e sim pedalando uma bicicleta que poderia levá-la a qualquer lugar. Ela estava livre.

# Abby

**Nova York**
**Abril de 2021**

— Eu vou me *casar*! — gritou Kara bem no ouvido de Abby. As palavras tinham um aroma de tequila, e Kara segurou as mãos de Abby com força.

— Estou tão *feliz*! Você está feliz por mim?

— Lógico que estou — confirmou Abby, ajudando a amiga a se esquivar de um buraco na calçada. — Se você está feliz, eu também estou.

— EU ESTOU, SIM! — berrou Kara para a noite do Brooklyn. — Estou MUITO feliz!

— Vamos tentar ficar felizes sem fazer tanto estardalhaço — sugeriu Abby.

Marissa, que também era parte da comitiva da noiva, cambaleou até elas e passou o braço em volta do pescoço de Abby. No começo da noite, Marissa tinha providenciado para todas uma echarpe de plumas cor-de-rosa, e a dela estava começando a se desfazer. Abby viu penas flutuando pelo ar e caindo na calçada com suavidade.

— Você é a próxima — disse Marissa, cutucando o peito de Abby com o dedo indicador. — Você e Mark.

— Mark e eu saímos um total de duas vezes — respondeu Abby, achando graça.

— Não importa — retrucou Marissa, olhando bem nos olhos de Abby. — Ele te ama. É apaixonado por você desde os 13 anos. Isso dá...

Marissa cambaleou até estacar no lugar, franzindo o nariz bonitinho, embriagada, sem conseguir andar de salto alto e fazer contas ao mesmo tempo.

— Dezoito anos — completou Abby, que não estava exatamente sóbria, mas nem chegava perto do estado das amigas. — Mas voltamos à vida um do outro faz pouquíssimo tempo.

— Não importa. — Marissa fez um gesto de displicência com a mão. — Ele te *ama*.

Abby observou o restante da comitiva. Havia as amigas de faculdade de Kara: uma advogada especializada em fundos fiduciários e espólios, uma especialista em estratégias de comunicação de crise, uma bancária que morava em São Francisco. Algumas amigas do acampamento de verão: Marissa, que morava em um distrito residencial nos arredores de Chicago com o marido e as duas filhas pequenas; Hannah, que trabalhava como assistente em um consultório médico; e Chelsea, uma produtora de rádio em Portland, no Oregon. E então tinha Abby, funcionária de uma creche canina chamada Vem, Doguinho, que fazia bicos passeando com cachorros e de vez em quando como motorista de Uber, e também havia começado e largado dois programas de mestrado, um em educação infantil e outro em biblioteconomia.

Abby estava acostumada a ser a mais gorda do grupo, mas tinha chegado ao ponto em que, além disso, também era a menos bem-sucedida no quesito profissional. Era uma situação que não a deixava nada feliz.

Enquanto Kara cambaleava e Marissa dava risadinhas, Abby percebeu que tinha duas opções: ou parava de beber até se sentir menos sentimental, ou continuava até se esquecer de todos os problemas. Ela ajustou a echarpe, ajeitando-a sobre a gola em V da camiseta preta com a palavra MADRINHA estampada em strass, e seguiu o restante do grupo até um mercadinho. Passaram pelo caixa e o atendente indiferente, por um corredor dominado por pacotes de macarrão instantâneo, biscoitos de água e sal, chocolates, caixas de esponjas de aço e garrafas de desinfetante, e saíram pela porta dos fundos. A noite delas começara seis horas antes, com um jantar e drinques no restaurante Nobu. Depois, mais bebidas em um restaurante com música ao vivo, uma casa noturna em Manhattan e um bar em Park Slope. Abby torcia para que aquela fosse a última parada da noite. *Estou velha demais para essas coisas*, pensou, enquanto Marissa as conduzia por um beco cheio de caçambas de lixo, parando vez ou outra para olhar o celular.

— Tem certeza de que é aqui mesmo? — perguntou alguém.

Marissa se deteve diante de uma porta suja de metal e bateu três vezes. Quando uma frestinha se abriu na pequena janela no centro da porta, ela disse uma senha e pediu a identidade e o comprovante de vacinação das demais. Quando os documentos foram conferidos, a porta se abriu, e Abby seguiu as amigas até o interior daquele lugar escuro, lotado e pulsante. A música era atordoante, uma batida tão alta que Abby sentia a vibração até nas obturações dos dentes. Garotas de body e shortinho tinham bandejas com doses de destilado penduradas no pescoço e abriam caminho pela multidão, girando o corpo feito contorcionistas para servir os clientes nos sofás. A pista estava abarrotada de gente dançando e cantando aos berros.

Abby movia os braços para cima com as outras madrinhas, dançando toda alegre e cantando um remix de "Believe", da Cher, quando viu um cara em um canto, olhando para ela. Ele usava calça jeans escura e camiseta, tinha o cabelo castanho grosso caindo sobre a testa, na medida certa, e a pele clara parecia quase luminosa sob as luzes da casa noturna.

Abby se virou de costas. Continuou dançando, mas seu olhar sempre acabava se voltando para ele, assimilando um novo detalhe por vez: os lábios grossos, as sobrancelhas cheias e retas. Ela sabia que estava demonstrando um interesse excessivo, mas se permitiu fazer aquilo. Era como olhar um vestido Neiman-Marcus de dois mil dólares no site: ela podia admirar à vontade, desde que soubesse que jamais poderia levá-lo para casa. E sua casa ficava a mais de cento e cinquenta quilômetros dali, o que tornava mínima a chance de encontrar aquele bonitão passeando com o cachorro ou tomando um café. Abby poderia olhar o quanto quisesse.

Só que, por mais estranho que parecesse, sua impressão era a de que ele estava retribuindo os olhares. E sorrindo para ela.

Abby só observou enquanto ele se afastava da parede e se aproximava, atravessando a multidão dançante, até se posicionar bem diante dela.

— Madrinha? — Abby leu os lábios do cara para entender a pergunta, e ele apontou para a camiseta dela.

Abby confirmou com a cabeça, e ele chegou mais perto, dizendo algo que ela supôs ser o nome dele. Sentiu o calor do hálito do homem no próprio pescoço, e o cheiro dele era maravilhoso: almiscarado, picante e doce.

Abby gritou o próprio nome, que era o máximo de comunicação permitida pela música; o que era bom, porque a pergunta seguinte provavelmente seria "De onde você é?", e em algum momento ele soltaria: "Você trabalha com o quê?", e ela teria que escolher entre mentir ou se embananar toda para elencar os bicos que pegava para pagar as contas. Era um tanto vergonhoso chegar àquela idade, depois de começar e desistir de tantas coisas, sem estar nem perto de descobrir o que fazer com sua bagunçada e preciosa vida. Ela tentou se lembrar de que aquela indecisão, apesar de não ser bem vista, na verdade não fazia mal a nada nem a ninguém.

De alguma forma, os dois acabaram se afastando do restante das madrinhas e começaram a dançar como um casal (Marissa, a única integrante da comitiva da noiva que reparara naquilo, fez um joinha entusiasmado com a mão, e Abby torceu para o cara não ter percebido). Estavam tão próximos que ela conseguia sentir o calor do corpo dele. O cheiro era de dar água na boca. Abby teve vontade de colar os lábios aos dele e lamber a pele de seu pescoço. Após duas músicas, o cara começou a tocá-la: pegando sua mão, segurando-a pela cintura, o tempo todo sem deixar de olhá-la, com as sobrancelhas erguidas, esperando pelo consentimento. Abby sentia que ficava mais vermelha a cada toque dos dedos dele, e o ceticismo dela (*Eu? Eu e esse cara? Sério mesmo?*) era a única coisa que ia contra o próprio desejo.

Três músicas depois, ele a pegou pela mão e apontou com o queixo para o canto. Abby se deixou conduzir para as sombras, pensando: *pode fazer o que quiser comigo*. Sabia que era um comportamento que beirava o escandaloso, e também que o cara devia considerá-la aceitável para uns beijos e uma transa às duas da manhã em uma balada escura, com música alta e opções limitadas, depois de ter bebido sabia-se lá quantas doses, mas a acharia bem menos desejável quando estivesse sóbrio. E ainda havia Mark, na Filadélfia. Só tinham saído duas vezes depois de se reencontrarem, mas talvez Marissa estivesse certa. Talvez existisse potencial para algo mais sério com ele.

Abby sabia de tudo aquilo. Só que aquele cara era tão cheiroso e tinha as mãos tão quentes que a Filadélfia parecia mais distante do que nunca. Assim que chegaram ao canto escuro, Abby ficou na ponta dos pés, ele abaixou a cabeça, estendeu a mão para segurá-la pela nuca e aproximou a boca. O primeiro toque dos lábios dele foi suave, respeitoso e cuidadoso. Foi Abby quem aprofundou o beijo, enfiando só a ponta da língua na boca dele, estremecendo quando sentiu, mais do que ouviu, um grunhido.

Ele aproximou a boca do ouvido dela.

— Vamos lá para casa comigo.

Abby sentiu a pele esquentar enquanto aquelas palavras reverberavam pelo seu corpo. De imediato, confirmou com a cabeça. Fazia anos que não beijava um desconhecido em um bar, e quase nunca tinha ido para a casa de alguém de quem nem sabia o nome. Contudo, por algum motivo, daquela vez pareceu inevitável, como se fosse a única escolha possível.

Quando saíram da boate, ela sentiu o silêncio ressoar nos próprios ouvidos. Sem a multidão ao redor e o DJ servindo como distração, ele poderia vê-la de verdade. Abby ficou se sentindo constrangida e insegura.

— É Abby, certo? — perguntou ele, depois de usar o celular para chamar um carro de aplicativo. — Meu nome é Sebastian — acrescentou, poupando-a da vergonha de precisar perguntar e permitindo que ela admirasse sua voz tão ressonante e grave.

Ele tinha uma única marca de nascença, parecida com uma sarda escura, bem no meio do pescoço, e ela não conseguia parar de pensar em beijá-lo bem ali.

Antes de seguir com aqueles pensamentos, teve o bom senso de mandar uma mensagem para Marissa avisando que estava indo embora, e usou o celular para tirar uma foto da carteira de motorista dele e enviar para Lizzie, sua melhor amiga na Filadélfia.

— Se você me matar e me esquartejar, elas vão saber por onde começar a investigar — declarou Abby.

Sebastian revirou os olhos de leve.

— Se eu for matar e esquartejar você, não vou deixar as provas no meu apartamento.

— Pode acontecer — retrucou Abby, dando de ombros. — Alguns serial killers gostam de guardar troféus.

Ele a encarou por um momento. Abby esperou para ver se o comentário o tinha incomodado, mas ele apenas deu uma risada e balançou a cabeça.

— Pelo jeito, você é uma pessoa bem romântica.

— Segurança em primeiro lugar — contrapôs Abby.

Ela colocou as mãos nos ombros dele, puxando-o para mais perto, e ficou na ponta dos pés para beijá-lo.

Os dois ficaram se beijando na rua enquanto esperavam, continuaram no banco traseiro do Uber, e mal pararam quando o carro estacionou na frente do endereço indicado. Sebastian a pegou pela mão e a conduziu pelos três degraus que levavam ao apartamento dele. Abby teve um breve vislumbre de uma cozinha pequena, um corredor curto e uma bicicleta que parecia toda sofisticada pendurada na parede. No fim do corredor, havia um quarto tão pequeno que a cama *queen-size* preenchia todo o espaço. Sobre a cama havia apenas um edredom fino (preto de um lado, cinza do outro) e quatro travesseiros com fronhas brancas encostados na parede.

Abby se jogou na cama, dando risadinhas, ainda quase sem conseguir acreditar que aquilo estava acontecendo, que tinha topado ir até lá. Sebastian acendeu algumas velas no parapeito da janela e se deitou de lado, virado para ela. Quando passou a mão pelas costas da camiseta dela, a mente de Abby se esvaziou. Ele a pressionou nos travesseiros e a beijou por um bom tempo, inebriante, lambendo os lábios dela, sugando a língua e mordiscando o pescoço enquanto acariciava seu rosto e passava os dedos por seu cabelo. O cheiro dele era incrível. Ela sentiu a maciez daquele cabelo enquanto o acariciava e depois puxava. A voz grave soou tão deliciosa quanto ela havia imaginado quando ele grunhiu e murmurou elogios com a boca colada em sua pele, e aquele corpo lhe provocava uma sensação inacreditável e absurda de tão prazerosa.

Quando não conseguiu aguentar mais, ela o ajudou a tirar a camisa, passou as mãos nos ombros e no peito dele, admirando-o à luz das velas. Então perguntou "Posso?" e esperou pela permissão para desabotoar a calça dele e ajudá-lo a tirá-la, até o homem ficar apenas com uma cueca boxer cinza com o tecido esticado, e Abby só de calcinha. Ela pensou que ele fosse arrancar a roupa íntima, e talvez a dela também. Em vez disso, ele colou o corpo ao dela outra vez, segurou seus pulsos com uma só mão e elevou-os acima da cabeça de Abby, fazendo um ruído parecido com um rosnado em seu pescoço.

— Meu Deus — sussurrou Abby, vermelha e trêmula, tão excitada que o latejar entre suas pernas quase chegava a doer. Ela ergueu o quadril, tentando se esfregar nele, mas todas as vezes que tentava apressar as coisas, estender o braço e tocá-lo, tentar tirar o que restava das roupas dos dois, ele a segurava pelos pulsos de novo. Gentilmente, mas deixando claro quem estava no comando. — Por favor. — Abby gemeu, se remexendo, pressionando o corpo no dele sem o menor pudor. — Meu Deus, por favor, por favor…

Ela não havia ido para a cama com muita gente, e em geral era difícil conseguir desligar os pensamentos durante o sexo. Abby era curvilínea. "Rubenesca", para quem gostava de eufemismo; "obesa", para profissionais de saúde; ou "gorda", como ela se definia; uma palavra que precisou forçar a si mesma a usar por consecutivas vezes, até que toda a dor provocada pelo termo fosse amortecida e ouvir aquilo deixasse de parecer um tapa na cara. Abby era uma mulher gentil, calorosa e agradável. Era forte e saudável, não importava o que dissessem aquelas tabelas estúpidas de IMC. E, com o mundo no estado em que estava, ela sabia que havia coisas mais importantes a serem mudadas do que seu corpo. Mesmo assim…

Na faculdade, houve um cara chamado Chris, que com certeza não foi um namorado, nem mesmo uma amizade colorida. Nem sequer um amigo… só um cara a fim de transar com Abby. Chris ligava sempre depois da meia-noite para chamá-la ao quarto dele ou aparecia no quarto dela às duas da manhã e saía escondido do alojamento antes de amanhecer, para que ninguém nunca os visse juntos. Aquilo a marcara bastante. Na era pós-Chris, se Abby ia para a cama com alguém pela primeira vez, ficava o mais vestida possível. Mantinha-se debaixo das cobertas ou, melhor ainda, com algum travesseiro em cima da barriga, e preferia transar no escuro. Preocupava-se com o próprio cheiro, com os barulhos que fazia, com a reação que o outro teria ao tocar seu corpo, com a aparência. Era quase impossível para ela não pensar em tudo isso e ficar, como sua professora de ioga dizia, "presente no momento".

Só que naquela noite foi diferente. Talvez por causa da bebida, ou por estar em outra cidade, com alguém que nunca tinha visto, mas Abby estava fora de si de tanto desejo, e sua mente era uma tela em branco. Ela não estava pensando no volume da barriga, na celulite nas coxas, nem na maneira que seus seios ficavam diferentes depois de tirar o sutiã com bojo de arame. Só pensava no quanto queria que Sebastian a tocasse e, quando ele, por fim, enfiou o polegar sob o elástico de sua calcinha e a tocou, com maestria, exatamente onde ela precisava, o gemido que ela soltou foi tão alto que chegou a assustá-la.

— Shhh — murmurou ele com a boca colada em seu pescoço, enquanto a provocava e massageava com firmeza com o polegar, e então de leve, apenas circulando o clitóris, e em seguida desceu de novo para contornar os grandes lábios. — Linda.

Abby sentiu os olhos se encherem de lágrimas, mesmo erguendo os quadris da cama. *Linda.* Ela podia contar nos dedos quantas vezes um homem a havia feito se sentir bonita, ou delicada, ou querida, e não completava uma mão.

Sebastian tirou sua calcinha e apoiou as mãos quentes em suas pernas; em seguida, apoiou a cabeça na parte interna de sua coxa direita e respirou bem fundo, sem hesitar. Quando sentiu o primeiro toque da língua dele, Abby ficou sem palavras, e quando Sebastian enfiou os dedos nela, ficou sem fôlego.

— Você faz tão gostoso — murmurou ela, suspirando, e sentiu, além de ter ouvido, o gemido dele em resposta.

Abby deixou de se preocupar com o próprio gosto, com quanto tempo estava demorando para gozar ou com o que quer que fosse, porque ele parecia estar curtindo muito o momento. Ele a fez gozar daquela forma, pegou uma camisinha em algum lugar e a colocou, ajoelhando-se diante dela, parecendo quase irreal à luz das velas, como se tivesse sido entalhado, em vez de um ser humano comum.

Abby estendeu os braços, e ele a penetrou com uma única estocada que a fez perder o fôlego outra vez. Sebastian se mexia em um ritmo lento e quase agonizante, e por longos momentos eles se moveram juntos, arfando e se beijando. Abby tentou estimulá-lo a fazer com mais força, ou mais depressa, mas Sebastian se recusava a se apressar, não importava o que ela fizesse, ou quanto implorasse. Quando Abby começava a remexer os quadris para se esfregar nele, Sebastian recuava até quase sair de dentro dela, esperando até que parasse de se mover, e então recomeçava.

Ela sentia o suor se acumulando nas próprias têmporas. Envolveu a cintura dele com as pernas, abraçou-o e, enfim, conseguiu sentir que ele estava perdendo o controle. Sebastian passou a mover os quadris com força, e ela erguia os próprios para receber as estocadas. Seus corpos se chocavam; ele estava grunhindo e Abby, gemendo, pensando que nunca tinha sido tão bom daquela forma, de um jeito que ela jamais imaginava. O segundo orgasmo a dominou quando ela estava deitada de costas, o que raramente acontecia em uma transa, e então ele os fez mudar de posição, colocando-a por cima, segurando seus seios, os olhos bem abertos e a respiração acelerada. Ela lembrou que o próprio gosto estava no rosto, nos lábios e nas mãos dele quando Sebastian a puxou para um beijo. Eles terminaram naquela posição e desabaram, suados e sem fôlego, nos travesseiros. Sebastian passou o braço sobre os ombros dela, puxando-a para mais perto. Ela apoiou a cabeça no peito dele.

— Uau — murmurou ele.

— Hmmm — concordou Abby.

Ela estava confiante de que em breve reaprenderia a falar, mas, naquele momento, só conseguia emitir aqueles sons. Sebastian tirou a camisinha e puxou Abby para si, então pegou o edredom e o colocou sobre os dois, com a suavidade de um suspiro. Abby soltou outro gemido de contentamento, e os dois pegaram no sono.

Ainda estava escuro quando Abby acordou. Estava deitada de barriga para cima, com Sebastian agarrado a ela. Eles se viraram um para o outro sem dizer nada, com as bocas se encontrando e as mãos passeando pelo corpo. A segunda vez foi mais lenta, carinhosa, cheia de murmúrios agradáveis e carícias suaves, com ternura, até. Quando Sebastian afastava o cabelo dela do rosto, quando se posicionava para beijá-la no rosto ou na testa, ou murmurava "Querida" com a boca colada em seu pescoço, ela se sentia mais próxima dele do que de qualquer outro dos quatro caras com quem havia ido para a cama.

Depois que gozaram, eles desabaram de novo nos travesseiros. E então, quando Abby pensou que as coisas não tinham como melhorar, que havia chegado ao auge da experiência sexual, e talvez até da própria vida, Sebastian perguntou:

— Está com fome?

*É uma pergunta capciosa*, pensou Abby. Assim como no sexo, era difícil para ela comer na frente de um homem da forma e na quantidade que gostaria, mas, na cama de Sebastian, a combinação do álcool com as endorfinas pós-orgasmos que corria em seu sangue eliminou qualquer resquício de inibição.

— *Morrendo* de fome — respondeu ela, enfática, antes de se dar conta do que estava fazendo.

Sebastian pareceu gostar da resposta. Levantou-se e foi andando sem roupa até a cozinha.

— Pode ficar aí mesmo — declarou ele. — Eu já volto.

Abby se aninhou no edredom, que não era nem pesado nem leve demais e tinha cheiro de amaciante e do perfume levemente picante de Sebastian.

A cama não tinha cabeceira, mas no colchão havia um lençol de cobrir e um de elástico por baixo, além dos quatro travesseiros. *Ponto para ele*, pensou Abby, e começou a rearrumar os travesseiros da forma como os usava, um atrás da cabeça, dois em paralelo à beirada da cama para formar uma barreira entre o próprio corpo e o chão. Dormia daquele jeito desde pequena, quando desenvolvera um medo irracional de cair da cama. "Fazendo o próprio ninho", como seu pai dissera. Ele a chamava de passarinha. Era um apelido muito melhor que Menina Gelatina.

Quando Sebastian voltou, com duas tigelas fumegantes de macarrão exalando um cheiro delicioso de alho e queijo, olhou para os travesseiros e então para Abby.

— É meu ninho — explicou ela, sem pensar.

— Entendi.

Abby se sentou, e ele lhe entregou uma tigela.

— Massa *alla mamma* — anunciou ele.

Abby enrolou o macarrão com o garfo. A massa estava cozida com perfeição, e o molho era cremoso, salgadinho e com uma consistência que derretia na boca.

— Você preparou isso agora? — questionou ela. — Tipo, simplesmente foi até a cozinha e fez tudo?

Sebastian pareceu contente.

— É um macarrão que sobrou de outra refeição. É só quebrar um ovo em cima e pôr um monte de queijo ralado — respondeu ele, modesto. — Ah, e alho e pimenta-do-reino moída na hora. — Ele pigarreou. — Na verdade, é a única coisa que eu sei fazer, além de macarrão instantâneo com ovo. Mas está gostoso, não?

Abby deu outra garfada e soltou um gemido.

— Por que você não tem namorada? — perguntou ela, com a boca cheia, porque não queria parar de comer. — Ou esposa? — Mais uma garfada. — Ou um harém? — Ela engoliu e lambeu os lábios. — Por que não tem ninguém mantendo você acorrentado ao fogão, fazendo esse macarrão toda noite?

— Você quer me acorrentar ao fogão? — questionou ele, com um sorriso.

Sebastian tinha vestido a calça de pijama e uma camiseta branca, e estava tão atraente que era quase inacreditável, tão bonito e carinhoso que Abby não conseguia olhar para ele por muito tempo. Resolveu se contentar com olhadelas enquanto Sebastian se sentava na cama de pernas cruzadas ao seu lado, equilibrando a tigela no joelho.

— Sei lá — retrucou Abby. — Você toparia?

Em vez de responder, Sebastian pegou uma garfada da própria tigela e ofereceu para ela. Abby abriu a boca e devorou tudo, dizendo a si mesma que nem se importaria se ele a achasse nojenta, porque nunca mais o veria. Poderia até repetir o macarrão! Ela sorriu ao pensar nisso, e Sebastian retribuiu o sorriso, estendendo a mão na direção de um de seus cachos, puxando uma mecha castanho-claro e deixando o cacho se formar de novo, balançando um pouco.

— Então, o que você faz quando não está cozinhando macarrão? — perguntou ela.

— Eu escrevo — disse ele. — Hoje em dia, para um site. Reportagens investigativas.

— Uau — comentou Abby.

— E você, o que faz quando não está em despedidas de solteira?

Ela fez uma pausa, lembrando que, como nunca mais o veria na vida, poderia dizer o que quisesse. Pensou em inventar uma história, falar que estudava medicina ou direito, fazia licenciatura para dar aula, ou que era pós-graduanda, o que por um tempo foi verdade, anos antes.

Em vez disso, respondeu apenas:

— No momento, estou fazendo um pouquinho de cada coisa, aqui e ali. Ainda estou tentando me encontrar.

— Isso não é fácil — comentou ele, passando a mão nas costas dela, com longas e lentas carícias, na medida certa, nem com muita força nem com muita leveza. — Vem aqui — chamou, deixando as tigelas no parapeito da janela e meio que a pegando no colo, até aninhar a cabeça de Abby sob o próprio queixo, com a bochecha e o braço direito dela encostados no peito dele. — Sua pele é tão macia. — A voz dele reverberou no corpo dela. — Como veludo. Ou cetim. O que for mais macio.

Abby sentiu vontade de dizer um monte de coisas absurdas. Chamá-lo de "meu bem" ou de "amor". Queria contar que nunca tinha se sentido daquele jeito com ninguém, segurar a mão dele e ficar de conchinha enquanto dormiam. E o mais estranho era que achava que talvez ele não tivesse um ataque de pânico se ela falasse tudo aquilo, que talvez ele estivesse sentindo o mesmo... o que, obviamente, era ridículo. Não tinha como ser verdade.

Ele começou a beijar o pescoço de Abby de novo, com as mãos ainda em suas costas, alisando sem parar, deslizando para baixo e apertando sua bunda, com os dedos bem abertos, como se quisesse tocar o máximo possível do corpo dela. Como se nada fosse o bastante. Como se nunca fosse soltá-la. Abby se deu conta de que era a primeira vez que se sentia tão bonita, tão desejada, tão apreciada.

— Querida — repetiu ele, e isso, mais do que a comida, mais do que os orgasmos, foi a melhor parte, a que ficaria guardada para sempre em sua memória.

Ele a abraçava quando ela acordou pela segunda vez, com o sol já nascendo. Abby notou a luz fraca que entrava pela veneziana da janela. Sentiu a ressaca pulsar nas têmporas, alojar-se no estômago, e uma onda de culpa, sebosa como a água suja da lava-louça, se juntar àquele turbilhão. Imaginou Mark dormindo na casa dele na Filadélfia na maior inocência, com o celular carregando na mesinha de cabeceira, o alarme programado para despertá-lo com tempo de sobra para o plantão no hospital. Tinha certeza de que, se verificasse o celular, encontraria mensagens dele da noite anterior: "Mande lembranças para todo mundo" e "Divirta-se".

Sebastian murmurou alguma coisa e se virou na cama, ficando de barriga para cima. Abby o observou. Em seguida levou os dedos aos próprios lábios e então os pressionou de leve no ombro descoberto dele, um beijo por tabela. Em silêncio, juntou as roupas e as levou para o banheiro (pequeno, mas limpo), onde se vestiu e jogou água no rosto. Pensou em deixar um bilhete ("Obrigada pela noite maravilhosa") ou o próprio número. No fim das contas, resolveu não fazer nenhum dos dois. A noite havia sido perfeita. Abby não queria estragar tudo, e tentar prolongar aquilo parecia muito ambicioso. Não queria ficar esperando por uma ligação que nunca viria, nem queria encontrá-lo em algum outro lugar e vê-lo tentar esconder a decepção quando a visse sem o filtro das cervejas na mente, sóbrio e em plena luz do dia. Era melhor ir embora logo, antes que alguma coisa desse errado, e voltar para a vida real.

Abby saiu, desejando ter como trancar a porta atrás de si, torcendo para que Sebastian ficasse em segurança. Na calçada, chamou um Uber e viu o sol nascer enquanto o carro a levava para o outro lado da ponte do Brooklyn. De volta ao hotel, bebeu uma garrafa de água, tomou dois analgésicos que teve o bom senso de levar na mala e se deitou na cama, pegando no sono de imediato. Só acordou quando Marissa começou a esmurrar a porta às dez da manhã para avisar que elas se encontrariam no saguão dali a meia hora para comer *dim sum*, e que Abby precisava se levantar, porque a amiga queria detalhes de como fora a noite.

Abby foi bem vaga na conversa com Marissa, sentindo que, por algum motivo, se falasse demais tudo perderia o brilho e pareceria devasso ou pornográfico, em vez de romântico e mágico, como havia lhe parecido. Sobreviveu ao brunch regado a bolinhos de carne de porco e camarão, costelinhas com mel e mingau *congee*, ouvindo o restante do grupo comentar sobre ressaca ou falar sobre o casamento, ou sobre maridos e filhos.

Ela e Mark tinham marcado de sair no sábado à noite. Seria a terceira vez, o que significava, imaginava Abby, que ele a chamaria para ir à casa dele, a não ser que ela fizesse o convite primeiro. Mark tinha mudado muito desde a época da adolescência no acampamento de verão, mas ainda era atraente, com o mesmo senso de humor, o mesmo sorriso meigo. Mark era uma escolha plausível, que fazia sentido. Eles tinham um passado juntos, um histórico parecido, e moravam na mesma cidade. Mark havia sido o primeiro beijo de Abby, o primeiro garoto a se declarar para ela. Talvez não despertasse as mesmas reações intensas que Sebastian, talvez Abby não sentisse a mesma atração desesperadora por ele. Mesmo assim (ou talvez por causa disso), para Abby não era nem um pouco difícil retomar a relação com Mark de onde haviam parado, entrando em sincronia imediata e seguindo adiante, os dois na mesma página, sem sustos.

Só que, *nossa*, a noite anterior tinha sido tão boa. Durante todo o trajeto de ônibus de volta à Filadélfia, Abby manteve os olhos fechados, pensando nas formas como Sebastian a tocara, no som da voz dele, na maneira como a olhara, na sensação de ser desejada por alguém que era, por sua vez, tão desejável. No fato de os dois terem parecido vibrar na mesma frequência. Havia sido como se, por algumas horas, ela tivesse estado no corpo de outra pessoa, vivido a vida de outra pessoa, e fora maravilhoso.

Abby reviveu cada minuto, do primeiro beijo ao toque dos próprios dedos no ombro dele, decidida a gravar na mente cada detalhe. No fim da viagem, apagou a foto da carteira de motorista dele do celular, pegou a mochila do bagageiro acima dos assentos, saiu para o dia ensolarado e cheirando a diesel, e seguiu no sentido sul, rumo a seu apartamento, rumo aos cachorros que estariam à espera na manhã de segunda-feira, ao homem à espera no sábado à noite.

# Abby

**Filadélfia**
**Agosto de 2023**

— Eu quero — disse Abby com uma voz sedutora.

Mark balançou a cabeça, fingindo estar relutante.

— Não sei, não. Tem certeza de que está pronta?

— Ah, estou, sim — falou ela, quase ronronando.

Mark hesitou antes de sacar o celular.

— Certo, mas antes um aviso. Essa pessoa não é paciente minha nem de nenhuma instituição com quem tenho relações profissionais. Ninguém teve o direito à privacidade desrespeitado.

— Passe logo isso para cá.

Abby estendeu o braço para o outro lado da mesa, com a palma da mão virada para cima. Estava de ótimo humor. Ela e Mark tinham ido ao Estia, um dos restaurantes favoritos dela. Ele estava com fotos novas, e os dois tinham um fim de semana todo pela frente.

Mark balançou a cabeça outra vez, lançando um olhar pesaroso para ela antes de entregar o celular. Abby virou a tela para si e viu a foto de um dedão do pé com uma unha tão comprida que tinha se curvado para baixo, cobrindo toda a ponta do dedo e indo na direção da câmera.

— Eca!

— Pois é, essa é digna da galeria — comentou Mark, modesto.

— Como foi que isso aconteceu?

— Como as coisas costumam acontecer? — retrucou Mark. — A pessoa decide postergar por alguns dias, e esses dias viram uma semana, e a semana vira um mês, e quando você vai ver...

— ... está usando um sapato feito de unha.

Abby mandou a foto para si mesma, pegou o próprio celular e acrescentou a imagem ao álbum de "pés nojentos".

— Você já tinha visto alguma coisa assim?

Mark era podologista, então provavelmente sim.

— Sem comentários. — Ele limpou a boca com o guardanapo e soltou um suspiro. — Quer saber? Às vezes acho que você só me ama por causa das minhas fotos de bizarrices médicas.

Abby fingiu que pensava a respeito.

— Ah, não — disse ela por fim. — Também te amo porque você conversa com minha mãe, e assim eu não preciso fazer isso.

— É verdade.

— E também é muito útil para pegar coisas em lugares altos.

Mark não era muito mais alto que ela, mas os poucos centímetros faziam diferença.

— Eu abri aquele pote de picles para você também — adicionou ele. — Não se esqueça.

— Como se fosse possível. — Abby estendeu o braço por cima da mesa de novo e tocou o rosto dele com carinho. — Se não fosse você, eu ainda estaria lá na minha cozinha, tentando abrir aquele pote.

— Você teria que se conformar com uma vida sem pepino em conserva.

— E isso — complementou Abby — teria sido uma tragédia. Está vendo só? Você tem várias qualidades. E vai pagar o jantar. — Eles se olharam. — Você vai pagar mesmo, né?

— Vou, sim.

A verdade era que Mark pagava quase tudo. Ganhava muito mais que Abby, e ela não gostava nem de imaginar quanto. No início da relação, eles conversaram sobre aquilo, e Mark dissera que fazia sentido ser ele quem se encarregava de pagar quando saíam para jantar juntos, iam ao teatro e faziam viagens de férias. "Para mim é um prazer", fora o que ele dissera de um jeito tão meigo e sincero que ela não teve como duvidar. "Sempre que você aparece, Mark fica parecendo aquele emoji com olhinhos de coração", comentara Lizzie, a melhor amiga de Abby, certa vez. Era como se ele não acreditasse na sorte que tinha, e Abby também se considerava sortuda.

Um garçom serviu uma tigela de *baba ghanoush* e um cesto de pão pita cortado em triângulos e recém-saído do forno. Abby pegou um pedaço do pão quentinho. Mark apanhou uma colher.

— Escuta — começou ele.

— Estou escutando — respondeu Abby, sentindo uma onda de afeto e uma pontada de ansiedade.

Mark era inteligente e bonito, esforçado e bem-sucedido. Era engraçado e gostava do senso de humor de Abby. E a amava. Durante os dois anos anteriores, eles tinham estabelecido uma vida de rotinas compartilhadas, quebra-cabeças, maratonas na Netflix e passeios dominicais pelo sul da Filadélfia que terminavam em sua *boulangerie* favorita no Bok (Abby pedia um croissant ou *pain au chocolat*, Mark pedia um copo d'água). O relacionamento havia progredido sem hesitação ou passos em falso. Eles dormiram juntos depois do terceiro encontro e, na manhã seguinte, os dois concordaram que a partir dali só se envolveriam um com o outro. Nos meses seguintes, foram a casamentos, cerimônias de circuncisão e de nomeações judaicas de recém-nascidos como um casal. Tinham opiniões parecidas em relação à maioria das coisas importantes e quase nunca brigavam por causa de coisas pequenas. Em algum momento, morariam juntos, e algum tempo depois disso Abby achava que Mark a pediria em casamento.

Enquanto Mark pegava uma colherada de pasta de berinjela, ela engolia o pão e perguntava se *aquele* momento havia chegado. Perguntou-se também por que não estava se sentindo alegre, eufórica e exultante, e talvez até um pouco despeitada: *Está vendo, mãe? Tem alguém que me ama, mesmo eu sendo gorda!*

— Que foi? — perguntou ela.

Mark abaixou a colher e pegou o celular outra vez.

— Recebi a escala das próximas seis semanas, e queria conversar sobre nosso cronograma.

— Que sexy — murmurou Abby, abrindo o calendário compartilhado dos dois no celular e vendo Mark marcar os fins de semana em que estaria de plantão, e uma boa parte do mês seguinte passou de um vazio alegre para quadrados marcados de vermelho.

— Temos o casamento de Elizabeth no primeiro fim de semana de setembro — lembrou ela.

— Eu sei, eu sei. Pedi folga nesses dias. E sua mãe vai fazer a quebra do jejum este ano?

— Como sempre. O Yom Kippur é o *Super Bowl* dela.

O Dia da Expiação, que os judeus praticantes passavam em jejum, era a data comemorativa em que Eileen Stern Fenske fazia questão de ser a anfitriã. Eileen passava o dia sem comer, mas cercada de gente e, quando o sol se punha, servia os tradicionais bagels e as bandejas de peixe defumado, pegava meio bagel de papoula, arrancava o miolo e consumia em pequenas mordidas, franzindo a testa se Abby sequer ousasse olhar na direção do cream cheese.

— E depois tem outubro.

Mark fez uma pausa e lançou um olhar cheio de significado para ela. Abby levantou as sobrancelhas.

— Quer decidir a fantasia de Halloween? Estou pensando em Machine Gun Kelly e… Kourtney Kardashian? É com ela que ele está?

Mark se recusou a morder a isca.

— Estou sempre disposto a conversar sobre o Halloween — falou ele com um tom gentil —, mas sou obrigado a lembrar que seu contrato de aluguel vence em outubro.

— Ah, é. Sim. Lógico. Verdade, verdade.

Abby sentiu a boca bem seca, e o coração acelerado de um jeito doloroso. Quando percebeu que estava batucando na mesa, obrigou-se a parar.

— Eu sei que você gosta muito de lá — continuou Mark.

— Gosto mesmo.

— E sei que você acha que minha casa é… — Mark fez uma pausa.

— Assustadora de tão organizada? — sugeriu Abby. — Um tanto estéril? Um sonho para a Marie Kondo? Quase uma sala de cirurgia com sofá e televisão?

Mark a olhou com carinho.

— Você pode redecorar.

— Nós podemos redecorar.

— Vamos juntar o que nós temos.

— E tudo bem se eu deixar louça suja na pia?

— Não prometo nada — respondeu Mark. — Mas vou tentar.

Mark sorriu para Abby. Ela retribuiu o sorriso, mas a verdade era que não se imaginava conseguindo deixar um prato sujo na pia de Mark... ou, sendo sincera, qualquer coisa sua por lá. Mark morava no décimo nono andar de um prédio no bairro Rittenhouse Square, em um apartamento de um quarto com vista para a ponte Walt Whitman. O sofá dela de veludo azul, confortavelmente gasto, não combinava com a sala de Mark, com a mesinha de centro de vidro e as estantes de vidro e metal. Os tapetes *kilim* coloridos que tinha não ficariam bons sobre o carpete bege que ocupava todo o imóvel dele. E Mark não tinha interesse nos livros de receita antigos do Vigilantes do Peso que Abby colecionava fazia anos e deixava expostos na cozinha.

Abby também desconfiava de que as refeições seriam um problema. Mark comia sempre os mesmos cinco pratos no jantar, cada um em um dia: salmão assado, hambúrguer de peru, tofu frito, peito de frango e linguado. "Comida é combustível", ele gostava de dizer e, assim como um carro não reclama de encher o tanque sempre com a mesma gasolina, Mark não se importava de comer as mesmas refeições. Pelo menos, era o que ele sempre falava, mas por que Abby estava pensando em comida naquele momento? E em sofás, tapetes ou planejamento alimentar? Era uma conversa importante. Um grande passo. Morar juntos significava que o noivado estava em um futuro próximo, e, portanto, o casamento. Uma vida a construir com Mark Medoff. Ela deveria estar feliz. Em êxtase. Emocionada. E estava! Só que...

Mark estava olhando para ela de um jeito estranho. Ela devia ter deixado passar alguma coisa, uma pergunta, uma afirmação. Quando abriu a boca para responder, uma garçonete apareceu para trocar a cesta de pão por outra fumegante, também recém-saída do forno.

— Cuidado que está quente — avisou ela.

Abby pegou um triângulo de pita, de um marrom-claro por fora e supermacio por dentro, e passou no homus, enfiando na boca e mastigando com prazer.

O sorriso de Mark pareceu meio tenso quando empurrou o cesto para mais perto de Abby, apesar de já ter dito várias vezes que não se incomodava se ela continuasse comendo quando ele não aguentava mais. Ela se perguntou se ele estava sentindo aquele cheiro bom de pão quentinho, se aquilo o incomodava, se alguma vez já teria sonhado com um banquete de carboidratos, com pita e rolinho de canela com bastante cobertura de açúcar.

Ela ficou observando quando ele pegou uma fatia de pimentão vermelho. Segurando a faca com a mão habilidosa (mãos de cirurgião, como Abby sempre lembrava), passou uma camada finíssima de homus, enfiou na boca e mastigou… e mastigou… e mastigou mais um pouco, vinte vezes no total (Abby tinha contado uma vez, no início da relação, e se dado conta de que Mark sempre mastigava vinte vezes antes de engolir).

Eles pediram o mesmo de sempre, dividindo as porções como de costume. Abby ficou com toda a massa filo amanteigada da *spanakopita*, e Mark com o recheio de espinafre e queijo, além do homus e do *baba ghanoush*, mas sem o pão pita. O prato principal dele era uma salada grega com frango grelhado, temperada só com vinagre de vinho tinto. Abby escolheu um *tajine* de cordeiro, com pedaços caprichados de paleta de carneiro sobre uma pirâmide de cuscuz com passas, lascas de amêndoas e tâmaras. Era um de seus pratos preferidos no mundo todo. Só que daquela vez estava com gosto de papelão molhado, e ela estava com tão pouco apetite que, com metade da comida ainda ali, empurrou o prato para longe.

— Então, o que você acha? — perguntou Mark. — Acho que você deveria avisar à proprietária que não vai renovar o contrato.

— Ah, Kate não vai ter problema para alugar de novo.

Abby morava em Bella Vista, um bairro não tão chique como o de Mark. O sobrado geminado cujo segundo andar ela alugava havia sido construído na década de 1870, enquanto o prédio de vinte e oito andares de Mark fora erguido mais de cem anos depois, mas Abby adorava sua casinha. Apesar de o piso de madeira estar um pouco empenado, os armários serem minúsculos, e o piso e os azulejos do banheiro terem uma cor de salmão, com louças sanitárias que provavelmente não eram trocadas desde a invenção da privada com descarga acoplada.

— Ainda assim, você devia avisar a ela.

Abby confirmou com a cabeça, imaginando-se carregando os pertences escada abaixo, devolvendo as chaves à Kate, mudando-se para o apartamento de Mark. Em vez de vislumbrar os dois no estado de êxtase que precedia o matrimônio, ela se pegou pensando no momento em que eles tinham entrado no restaurante. A hostess havia se demorado secando Mark de cima a baixo, então voltara o olhar à Abby e retorcera o rosto, bem rapidinho, com o que parecera, para Abby, ser uma mistura de incompreensão e nojo. A própria Abby tinha ficado tensa, então relaxara quando Mark a puxou para perto de si, mantendo a mão na lombar dela, e depois movendo a cadeira para que ela se sentasse e a beijando na bochecha antes de ele mesmo se acomodar no assento.

Abby sabia que, àquela altura, já devia ter aceitado as coisas como eram. Ela e Mark não combinavam. Mark era bonito como um astro de cinema (ainda que uma versão em miniatura, como se tivesse sido deixado um pouquinho demais na secadora). Tinha cabelo e olhos escuros, uma mandíbula marcada, uma pele com um brilho corado mesmo no inverno e um corpo magro e musculoso que mantinha em forma com corridas de dez quilômetros sete dias por semana… na chuva, na neve e, uma vez, no meio de um vórtice polar.

"Você sabe que pode tirar um dia de descanso, né?", Abby tinha dito para ele na manhã em questão, ao vê-lo vestir camada após camada de roupas esportivas impermeáveis, enquanto os avisos não paravam de chegar ao celular dela, avisando para as pessoas ficarem em casa. "Ou correr na esteira. Estão dizendo que sair hoje é perigoso. E você não vai virar um participante do *Quilos mortais* se deixar de sair para correr uma vez na vida."

"Não", fora a resposta de Mark. "Isso só vai acontecer se eu deixar de correr duas vezes", completara ele, dando um beijo na ponta de seu nariz e saindo porta afora.

Abby não era adepta da corrida, e ninguém achava que ela parecia uma estrela de cinema, ainda que com uma altura menor que a média. Abby era baixinha, branca e roliça, com cabelo castanho-claro encaracolado e uma pele sardenta que ficava vermelha como um pimentão. Apesar de ser uma entusiasta do ciclismo havia anos, não tinha um corpo que os outros consideravam "de atleta". Quando estava com Mark, via as pessoas olhando para os dois, tentando entender que casal era aquele. Ela até pensava no que poderia dizer, caso tivesse coragem: "Minha personalidade é de milhões", ou "Sou incrível na cama", ou talvez "Ele também já foi gordo", o que era a mais pura verdade.

— Encontrei minha mãe hoje — contou Abby, desesperada para mudar de assunto e não falar mais de seu contrato de aluguel, apesar de não entender ao certo o motivo e também não querer pensar nisso.

— Eu ainda sou o favorito de Eileen? — perguntou Mark.

— Acho que você precisaria cometer um assassinato para deixar de ser o favorito dela. E, mesmo assim, ela ainda acharia que a culpa era da vítima.

— Alguma novidade? — indagou Mark.

Abby revirou os olhos.

— Por onde começar? Minha prima Rebecca ficou noiva, meu irmão foi promovido e minha irmã e meu cunhado estão fazendo uma reforma no banheiro. Com piso aquecido e um box para chuveiro que serve também como sauna. Eileen me explicou tudo tim-tim por tim-tim.

Não era nem preciso dizer que a mensagem por trás do relato de Eileen era apontar como Abby, que não havia sido promovida nem virara proprietária de um imóvel, era uma decepção. Ao contrário de Marni, sua irmã, que tinha feito MBA em Wharton, e Simon, seu irmão, que trabalhava com alguma coisa no mercado financeiro em Nova York; e diferente de seu pai, que era rabino, e de sua mãe, que se identificava como dona de casa, mas cujo trabalho em tempo integral era, na verdade, fazer dieta; Abby ainda não tinha nada nem sequer parecido com uma carreira, nem algo de que Eileen pudesse se gabar minimamente. Ainda trabalhava na Vem, Doguinho, ainda pegava um ou outro bico como *pet sitter*. Sabia que precisava de algo mais relevante, que fizesse alguma diferença para o mundo, mas não havia descoberto o que poderia ser.

E aquele era um dos muitos motivos para Mark ser tão atraente. Formar uma família com Mark preencheria as lacunas, daria uma estrutura para sua vida, com conquistas bem nítidas pela frente. Ela se casaria, teria filhos, cuidaria da casa e da agenda do casal e, com o tempo, também da agenda da família. Organizaria as férias, ficaria a cargo das idas ao supermercado, compraria e lavaria as roupas, prepararia as refeições, ou então contrataria alguém para fazer isso. Era um mundo com tudo pré-pronto, uma carruagem com interior luxuoso e destino definido. Só o que Abby precisava fazer era entrar no veículo.

E suas dúvidas não eram em relação a Mark, seu namoradinho do acampamento de verão, que a conhecera aos 13 anos e se apaixonara por Abby em um momento em que ela precisava de amor e autoestima. Mark não queria uma mulher magra nem acreditava que havia uma dentro de Abby, só esperando as circunstâncias ideais, ou alguma combinação de intervenções cirúrgicas e remédios para perda de peso, para aparecer. Ele entendia que Abby tinha feito escolhas diferentes das suas em relação ao peso, à comida e ao próprio corpo, e respeitava isso. Ou pelo menos se esforçava para tal, apesar de Abby já tê-lo visto escondendo o sorvete dela no fundo do freezer (onde acabaria ficando duro e formaria cristais de gelo) e, uma ou duas vezes, ele havia jogado fora as sobras de chamuça ou guioza que ela guardara. Tudo sem querer, segundo ele. Abby tinha lá suas dúvidas.

Mark não comia carboidratos nem sobremesa. Uma vez dissera que, se sentia vontade de alguma coisa doce, escovava os dentes, ou passava fio dental com sabor de canela. Quando Abby respondera que aquela era a coisa mais triste que já havia ouvido na vida, ele ficara todo tenso, parecendo chateado.

"Não tinha outro jeito", explicara ele na ocasião. "A cirurgia foi só um recurso para me ajudar. A alimentação e os exercícios dependem só de mim. Para mim é mais fácil não comer nada de açúcar do que tentar comer só um pouquinho, ou só de vez em quando."

"Eu entendo", respondera Abby, apesar de não ser verdade.

Ela não conseguia nem imaginar viver sem comer nem um grama de açúcar. Não sabia nem se uma vida assim valia a pena. Em algum momento, ela passou a evitar ao máximo comer doces quando estava com Mark, nada de sorvete, brioches ou croissants de chocolate na casa dele, a se limitar a um *pain au chocolat* ou um pão pita quentinho uma vez ou outra quando saíam juntos.

Por Mark, valia a pena. Ele nunca parecia estar com vergonha dela. Gostava de sair com Abby, e a apresentava com orgulho aos amigos. Quando estavam juntos fazia oito semanas, ele a levara para reencontrar seus pais, que moravam em Long Island e com os quais ele tinha o tipo de relacionamento afetuoso e funcional que Abby admirava. Ela e Mark gostavam de ler e montar quebra-cabeças, caminhar pela Forbidden Drive e passear pelos bairros da cidade. E, embora Abby gostasse mais de dançar, de música ao vivo e de karaokê do que Mark, embora o sexo fosse satisfatório, mas nunca chegasse a abalar suas estruturas, aquelas eram questões menores, pequenas queixas que não precisavam nem ser mencionadas.

Abby não entendia a própria hesitação. Só sabia que a ideia de desistir de sua casinha, esvaziar os cômodos, tirar os pôsteres da parede, as louças dos armários, descer com os móveis pela escada e juntar todos os pertences aos de Mark a deixava com as pernas bambas e com um frio na barriga tão grande que era como se tivesse engolido pedras de gelo.

Mark estava comentando sobre pisos aquecidos quando Abby sentiu o celular vibrar dentro do bolso, e uma onda inexplicável de alívio a tomou quando empurrou a cadeira para trás.

— É Lizzie — falou.

Mark assentiu, fazendo um gesto para ela atender à ligação. Ele era assim: não se sentia ameaçado pelas amizades de Abby, não se ressentia do fato de haver outras pessoas na vida dela nem se incomodava quando ela se divertia sem ele. Era um homem maravilhoso. Praticamente perfeito em todos os sentidos. Então por que ela não agarrava logo a chance de ir morar com ele? Por que aquela sensação de que ele não bastava para deixá-la feliz?

Abby colocou o celular no ouvido e se apressou para longe da mesa, fazendo o caminho pelo salão de azulejo com teto alto, ouvindo as risadas e as conversas, passando pelo balcão da hostess e saindo para a calçada.

— Abby — chamou Lizzie.

— Oi, desculpa. Pode falar. — Abby se deu conta de que tinha se esquecido de dizer alô. — Está tudo bem?

Lizzie, que já estava na casa dos 60 anos, tivera câncer de mama um ano e meio antes. Abby havia ido com a amiga às consultas médicas e, no dia da lumpectomia, ficara sentada na sala de espera no hospital até o cirurgião aparecer e informar que tudo correra bem. Nos meses seguintes, também levara Lizzie às sessões de radioterapia, mamografias e ressonâncias de acompanhamento. Lizzie se recuperara por completo, mantivera-se firme durante os tratamentos e, até então, estava tudo bem, mas ainda não havia completado cinco anos de remissão da doença, então Abby sempre se preocupava.

— Está tudo bem, sim, mas surgiu uma emergência — explicou Lizzie, então logo acrescentou: — De trabalho, não de saúde. É uma coisa com a Libertar.

Abby precisou de alguns segundos para recordar que a Libertar era uma das empresas para que Lizzie trabalhava, uma agência de cicloturismo que a tinha contratado para organizar excursões nos meses de verão. Isso antes da pandemia de Covid-19, lógico.

— Então, escuta só. — Lizzie estava falando depressa, talvez imaginando que, se pedisse o que queria o quanto antes, Abby não teria como negar. — Marj acabou de me ligar. Eles vão fazer uma viagem de Nova York até as cataratas do Niágara, e o cara que seria o guia desistiu de última hora. A excursão sai no domingo, e eles estão desesperados.

— Domingo agora? Tipo, daqui a quatro dias?

— Pois é. Existe alguma chance, mesmo que remota, de você pegar esse trabalho? — Lizzie parecia um pouco ofegante depois de fazer a proposta com tanta pressa. — Marj está precisando muito, muito mesmo.

Não era a primeira vez que Lizzie a convidava para trabalhar como guia em uma excursão da Libertar, e Abby sempre recusara. Contudo, naquela noite, parada na calçada, com Mark a esperando sentado à mesa, ela sentiu o coração acelerar. Parte dela (a maior parte) estava pensando *de jeito nenhum*, mas a outra (a parte obscura e temerosa do cérebro que começara a pulsar de forma suave, mas enfática quando Mark puxara o assunto do contrato de aluguel) pensava: *Você pode, sim.*

Em vez do *não* que Lizzie já devia esperar, Abby respondeu:

— Eu nunca guiei uma excursão de bicicleta.

— Mas organiza passeios o tempo todo! — rebateu Lizzie.

Era verdade. Pelo menos uma vez por mês, em uma manhã de dia de semana, Abby organizava uma pedalada de quarenta ou cinquenta quilômetros com um grupo de oito ou dez outros integrantes do Clube de Ciclistas da Filadélfia, que sempre incluía uma parada em uma feira de produtores locais, um restaurante ou um café.

— Tudo bem, mas são só passeios, não uma viagem inteira.

— Uma viagem é só um passeio que dura vários dias, não? — contrapôs Lizzie, abusando da retórica. — Escuta só. Você sabe que tem qualificação para liderar um grupo de ciclistas. Sabe trocar um pneu furado. E vai ter toda a estrutura de hospedagem, então não precisa ajudar a montar barraca, nem cozinhar nada na fogueira. O motorista do carro de apoio é um cara muito legal, já trabalhei com ele antes. São duas semanas, catorze pessoas, uma distância administrável, e Marj está oferecendo dois mil dólares.

Abby passou a língua nos lábios. Dois mil dólares era quase o que ela ganhava trabalhando um mês inteiro na Vem, Doguinho.

— E você não está em um emprego fixo no momento, não é?

Abby se apoiou na parede de tijolos do restaurante.

— Não. Nem agora, nem nunca.

— Pode parar com isso — disse Lizzie, bem séria. — Deixe essa crise existencial para depois. Agora só me diga se pode fazer o trabalho ou não.

— Com quantas pessoas você e Marj já falaram?

— Isso não importa — respondeu Lizzie.

Ou seja, *muita* gente.

Abby pensou a respeito. Pedalar era sua atividade favorita. Sempre tinha sido, desde criança… e ela adorava viajar de bicicleta. Quase nunca se sentia tão feliz como quando arrumava os equipamentos de camping e as roupas no alforje da bike e saía para pedalar o dia todo, percorrendo cem quilômetros ou mais por trilhas pavimentadas ou de terra batida, estradas vicinais ou no acostamento de vias expressas de grandes cidades, sozinha, com uma amiga ou em grupo. Adorava a maneira como se sentia na hora de partir, com o sol ainda nascendo e as ruas tranquilas, como se tivesse o mundo todo só para si. Adorava como se sentia quando acabava e podia descer da bicicleta, tomar um longo banho quente, lavar a poeira e o protetor solar dos braços e das pernas, livrar-se da graxa que a corrente da bicicleta deixava em sua panturrilha direita enquanto as dores nas coxas e na lombar diminuíam. Adorava o primeiro gole na cerveja, a primeira mordida na pizza, depois de um dia todo em cima do selim, e da sensação de se enfiar no saco de dormir dentro da barraca ou debaixo das cobertas em um quarto de hotel e ter uma noite de sono profundo e sem sonhos.

Apesar de nunca ter trabalhado como guia em uma viagem, Abby sabia que pelo menos alguma qualificação tinha, sem dúvida. Era ela quem puxava o pelotão nos treinos do clube de ciclistas, e tinha feito aulas na bicicletaria que frequentava para aprender o básico sobre procedimentos de segurança, reparos e primeiros socorros.

Abby olhou pela janela do restaurante, de onde podia ver Mark sentado à mesa, mexendo no celular, sorrindo para a garçonete que apareceu para encher o copo de água.

— Quantas pessoas mesmo você disse que eram? — pegou-se perguntando.

— Se quiser dar uma passada aqui amanhã, dou todos os detalhes. Isso seria, tipo, o maior favor que você poderia me fazer. Você vai chegar ao céu com uma estrela brilhando na cabeça, como minha santa mãezinha costumava dizer.

Abby olhou para o namorado, lembrando-se dos pensamentos incômodos e negativos que estavam surgindo para semear dúvidas. Guiar uma excursão de duas semanas pelo estado de Nova York seria uma forma de não precisar fazer uma escolha de imediato; a viagem lhe daria mais tempo para pensar. Ela poderia refletir melhor, entender qual era o problema… ou, ainda melhor, convencer-se de que não existia problema algum. Ninguém era perfeito e, se Mark era noventa e nove por cento do que ela queria, não seria uma atitude estúpida e egoísta se travar por estar esperando ainda mais?

— Certo, vamos fazer assim — disse Abby para Lizzie. — Que tal eu passar na sua casa depois do jantar?

Abby morara perto do sr. e da sra. Mathers a vida toda, mas só aos 8 anos enfim conheceu Lizzie, a filha deles, já adulta, que morava em uma casa-barco em Portland, no Oregon. Depois que o sr. Mathers morreu, Lizzie voltara para a Costa Leste para esvaziar a casa, pôr à venda e providenciar um lugar com moradia assistida para a mãe. Após vender o imóvel, Lizzie voltara para Portland. Quinze anos depois, quando Sally Mathers partira por causa de uma combinação de demência e problemas cardíacos, Lizzie retornara para a Costa Leste. Tinha usado a herança deixada pela mãe para reforçar as próprias economias e comprar um sobradinho geminado de três andares em Queen Village, um bairro vizinho a Bella Vista, onde Abby morava. Desde então, fazia dez anos que aquele vinha sendo seu lar.

Abby adorava a casa de Lizzie. Aquele tipo de sobrado era chamado de estilo trindade (o Pai, o Filho e o Espírito Santo), e os mais clássicos tinham só um cômodo por andar, com a cozinha, por tradição, localizada no porão. O sobrado de Lizzie tinha sido construído no início do século XIX e passado por várias reformas de ampliação e remodelação. O porão passara a servir como escritório e quarto de hóspedes, com estantes do chão ao teto em três das quatro paredes. Estavam repletas de livros, porta-retratos e suvenires das viagens de Lizzie. No último andar, havia um dormitório, um quarto de vestir e um banheiro. A sala de estar e a cozinha, além de um pequeno lavabo encaixado debaixo da escada, ficavam no térreo. A moderníssima bicicleta de estrada de Lizzie, com rodas aero, freios a disco e um quadro de fibra de carbono pintado de um vermelho bem vivo ficava pendurada na parede, perto da porta. Era uma obra de arte, linda e aerodinâmica, leve a ponto de poder ser levantada com um único dedo. Lizzie a tinha comprado como uma recompensa para si mesma depois da última rodada de radioterapia.

— Então, são doze dias de pedaladas com dois de descanso — explicou Lizzie.

As duas estavam sentadas no sofá, com Grover, o cachorro de Lizzie, um schnauzer cinza irritadiço e velhinho, aninhado entre elas. Lizzie estava com o laptop aberto no colo, lendo o itinerário na tela:

— "Bem-vindos à Libertar Cicloturismo, agência que leva vocês até onde a aventura os aguarda; as possibilidades se multiplicam a cada pedalada, e existe algo de novo para ver a cada curva da estrada!" — Abby revirou os olhos. Lizzie sorriu e continuou lendo: — "Sua jornada pelas cidadezinhas e paisagens pelo norte do estado de Nova York segue a recém-inaugurada Trilha Empire State, que, com seus mil e duzentos quilômetros, é a trilha de múltiplo uso mais longa dos Estados Unidos. A trilha interliga várias ecopistas já existentes e, seguindo para o norte, vai da cidade de Nova York até perto da fronteira com o Canadá e, em uma guinada a oeste, de Albany até Buffalo. Os caminhos variam de trilhas asfaltadas e de cascalho a estradas compartilhadas com automóveis, partindo do Battery Park, em Lower Manhattan, até Buffalo, seguindo mais um pouco para oeste até as Cataratas do Niágara. Em média, a distância percorrida varia de oitenta a cento e dez quilômetros por dia. Um carro de apoio vai transportar as bagagens... e quem estiver muito cansado para seguir pedalando! As viagens sempre contam com guias para manter tudo no esquema e especialistas em consertos e manutenção para ninguém ficar para trás no meio do caminho. O café da manhã e o almoço estão inclusos no pacote, além da hospedagem em hotéis ou pousadas. Os jantares são feitos em grupo, mas os participantes têm liberdade para comer onde quiserem ou explorarem os arredores sozinhos. É o roteiro perfeito para casais, famílias ou viajantes de primeira viagem."

Abby escutava com atenção enquanto Lizzie seguia lendo o itinerário das duas semanas de viagem:

— "Da cidade de Nova York a Monte Kisco, de Monte Kisco a Poughkeepsie, de Poughkeepsie a Hudson, de Hudson a Amsterdam, de Amsterdam a Utica, de Utica a Syracuse, de Syracuse a Seneca Falls, onde haverá um dia de descanso, e de Seneca Falls a Rochester, de Rochester a Medina, de Medina a Buffalo e um segundo dia de folga nas Cataratas do Niágara."

— Você sabe que eu nem sei onde ficam esses lugares, né?

Anos antes, Abby havia feito uma viagem de uma semana até os Finger Lakes, mas não se lembrava dos nomes das cidades. Sabia que Albany ficava a norte de Nova York, e tinha lido sobre o vale do Hudson no caderno de imóveis de domingo do jornal *New York Times*, em uma matéria sobre os moradores do Brooklyn que saíram da cidade durante a fase mais crítica do isolamento e compraram casas no interior. Fora isso, ela não sabia muita coisa.

Lizzie ergueu os olhos da tela.

— A boa notícia é que, como você vai seguir a trilha na maior parte do tempo, não precisa depender da leitura de mapas. Nem se preocupar com ninguém se perdendo. E eu sei que você dá conta da quilometragem.

Abby era obrigada a admitir que, para um primeiro trabalho na área, aquele era quase ideal. Mesmo assim, estava apreensiva.

— E, só para confirmar, a única guia vou ser eu?

Lizzie fez que sim com a cabeça.

— Jasper vai seguir pela estrada, você, pela trilha. — Lizzie se debruçou sobre o laptop outra vez. — Vamos ver quem se inscreveu. Uma família de quatro pessoas: a mãe, o pai, dois meninos adolescentes. Uma mãe e a filha adolescente, quatro idosos, um casal e dois caras solteiros.

Abby repassou a lista na mente. Mães e idosos eram encorajadores. Caras solteiros, nem tanto.

— Você acha mesmo que eu dou conta?

Lizzie fechou o computador e lançou à Abby um olhar que transmitia ao mesmo tempo carinho e irritação. Seu cabelo grisalho era curto nas laterais, só o suficiente para roçar os lóbulos das orelhas. Ela usava óculos com uma armação de chifre enorme, uma camiseta preta da WXPN — a estação de rádio alternativa da Filadélfia —, calça curta de linho e a coleção de sempre de anéis de prata em todos os dedos, inclusive o polegar, combinada com pulseiras e piercings na orelha.

— Acho. Você consegue fazer isso, tenho cem por cento de certeza. — Ela se inclinou no sofá e pôs a mão no ombro de Abby, olhando bem nos olhos dela. — Eu acredito em você.

— E se a bicicleta de alguém quebrar?

— Você chama Jasper e fica esperando na beira da estrada até ele aparecer para consertar.

— E se alguém morrer em uma barraca?

Uma vez, Lizzie tinha organizado uma excursão em que acontecera exatamente aquilo.

— Não vai ter barraca nenhuma, esqueceu? Mas, se alguém falecer em um quarto de hotel, é só chamar as autoridades, retomar a viagem com o resto do grupo e ligar para Marj. Você não vai nem precisar avisar a família. — Lizzie deu um tapinha no joelho de Abby. — Está vendo? É moleza!

Abby passou a língua nos lábios.

— E se ninguém me der ouvidos?

O restante das perguntas, ela deixou no ar: *E se não me derem ouvidos por acharem que não sei o que estou fazendo? E se presumirem que estou fora de forma e não posso ajudar em nada porque vou passar a maior parte do tempo ofegante e quase morrendo?* O que, lógico, vinha acompanhado de um pensamento ainda pior: *E se eu passar mesmo o tempo todo ofegante e quase morrendo?* Mas Abby sabia que aquilo era pouquíssimo provável. Oitenta, noventa ou até cem quilômetros por dia não era moleza, mas era viável com seu nível de condicionamento atual.

— Isso não vai acontecer. Abby, você consegue. Está pronta para isso. Eu entendo que esteja nervosa, mas acho que você vai se surpreender — disse Lizzie com firmeza e convicção, como se realmente acreditasse nisso.

Abby ainda estava temerosa em relação à ideia de se responsabilizar por um grupo de ciclistas em uma viagem, mas, por algum motivo, ficou ainda mais incomodada quando pensou em abrir mão de sua casinha, de dar um passo tão grande e irreversível na direção de um futuro com Mark, o que não fazia o menor sentido. Ela amava Mark! Amava mesmo! Mas, de alguma forma, foi o que a ajudou a se decidir.

— Tudo bem. Eu topo.

— Sério mesmo? Ai, nossa, você é o máximo.

Lizzie olhou para Abby, que torceu para que o próprio rosto não denunciasse o que se passava por sua cabeça. Mas devia estar, porque Lizzie perguntou, com um tom gentil:

— O que foi?

— Qual é meu problema? — questionou Abby. Ela escondeu o rosto entre as mãos, o que abafou um pouco a voz. — Mark falou da possibilidade de morarmos juntos quando meu contrato de aluguel vencer. E eu entrei em pânico.

— Certo — falou Lizzie.

— E eu não consigo entender por quê. Mark é o cara que toda mocinha dos filmes românticos sonha em conhecer quando vai passar o Natal com a família.

— Lembrando que ele é judeu — apontou Lizzie.

Abby fez um gesto com a mão, como se indicando que aquilo não fazia diferença (até porque pouco tempo antes ela tinha visto um filme que se passava na celebração do Chanucá).

— Ele é inteligente, bondoso, tem um bom emprego, é generoso, me faz rir. Me ama. — Ela fez uma pausa. — E não tem exatamente uma fila de centenas de outros caras querendo alguma coisa comigo.

— Mark é um amor — concordou Lizzie, levantando-se do sofá e indo na direção da cozinha. — Mas isso não significa que não existe mais ninguém que fosse gostar de você. Eu gosto de você — complementou Lizzie, enchendo a chaleira, pegando uma caixa de biscoitos amanteigados no armário e despejando alguns em um prato.

— Eu não sou seu tipo — respondeu Abby.

— E nós duas devíamos agradecer por isso. — Lizzie levou o prato para a sala de estar, parando para acender um par de velas. — Garotas héteros eram minha obsessão tempos atrás, sabe?

Abby balançou a cabeça. Já tinha ouvido muitas histórias de Lizzie dos tempos da faculdade Wellesley.

Lizzie passou os biscoitos para Abby e se sentou no sofá, então a encarou e seu rosto, geralmente com um sorriso ou uma careta prontos para vir à tona, estava bem sério.

— Se com Mark não está rolando, é melhor não forçar a barra.

— Mas não tem nada de errado! — argumentou Abby. — Eu o amo! Estamos felizes juntos! — Ela bateu em uma almofada com estampa colorida ao estilo oriental. Grover rosnou. — Só que…

— Só quê? — incentivou Lizzie.

Abby mordeu um biscoito. Com um tom de voz mais baixo, continuou:

— Sei que parece bobagem, mas eu bem que queria que ele pedalasse.

Tinha sido um choque, na época do acampamento de férias, descobrir que Mark nunca aprendera a andar de bicicleta. "A mistura de um garoto gordinho com pais neuróticos, mais uma mãe sempre a postos para me levar de carro aos lugares", fora a explicação dele. Os pais de Mark não pedalavam, e as crianças do bairro que andavam de bicicleta faziam parte de um grupinho que não o receberia bem. Abby entendera o motivo, mesmo que sempre se perguntasse se Mark não seria uma pessoa diferente, ou que faria outras escolhas, se tivesse tido um pouco da independência e da confiança que pedalar lhe proporcionara quando Abby era criança.

— Se pedalar é importante para você, e eu entendo totalmente por que é, então talvez seja melhor não abrir mão disso. — Lizzie pegou um biscoito e deu uma mordida. — A vida é curta demais para isso.

Abby assentiu outra vez, sentindo-se egocêntrica por reclamar de coisas que considerava defeitos do namorado com uma amiga que havia acabado de sobreviver a um câncer. Ela mordeu o biscoito e se virou para as janelas. Estavam a apenas alguns quarteirões da rua South, onde havia bares, restaurantes e multidões de adolescentes e adultos barulhentos que se aglomeravam nas calçadas e tornavam impossível transitar por lá nos fins de semana, mas no sobradinho de Lizzie era tudo bem silencioso, e o único som que se ouvia era o do farfalhar das árvores do lado de fora. Metade de seu cérebro ainda repetia os mesmos argumentos, com uma voz bem parecida com a de sua mãe: *Mark é perfeito, Mark é ótimo, e você seria uma estúpida se terminasse com ele porque, mandando a real, é pouco provável que exista outro médico judeu, ou qualquer outro homem judeu, ou simplesmente outro homem, disposto a ficar com você.* A outra metade do cérebro pensava em Lizzie. Ou melhor, na casa dela, que parecia uma extensão da proprietária, um lugar aconchegante, que fazia as pessoas se sentirem tão bem-vindas como a própria Lizzie. Ela algum dia teria uma casa daquelas com Mark? Com qualquer outro homem? Ou lugares como o que Lizzie criou para si, e a vida que levava (livre e grandiosa) só estavam disponíveis para pessoas nas circunstâncias dela, mulheres solteiras e sem filhos?

— Acho que preciso de um tempo — concluiu Abby, por fim, com a voz baixa, quase como se fizesse uma confissão.

Lizzie sorriu.

— Bom, então não é uma grande sorte ter surgido a chance de passar o fim do verão montada na bike?

# Abby

**Dia 1: Nova York a Monte Kisco**
**Oitenta quilômetros**

— Olá, pessoal!

Abby firmou bem os joelhos para que não bambeassem e tentou projetar na voz o máximo de confiança possível quando se posicionou ao lado de um canteiro no Battery Park. Os ciclistas que ela guiaria estavam posicionados à frente, em pares ou grupos. Como as conversas paralelas não cessaram, ela bateu palmas e gritou:

— Com licença, pessoal! Podem prestar atenção aqui um minutinho, por favor?

O grupo ainda demorou mais um pouquinho para se silenciar, e naquele meio-tempo os medos e as inseguranças de Abby ressurgiram. Embora estivesse vestindo uma bermuda de ciclismo e uma camisa prateada e roxa da Libertar com as palavras GUIA DE CICLOTURISMO nas costas, era muito mais jovem e mais gorda do que a maioria dos participantes. *E se eles não me derem ouvidos?*, pensou. *E se nunca calarem a boca?* Contudo, no fim ficaram quietos, e Abby pôde começar:

— Muito bem — falou, tentando ao máximo soar confiante e competente, como se já tivesse sido guia em centenas de excursões. Estava tão nervosa que mal conseguia olhar o grupo nos olhos, só via umas pernas com short de lycra aqui e umas camisas ali. — Olá, pessoal, e sejam bem-vindos à Libertar Cicloturismo. Meu nome é Abby Stern e vou ser sua guia na viagem. Vou pedalar com vocês todos os dias, seguindo a Trilha Empire State, partindo da cidade de Nova York no sentido norte até Albany, que fica a uns trezentos e quarenta quilômetros, e depois no sentido oeste, seguindo às margens do canal do Erie por mais quinhentos e sessenta quilômetros até Buffalo, e então até as Cataratas do Niágara, no Canadá. De lá, voltaremos para Buffalo e então para casa. Caso a viagem em que algum de vocês se inscreveu não seja essa, por favor, me avise após a apresentação e daremos um jeito de levar você em segurança para o lugar certo.

O último comentário rendeu algumas risadinhas, junto com uma pergunta de um dos participantes mais velhos, "O que foi que ela disse?", e um murmúrio de outra idosa, que se apoiou na ponta dos pés e, ao que pareceu, repetiu as palavras de Abby mais perto da orelha peluda do homem.

A Libertar era especializada em viagens de média duração com a comodidade de uma equipe de apoio. As excursões não ofereciam o mesmo luxo de algumas das agências mais caras. Os ciclistas não se hospedariam em hotéis quatro estrelas, não comeriam em restaurantes com estrelas Michelin, harmonizando as refeições com bons vinhos, depois de passar o dia pedalando. Dormiriam em hotéis e pousadas econômicos, lugares confortáveis e limpos, mas que nem de longe se comparavam ao Four Seasons. A comida seria saborosa e farta, porém não teria nada de gourmet: era mais pizza e frango frito do que *foie gras* e molejas. A agência atraía muitas famílias, jovens com orçamento limitado e idosos com rendas um tanto modestas que queriam ver o mundo, mas não tinham dez mil dólares para uma excursão de oito dias pelo Lago de Como.

— A esta altura, todos vocês já devem ter conhecido Jasper — continuou Abby, apontando para o homem, que fez um aceno amigável do lugar onde estava, atrás do grupo. — Jasper é nosso chef e mecânico. Ele vai preparar o café da manhã e o almoço, além de dirigir a van. Vai transportar nossa bagagem e algum ciclista, se for necessário. Se alguém quiser uma carona, ele pode dar. E também consertar sua bike, se alguma coisa quebrar. Todo mundo vai querer ter Jasper como um amigo nesta viagem.

— Olá, pessoal — cumprimentou Jasper. — Sejam bem-vindos.

— Oi — respondeu o grupo em coro, a não ser pelo senhor mais velho que, de novo, gritou um "Quê?".

Jasper era um homem de 30 e poucos anos, magro e em boa forma física, vestindo uma camiseta da Libertar e uma bermuda cargo. Com os quadris estreitos, músculos que pareciam feitos de aço e panturrilhas que poderiam ser usadas como uma ilustração de aula de anatomia, no imaginário popular ele se parecia com um atleta, ao contrário de Abby... mas como Jasper era negro, com dreadlocks que chegavam à metade das costas, ele também não correspondia de todo à imagem que vinha à mente da maioria quando se pensava em um guia de cicloturismo. Nos últimos anos, esforços foram feitos para tornar a prática mais inclusiva, mas, em geral, como Abby bem sabia, o ciclismo ainda era um passatempo de gente branca e rica.

— Sei que está todo mundo ansioso para começar a pedalar — prosseguiu Abby, secando as mãos suadas na bermuda de ciclismo. — Agora vamos falar da rota e das regras de trânsito. Hoje vamos percorrer a parte mais urbana da trilha, partindo de Nova York. Vamos seguir pela ecovia do rio Hudson, saindo de Manhattan, passando pelo Bronx e atravessando a ponte Broadway para chegar ao parque Van Cortland. Caso alguém esteja preocupado, vamos passar por baixo, e não por cima, da ponte George Washington. — Abby viu uma das mulheres parecer aliviadíssima ao ouvir aquilo. — Vamos parar para almoçar em Yonkers, depois de uns trinta quilômetros de pedalada. Depois vamos seguir por mais ou menos cinquenta quilômetros antes de encerrar o dia. A sinalização na saída da cidade às vezes fica confusa, principalmente perto da faculdade Manhattan, então peço para que andem todos bem próximos nos primeiros vinte quilômetros. Também peço que todo mundo use os coletes reflexivos. Eles ajudam na visibilidade, o que é necessário, principalmente nos dias em que andarmos em lugares com tráfego de veículos.

Jasper estava circulando pelo grupo, entregando para todos um colete de malha laranja com tiras de fita reflexiva na frente e nas costas. O entusiasmo dos ciclistas com aquele item de segurança variava de acordo com a idade. Os mais velhos aceitavam de bom grado, às vezes com agradecimentos efusivos. No entanto, os dois caras solteiros estavam de costas para Abby, mas ela ouviu bem um deles resmungar um "Para que isso?" baixinho, antes de dobrar o colete e enfiá-lo no bolso de trás da camiseta de ciclismo. *Já temos um encrenqueiro*, pensou Abby, estreitando os olhos. *Tomara que o selim da bicicleta dele provoque uma assadura em um lugar bem incômodo.*

Enquanto Abby aguardava, pensou em Mark, que não gostara muito da ideia da viagem. Ele falara que estava tudo bem, que ela deveria aproveitar a oportunidade, que estava feliz por ela, mas Abby vira a expressão no rosto dele (de perplexidade, decepção e talvez até um pouco de raiva) depois que ela lhe dera a notícia.

"É um trabalho que paga bem", dissera Abby. "E duas semanas passam rapidinho."

"Eu sei. Só queria que... enfim."

"O quê?", perguntou Abby, forçando-se a levar a conversa adiante.

"Eu preferia ter sido avisado com um pouco mais de antecedência, assim poderia pegar mais plantões, mas entendo que foi uma coisa de última hora", acrescentara ele, antes que Abby o interrompesse para explicar exatamente aquilo.

"São só duas semanas", repetira Abby. "E, quando eu voltar, podemos resolver a questão do apartamento."

Mark assentira, mas a expressão no rosto dele o fizera parecer um pouco perdido, confuso, como um menininho. O peito dela se apertara com aquilo.

"Se for para encontrar outro lugar, é melhor começarmos a procurar o quanto antes."

"Quando eu voltar", instira Abby.

Em seguida, colocara as mãos nos ombros de Mark, colara o corpo ao dele e começara a beijá-lo no pescoço e abaixo do queixo. Ele parecera surpreso, talvez porque os dois tinham criado o hábito de só transar duas vezes por semana, às quartas e aos sábados. Quando Abby parava para pensar naquilo, ficava triste. No começo do namoro, depois de se reencontrarem na Filadélfia, eles se atracavam na cama (ou no chuveiro, ou no sofá de Abby) a qualquer hora do dia. Às vezes, podia ser uma rapidinha intensa, sem sequer tirar toda a roupa, em outras, eles faziam tudo sem pressa e com muita sensualidade. Não era mais assim… mas era o que acontecia em todos os relacionamentos, certo? As coisas se abrandavam. O sexo ficava menos frequente, virava meio que uma rotina. Aquilo era amadurecer, certo?

"Então, amanhã eu preciso acordar às cinco horas", informara Mark, com a respiração um pouco mais acelerada enquanto Abby passava a mão pela admirável barriga chapada dele e a enfiava dentro da cueca.

"Relaxa, não vou deixar você acordado a noite toda", respondera ela antes de (por sorte, com graciosidade) ficar de joelhos.

Abby quisera agradá-lo, porque Mark merecia sentir prazer. E também quisera evitar que ele fizesse mais perguntas que não saberia como responder.

Na manhã seguinte, Mark fora trabalhar depois da corrida e de tomar um café da manhã rápido, uma vitamina com iogurte grego, whey e espinafre congelado. Ao longo do dia, Abby tinha lavado roupa, feito a mala e levado a bicicleta até a Queen Village Biclycles para uma revisão antes da viagem.

Mark estava no trabalho quando Abby prendera os alforjes na bicicleta, pedalara até a estação da rua 33 e pegara o trem para a cidade de Nova York. Pouco antes de chegar a Trenton, recebera uma mensagem no celular. "Só porque eu te amo", Mark tinha escrito. No anexo havia uma foto de dois pés com unhas de uns quinze centímetros em cada dedo, todas pintadas de um vermelho-vivo.

Abby respondera com uma carinha com as bochechas vermelhas e um coração. "Divirta-se", escrevera Mark. Aquilo significava, assim ela esperava, que estava perdoada… pelo menos por ora.

Então Abby percebeu que havia uma dúzia de pessoas a olhando e esperando pelo que viria a seguir, inclusive Jasper, que já tinha distribuído todos os coletes. Ela engoliu em seco.

— Vamos fazer uma apresentação rápida. Digam aos outros como se chamam e de onde são.

Abby apontou primeiro para o quarteto de idosos. O que tinha problema de audição (um homem alto, um pouco encurvado, com uma pele clara e sardenta, braços finos e joelhos nodosos) assentiu. Estava com uma pochete pendurada no ombro, como se fosse uma bolsa; usava aparelhos auditivos em ambas as orelhas e tinha um aspecto meio de tartaruga, com o rosto redondo e queimado projetado para a frente, o pescoço fino e flácido.

— Bom dia — começou ele, falando em um volume um pouco mais alto do que poderia ser considerado de bom-tom. — Eu sou Ted, essa é Sue. — Ele apontou para a mulher grisalha ao seu lado, que acenou para o restante do grupo. — Nós moramos em Rye, aqui mesmo no estado de Nova York, e todo ano fazemos uma viagem de verão com nossos grandes amigos Ed e Lou, que moram em Ridgefield, Connecticut.

O que Ted tinha de alto Ed tinha de baixinho, com uma cabeça careca, bronzeada e redonda como um fruto de carvalho, além de uma barriga que fazia um belo volume na camiseta apertada de ciclismo. Lou era ainda menor que o marido, com cabelo branco cacheado e bochechas rosadas.

— Então somos Ted e Sue, e Ed e Lou. Mas, para ninguém se confundir, nós também somos os…

Ele se virou para mostrar as palavras "COROAS DO PEDAL" bordadas logo acima de quatro bicicletas enfileiras com seus respectivos ciclistas. Risadinhas se espalharam pelo grupo.

— Essa foi boa — disse Jasper.

— Nós quatro temos nosso próprio carro de apoio. — Ted apontou para um enorme trailer estacionado mais à frente, junto ao meio-fio, provavelmente em lugar proibido. — Nós nos revezamos no volante. Então a cada dia três de nós vão pedalar e alguém vai dirigindo. E, claro, todos são bem-vindos a bordo, se precisarem usar o banheiro, ou só estiverem com calor e quiserem se refrescar, ou se estiver chovendo e não quiserem se molhar.

A mulher ao seu lado (que se chamava Sue, como Abby se esforçou para lembrar) segurou o pulso do homem e o puxou para falar bem perto do aparelho auditivo.

— Ah, sim! — exclamou Ted. — Sue me lembrou de avisar que eu escuto meio mal. Por favor, tentem olhar para mim enquanto conversam comigo, e falar bem devagar e com clareza.

— Obrigada, Ted — respondeu Abby, devagar e com clareza.

Lizzie tinha contado sobre o trailer, explicando que os Coroas do Pedal o usavam por questões de segurança em viagens que faziam sozinhos, para o caso de um ou mais deles não conseguirem completar a quilometragem do dia.

"Eles não podem usar nosso carro de apoio?", tinha perguntado Abby na ocasião.

"Acho que eles preferem ter mais autonomia", retrucara Lizzie, dando de ombros. "Ou, vai saber, de repente algum deles odeia banheiros químicos."

"Todo mundo odeia banheiros químicos", afirmara Abby.

"Justo."

Abby acenou com o queixo para a mulher que pareceu aliviada pela questão da ponte. Ela se apresentou como Lily Mackenzie e disse que estava acompanhada da filha, Morgan.

Lily era miudinha, com cabelo de um loiro bem vivo, olhos azuis enormes e unhas compridas e bem-feitas. Usava uma bermuda de lycra de ciclismo preta, mas, em vez da camiseta do mesmo material, como era de costume, com bolsos acima dos quadris, vestia uma normal, de mangas compridas. Abby também viu uma cruz presa em uma correntinha de ouro em seu pescoço. A filha, Morgan, era mais alta que a mãe, tinha cabelo castanho-claro reluzente que, pelo que Abby pôde ver, com olhos não muito generosos, era a coloração original de Lily. Ela vestia bermuda de ciclismo, uma camiseta larga que quase cobria o short e um colar igual ao da mãe. Uma aliança de ouro no anelar esquerdo chamou a atenção de Abby. A garota seria casada? Não parecia possível. Era quase uma criança.

— Era para virmos em três, mas Morgan e eu estamos aproveitando a ocasião para passarmos um tempo juntas enquanto meu marido está presidindo um retiro para homens no Arizona.

Lily sorriu para o grupo, e Morgan assentiu de leve, passando a língua nos lábios e voltando os olhos para o chão. A postura da garota era quase furtiva, com os ombros curvados, a mão esquerda segurando o cotovelo direito e o corpo inclinado para longe da mãe. Era uma linguagem corporal de que Abby se lembrava bem da época de adolescente.

— Sejam bem-vindas.

Abby só torcia para que os Coroas do Pedal, e o adesivo com o dizer NOSSOS CORPOS, NOSSAS REGRAS ao lado do adesivo de apoio a Bernie

Sanders, bem visíveis no trailer, pegassem leve com as Mackenzie e restringissem as conversas a temas como bicicletas, clima e programas de TV favoritos.

— Não tenho muita experiência em viagens de bicicleta — acrescentou Lily —, mas vou me esforçar ao máximo para acompanhar o grupo. — Ela lançou um olhar carinhoso para Morgan. — Estou muito feliz pela oportunidade de passar um tempo com minha filha.

— Sem problemas — respondeu Abby. — Morgan, que parecia bem menos animada com a ideia, conseguiu abrir um sorriso amarelo antes de se afastar ainda mais. — Aliás, vamos aproveitar a ocasião para lembrar que estamos em um passeio, não em uma competição. Ninguém está aqui para disputar uma vaga na equipe olímpica de ciclismo de estrada nem para se classificar para o Tour de France. Não precisam se preocupar com pedalar rápido. Queremos que desfrutem do que a oportunidade de viajar de bicicleta proporciona: as paisagens, os sons...

*Os cheiros*, pensou Abby, mas não disse, quando se lembrou das estações de esgoto de New Hope a Nova York, por onde passara no passeio anual do clube de ciclismo, cujo trajeto atravessava partes bem malcheirosas de Elizabeth, em Nova Jersey.

Abby sabia que, em alguns casos (principalmente o de homens), o discurso seria ignorado. Com tantos aplicativos disponíveis para celular e dispositivos para afixar no guidão, os ciclistas tinham acesso em tempo real a todos os dados imagináveis: quanto já tinham pedalado e quanta ainda faltava, a velocidade média, o rimo médio de pedaladas, a altitude, quantos quilômetros da viagem como um todo foram percorridos e quantos restavam, e o próprio ritmo em comparação aos outros ciclistas que fizeram a mesma rota, ou aos outros que pedalavam naquele dia, naquele mês, ou naquele ano.

Era um desafio. Por mais que os guias pedissem para as pessoas desligarem os dispositivos e curtirem a paisagem, sempre haveria os obcecados por dados que ficariam a viagem toda com a cara enfiada na tela, concentrando-se só em completar o percurso no melhor tempo possível... ou, pelo menos, mais depressa do que as pessoas ao lado, ou melhor do que foram no dia ou na semana anterior. Abby sabia que Marj, a fundadora da Libertar, tinha cogitado a ideia de proibir os aplicativos e dispositivos eletrônicos, mas no fim decidiram deixar isso a cargo dos participantes. Provavelmente ela sabia que muitos ciclistas sequer considerariam a hipótese de fazer uma viagem da qual não pudessem voltar com suvenires, lembranças, fotografias, coisas para se gabar e muitas informações, inclusive a quilometragem exata, contando até os centímetros, que haviam percorrido.

— Então, por favor, não precisam ter pressa, olhem ao redor, desfrutem do passeio — continuou Abby. — Vamos ter muitas coisas lindas para ver. E, quando se cansarem — Abby fez questão de estabelecer contato visual com Lily e depois com cada um dos Coroas do Pedal —, não precisam ir além dos limites. Nossa mentalidade aqui não é "sem sofrimento, sem recompensa". Ninguém vai ganhar pontos por pedalar com dor. É só parar e me avisar, se eu não estiver por perto, pode ligar para Jasper, que ele vai buscar você.

Abby apontou com o queixo para o homem de meia-idade que ouvia as apresentações com indiferença, os ombros quase na altura das orelhas e os braços cruzados. Tinha cabelo cortado bem rente, pele branca com um leve toque bronzeado e lábios franzidos de um jeito que Abby deduziu que fosse a expressão padrão dele. As bicicletas de estradas que ele e a esposa usavam eram de boa qualidade, mas os arranhões e amassados mostravam que não eram novinhas em folha. Os dois filhos adolescentes tinham bicicletas de cascalho com pneus de cross, o tipo de bicicleta robusta, pau-para-toda-obra e não muito cara que os pais compram quando os filhos ainda estão crescendo e não querem desembolsar milhares de dólares todos os anos.

— Sou Dale Presser. — Ele apontou para a mulher ao seu lado, que tinha 30 e tantos ou 40 e poucos anos, deduziu Abby, bronzeada e simpática, com um brilho na pele de quem tinha passado a maior parte do verão ao ar livre. Tinha um rosto redondo e o cabelo castanho estava preso em um rabo de cavalo que provavelmente ficava bem encaixado sob o capacete. — Minha esposa, Kayla.

— A famigerada patroa! — disse Kayla, com um sorriso bem-humorado, bem mais franco e aberto que o do marido.

Estava usando uma camiseta roxa de ciclismo, de mangas curtas, bermuda de ciclismo e meias roxas também curtas. Parecia estar em boa forma, mas não a ponto de parecer intimidadora para os demais. Os garotos usavam o mesmo tipo de bermuda (Abby apostava que a ideia de usar roupas justinhas e equipamento de segurança tinha provocado algumas brigas) e camisetas.

— E esses são nossos filhos — complementou Kayla, apontando para os dois, bem mais altos que ela. — Ezra tem 14, e Andy, 16. Os dois estão bem contentes por estarem aqui, e não em casa jogando videogame com os amigos. Estavam ansiosos para deixar os celulares de lado e sair um pouco ao ar livre.

Isso provocou sorrisos e um olhar solidário de Lily. Abby esperava grunhidos e reviradas de olhos dos garotos, mas Andy, o mais velho, sorriu para a mãe, enquanto Ezra fez questão que todos vissem quando entregou para ela o celular. Andy era mais alto que os pais, um garoto magro e sardento, com olhos azul-claros, um nariz que ocupava a maior parte do rosto, mãos que pareciam grandes demais para os braços e pés enormes. Lembrava o irmão de Abby naquela idade. Simon comia até se empanturrar e logo estava com fome de novo; tigelas enormes de massa ou cereais, garrafas inteiras de leite e pacotes inteiros de Oreo desapareciam em uma única tarde. Ezra tinha uma silhueta mais parecida com a do pai, só um pouco mais baixo e mais largo.

— É a primeira viagem de bike de vocês? — perguntou Abby, e não ficou surpresa quando Kayla respondeu em nome da família.

— Dale e eu pedalávamos juntos antes de termos filhos — contou ela. — É nossa primeira viagem com os meninos. Estamos contentes por termos vindo.

— E nós estamos contentes em recebê-los.

Abby viu Andy se aproximar de Morgan e dizer alguma coisa que a fez sorrir. *Está indo bem, garoto*, pensou Abby.

— Próximo!

Ela sabia que não adiantava mais adiar aquilo e, para se preparar, lembrou-se de todas as palavras de incentivo de Lizzie ao apontar para os dois homens para quem vinha evitando até olhar, os quais já havia apelidado na mente como os "Manés de Sempre". Já tinha feito viagens com caras assim antes: homens com bom condicionamento físico, equipamentos caríssimos e o rei na barriga. Muitas vezes, eram ex-colegas do tempo de colégio ou antigos companheiros de time na faculdade querendo reviver os tempos de glória antes que a idade e as próteses nos joelhos começassem a impedi-los. Aqueles eram os ciclistas que tipicamente ignoravam as recomendações sobre dispositivos eletrônicos e sobre desfrutar da paisagem; os caras que sempre escolhiam o caminho mais longo quando tinham a opção e passavam as refeições comparando os tempos em cada trecho de percurso e nas subidas, a cadência de pedaladas e até as taxas de batimento cardíaco em repouso. Planejavam as viagens com o objetivo de riscar grandes escaladas ou índices esportivos de alguma lista imaginária, mas, pelo que Abby sabia, aquela lista poderia existir de verdade, com cópias distribuídas para todos os ciclistas homens do país entre 21 e 45 anos. Pela falta de ânimo que demonstravam, aqueles ciclistas poderiam muito bem ficar em casa, contando a quilometragem nas ergométricas Peloton que sempre tinham no porão (as quais faziam questão de contar que foram compradas antes de virarem modinha e perderem o apelo). Caras assim, pela experiência de Abby, eram o público menos propenso a acreditar que as mulheres em geral (e em particular jovens e gordas) tinham qualquer experiência, capacidade ou conhecimento que valesse a pena. Via de regra, eles não se juntavam ao grupo que seguia no ritmo estabelecido por Abby e, mesmo quando faziam isso, preferiam ignorá-la, contradizê-la, interrompê-la ou tratá-la com uma condescendência educada que conseguia ser ainda pior que o desprezo.

Ela não ficou surpresa ao ver que os manés daquele dia tinham bicicletas de estrada top de linha, com componentes de alta tecnologia e selins minúsculos que fizeram as partes íntimas dela doerem só de olhar para aquelas coisas. Mas talvez aquilo fosse bom. *Talvez*, pensou Abby, *não precisasse ouvir os dois compararem as taxas de batimentos durante o almoço.* Talvez nem parassem para almoçar, apenas comessem um salmão desidratado e um gel energético durante um sinal vermelho antes de disparem na frente de todo mundo, pedalando a trinta quilômetros por hora. Azar deles.

*E a escolha também é deles*, Abby lembrou a si mesma, tentando ser objetiva ao avaliá-los. Um era negro, parecia ter pouco mais de 30 anos, silhueta um tanto robusta e por volta de um metro e oitenta. A pele escura tinha um tom um pouco avermelhado; o cabelo era cortado bem rente. Tinha covinhas nas bochechas e no queixo, usava uma camisa de ciclismo cinza e branca, aliança de ouro e óculos com armação de aço que tinha tirado e estava limpando com um paninho que sacara do bolso de trás. Ele abriu para Abby um sorriso simpático. *Talvez não seja assim tão ruim*, pensou ela.

Então voltou a atenção para o outro, que era alto, tinha a pele clara, cabelo castanho e...

*Não.*

Abby sentiu o coração parar e perdeu o fôlego. Tudo no parque ao redor congelou, as conversas silenciaram, o trânsito parou; foi como se o tempo em si tivesse ficado em suspenso enquanto Abby o olhava, com a mente só conseguindo formar palavras soltas ou fragmentos de frases do tipo "não", e "não acredito", ou "como é que pode?".

Porque o cara de cabelo castanho e olhos claros, com uma boca com um contorno lindo e a marca de nascença bem no centro do pescoço, era Sebastian. O sr. Despedida de Solteira. Aquele com quem ela havia dormido dois anos antes.

Em mais uma evidência de como a vida era injusta, Sebastian parecia ter ficado ainda mais bonito naquele meio-tempo. Seus bíceps estica- vam o tecido da camisa de ciclismo azul-escura, as coxas pressionavam as costuras da bermuda. Abby se permitiu uma rápida olhada para o rosto, o cabelo ondulado e os lábios grossos dele, tempo suficiente para captar um vislumbre de uma expressão presunçosa, e uma mecha de cabelo caída na testa de um jeito charmoso. Abby apostava que não era sem querer, e também que uma multidão de mulheres havia tentado domar aquela mecha teimosa.

Ela se obrigou a sorrir e lembrou ao próprio coração e pulmões que precisavam funcionar. Quando conseguiu ter alguma certeza de que sua voz soaria minimamente firme, falou:

— Os cavalheiros gostariam de se apresentar ao grupo?

— Eu sou Lincoln Devries — anunciou o cara que não era Sebastian.

— Sebastian Piersall — falou aquele com quem ela tivera, de longe, a melhor transa da vida.

*Talvez ele não se lembre de mim*, pensou Abby, com um tanto de desespero, quando Sebastian a observou. Ele arregalou os olhos por um instante. Em seguida, abriu um sorriso cheio de intimidade, um sorriso que revelava que se lembrava de tudo, inclusive o número exato de vezes que Abby tivera fantasias com seu rosto e sua voz enquanto se tocara, ou (ai, que vergonha) quando Mark a tocara.

— Abby — disse ele, com a voz grossa e doce como mel. — Que bom ver você de novo.

# Sebastian

Sebastian Piersall era um homem de sorte. Ele sabia que isso era verdade. Saberia mesmo se o melhor amigo, Lincoln, os pais, a irmã e o cunhado não vivessem dizendo aquilo o tempo todo. "Sebastian é assim mesmo", falavam, sacudindo a cabeça em negação de um jeito bem-humorado. "Se cair em uma pilha de merda, sai cheirando a rosas."

Ele teve uma infância confortável de garoto branco de classe média, o segundo filho de um professor universitário e uma professora de artes na escola primária. Sua mãe tinha alguns problemas, verdade, em termos mais específicos: com vinho branco e vodca. E, sim, isso acabou virando um problema para seu pai, que tentara (e tentara e tentara) colocá-la em uma clínica de desintoxicação ou fazê-la se comprometer com um programa de tratamento de longo prazo. Só que nada daquilo afetara Sebastian de fato. Ele era adolescente quando as coisas ficaram feias de verdade, e estava na faculdade quando sua mãe fora internada pela primeira vez. Em suas lembranças, os tempos de menino eram uma época idílica. Tinha memórias felizes de uma mãe divertida, que o deixava faltar à escola para ficar vendo desenho animado e depois o levava para jogar boliche; uma mãe que dava risada, que ia correndo com ele comprar pizza antes que seu pai chegasse em casa depois de ter dormido no sofá e deixado o jantar queimar.

"Sebastian, você sabe muito bem que ficava em casa porque ela estava de ressaca e não estava em condições de acordar e vestir uma criança para ir à escola", dissera a irmã em uma sessão de terapia familiar na primeira internação da mãe. "E ela não estava dormindo no sofá, estava desmaiada de bêbada!" Sebastian não respondera, porque não sabia. Mesmo que a mãe divertida na verdade tivesse sido uma mãe alcoólatra, ele se recusava a abrir mão das lembranças de infância. "Você tem sua visão, eu tenho a minha", fora o que ele respondera. Greta havia revirado os olhos, e a terapeuta dissera alguma coisa sobre viver em negação, explicando que o vício era uma doença que afetava toda a família. Sebastian parara de prestar atenção e começara a se concentrar nos planos para a noite, na garota com quem sairia.

Ele sempre tinha sido bonito e sociável, bem-sucedido academicamente e um atleta de destaque. Jogara futebol americano, hóquei no gelo e polo aquático, mas o esporte de sua predileção era o futebol. O time de seu colégio chegara à final estadual no ensino médio; Sebastian fora eleito para a seleção do campeonato. Nos Estados Unidos, o futebol não era um esporte no qual era possível se profissionalizar e ganhar fama e fortuna, mas estava no radar dos recrutadores dos programas esportivos das universidades. Antes mesmo de se formar na escola, Sebastian fora aceito na Universidade Wesleyan, sua primeira opção e a única instituição à qual se candidatara... em mais um exemplo de como o universo sempre atuava em seu favor.

No primeiro dia de faculdade, chegara ao alojamento estudantil, um predinho de tijolos chamado Butterfields, usando short de nylon, camiseta e o boné de beisebol que tinha vestido naquela manhã. Encontrara Lincoln diante de uma tábua de passar, de calça social cáqui e camisa xadrez de manga curta, passando o restante das camisas. Sebastian ficara só olhando e pensando: *Será que ele é gay ou só pomposo?* Lincoln o encarara de volta, talvez pensando: *Olha aí o atleta cabeça oca.*

Sebastian sorrira para Lincoln de um jeito que desarmava qualquer um.

"E aí?", cumprimentara. "Eu sou Sebastian."

As portas do armário estavam abertas, e Sebastian viu as fileiras de calças e camisas bem passadas, penduradas em cabides de madeira e organizadas da mais clara para a mais escura.

"Olá", respondera Lincoln.

Ele se apresentara e contara que tocava violino e faria um teste para entrar na orquestra, não pretendia trazer ninguém para o quarto para encontros românticos e esperava que Sebastian retribuísse a cortesia.

Ainda sorrindo, Sebastian retrucara que tudo bem, apesar de estar pensando: *Isso não vai dar certo...* Mas, dez minutos depois, Lincoln estava sacudindo a cabeça ao ver as pilhas de roupas amassadas que Sebastian tirara da bolsa esportiva, e cinco minutos depois disso já estava passando também as camisas dele. Em seguida, Sebastian levara Lincoln para o gramado e ensinara para ele os fundamentos básicos para jogar Ultimate Frisbee.

O alinhado, engomado e sempre impecável Lincoln virou o melhor amigo de Sebastian. Os dois foram colegas de quarto durante os quatro anos de universidade. No segundo ano, criaram um site chamado Exclusivo, que divulgava fofocas do campus, disponibilizava um boletim informativo sobre os eventos da semana na Wesleyan e publicava algumas reportagens mais aprofundadas, como os esforços dos trabalhadores do setor de alimentação da instituição para se sindicalizarem, ou como uma controvérsia surgiu quando um professor querido pelos estudantes não conseguiu um contrato de trabalho com estabilidade no cargo. O projeto começara como um passatempo, mas fora ganhando mais leitores a cada mês. Depois que se formaram, Sebastian e Lincoln se mudaram para Nova York, onde transformaram o Exclusivo em uma newsletter semanal, uma versão mais adulta do site, com uma mistura de fofocas e informações, tudo escrito em um estilo leve e descontraído.

"Vamos ver se conseguimos fazer a coisa decolar", comentara Lincoln na época, depois que Sebastian o convencera a não seguir direto para a pós-graduação em administração e negócios. "Podemos tentar por um ano e ver no que dá."

Eles começaram dividindo um apartamento minúsculo de um quarto no Queens, que era também a sede do Exclusivo, apesar de a maior parte do trabalho ser feita nos cafés dos arredores... e assim a coisa foi crescendo. Quando Lincoln ficara noivo de Lana, uma colega da orquestra da Wesleyan, seus pais deram o dinheiro para a entrada em um sobrado em Williamsburg como presente de casamento. Era um lugar formidável, com três andares, pés-direitos altos, molduras de gesso no teto e um apartamento separado no térreo, com entrada independente. A ideia era que Lincoln e a noiva morassem na casa e alugassem o apartamento para ajudar no pagamento da hipoteca, mas ele conseguira convencer os pais a deixar que Sebastian ficasse com aquele imóvel por um valor abaixo do mercado.

Assim, lá estava ele, aos 33 anos, na melhor cidade do mundo, fazendo um trabalho que adorava, morando em um lugar ótimo, que cabia no bolso, o melhor amigo no andar de cima e, graças aos novos aplicativos de encontro, uma infinidade de mulheres solteiras disponíveis. Sebastian podia sair (e muitas vezes saía) com uma mulher na sexta-feira para beber alguma coisa (ou seja: sexo), encontrar outra no sábado à tarde para um café, que poderia virar drinques ou um jantar, ou as duas coisas (com sexo em seguida). Se o encontro da tarde não parecesse promissor, ele se despedia com educação e voltava ao aplicativo para procurar outra pessoa com quem beber depois. Às vezes, encontrava-se com alguma garota no domingo para um brunch (e mais sexo)... e, se não estivesse cansado, ou ocupado, ou se estivesse no meio de um trabalho de apuração pesado para uma matéria e precisasse se distrair, às vezes arrumava até uma transa para o domingo à noite (sem drinques nem café antes, só o sexo mesmo).

Gordas ou magras, baixas ou altas; negras, brancas, latinas, asiáticas; cristãs, judias, muçulmanas, mulheres de qualquer nacionalidade, etnia e religião... Sebastian não tinha qualquer restrição. Sua vida sexual era como um bufê variado e infinito, e não havia motivo para jogar o guardanapo no prato e dizer: "Obrigado, mas eu já estou satisfeito".

Era verdade que Lincoln às vezes o chamava de galinha, dizia que ele era incapaz de assumir um compromisso sério, enquanto Lana observava com tristeza seu estilo de vida. E, sim, sua irmã murmurava de maneira sinistra que aquilo era um comportamento compulsivo, que Sebastian estava buscando uma forma de compensar sua infância disfuncional ou coisa do tipo; que ele nunca tinha "enfrentado os próprios demônios" nem "lidado com o trauma", que poderia ser até viciado em sexo. Sebastian só dava risada.

"O sexo não é uma substância química." Era a resposta dele. "E, se eu for mesmo viciado, espero continuar sendo para sempre."

Ele não estava solitário, não estava compensando nada, nem tinha trauma nenhum. Só não estava disposto a ir além da mais básica e casual das relações. Vinha acompanhando de camarote a vida assustadoramente saudável que Lincoln e Lana construíram juntos: os jantares para amigos e conhecidos, as idas às feiras de pequenos produtores, as festas de Natal com biscoitos caseiros e convidados reunidos ao redor do piano para cantar músicas natalinas.

Sebastian não dava festas. Preferia receber suas convidadas a nível individual, como dizia Lincoln, entre a hora em que os estabelecimentos fechavam as portas e a hora da vergonhosa caminhada da ressaca da manhã seguinte. Mas, apesar de não estar a fim de nada sério, Sebastian não tratava mal as mulheres, não as via como se fossem objetos. Na verdade, eram elas que o objetificavam. Ele nunca transou com uma mulher sem que ela dissesse explicitamente que era aquilo que queria. Sempre pedia permissão e nunca fazia nada sem consentimento total e entusiasmado da parceira. Nunca partira o coração de ninguém. Pelo menos não de propósito.

Não era um malandro insensível e cheio de segundas intenções. Mas gostava de sexo, e de variedade, e de situações que não criassem nenhum tipo de mal-entendido e confusões. A não ser em raríssimos casos, as mulheres que conhecia nos aplicativos concordavam totalmente com sua visão das coisas. E assim a primeira década de vida de Sebastian depois da faculdade foi passando sem deixar marcas, como um borrão feliz.

Houvera uma mulher, certa vez: alguém que ele sentira vontade de encontrar de novo. Eles não se conheceram por aplicativo, o que facilitaria o reencontro. Tinha sido em um bar, já de madrugada. Eles tiveram uma noite memorável juntos e, quando Sebastian acordara, ela havia ido embora. Não deixara sequer um bilhete, e ele não sabia seu sobrenome. Parecera uma mensagem do universo, uma indicação de que não existia aquela coisa de amor... ou que, pelo menos, a hora de Sebastian encontrar o dele ainda não tinha chegado.

Mas lá estava a mulher, bem diante dele! E eles passariam as duas semanas seguintes juntos. Sebastian sorriu, contente por, mais uma vez, o mundo despejar bênçãos sobre ele; era mais um exemplo de como as coisas sempre funcionavam da maneira como gostaria.

— Que bom ver você de novo — disse ele para Abby, com aquela que haviam lhe dito ser sua voz de galã.

Mas, em vez de ficar contente, Abby parecia... irritada? Esgotada? Assustada?

— Vista o colete, por favor — falou ela e se afastou, deixando Lincoln o encarando sem entender nada.

— Pelo jeito vocês já se conhecem, certo? — perguntou o amigo, em um tom bem seco.

Sebastian sabia que, se confirmasse, passaria o resto da viagem ouvindo Lincoln reclamar de sua promiscuidade, e da dificuldade cada vez maior de encontrar mulheres com quem ele ainda não tinha ido para a cama. A última coisa de que Sebastian precisava era daquela aporrinhação.

— Algum motivo para ela não parecer muito satisfeita por rever você? — questionou Lincoln.

— Não se preocupe — respondeu Sebastian. — Está tudo certo.

Ele sorriu, pensando que aquela viagem, para a qual já estava ansioso, tinha acabado de ficar ainda mais interessante.

# Abby

As apresentações foram encerradas por Richard e Carol Landon, um casal branco de meia-idade, e com cara de endinheirados, de Connecticut. Abby os cumprimentou enquanto fazia um tremendo esforço para acalmar o coração acelerado e não ficar encarando Sebastian... ou nem sequer olhar em sua direção.

— Muito bem — disse ela. — Todo mundo conseguiu baixar o trajeto no celular, ou pegar a versão impressa?

Os pais consultaram os celulares. Os adolescentes consultaram os pais. Os homens dos Coroas do Pedal começaram a mexer nos computadores de bordo das bicicletas, enquanto a mulher, que podia ser Lou ou Sue (ela já tinha esquecido quem era a esposa de quem) desdobrava um dos mapas impressos por Abby. Morgan Mackenzie se pôs atrás da mãe, em um oásis gelado de silêncio adolescente. Ezra Presser estava levando uma bronca da mãe ("Não, você não pode só ir me seguindo. Precisa aprender a ler o mapa. É uma coisa importante para a vida!"), foi o que Abby ouviu Kayla dizer. Enquanto isso, Andy Presser se aproximava ainda mais de Morgan.

Abby foi até a própria bicicleta, a Trek de viagem que tinha comprado de segunda mão por trezentos dólares, que juntara trabalhando como babá e economizando o que ganhara no *bat-mitzvá* aos 16 anos. A compra fora feita antes de sua primeira viagem na vida, um passeio de cinco dias para Cabo Cod com Lizzie. Elas levaram barracas, sacos de dormir e lonas para forrar o chão, e passaram duas noites no Parque Estadual Nickerson, em Brewster, e uma noite em um albergue em uma cidadezinha litorânea chamada Truro. Na última noite dormiram na praia Race Point, em Provincetown. O pôr do sol que viram fora espetacular e, quando acordaram de manhã, avistaram baleias-de-minke, mães com os filhotes, brincando perto da praia.

Abby adorava sua bike. Mais do que isso, identificava-se com ela. O modelo 520 vinha sendo fabricado pela Trek desde 1983, por mais tempo do que qualquer outro no mercado. As bicicletas eram lendárias: quadro de aço, praticamente indestrutíveis, estáveis e robustas, com suportes para os ciclistas colocarem alforjes nas rodas traseiras e dianteiras. As bicicletas de viagem eram conhecidas pela geometria mais suave, com um quadro mais longo que priorizava o conforto e a estabilidade, em vez da velocidade. Lado a lado com as bikes de estrada, pareciam imensas; eram como hipopótamos que tinham ido parar no meio das gazelas. Não eram velozes nem chamativas, mas quase nunca quebravam, eram capazes de suportar quase qualquer peso e rodavam bem em praticamente todas as superfícies. Não eram bonitas, mas faziam bem aquilo a que se propunham.

A 520 de Abby tinha quase vinte anos de uso ("praticamente uma antiguidade", como Lizzie gostava de dizer) e uma pintura azul-marinho e detalhes em dourado. Ao longo dos anos, Abby havia acrescentado um pezinho, três suportes para garrafas de água, outro no guidão para seu iPhone, uma lanterna para transitar à noite e uma sineta que parecia um olho se revirando e fazia um som agradável de campainha quando era acionada. Ela tinha também passado uma fita especial para dar mais aderência às manoplas. Na parte frontal, sua espaçosa bolsa de guidão Ortlieb estava carregada com tudo o que pudesse precisar: um kit com múltiplas ferramentas para consertar pneus furados, uma câmara de ar extra, um carregador sobressalente para o celular, uma caixa de primeiros socorros, uma toalhinha de mão, e lanchinhos em caso de emergência.

— Eu vou fechar o pelotão, pedalando atrás de vocês — informou ela ao grupo.

*Não olhe, não olhe, não olhe,* pensou Abby, mas foi impossível não lançar um olhar para os dois caras. Ela se virou para o outro lado antes que Sebastian fizesse contato visual, tentando não especular sobre o que ele estaria pensando. Ainda não conseguia nem acreditar que ele lembrava seu nome.

— Todos precisam ter o número de Jasper nos contatos do celular. Caso aconteça qualquer problema, um desvio na rota, um pneu furado, uma crise existencial, é só encostar e me esperar. Se não me encontrarem, liguem para ele. Alguma pergunta?

Não tinham.

— Certo! — exclamou Abby. — Só mais uma coisinha, antes de irmos. Todo mundo tem uma câmara de ar extra, para o caso de furar um pneu? E chaves de roda? Vocês precisam ter no mínimo três.

Abby foi passando de ciclista em ciclista. Estava todo mundo bem equipado, a não ser os dois manés, que tinham só duas chaves de roda e uma câmara extra para os dois.

— Eu vou pegar mais uma câmara para vocês — disse Abby.

— Não precisa — respondeu Sebastian.

Abby se permitiu olhar para aquelas maçãs do rosto altas e salientes, o bico de viúva na testa e mechas acobreadas no cabelo castanho propositalmente despenteado.

— Você sabe trocar um pneu furado? — questionou Abby.

Sebastian pareceu achar graça.

— Sim, Abby, eu sei trocar um pneu.

Abby abriu a boca. Para dizer o quê, não sabia ao certo ("Bom para você", "Ainda bem", "Eu lembro que você era bom mesmo com as mãos", ou "Por favor, não fale meu nome assim que eu não resisto"), mas, naquele momento, alguém a chamou.

— Abby!

Ela se virou e viu uma mulher miudinha, com corte de cabelo de madame, pedalando uma bicicleta novinha na direção do grupo.

— Oi, querida. Desculpe o atraso.

E Abby Stern, que já estava considerando a situação toda bem constrangedora, deu uma boa olhada em Eileen Stern Fenske, sua mãe, e percebeu que o universo sempre dava um jeito de complicar ainda mais as coisas.

Depois de colocar os ciclistas no caminho certo, e de observar cada um deles durante os primeiros quilômetros, quando não havia mais como evitar, Abby diminuiu o ritmo e esperou a mãe alcançá-la.

— Mãe — disse ela, sincronizando as pedaladas com Eileen até as duas bicicletas ficarem lado a lado, esperando que ela se explicasse. Após alguns minutos, quando ficou evidente que aquilo não aconteceria, Abby se forçou a perguntar: — O que você está fazendo aqui?

— Vim passar um tempo com minha filha — respondeu Eileen, com a voz calma e a expressão serena. Mas talvez fosse por causa dos preenchimentos faciais, pensou Abby. Talvez não fosse mais possível para a mãe parecer incomodada, ou cansada, ou irritada, ou qualquer coisa que não fosse agradável. — Eu sou uma belíssima surpresa — adicionou Eileen, despreocupada.

— Bem, uma surpresa sem dúvida — murmurou Abby.

— Ei, eu ouvi isso — respondeu Eileen, ainda sem se alterar. — Mas tudo bem. Nós vamos nos divertir! Quero ver você no ambiente em que se sente mais à vontade.

Abby analisou o comentário sob todos os aspectos em busca de alguma crítica implícita, e então balançou a cabeça. *Não entre nesse joguinho*, pensou. Talvez Eileen estivesse sendo sincera, fazendo mesmo um esforço (ainda que tardio) para conhecer a filha no ambiente e nas condições ideais para ela. A mãe tinha até comprado uma bicicleta que não era ergométrica e roupas de ciclismo: bermuda leve, uma camiseta rosa-choque com três bolsos elásticos nas costas, luvas acolchoadas, tênis sem cadarços.

— Lizzie me levou para fazer compras — explicou ela, respondendo à pergunta que Abby nem sequer tinha feito.

Então Lizzie também estava envolvida naquilo? Abby decidiu que teria uma conversa bem franca com a melhor amiga o quanto antes.

— Não fique brava com ela. Eu a fiz jurar guardar segredo — continuou a mãe. — Queria fazer uma surpresa para você.

— Isso você com certeza conseguiu.

Eileen estava se esforçando, pensou de novo. Claro, o cabelo da mãe devia estar com uma escova impecável debaixo do capacete, e sim, ela estava toda maquiada e tinha arrumado tempo inclusive para depilar as pernas com cera quente e fazer as unhas, mas estava lá. De bicicleta. Na estrada. Com Abby.

Só que aquilo não significava que Eileen estivesse minimamente preparada para o que viria pela frente.

— Você fez algum tipo de treinamento? — perguntou Abby à mãe. — Qual foi a última vez que subiu em uma bicicleta?

Quando Eileen abriu a boca para responder, Abby a interrompeu:

— Em uma bicicleta de duas rodas. Não uma Peloton.

Eileen fechou a boca e fungou, parecendo ofendida.

— Eu pedalo uma hora três vezes por semana — rebateu Eileen. — Nos percursos avançados. Isso não é pouca coisa.

— Não mesmo, mas também não é a mesma coisa que pedalar ao ar livre — rebateu Abby. — Com a bicicleta se movendo, e você precisando se equilibrar, passando por calombos e buracos na pista, caminhos de terra, com outras pessoas ao redor...

— Eu vou ficar bem — garantiu Eileen e, para provar seu ponto, desviou habilmente de um entregador que passou com uma mochila lotada nas costas. — Você sabe o que sempre dizem. É como andar de bicicleta. — Sua mãe acenou com o queixo para Lily Mackenzie, que estava cambaleando uns dez metros à frente. — Pelo menos estou me saindo melhor que ela.

— Mãe...

*Pelo menos sei de onde vem essa minha tendência a julgar*, pensou Abby.

— Não estou aqui para causar nenhum problema — declarou Eileen. — Só achei que seria bom passarmos um tempo juntas.

— Por quê?

— Porque eu tenho 63 anos — respondeu Eileen.

Abby ficou à espera, ponderando se a frase em si era para ter algum significado. Eileen a encarou e balançou a cabeça.

— Você não deve se lembrar, mas minha mãe tinha essa idade quando morreu.

— Ah.

Abby não tinha quase nenhuma recordação da avó Rina. A mãe de sua mãe havia morrido quando Abby tinha 6 anos.

— E eu queria muito passar um tempo com você, fazendo alguma coisa que fosse uma paixão sua — continuou Eileen, mantendo os olhos na trilha e não em Abby quando complementou: — Sei que nem sempre tomei as decisões certas quando planejava suas férias.

*Aquele era um pedido de desculpas?*, Abby se perguntou. Ela e a mãe não tocavam no assunto do acampamento Golden Hills fazia anos. Como Eileen se calou, Abby concluiu que uma admissão tácita e vaga era melhor do que nada. E, provavelmente, o máximo que poderia esperar.

— Você vai me agradecer por isso algum dia — anunciou Eileen Stern do assento do passageiro enquanto o carro atravessava os portões do acampamento Golden Hills.

Abby não respondeu. Estava no banco traseiro, sentada atrás do pai, olhando pela janela. Havia um ornamento enorme, um garfo e uma faca cruzados, pregado na entrada do acampamento, como se fosse um brasão no escudo de um cavaleiro medieval. Abaixo dos talheres de madeira estava o lema do Golden Hills: PRESENTE SAUDÁVEL... FUTURO FELIZ!

— Sei que não é como está se sentindo agora — continuou Eileen enquanto o carro passava pela entrada. — Mas algum dia vai ficar muito grata.

Abby estava de braços cruzados. Sentia as coxas grudarem no assento. Nem se deu o trabalho de responder. *Eu nunca vou agradecer por isso*, pensou ela. *Vou te odiar por causa disso pelo resto da vida.*

Seu pai dirigia devagar pela estrada irregular de terra, seguindo as placas que conduziam os acampantes ao centro de boas-vindas. Quando fizeram a primeira parada, uma mulher sorridente, com uma camiseta rosa do acampamento e bermuda cáqui, enfiou a cabeça pela janela aberta.

— Abby Stern — informou seu pai.

— Que ótimo! — respondeu a jovem, como se aquela fosse a melhor notícia de seu dia. — Sou Kelsey, uma das monitoras. E ex-acampante do Golden Hills!

Abby percebeu a expressão de aprovação da mãe quando Eileen bateu o olho na barriga chapada, nos quadris estreitos e nas pernas compridas e sem celulite de Kelsey.

— Papai e mamãe, podem parar ali. — Kelsey apontou para um estacionamento onde já havia dezenas de carros alinhados. — Abby, pegue o traje de banho e venha comigo.

Abby tirou da mochila o maiô que tinha sido avisada para manter sempre à mão e foi atrás da monitora, subindo uma ladeira até um chalé de madeira. Lá dentro parecia ser uma espécie de consultório médico, com uma maca coberta com lençol de papel descartável, um banquinho com rodas e, no canto, a temida balança.

— Suba ali para pesarmos você — orientou Kelsey.

Abby mostrou o maiô.

— Eu preciso me trocar antes ou...

— Não, só fique descalça. — Kelsey deu uma piscadinha cheia de intimidade. — Nas pesagens semanais, queremos você vestindo o mínimo possível, mas desta vez não.

Abby descalçou os tênis e subiu na balança, fechando os olhos quando Kelsey ajustava os pesos para a direita, mas não foi possível tapar os ouvidos quando ela anunciou o número.

— Certo, agora você pode se trocar.

Kelsey saiu saltitando de lá. Abby tirou o short e a camiseta e vestiu o maiô liso azul-marinho. Uma outra monitora (também magrela, com um rabo de cavalo castanho-escuro) a levou a um quarto com um papel colado na parede e uma câmera Polaroid montada diante de um tripé. Abby foi instruída a ficar diante do cenário enquanto a monitora a fotografava: de frente, de costas, virada para a esquerda, virada para a direita. Depois que a câmera cuspiu as imagens, a monitora pegou uma caneta hidrográfica preta para escrever o nome de Abby e a palavra ANTES abaixo de cada imagem. Entregou à Abby os instantâneos, junto a uma pasta com algumas folhas. Uma era a programação diária. Outra detalhava as mil e duzentas calorias diárias que ela comeria enquanto estivesse lá.

— Boa sorte! — disse a monitora, com alegria.

Abby nem sequer tentou sorrir de volta.

No site, nos panfletos e nos anúncios publicados nas últimas páginas das revistas *New Yorker* e *New York Times*, o Golden Hills mencionava "saúde" e "bem-estar" dezenas de vezes. Já as palavras "peso" e "dieta" eram usadas com parcimônia. Contudo, isso não impedia ninguém de entender que era um acampamento para gordos. Abby estava sendo mandada para um exílio em preparação para seu *bat-mitzvá*, que seria em outubro.

"Você quer sair bem nas fotos, não?", tinha argumentado Eileen, depois de uma manhã que passaram fazendo compras no shopping Cherry Hill, onde descobriram que as roupas do setor infantojuvenil não serviam mais em Abby, que precisaria usar peças no tamanho quarenta e seis adulto.

O fato não incomodara muito Abby, ou no mínimo não a surpreendera. Ela via o próprio corpo todos os dias e sabia as reações que despertava no mundo. Só que Eileen quase fora às lágrimas quando conduziu Abby até o café da Nordstrom e falara: "Vamos fazer uma pausa".

No balcão, Eileen pedira uma salada de frango, com tempero à parte, e café preto. Também pedira a mesma salada para a filha, antes que Abby pedisse seu favorito: o sanduíche de peru com fritas.

"O que eu quero", respondera Abby, "é ir para aquele acampamento para estudantes de teatro de que falei". Ela encarara a mãe, cuja expressão era impassível. "Qual é o problema? Você não devia estar preocupada com a d'var Torah ou se eu vou acertar as preces?"

"Hoje você não entende", dissera Eileen, baixando o tom de voz. "Mas garanto que, quando tiver minha idade e olhar para essas fotos..."

"Eu não vou nem ligar!", exclamara Abby, espetando um crouton com o garfo.

"Vai, sim", insistira a mãe, inclinando-se para a frente, com uma intensidade no olhar. "Vai ligar, sim. E vai me agradecer por isso."

Abby balançara a cabeça, espetara um pedaço de peito de frango e mergulhara no potinho de tempero. Não olhou para a mãe nem comeu uma folha de alface sequer da salada. Quando o almoço terminou, recusou-se a provar mais vestidos, até que Eileen jogou as mãos para o alto e resolveu levá-la de volta para casa. Então Abby saíra para andar de bicicleta. Sua mãe, aparentemente, descobrira o acampamento Golden Hills e colocou o plano em ação.

Quando Abby saiu carregando as fotos e a programação, seus pais estavam discutindo no estacionamento.

— Você fala com ela, pelo amor de Deus. Não aguento mais cara feia — comentou Eileen, batucando as unhas bem-feitas no teto do sedã.

Foi o pai quem tirou a bolsa de lona cor-de-rosa com as iniciais de Abby do porta-malas, pediu orientação a uma monitora e a acompanhou pela leve subida até o Alojamento Cinco.

Abby subiu arrastando os pés, dando respostas monossilábicas às perguntas do pai. Abriu a porta rangente do alojamento e olhou para a semipenumbra. Havia seis beliches alinhados diante das paredes. Metade já estava ocupada, e algumas garotas desfaziam as malas, guardando as roupas nas gavetas ou usando fitas adesivas dupla face para colar fotografias e pôsteres nas paredes. Seu pai escolheu uma cama de baixo, aparentemente ao acaso, e pôs a bolsa de Abby sobre o colchão fino coberto por um plástico. Sua expressão era triste quando se virou para falar com ela.

— Sei que não era isso que você queria.

Abby nem se deu o trabalho de responder. Seus pais sabiam que ela ficara o ano todo planejando passar as férias em um acampamento de estudantes de teatro no Maine. Abby tinha gravado um vídeo de inscrição, cantando "Casamenteira", que aprendera quando interpretara Tzeitel na escola a peça *Um violinista no telhado*. Ela adorara a camaradagem dos ensaios, por meio da qual todos, desde os atores até a equipe de palco, viraram amigos e, na noite da estreia, não tinha ficado nada nervosa. Adorara atuar. Embora fosse na época bem mais alta que a garota que interpretava Golde, sua mãe, e também que o menino que fazia Tevye, seu pai, e mais gorda do que qualquer outro membro do elenco, não sentira vergonha nenhuma, e todos elogiaram seu ótimo trabalho. Seu pai estava com lágrimas nos olhos quando lhe entregou um buquê de flores. Até a mãe parecera impressionada.

Abby ficou felicíssima quando fora aceita no acampamento do Maine em março. Vinha conversando com outros acampantes pela internet, e todos estavam tentando adivinhar qual seria o musical a ser encenado naquele verão. Foi quando Eileen colocou a armadilha do acampamento para gordos em seu caminho.

Abby apelara para o pai, implorando para que interviesse, mas só o que ele dissera foi *"shalom ha'bayit"*, que significa "paz dentro de casa", em hebraico. Abby sabia que na verdade aquilo queria dizer paz entre o casal e às custas dela. E lá estava Abby, no meio do nada, no interior do estado de Nova York, presa em um chalé de madeira com um leve cheiro de mofo em um acampamento que nem sequer tinha um teatro, preparando-se para seis semanas em que passaria fome, quando deveria estar se preparando para cantar a música escolhida para seu teste, que seria "Adelaide's Lament", do musical *Garotos e garotas*.

— Pai — disse Abby, baixinho. — Eu preciso mesmo fazer isso?

O pai enfiou as mãos nos bolsos. Os raios de sol que entravam no chalé em meio à poeira suspensa acentuavam a barriga, os ombros pendendo para baixo e as novas mechas de cabelo grisalho dele. Abby ficou até espantada com o quanto ele parecia envelhecido.

— Sua mãe quer que você seja saudável — respondeu ele, um pouco travado, como um ator que memorizou uma fala, mas ainda não sabia como dizê-la de forma convincente.

— Eu sou saudável — retrucou Abby. — Ninguém nunca disse que não. O dr. Raskin nunca falou que tenho algum problema de saúde. Eu só não sou magra. Nem você! Nem a vó! Nem…

— Mais ativa, então. Sua mãe quer que você seja mais ativa e crie o hábito de se manter em movimento. Ela achou que o acampamento para estudantes de teatro não teria atividade física suficiente.

Aquela também pareceu uma fala ensaiada, e não algo em que ele acreditasse.

— Tinha natação! E vôlei!

Abby sentiu um nó na garganta, e um ardor nos olhos. Ainda não conseguia acreditar que estava ali, e não no Maine; que seu pai não a salvaria. Que aquilo realmente aconteceria.

— Abby. — Seu pai segurou suas mãos e a olhou nos olhos. — Por favor. Eu estou pedindo. Pelo bem de todo mundo, por favor, aguente firme este verão, e no ano que vem você pode ir para onde quiser.

— Promete? — perguntou ela, sabendo que as férias antes do oitavo ano ainda não eram tarde demais. — Você jura?

— Prometo — respondeu o pai, dando um beijo de despedida nela. — Vou buscar sua mãe — acrescentou ele, indo para a porta do alojamento. — Sei que ela também quer se despedir.

— Eu já me despedi dela.

— Bem, então ela vai querer arrumar sua cama.

Abby balançou a cabeça.

— Eu posso fazer isso sozinha — retrucou ela, esperando, em um silêncio sepulcral, enquanto o pai a abraçava de novo e saía.

Ela tirou da bagagem os lençóis e o travesseiro e esticou o edredom sobre o fino colchão. Quando viu que a maioria de suas colegas de alojamento tinha colado as fotos de "antes" na parede acima ou ao lado da cabeceira da cama, fez a mesma coisa. Guardou as roupas nas duas gavetas a que tinha direito: shorts e camisetas em uma; sutiãs e calcinhas, maiôs e meias na outra. Em seguida saiu, sentou-se nos degraus de entrada do chalé e ficou assistindo a duas meninas jogarem uma partida meio sem regras de espirobol, observando os arredores. O alojamento tinha a mesma aparência das fotos do site, com paredes de pinho, janelas com tela e mesas de piquenique na frente, mas nas imagens não havia como sentir o cheiro, uma mistura de mofo, bolor e repelente rançoso: a essência de um lugar que estivera fechado desde setembro do ano anterior. Abby matou um mosquito com um tapa e abriu a pasta, procurando pelo cardápio do plano alimentar: *cem gramas de filé de peito de frango grelhado, meia batata-doce assada com uma colher de chá de manteiga, brócolis cozido no vapor à vontade, um copo de leite gelado.* Ela se perguntou se precisaria medir coisas como uma colher de chá de manteiga ou cem gramas de filé de peito ou se o próprio acampamento se encarregaria disso.

Quando suas outras onze colegas de alojamento chegaram, Abby não demorou a reparar, com uma pontada vergonhosa de satisfação, que a maioria era mais gorda que ela. Depois de uma vida inteira sempre sendo a mais gorda, na sala de aula ou nos esportes, em uma peça de teatro ou na piscina, era uma mudança bem-vinda. Não só ela era relativamente magra em comparação com as demais como também tinha a mais desejável das três silhuetas descritas em um dos folhetos da pasta.

— Que sorte a sua — murmurou Leah, que havia ficado com a cama de cima do beliche de Abby. — Tem corpo Ampulheta.

Abby foi capaz de ouvir até o "A" maiúsculo quando Leah pronunciou a palavra.

— E você, é o quê? — perguntou Abby.

— Ah, ela é Maçã — falou Marissa Schuyler, da cama de baixo do beliche ao lado. — Eu também.

As mãos de Marissa eram claras e graciosas. Suas unhas, Abby reparou, estavam bem-feitas e pintadas de rosa-claro. Ela usava argolas delicadas de ouro nas orelhas, um par de sandálias de couro nos pés e uma pulseira de ouro rosê bem ajustada ao punho.

— Quais são as outras opções? — questionou Abby.

— Pirâmide — informou Leah. — Maçãs são redondas por inteiro. Pirâmides são menores na parte de cima e mais largas na de baixo.

— Ampulheta, Maçã e Pirâmide — repetiu Abby. — E os meninos? Marissa e Leah se entreolharam.

— Sei lá — respondeu Leah, por fim. — São só meninos, acho.

Kelsey, do estacionamento, com o rabo de cavalo reluzente e o sorriso sempre presente, era a monitora delas. Quando entrou, fez todas se apresentarem.

— Contem para nós onde moram e digam uma palavra com a primeira letra de seu nome que descreve vocês!

Abby escolheu Admirável, mas Aborrecida seria um adjetivo mais verdadeiro naquele momento. Assim que Kelsey saiu, Marissa enfiou a mão na fronha do travesseiro e pegou um pacote de balas de goma azedinhas.

— Aproveita — aconselhou Marissa, notando a hesitação de Abby. — Sem dúvidas é a última coisa com açúcar que você vai comer por um bom tempo.

Marissa e Leah eram ambas veteranas do Golden Hills. Marissa tinha começado no verão anterior, e Leah, dois anos antes. Enquanto

Abby só observava, Marissa percorreu o alojamento, abordando as meninas, colocando uma bala na boca de cada uma delas, como se fosse a hóstia em uma missa. Em seguida, pegou Leah por um braço e Abby pelo outro.

— Venham comigo — chamou ela. — Vamos dar uma espiada nos meninos.

Abby tinha se preparado para detestar tudo no Golden Hills, mas, contrariando suas expectativas, acabou se surpreendendo e se divertindo bastante. Fez novas amizades, arrumou o primeiro namorado, deu o primeiro beijo. E, obviamente, teve o primeiro gostinho do que era a vida fazendo dieta, isso sem mencionar as primeiras impressões mais nítidas de como o mundo tratava garotas como ela.

A última pesagem do verão aconteceu no dia anterior ao que os pais buscariam os filhos. Abby viu as colegas de alojamento saírem do chalé onde ficava a balança com cara de empolgação ou de luto pelo que ouviram. Marissa estivera comemorando porque seus pais haviam prometido um colar com pingente de coração de ouro da Tiffany se perdesse uns nove quilos, e ela conseguira. Kara estava incomodada porque só tinha perdido quatro quilos e meio.

— Mas vou arredondar para cinco. Cinco é bom, não? Não é pouca coisa! — disse ela.

Vicky, por sua vez, havia perdido dezessete quilos, o que Abby considerou uma tragédia, porque, na verdade, não dava nem para perceber.

No dia de ir buscá-la, seu pai e sua mãe chegaram atrasados, então ela ficara observando como os pais das outras reagiam ao rever as filhas. Percebeu que a mãe de Kara fechou a cara e esbravejou que "se não tivessem me dito que você perdeu peso, eu nem perceberia", e viu Kara murchar de maneira nítida. Com choque e tristeza, ouviu a amiga despachada e divertida responder "Eu fiz o meu melhor" com uma voz intimidada. E se contraiu por dentro quando escutou a mãe dela retrucar que "Seu melhor não parece ser muito bom, então".

A mãe de Marissa, por sua vez, fez questão de passar direto pela filha e, fingindo levar um susto, exclamar:

— Quem é essa supermodelo, e o que ela fez com nossa filha?!

Marissa ficou cheia de si, com um sorriso enorme e os olhos brilhando, mais feliz do que nunca, quando pegou as malas e saiu praticamente saltitando do chalé.

Abby lembrou que, em uma noite, Kara tinha chorado ao falar sobre a mãe: "Parece que ela sente dor toda vez que olha para mim". Outras meninas também contaram as próprias histórias. Todas tinham algo para contar sobre terem envergonhado os pais, ou irmãos que se recusavam a admitir o parentesco, ou uma avó que, em vez de beliscar a bochecha da neta, apertava seus pneuzinhos e torcia com força, comentando que ela jamais conseguiria arrumar um homem, se não tivesse um corpo bonito.

Eileen Stern soltou um suspiro de surpresa ao rever Abby. Levou a mão ao coração, com um sorriso enorme no rosto, e falou:

— Abby, você está linda!

Ela passou toda a viagem de três horas até a Filadélfia sorrindo, perguntando a Abby, a cada dez minutos, como se sentia, querendo saber se não estava orgulhosa, se não achava que o acampamento Golden Hills era a melhor coisa que podia ter feito naquele verão. Em casa, Abby encontrou um vestido de festa (com saia de tule, renda cor-de-rosa e corpete bordado com lantejoulas prateadas) pendurado atrás da porta do quarto.

— Vamos experimentar e ver como fica — instruiu Eileen.

Abby concordou, e Eileen envolveu a filha nos braços, soltando um riso triunfante depois de fechar o zíper.

— Veja só — falou ela, com as mãos nos ombros de Abby, virando-a para o espelho. — Está maravilhosa.

Abby não queria sorrir, para não dar essa satisfação à Eileen, mas gostou do que viu em seu reflexo, apesar de tudo.

A alegria de Eileen provocou nela um sentimento contraditório, e a lembrança de Abby daquele momento só azedou com o passar do tempo. Quanto mais Abby diminuísse de tamanho, mais Eileen aprovava. E mais gostava dela. Conforme foi ficando mais velha, lendo mais e entendendo como o mundo funcionava, Abby passou a se sentir cada vez mais decepcionada. Eileen queria que a filha encolhesse para caber no lugar que o mundo lhe impunha, em vez de lutar para mudar os sistemas e as instituições que obrigavam as mulheres a serem magras. A mãe tratava Abby como um problema a ser resolvido, em vez de questionar, pelo menos uma vez que fosse, se o errado da história era o mundo, não a filha.

— Sei que você acha que eu não tomei as melhores decisões — disse Eileen, rompendo o silêncio enquanto ela e Abby pedalavam pelo caminho asfaltado, com o rio Hudson à esquerda e a West Side Highway à direita. — Agora eu sei disso.

*Por favor, pare de falar*, implorou Abby mentalmente, desesperada para impedir que a mãe entrasse no campo minado de seus anos de adolescência. Se Eileen calasse a boca, ela conseguiria dizer a si mesma que a mãe tinha pedido desculpas, ou pelo menos tentado. As duas poderiam encerrar aquela conversa horrorosa e seguir em frente.

Mas Eileen continuou falando, é claro:

— Só que você precisa saber que tudo o que eu fiz foi porque queria o seu bem.

— Lógico — respondeu Abby, torcendo para que o tom de voz tivesse soado neutro.

— É verdade — insistiu Eileen, erguendo o queixo.

Era uma discussão antiga, ensaiada e reprisada muitas vezes, mas Abby acabou mordendo a isca de novo.

— Eu sei que você acredita nisso. Mas, só para constar, você não queria o que era melhor para mim. Só queria que eu fosse mais magra. Uma coisa não é igual à outra.

Abby sentiu que estava ficando vermelha, e seu coração acelerava. A raiva que vivia dentro dela estava despertando e se alongando, afiando as garras.

— Você não estaria nem aí se eu tivesse voltado daquele lugar com um distúrbio alimentar. Isso aconteceu com várias meninas, sabia?

Eileen pareceu horrorizada.

— Isso não é verdade!

— É, sim. Você se lembra de Kara, minha colega de alojamento? Ela precisou ser internada para tratar a anorexia no ensino médio.

— Não — retrucou Eileen. — Eu não estou dizendo que as meninas não voltaram para casa com… com problemas. O que estou falando é que teria me importado, sim, se acontecesse com você.

Abby não respondeu. Estava se perguntando, mais uma vez, se Eileen preferia uma filha anoréxica a uma gorda.

— E eu fui sincera no que disse antes — insistiu Eileen, com um tom de voz um pouco mais suave. — Estou aqui porque quero passar um tempo com você enquanto ainda posso.

— Como assim, enquanto ainda pode? — questionou Abby, virando a cabeça para encarar a mãe e sentindo um frio na barriga. — Você está morrendo, por acaso?

— Não, Abby — respondeu Eileen, impaciente. — Não estou morrendo. Não estou doente. Não tem nada de errado comigo. É que a vida muda, só isso. E nós duas podemos não ter mais uma oportunidade como essa tão cedo.

O frio na barriga se intensificou, porque evidentemente não era só um capricho, nem as lembranças da avó Rina, nem a passagem do tempo o que havia motivado Eileen a fazer uma viagem de duas semanas de bicicleta no nada glamouroso norte do estado de Nova York. Abby se perguntou se Mark teria conversado com seus pais; se teria (Deus do céu) pedido a bênção do pai dela para que se casassem. As pessoas ainda faziam isso? Mark faria?

— Então você… só decidiu vir?

— Eu já vinha pensando em marcar alguma coisa com você fazia tempo. Passar uns dias em um spa ou fazer uma viagem. Quando fiquei sabendo disso, pensei: "Por que não?".

— Por que não? — repetiu Abby.

— E não é sempre que nós temos as férias de verão livres, não é? Se você tiver filhos, vai estar sempre ocupada.

— Eu não pretendo ter filhos tão cedo — retrucou Abby.

— Mas, se quiser filhos, não pode continuar adiando para sempre — insistiu Eileen.

— Eu nem sei se quero — respondeu Abby.

Aquilo fez a mãe fechar a boca. Pelo menos por um minuto ou dois. Eileen parecia estar pensando em diferentes respostas antes de continuar:

— Quem é que sabe o que o futuro pode trazer?

— Hã, eu — disse Abby. — Eu sei. E o dr. Kravitz também, que foi quem colocou meu DIU no ano passado.

Eileen olhou para Abby, erguendo as sobrancelhas na testa lisa.

— O DIU é uma boa escolha. E você pode tirar e começar a tentar logo no mês seguinte, não?

Abby não respondeu. *Eu não vou tirar nada nem começar a tentar coisa nenhuma.*

— E não tem efeitos colaterais, certo? Eu sei que pílula, por exemplo, pode causar ganho de peso.

E eis que voltavam ao assunto favorito de Eileen Stern Fenske. Era inacreditável. Assim como os fanáticos por cultura pop conseguiam associar qualquer ator ou atriz a Kevin Bacon em menos de seis tentativas, sua mãe conseguia desviar qualquer conversa para a questão do peso em duas ou três.

— Vou ver se o restante do grupo está precisando de alguma coisa — disse Abby.

— Tudo bem! Divirta-se! — gritou a mãe.

Abby começou a pedalar cada vez mais depressa para se afastar, fazendo as pernas trabalharem, tentando entender o verdadeiro motivo para a mãe estar lá (na mesma viagem da qual participava uma transa casual sua) e o que ela faria a respeito.

# Lily

Lily Mackenzie ouviu Abby, a guia da viagem, conversando de maneira amigável com a mãe a uma curta distância, logo atrás dela. Não conseguia distinguir as palavras, só o som baixo da voz da guia enquanto mãe e filha pedalavam juntas, lado a lado. Aquilo fez seu peito se apertar. *Será que algum dia vai ser assim com nós duas?*, se perguntou. Seus músculos se enrijeceram de tensão, e ela ergueu a cabeça por tempo suficiente para dar uma espiada pelo caminho, à procura de Morgan, mas a filha estava longe da vista.

A bicicleta de Lily cambaleou, e ela precisou se esforçar para endireitá-la. Segurava o guidão com tanta força que seus punhos e dedos doíam. Uma gota de suor desceu pela testa e pingou no olho direito. Ela tentou esfregar com a manga da roupa o olho que ardia, o que fez a bicicleta dar uma bambeada ainda mais violenta. *Você consegue*, pensou, mantendo os olhos fixos no homem mais velho logo à frente, que pedalava cheio de confiança. Ele tinha uma trajetória tranquila e estável, sem nenhuma preocupação, às vezes sem segurar o guidão enquanto passava, sem pressa, por um dos postes de amarração de aço inox que estreitavam a trilha, como um cinto apertando o vestido de uma mulher. Lily entrava em pânico sempre que precisava desviar de um daqueles. Os demais ciclistas pareciam nem sequer notá-los. *Você consegue. Vai dar tudo certo. As pessoas sempre dizem que é "como andar de bicicleta" quando querem falar de uma coisa que você reaprende rapidinho, sem problemas, então vai dar tudo certo. Você não vai se machucar. Vai ficar tudo bem.*

Lily tentou olhar para além do homem, ainda em busca de um vislumbre da filha, desejando que Morgan tivesse ficado mais para trás, ao seu lado, e não se afastado tanto. *Ela é uma adolescente*, Lily lembrou a si mesma. E Morgan era uma boa menina: meiga, gentil, boa aluna, com talento para as artes. Ah, sim, houve algumas pedras no caminho, respostas impertinentes e a necessidade de reforçar limites quando Morgan tinha 13 ou 14 anos e aproveitara toda oportunidade que tinha para discutir com Lily e Don. Chegara em casa mais tarde que o combinado, fizera amizades que Lily e Don não aprovaram, comprara um sutiã de bojo e uma calcinha fio dental na Victoria's Secret. Lily sabia disso porque encontrara as duas peças no fundo da gaveta de roupas íntimas de Morgan.

Ela e Don conversaram a respeito. E esperaram… e as chegadas depois do horário acabaram, e as respostas impertinentes foram se tornando cada vez mais raras. Ainda havia uma questão: Olivia. Morgan tinha conhecido Olivia na aula de artes que fazia depois da escola, e as duas passaram a ser melhores amigas. Olivia estudava em uma escola pública, tinha duas mães e não fazia parte de sua congregação nem de igreja nenhuma. Ela tinha cabelo castanho, que às vezes aparecia tingido de rosa ou azul. Usava uma jardineira com camisetas listradas por baixo, e o que pareciam ser botinas com solado plataforma que acrescentava pelo menos dez centímetros a sua altura. Quando Morgan a levara para jantar em casa, Olivia dissera para Don, sem nenhum constrangimento, que era agnóstica, que sua família era "culturalmente judaica" (o que quer que isso significasse) e que, caso se casasse ("com um homem", ela acrescentara com um tom brincalhão), não pretendia se submeter à autoridade do marido como chefe da casa.

"Vamos orar por você", respondera Don na ocasião, com a voz um pouco embargada, e Morgan desviara os olhos com um sorrisinho, um sorriso bem adulto, se insinuando no canto dos lábios.

Lily jamais pensou que fosse sentir falta das discussões, das brigas, das provocações deliberadas… o problema era que, nas semanas e nos meses anteriores, Morgan tinha ficado calada e isolada. Talvez fosse um sinal de amadurecimento, Lily disse para si mesma. Ou então saudade do namorado. Brody fora o primeiro amor de Morgan. Eles namoraram na primavera anterior, quando Morgan estava no segundo ano do ensino médio e Brady, o último. Era um jovem educado que fora até sua casa e pedira permissão a Don antes de começar a sair com Morgan. Brody se alistara no Exército e partira para o treinamento básico duas semanas depois de se formar no colégio. Lily esperara que Morgan ficasse chateada por um tempo, antes de voltar ao normal, mas não imaginara que ela fosse passar o tempo todo trancada no quarto com uma música triste e melancólica emanando lá de dentro.

Morgan não deixou de cumprir com as obrigações em casa. Lavava a própria roupa, levava o lixo para fora, punha a mesa antes do jantar e ajudava com as louças depois. Ia com Lily à igreja todo domingo, tirava notas boas, mas, à mesa, mal tocava na comida e quase não falava com os pais. Por três domingos seguidos, não saíra do quarto à noite para o tradicional jogo de Uno ou Banco Imobiliário com a família.

"Estou cansada", era a resposta antes que subisse. "Só preciso me deitar um pouco."

"Ela é uma adolescente", respondera Don quando Lily expressou sua preocupação. Ele estava de costas para ela, dentro do closet, descalço e de calça social, pegando uma camisa. "Os humores das adolescentes variam mesmo."

Ele cheirou debaixo das mangas da camisa e a colocara de volta ao cabide.

"Acho que não é só uma variação de humor", insistira Lily.

Don balançara a cabeça, distraído, analisando as gravatas.

"Você viu aquela azul e prata? Vou querer levar para o Arizona."

Sem dizer uma palavra, Lily lhe entregara a gravata.

A ideia (pelo menos no plano original) era que Don, Lily e Morgan fizessem a viagem de bicicleta em família. Todo verão, eles faziam alguma atividade juntos: acampar em Vermont ou New Hampshire, trilhas em Montana. A excursão da Libertar seria a aventura daquelas férias. Mas então o pastor sênior que organizara uma grande conferência para o público masculino da igreja pegara Covid-19, e Don fora convidado para pregar no domingo de manhã. Era uma grande honra, acompanhada de um honorário generoso e muita visibilidade. Don e Lily conversaram e decidiram que seria absurdo perder a oportunidade.

Àquela altura, não havia mais como pedir o reembolso do valor pago pela viagem. Então eles debateram e concluíram que Lily e

Morgan poderiam fazer a excursão como um passeio de mãe e filha. Lily concordara, pensando que seria uma boa chance para conversar com Morgan e descobrir o que realmente estava acontecendo. Não queria ter que explicar para Don como era difícil ser uma adolescente, sobre as dezenas de coisas diferentes que poderiam dar errado entre o café da manhã e o início da aula, e quantos dos incidentes eram relacionados a homens e garotos. Morgan estudava em uma escola particular cristã, afiliada à igreja de Don... mas coisas ruins podiam acontecer mesmo em um ambiente como aquele. Lily sabia daquilo por experiência própria.

Estivera orando para que a viagem ajudasse, apesar de pedalar ser o tipo de coisa que Morgan fazia com Don. Lily sabia andar de bicicleta, mas a ideia inicial fora pedalar devagarzinho algumas poucas horas por dia antes de voltar para o carro de apoio e encontrar o marido e a filha na parada para o almoço ou no hotel.

Na manhã seguinte ao dia em que Don recebera a ligação e os planos mudaram, ela fora até a garagem para ver como estava a bicicleta, que não usava fazia... semanas, talvez? Era mais provável que fossem meses. A bike estava com os dois pneus murchos e teias de aranha nas alavancas de freio. Por um instante, Lily ficara sem reação, sentindo como se aquela fosse uma versão mecânica do que ela mesma se tornara. Velha. Esquecida. Murcha. Obsoleta.

Lily sabia que estava em boa forma para a idade. Só tinha ganhado alguns poucos quilos desde o casamento, mas o peso se concentrara todo nos quadris, nas coxas e na barriga, e nem mesmo a dieta mais restrita conseguia eliminar a gordura localizada. Seu cabelo estava mais fino, e os pés mais largos. O único brilho que a pele ostentava naqueles tempos vinha dos cosméticos, e seus seios só conseguiam voltar à posição natural, de antes da gravidez, com a ajuda de um sutiã com bojo e arame. Lily se esforçava para ficar bonita para Don. Pintava o cabelo grisalho, fazia ginástica e vigiava a boca, usava roupas que acentuavam o que tinha de melhor e que eram apropriadas para a idade, mas sem aquele aspecto de antiga. Lily sabia que estava bonita... mas também sabia que estava bonita para uma mulher de 37 anos, enquanto Morgan tinha 15, como um botão de rosa ainda florescendo, com pétalas macias e imaculadas. Uma flor se abrindo para a luz do sol, com a certeza de que nada no mundo lhe faria mal.

Lily arrancara as teias de aranha, enfiara a bike no porta-malas do carro e fora até a bicicletaria. O homem dera uma boa olhada tanto na bicicleta como nela, sem esconder o ceticismo.

"A senhora vai andar o quê? Entre trinta e cinquenta quilômetros por dia?"

Os pelos desalinhados da barba castanho-clara desciam do queixo para o centro do peito dele. Os braços eram cobertos de tatuagens, e usava alargadores nas orelhas.

"Está mais para sessenta", mentira Lily, tentando não olhar para o homem.

Na verdade, na maioria dos dias seriam mais ou menos oitenta quilômetros, e alguns a mais em outros, mas o cara já estava com aquele olhar de "sem chance, minha senhora", e Lily não queria ouvir que seu plano era impossível de pôr em prática.

"E a excursão sai quando?", perguntara ele.

"Na semana que vem."

Na verdade, faltavam apenas cinco dias, mas dizer "semana que vem" fazia a situação não parecer tão grave.

"A senhora vem usando uma bike diferente?" Seu tom era duvidoso. "Porque sessenta quilômetros logo de cara é dureza para quem não pedala há um bom tempo."

"Eu vou ficar bem." Ela abrira um sorriso, fingindo confiança. "Faço aulas de zumba, então estou em ótima forma."

"Zumba."

"É tipo uma dança", explicara Lily.

"Não, não, eu sei. Minha avó faz zumba. Só um minutinho."

Ele erguera a bicicleta (sem nenhum esforço, Lily percebeu) e a pendurara em uma armação, onde a fixou e girou a roda de trás. Até Lily conseguiu perceber que estava rodando torta.

"As rodas vão precisar ser alinhadas", informara ele.

"Lógico", confirmara Lily, assentindo como se soubesse o que aquilo significava na prática.

"A corrente precisa de lubrificação", continuara o homem. "Vou dar uma olhada nas pastilhas de freio e no câmbio. E o gel do selim parece estar bem gasto." Ele parou de falar sozinho e a encarou. "A senhora faz ideia de quando esses pneus foram trocados?"

Lily negara com a cabeça. A pedido dele, subiu em uma bicicleta ergométrica para que o cara pudesse tirar suas medidas e ajustar a altura do banco e do guidão. Sentou-se em uma almofada que marcava um molde de seu traseiro (sua estrutura óssea, segundo ele, só que parecera mais com seu traseiro, quando ela se levantara, e isso era a última coisa que Lily quisera ver). Ela havia escolhido um selim novo, um par de luvas acolchoadas com aberturas para os dedos e três bermudas que pareciam ter absorventes grossos costurados na área da virilha e a faziam andar igual um pinguim, mas que o vendedor garantira que era uma peça fundamental para pedaladas mais longas.

"A senhora vai precisar disso também", afirmara ele, entregando para ela um creme contra assaduras, e Lily ficara com vergonha de perguntar em que parte do corpo deveria usá-lo.

Quando voltou para casa, era início da tarde. Morgan ainda estava na escola, e Don, na igreja. Lily passara protetor solar no rosto e o creme nas partes acolchoadas da bermuda, de acordo com instruções encontradas na internet, antes de vesti-la junto com uma camiseta e calçar as luvas. Em seguida, levou a bicicleta para a entrada da garagem. *Você consegue*, pensou, passando uma das pernas por cima do tubo superior. *É como andar de bicicleta.* A primeira volta no quarteirão a deixou exausta a um nível desolador, e na manhã seguinte ficou tão dolorida que quase deu um grito quando se sentou no vaso sanitário. Mas continuou com o esforço, pedalando toda manhã e toda tarde, fazendo oito, quinze, vinte quilômetros. Havia persistido. Não poderia decepcionar a filha.

Na sexta à noite, Don as ajudou a pôr a bagagem no porta-malas, as bicicletas no suporte e deu um abraço de despedida em cada uma. Lily e Morgan viajaram oito horas de Ohio até a cidade de Nova York. Dirigir no caos urbano deixara Lily apavorada, mas conseguira chegar ao hotel, onde entregou de bom grado a chave ao manobrista.

Na primeira noite, Morgan estivera bem-disposta, com o jeito alegre e animado de sempre. E comentara com alegria sobre as mensagens que Olivia mandava do acampamento judaico vegano e *kosher*, em uma fazenda para onde suas mães a mandaram para passar as férias ("SOCORRO", Olivia tinha escrito, com letras maiúsculas, sob a foto de uma torta de carne inglesa sem carne que, até mesmo Lily fora obrigada a admitir, não parecia muito apetitosa). Elas pegaram o metrô até Chinatown para jantar e voltaram para o hotel perto do Battery Park, onde assistiram a um filme e dormiram cedo, com as bicicletas estacionadas ao pé das camas, à espera.

E então, lá estavam elas. Ou melhor, lá estava Lily, pedalando sem a menor firmeza pela ciclofaixa, com as coxas e panturrilhas doendo, o suor escorrendo nos olhos e a filha em algum lugar lá na frente, bem distante, sem ver nem ligar para como a mãe estava sofrendo.

Abby tinha dito que os primeiros vinte quilômetros seriam os mais desafiadores, e estava falando sério. O terreno em si não era difícil, plano, liso e pavimentado, mas aquilo significava que a ciclovia estava lotada. Havia gente com bikes modernas de competição e bicicletas robustas de aluguel, além de criancinhas com bicicletas de uma só roda presas à parte traseira de bicicletas de verdade que os pais pedalavam. A intervalos regulares, placas avisavam que era "PROIBIDA A CIRCULAÇÃO DE VEÍCULOS MOTORIZADOS, BICICLETAS E PATINETES ELÉTRICOS", mas Lily já tinha visto no mínimo as duas últimas opções circulando ali, além de gente de patins, que eram permitidos, e monociclos motorizados com neon nas rodas, que provavelmente não eram. Entregadores usando enormes bolsas térmicas de transporte de comida nas costas passavam em alta velocidade, serpenteando por entre os ciclistas mais lentos e gritando "Esquerda!" enquanto passavam voando, tão perto que Lily sentia o deslocamento de ar que provocavam. As crianças atravessavam a ciclovia em bicicletinhas sem pedal ou com rodinhas de apoio, com a cabeça sob o capacete parecendo grande demais, em geral com a mãe e o pai ou os dois gritando para Colton ou Hazel "saírem do caminho, tomarem cuidado e ficarem na faixa da direita… não, não essa direita, a outra!". A única boa notícia era que os pedestres tinham uma faixa própria. Sempre que arriscava uma olhada para o lado, Lily podia vê-los: gente correndo, caminhando, pessoas com cachorros na coleira, todas a passos apressados.

Onde estava Morgan? Eles já tinham avançado bastante? Estariam muito longe da saída da cidade? Lily sabia que podia consultar o odômetro, mas estava com medo de olhar para baixo. Parecia que estavam pedalando fazia horas. Só que ainda não tinham passado sob a ponte George Washington, o que significava que, por mais inacreditável que parecesse, ainda estavam em Manhattan, e nem haviam percorrido os primeiros vinte quilômetros.

Lily mal conseguia encher os pulmões de ar. Suas mãos, assim como a parte de dentro da luva e os enchimentos da bermuda, estavam ensopadas de suor. A bermuda acolchoada tinha embolado para cima, e um dos enchimentos estava todo virado para um lado. Seu nariz coçava, mas ela estava com medo demais de tirar as mãos do guidão para coçá-lo.

*Você está indo bem*, pensou, repetindo aquelas palavras como um mantra. *Você consegue. Está tudo certo. Você consegue.*

Uma das mulheres mais velhas, a baixinha de olhos azuis, começou a pedalar ao seu lado.

— Você é Lily, né? Está tudo certo? — perguntou ela, simpática.

Lily imaginou o quanto devia estar parecendo perdida ali, para precisar da solidariedade do pessoal septenário. Ela conseguiu assentir e abrir um sorriso com os dentes cerrados.

— Com o tempo vai ficando mais fácil, eu garanto — afirmou a mulher. — E é maravilhoso você estar fazendo isso com sua filha.

Lily assentiu de novo.

— Aproveite o passeio — disse a mulher. Ela sorriu e, ainda pedalando, tirou as mãos do guidão (*Como?*, ponderou Lily. *Como?*) e estendeu os braços acima da cabeça, inclinando-se primeiro para a esquerda, depois para a direita. — Quando meus filhos eram pequenos, as pessoas me diziam que os dias eram longos, mas os anos eram curtos, e eu achava isso absurdo. Parecia que aquilo não ia ter fim. Pensei que fosse ficar trocando fraldas pelo resto da vida!

Lily concordou com a cabeça. Ela se lembrava dos primeiros dias como mãe, tão presa aos horários de dormir, acordar e mamar de Morgan que perdera o senso de si mesma como uma pessoa independente, sentindo que havia se transformado em uma empregada/praça de alimentação que existia apenas para alimentar e cuidar da filha. Mas ela adorara aqueles anos, com Morgan pequena e precisando dela, quando sabia que poderia resolver todos os problemas da filha, quando uma dor ou uma decepção podiam ser esquecidas com uma mamadeira, um biscoito, um curativo e um beijinho. Ela se lembrava de quando Morgan acordava bem cedo, às quatro ou cinco da manhã, resmungava um pouco, e Lily ia pegá-la. Geralmente, encontrava Morgan deitada no berço, olhando ao redor como uma corujinha sábia, vestindo pijama cor-de-rosa com pezinhos. Lily a trocava, a levava para a própria cama, sentava-se com as costas na cabeceira, com Morgan quentinha em seus braços, mamando toda contente, e observava aqueles olhos escuros inescrutáveis enquanto Don dormia ao lado delas, de bruços, com os braços abertos e uma perna para fora das cobertas. *Isso é tudo que eu sempre quis*, Lily pensava. Então relembrava os tempos difíceis que enfrentara, as coisas ruins que lhe aconteceram: o pai, com seu pavio curto, a mãe, tão exaurida pelo casamento, o trabalho e os três filhos que mal tinha energia quando Lily nascera. E relembrava as semanas de desespero pouco antes de começar a faculdade, dizendo a si mesma que tudo aquilo tinha servido para levá-la até onde estava. *Eu sou muito abençoada*, pensava Lily, com a filha no colo. *Tenho muita sorte. Espero que as coisas nunca mudem.*

Mas mudaram, lógico. A vida é assim. As crianças crescem. Os casamentos evoluem. Nos dez anos anteriores, Don fora ficando cada vez mais ocupado à medida que a congregação crescia. Havia o grupo masculino de estudos da Bíblia para administrar, o retiro anual de casais para organizar, os pastores mais jovens para treinar. Quando estourara a pandemia, Don começara a transmitir por vídeo os cultos dominicais, que fizeram um sucesso surpreendente. A igreja conseguira mais membros, e Don atraíra mais atenção, o que posteriormente se transformara em mais dinheiro. Eles já tinham como pagar a faculdade de Morgan e fazer viagens de férias; era possível inclusive dizer que os dias difíceis haviam ficado para trás… e, se Don quase não parava em casa, se andava distante e distraído quando aparecia, aquele não era um preço tão alto a pagar pela chance de levar o Evangelho a tantas novas pessoas.

*Existe um tempo para todos os propósitos que existem sob o céu*, Lily dizia a si mesma. Bebezinhas fofas se tornavam belas jovens. Maridos jovens e bonitos viravam homens de meia-idade ainda bonitos. Pareciam mais distintos com o cabelo grisalho, rugas ao redor dos olhos e facetas dentárias, uma despesa que Don justificara dizendo que muita gente via os cultos em alta definição. *Acha mesmo que alguém vai decidir entregar o coração para Jesus porque seus dentes estão brancos e brilhantes?*, pensara Lily, antes de reprimir a si mesma por ser pouco caridosa.

Filhas cresciam. Maridos colocavam dentes novos e brilhantes. E jovens esposas se tornavam mães de meia-idade e acabavam em ciclovias lotadas, a mais de um quilômetro atrás das filhas, tentando não cair.

— Ah, lá está a ponte! — exclamou a senhora, apontando.

Lily levantou a cabeça por tempo suficiente para ver a ponte George Washington se estendendo sobre o Hudson.

— Que linda — comentou ela, sem virar a cabeça, sentindo o escrutínio da outra ciclista sobre si.

— Tem certeza de que está tudo bem? — perguntou a mulher mais velha outra vez.

— Está, sim — garantiu Lily, tentando soar convincente enquanto via o caminho fazer uma curva e se transformar em uma ladeira íngreme.

— Marcha leve! — avisou a outra, toda alegre.

No entanto, o alerta veio tarde demais para Lily, que quase caiu da bicicleta porque usava uma marcha pesada demais para conseguir continuar pedalando. Ela mordeu o lábio e empurrou a bicicleta ladeira acima, meio andando, meio correndo, tentando não ficar muito para trás enquanto o grupo seguia pedalando sob a ponte, a caminho do Bronx.

— E cuidado com o zigue-zague! — avisou a mulher.

*Com o quê?* Lily teve algum tempo para raciocinar antes de ver que o trecho da trilha terminava com uma curva em V. Ela quase caiu… mas isso não aconteceu. Ela contornou uma vez com a bicicleta, e depois mais uma, e de novo e de novo até voltar para a rua, onde o resto do grupo estava à espera.

— Eu consegui — murmurou Lily para si mesma, pedalando na calçada. Então repetiu, mais alto: — Consegui!

— Esquerda! — gritou alguém, e logo em seguida passou por ela como um borrão de pernas em movimento e rodas girando.

— Ah, nossa! — gritou Lily, dando um puxão abrupto no guidão.

O pneu dianteiro atingiu em cheio o meio-fio, e de repente a bicicleta sumiu debaixo dela e o chão veio depressa a seu encontro. Lily caiu na rua com um baque abafado de arrebentar os ossos, o quadril e o ombro esquerdos sofrendo a maior parte do impacto e a bike aterrissando em cima dela. Sentiu os dentes serrilhados do pedal arranharem a carne de sua panturrilha, que logo começou a sangrar.

Lily fechou os olhos. *Isso foi um erro*, pensou. Ela não estava preparada para aquele tipo de viagem, para percorrer uma distância tão longa dia após dia. O melhor a fazer teria sido remarcar a viagem e esperar o verão seguinte, para que Don e Morgan pudessem pedalar juntos, conforme o planejado, e Lily percorrer os poucos quilômetros diários e os encontrar na hora do almoço. Só que Morgan havia insistido muito, estava determinada a fazer a viagem naquelas férias. "Por favor, mãe, parece ser tão divertido", "Eu quero muito ver as Cataratas do Niágara, Olivia falou que é um lugar lindo" e "Nós vamos só ficar trancadas em casa enquanto o papai está fora". Morgan parecera quase desesperada para fazer Lily topar e, quando enfim concordara, sua filha lhe dera um abraço na mesma hora. Parecera felicíssima. Então onde estava Morgan naquele momento, quando Lily foi parar no chão, sangrando, com a bicicleta em cima dela? Em algum lugar bem mais à frente, despreocupada, distanciando-se cada vez mais.

— Você está bem? — perguntou o motorista do carro de apoio.

Seu nome era Jasper, Lily se lembrou, e ele aparecera do nada e estava debruçado sobre ela, pegando a bicicleta e então estendendo a mão.

Lily conseguiu assentir, e Jasper a ajudou a ficar de pé.

— Desculpe — disse Lily.

— Por que está se desculpando? — questionou Jasper. — Você não caiu de propósito, né? — Ele levantou a bicicleta, encostou-a em uma árvore e conduziu Lily até um banco. — Fique sentada um minutinho. Respire fundo, está bem?

Lily engoliu em seco. Seu joelho estava ralado. A panturrilha sangrava. O ombro latejava pelo impacto. Estava se sentindo desajeitada, uma velha, uma fracote. Resumindo: patética. Teve que se esforçar para não chorar enquanto Jasper abria o zíper do kit de primeiros socorros, ajoelhava-se e, com cuidado, limpava o sangue e a sujeira de sua perna.

— É só um ralado à la tombo — anunciou ele, limpando a panturrilha dela. — Acho que não vamos precisar amputar nada.

— Ralado à la tombo?

Ele apontou para a perna de Lily.

— No ciclismo de asfalto, sempre voltamos com um ralado à la tombo. Todo mundo passa por isso. Está bebendo com frequência?

A princípio, Lily pensou que ele estivesse se referindo à bebida alcoólica, por isso começou a negar com a cabeça e a ensaiar a resposta que não estava bêbada, só não tinha experiência naquilo. Só que então se deu conta de que Jasper estava falando de água.

— Mais ou menos — respondeu ela.

Era um dia de calor, e ela já estava com sede fazia pelo menos uma hora, mas não tinha coordenação suficiente para sacar a garrafa de água e beber enquanto pedalava. Talvez pudesse comprar uma daquelas mochilas de hidratação que alguns ciclistas tinham, com um canudo pendurado sobre o ombro, fácil de levar à boca. O cara da loja havia tentado lhe vender uma, mas ela recusara. Não quisera passar a impressão de que estava tentando parecer uma ciclista de verdade que sabia o que estava fazendo, quando evidentemente não era o caso.

Ela bebeu metade da água em alguns poucos goles e tentou se desculpar, explicando que era seu marido quem devia estar ali pedalando.

— Eu não sou muito boa nisso. Como você já deve ter percebido.

Jasper não respondeu. Provavelmente era educado demais para dizer algo como "Está na cara que você é péssima".

Lily deu mais um gole na água. Seu joelho tinha parado de sangrar, e os arranhões brilhavam sob uma camada de pomada antibiótica.

— Pensei que faria bem para mim e para Morgan passar um tempo juntas, mas ela mal falou comigo desde que entramos no carro.

Jasper assentiu como quem compreendia o que estava acontecendo. Os dreads dele balançaram quando se moveu.

— Eu tenho duas irmãs. Sei como é. As adolescentes e suas relações com as mães. — Ele juntou as mãos e fez um som com a boca imitando uma explosão, enquanto as afastava. — Que tal eu colocar sua bicicleta na van e irmos pela estrada até a parada para o almoço?

— Isso parece... — Lily engoliu em seco, sentindo um nó na garganta. — Sim. Por favor. Vamos fazer isso.

Jasper ficou de pé, estendeu o braço e esperou que Lily se apoiasse nele para se levantar.

— O que sua mãe fazia? — perguntou Lily, caminhando ao lado do homem e empurrando a bicicleta até onde estava a van. — Quando suas irmãs se comportavam mal assim?

— Ela aguentava firme — respondeu ele. — Esperou que elas ficassem mais velhas. Acho que não dá para fazer mais que isso. E apelar para Deus, se for esse seu lance.

Lily estava prestes a responder que com certeza era seu lance, que seu marido era pastor, que talvez Jasper o tivesse visto no YouTube, então comprimiu os lábios. Às vezes Morgan não gostava que desconhecidos soubessem que era filha de pastor.

— Eu apelo para qualquer um que puder me ajudar — respondeu ela.

Jasper segurou a porta aberta e a ajudou a subir na van. Lily pôs o cinto de segurança e ficou olhando para os carros e as construções que passavam pela janela. Pensou que talvez a mãe de Jasper tivesse feito o certo. Do jeito que as coisas estavam indo, seria preciso mesmo uma intervenção divina para que Morgan resolvesse se abrir.

# Sebastian

O almoço no primeiro dia foi um piquenique em um parque. Eles pedalaram mais uns bons trinta quilômetros, seguindo em paralelo à avenida Saw Mill, com os veículos em alta velocidade logo ali, do outro lado das árvores. Sebastian sabia que eles estavam passando por algumas cidadezinhas, mas era quase como pedalar por um túnel, com verde em cima e dos dois lados, sem uma casa, rua, ou carro à vista.

Alguns quilômetros adiante, saindo da trilha por uma estrada sinuosa de duas pistas, chegaram ao hotel em Monte Kisco pouco depois das cinco da tarde. Sebastian e Lincoln dividiriam um quarto com duas camas de solteiro. Decidiram com pedra, papel e tesoura quem tomaria banho primeiro e, depois de ambos escolherem papel, e depois pedra, Sebastian ganhou a terceira rodada. A ducha quente o fez soltar um grunhido de felicidade. Ele jogou a cabeça para trás e deixou a água cair pelo rosto suado, sentindo os músculos se suavizando depois de um dia de esforço contínuo, o corpo inteiro se abrandando e relaxando. Para Sebastian, aquela sensação era uma das melhores partes de se exercitar, correr ou andar de bicicleta: não o que sentia durante o exercício, e sim o que vinha depois.

Ele continuou sob a ducha até Lincoln começar a bater na porta com polidez e perguntar se Sebastian pretendia acabar com toda a água quente. Ele se secou, vestiu uma bermuda cáqui e uma camisa de linho azul-marinho de manga curta, calçou os tênis de camurça, passou um pouco de loção pós-barba no rosto, espalhou um produto pelo cabelo e se sentou na cama para esperar Lincoln.

— Foi um bom dia? — perguntou ao amigo.

— Foi bom — respondeu Lincoln. — Posso ver as fotos?

Sebastian pegou o celular, e eles compararam as fotos do passeio do dia: as casas de passarinho de madeira pregadas às árvores na paisagem verdejante em Westchester; uma árvore de bordo com folhas que começavam a mudar de cor, caindo ao chão quando o vento soprava como uma chuva de moedas verdes e douradas. Um esquilo, apoiado nas patas traseiras na beirada do caminho, vendo as bicicletas passarem depressa; a ponte sobre o rio Harlem com as pétalas das asclépias que voavam pelo ar, a água barrenta lá embaixo. O estômago de Sebastian roncou, e Lincoln checou o relógio.

— Vamos lá — chamou ele.

Cinco minutos depois, o grupo estava reunido no estacionamento. Sob a direção de Abby, entraram na van e no motorhome dos Coroas do Pedal para o trajeto até o restaurante, que servia, de acordo com o cardápio, "culinária americana tradicional".

A hostess os levou até uma mesa comprida e entregou os cardápios. O estômago de Sebastian roncou quando ele sentiu o cheiro do pão fresquinho, do alho e das carnes assando. Os mais velhos ficaram com uma das pontas da mesa retangular. A família de quatro pessoas se acomodou no lado oposto, e o restante do grupo se ajeitou nos assentos entre eles.

Sebastian notou que a cadeira diante de Abby estava vazia, o que era conveniente. Ele fez uma pausa e ergueu as sobrancelhas.

— Tem alguém sentado aqui? — perguntou.

Ela abriu um sorriso tenso.

— Fique à vontade.

Sebastian sorriu, sentou-se e deu uma olhada no cardápio: filés, hambúrgueres, sanduíche de empanado de frango apimentado, vários tipos de massas e queijos da região. Ele achou que conseguiria comer uma unidade de cada e, depois de uma rápida consulta com Lincoln, restringiu a escolha a um linguine com camarão como entrada, bisteca de porco assada com maçãs do vale do Hudson temperada com especiarias como prato principal e um adicional de anéis de cebola Vidalia na manteiga. Ele fechou o menu para olhar para Abby, que estava com a cabeça baixa, lendo as opções do cardápio. Lá estavam os cachos de que se lembrava, ainda molhados por causa do banho, a pele clara que ficava vermelha de um jeito tão lindo, os lábios rosados e grossos. Aquela expressão séria, porém, era novidade.

— Fez um bom passeio hoje? — perguntou ele.

Ela estava usando brincos pequenos e reluzentes, que o fizeram se lembrar da sensação de dar umas mordidinhas naquele pontinho sensível logo abaixo dos lóbulos.

— Fiz — respondeu Abby, toda tensa, antes de se virar para a mulher sentada ao seu lado.

Sebastian olhou para ela: uma mulher de meia-idade, miudinha e bem conservada, com cabelo castanho-claro curto, cílios compridos, muitas joias e um olhar desconfiado.

— Sebastian, essa é minha mãe, Eileen Fenske — apresentou Abby.

— Mãe... esse é Sebastian... Pierson?

— Piersall — corrigiu Sebastian, estendendo a mão para a mulher.

Reparando bem, de fato havia uma leve semelhança com Abby. O cabelo de Eileen era mais escuro e seu corpo era magro e sem curvas, quase como o de um garotinho, mas a testa larga e o queixo firme eram como os da filha.

— Prazer em conhecer você. — Ele abriu um sorriso ainda mais largo. — Você é mãe de Abby? Se fosse para adivinhar, eu diria que é uma irmã mais velha.

Eileen recebeu a lisonja fazendo um gesto com a mão e um sorriso não muito efusivo enquanto observava Sebastian, inclinando a cabeça e franzindo os lábios pintados de batom.

— Vocês já se conheciam antes da viagem?

— Nós nos vimos uma vez — respondeu Sebastian, ao mesmo tempo que Abby dizia "Não".

Eileen revezou o olhar entre ele e a filha.

— Nós nos conhecemos só de passagem. Em Nova York. Faz anos — respondeu Abby.

— Hum. — Os olhos de Eileen estavam acesos e cada vez mais aguçados. — Onde em Nova York?

Sebastian e Abby se entreolharam.

— Em uma convenção — respondeu Abby, ao mesmo tempo que Sebastian dizia "Em um bar".

Eileen inclinou a cabeça de novo, parecendo um pássaro inquisitivo contemplando uma minhoca.

— No bar da convenção — complementou Sebastian, lançando para Abby um olhar que esperava estar transmitindo uma mensagem do tipo "Uma ajuda?".

Abby balançou a cabeça de leve e baixou os olhos para a mesa.

— Que tipo de convenção? — questionou Eileen. — E o que você estava fazendo em uma convenção em Nova York?

— Era mais uma feira de empregos — explicou Abby.

Eileen franziu a testa.

— Então não era uma convenção — comentou a mãe.

— Convenção, feira de empregos. Seis ou meia dúzia, tanto faz — rebateu Abby, já soando um pouco desesperada.

Ela chutou a canela de Sebastian por baixo da mesa. Com força. Ele fez uma careta.

— Você estava procurando emprego em Nova York?

Os dedos de unhas bem-feitas de Eileen começaram a batucar a mesa enquanto ela encarava Abby, que começou a se remexer.

— Ah, sabe como é. Para ter um leque de opções maior — respondeu Abby, com um tom nada convicto. — Enfim, acho melhor eu ir ver se está tudo bem com… — ela fez um gesto para a ponta da mesa — o pessoal.

Eileen não a deixaria se safar com tanta facilidade.

— Mark está disposto a se mudar para Nova York? — perguntou Eileen.

— Nós não conversamos sobre isso — disse Abby.

— Quem é Mark? — questionou Sebastian.

Daquela vez, foram Abby e a mãe que falaram ao mesmo tempo.

— Meu namorado — informou Abby no mesmo momento que Eileen falou "O namorado dela".

*Ah*, pensou Sebastian, com uma pontada de decepção.

— Eles estão juntos há dois anos — contou Eileen.

*Hum*, pensou Sebastian, fazendo as contas. Aquilo significava que Abby já estava com Mark quando tinha transado com ele?

— Mark é médico — adicionou Eileen, com um tom um tanto presunçoso.

— Podologista — acrescentou Abby, falando baixinho.

Eileen ignorou a filha.

— Ele foi o namoradinho dela no acampamento de férias. Quando eles se conheceram, Abby tinha 13 anos.

— Uau. — Sebastian se virou para Abby. — Vocês estão juntos há todo esse tempo?

— Não.

— Ah, é uma história linda — interveio Eileen, ávida para preencher um silêncio que até ela devia saber que era desconfortável. — Mark se mudou para a Filadélfia para fazer estágio. Eles se reencontraram quando Abby estava trabalhando no acampamento como monitora, e Mark estava lá como voluntário. E eles recomeçaram de onde tinha parado. — A mulher mais velha ergueu as sobrancelhas, olhando para a filha. — Não é mesmo, Abby?

— É, sim — confirmou Abby com a voz neutra.

Sebastian ficou aliviado com a chegada da garçonete, e fez o pedido.

— E uma tábua de queijo para a mesa toda. — Ele sorriu para Abby. — Você também vai querer, né?

Abby mordeu o lábio e não respondeu.

— E para a senhora? — perguntou a garçonete para Eileen.

Eileen pediu a sopa de lentilhas e então passou um tempão dando instruções sobre o preparo de sua salada Caesar ("Molho à parte, frango grelhado, e se puder pedir para não colocarem croutons e não exagerarem no queijo seria ótimo"). A voz de Abby soou quase inaudível quando pediu o salmão. Sebastian se perguntou se ela estaria se lembrando da massa que ele preparara. Ele tentou capturar o olhar dela, sem sucesso. Eileen comprimiu os lábios quando olhou para a filha. Abby tinha erguido o queixo, e os ombros estavam encolhidos até as orelhas. Nenhuma das duas disse nada, mas a tensão pairava sobre a mesa como uma névoa.

— Então — começou Sebastian, determinado a amenizar o clima. — Eileen, costuma pedalar bastante? — Ele enfiou a mão no bolso de trás e pegou o caderninho de repórter. — Esta viagem é de trabalho também, além de lazer. Vou escrever uma matéria sobre a Trilha Empire State para o Exclusivo.com.

— Ah, quer me entrevistar? — perguntou Eileen, parecendo lisonjeada.

— Se não tiver problema.

— Bem, na verdade é minha primeira experiência com o cicloturismo. — Eileen abriu o guardanapo sobre o colo. — Mas estou muito feliz por estar fazendo isso com Abby. Durante a pandemia, usei muito a bicicleta ergométrica, então é um prazer sair de novo para ver o mundo, com outras pessoas.

— Abby, e você? — perguntou Sebastian, enquanto anotava a resposta de Eileen. — Já fez essa trilha antes?

— Não.

Sebastian repreendeu a si mesmo por ter feito uma pergunta que poderia ser respondida apenas com uma afirmativa ou negativa. Era um erro de iniciante.

— Qual é sua parte preferida de viagens como esta?

— O silêncio — retrucou Abby, olhando feio para ele e se voltando para Lincoln. — Como ficaram sabendo da Libertar?

— Estamos fazendo uma série de matérias sobre roteiros de viagem nos arredores da cidade. Eu li sobre a Trilha Empire State quando foi inaugurada, e pesquisei a respeito das várias empresas que oferecem excursões por ela.

Sebastian ficou ouvindo a conversa, comendo o macarrão, depois de ter a educação de oferecer um pouco para Eileen, que recusou, e para Abby, que pareceu lamentar um pouco enquanto negava com a cabeça. Quando Sebastian baixou o garfo, Abby estava conversando só com Lincoln, e Sebastian só pôde ficar observando a lateral de seu rosto. Viu quando ela juntou os cachos e prendeu-os com habilidade em um coque na nuca enquanto dizia algo que fez Lincoln rir.

Muito bem, então. De volta à Eileen.

— Então você mora na Filadélfia.

— Em um distrito residencial nas proximidades. Quem mora na cidade mesmo é Abby. Ela e Mark estão bem no meio da agitação. — Ela limpou os lábios de uma forma um tanto convencida.

— Eles moram perto do Sino da Liberdade? — Sebastian revirou as lembranças de uma viagem de muito tempo antes aos pontos turísticos da Filadélfia. — Ou da estátua do Rocky Balboa?

Eileen abriu um sorriso sem mostrar os dentes.

— Mark mora em Rittenhouse Square, que é um dos melhores bairros da cidade. Abby tem um apartamentinho no bairro South Philadelphia, mas acho que eles estão pensando em morar juntos.

Sebastian sentiu uma coisa estranha no peito, algo que demorou algum tempo para reconhecer como decepção, o que era surpreendente. Talvez tivesse imaginado que Abby estaria a sua espera, como uma bagagem no aeroporto que ele não pegara e que ficara dando voltas e voltas pela esteira até ele enfim voltar para buscá-la. Obviamente, a vida dela não teria ficado parada por dois anos. Ainda assim, um namorado não era um marido. Muito menos um namorado que não estaria por perto pelas treze noites seguintes.

— Você já foi à Filadélfia? — perguntou Eileen a ele.

— Já faz muito tempo, mas ouço falar muito bem.

Ele olhou para ver se Abby estava escutando, mas ela ainda estava voltada para Lincoln. *Paciência*, pensou.

— Abby tem irmãos ou irmãs?

— Um de cada — contou Eileen. — O irmão dela é casado e tem dois filhos. E a irmã mora em Nova Jersey com o marido, logo ali do outro lado do Delaware.

Quando os pratos principais chegaram, Sebastian passou alguns minutos atacando a carne de porco, que estava deliciosa, bem temperada e macia. Eileen retirou com muito cuidado os poucos croutons que acabaram indo parar em sua salada, junto com cada lasca de queijo, enquanto Abby cortava pedacinhos minúsculos de salmão, conversava com Lincoln e continuava a ignorar Sebastian.

— Então você é jornalista? — perguntou Eileen. — Escreve sobre viagem?

— Trabalho principalmente com reportagens investigativas — explicou Sebastian.

Ele contou sobre a cobertura de restaurantes que tinham feito pouco tempo antes, e a matéria que escreveram, intitulada "Não saia para beber sem mim", em que vários sommeliers falaram sobre as técnicas para fazer vendas casadas de degustações e jantares, e como os consumidores comuns poderiam abordá-los para obter as melhores garrafas. Sebastian descobriu que os pais de Abby eram divorciados, que o pai dela era um rabino (Eileen fez questão de ressaltar que, quando os dois estavam casados, o ramo dele era o mercado financeiro) e que Abby antes trabalhava com educação infantil.

— "Trabalhava com educação infantil" só quer dizer que eu dei aulas no jardim de infância por alguns anos — explicou Abby, que devia ter começado a prestar atenção à conversa dos dois em algum momento.

— Você estava fazendo mestrado — retrucou Eileen, com cara de quem havia acabado de chupar um limão.

— Até largar — complementou Abby.

— Sebastian, você sempre quis ser jornalista? — questionou Eileen.

— Hum. Não exatamente. Eu meio que caí de paraquedas nessa área, acho. Comecei a escrever para o jornal da faculdade, e então Lincoln e eu criamos nosso próprio site, e no fim descobri que era bom...

— Razoável — corrigiu Lincoln, sarcástico.

— E que eu gostava disso. Tive sorte, na verdade.

— Sorte — repetiu Abby, com um ar que parecia melancólico.

Sebastian viu que a mãe dela a olhava com uma expressão que era uma mistura de frustração e empatia.

— Abby, qual foi a coisa mais estranha que já aconteceu em uma dessas viagens? — perguntou Sebastian.

— Bom, na verdade eu nunca tinha sido guia em uma viagem como esta antes — confessou Abby. — Mas minha amiga Lizzie faz isso o tempo todo e já me contou umas histórias terríveis. — Ela baixou o garfo, com um leve sorriso. — Lembro que ela me falou sobre uma excursão de dezoito dias na Itália com um casal em lua de mel. No segundo dia, o marido descobriu que a esposa estava transando fazia um tempo com a madrinha do casamento. O restante da viagem deve ter sido muito agradável.

— Mas e com você? — insistiu Sebastian. — Rolou alguma coisa engraçada em alguma excursão em que você estava?

Abby fechou os olhos para pensar.

— Vamos ver. Teve uma viagem que eu fiz que tinha um casal com uma bicicleta dupla. O marido quis ir guiando, lógico, e a mulher foi no assento traseiro. Só que ele era um ciclista experiente, que fazia viagens de mais de cento e cinquenta quilômetros todo verão, e ela só tinha feito umas aulas de spinning. — Abby lançou um olhar cheio de significado à mãe, que Eileen fez questão de ignorar. — O cara deve ter pensado que devia conseguir compensar isso com a experiência dele. Tipo, se ele conseguia pedalar cento e cinquenta quilômetros por dia e ela uns trinta, então os dois juntos davam conta de uns noventa.

— Rá — murmurou Lincoln. — Não tem como dar certo, né?

— Sobretudo em uma bicicleta dupla. A mulher ficou tão puta da vida que, no fim do primeiro dia, só parou de pedalar. Tipo, literalmente soltou as tiras dos pedais e ficou lá sentada como um saco de batatas. — Abby balançou a cabeça, sorrindo de leve ao se lembrar. — Foi uma coisa linda de se ver.

A garçonete reapareceu ao lado da mesa para anotar os pedidos de sobremesas e cafés. Sebastian pediu um tiramisù e um cappuccino. Abby escolheu um *cannoli* e um café. Eileen quis um chá com limão, sem leite e sem açúcar, então pediu licença e foi ao banheiro.

Sebastian percebeu que aquela era sua chance. Olhou para o outro lado da mesa e pigarreou, tomando cuidado para Lincoln não ouvir.

— Ei — disse ele para Abby.

Ela o encarou com o rosto inexpressivo.

— Hum?

— Hã, que tal nós dois combinarmos a história?

Ela arregalou os olhos e sorriu um pouco.

— Acho que nos conhecemos no bar de uma convenção.

— Feira de empregos — lembrou Sebastian. — Mas você não deveria procurar emprego em Nova York, por causa do dr. Mark.

Abby abriu um sorriso, apesar do esforço para contê-lo, ele percebeu. Ela se inclinou para a frente, o bastante para ele sentir o cheiro de seu perfume e xampu.

— Escuta. Eu não quero que minha mãe saiba que nós nos pegamos em um bar — explicou com um tom de voz bem baixo. — Isso é tão terrível assim?

— Não. — Sebastian achou que Lincoln estava ouvindo a conversa, e baixou a voz. — Mas queria que você tivesse me deixado seu número antes de ir embora.

— Por quê?

Lincoln sem dúvida estava escutando. Sebastian insistiu:

— Porque eu queria ligar para você. — Aquelas palavras saíram de sua boca sem que pensasse direito. Abby pareceu surpresa, depois desconfiada. Sebastian deu um gole na água, perguntando-se o que estava fazendo, afinal. — E é bom ver você de novo. Você parece bem.

*Bem*, pensou, repreendendo-se mentalmente. Que elogio irresistível, e de alguém que pagava as contas com o uso de palavras. Contudo, era verdade. À luz do sol, ele tinha conseguido apreciar o brilho saudável da pele dela, os tons de canela e caramelo no cabelo e as bochechas um tanto sardentas. E, no restaurante à luz de velas, estava tão bonita quanto estivera na cama dele.

Abby assentiu com um gesto tenso, mas ele viu que a expressão dela se amenizou, e ela relaxou os ombros e assumiu uma postura menos defensiva.

— Eu não quero causar nenhum problema — garantiu Sebastian.

Ela assentiu de novo… mas ele imaginava outra situação. Abby o olhando de baixo para cima, perguntando-lhe o que queria. Não a Abby que estava do outro lado da mesa, de camiseta preta e calça curta, e sim a de que se lembrava da noite que passaram juntos, sem nada além de uma calcinha de seda azul-turquesa; suada, cheirosa e ávida. A Abby que estivera tão a fim quanto ele de fazer tudo o que fizeram. Ele se recordou de quando a puxara para o colo, os lábios dela envolvendo seu garfo enquanto ele dava comida em sua boca. A maciez de sua pele; a doçura de sua boca. Sebastian se remexeu na cadeira, olhando bem para ela, que o encarava de volta, com os lábios levemente entreabertos e os olhos bem escuros.

— Ei… — murmurou ele.

Abby endireitou a postura quando Eileen se aproximou da mesa e o que quer que estivesse rolando entre Sebastian e Abby desapareceu como se nunca tivesse começado.

— Eu tenho namorado — falou ela, inclinando-se sobre a mesa com uma voz baixinha e um olhar intenso.

Sebastian concordou com a cabeça. Sim, tinha ouvido o que ela disse… mas ficou com a impressão de escutar algo mais também. Certa hesitação. Um pouquinho de dúvida. Ele notou a maneira como ela mordeu o lábio, e as ruguinhas que apareceram nos cantos dos olhos. Relutância? Arrependimento? Reconsiderações? Um desejo ardente de renunciar ao dr. Mark e ir para a cama dele naquela noite mesmo?

Ele não conseguia se lembrar da última vez que quisera repetir uma noite com alguém. Sempre havia novos prazeres para experimentar, novos territórios a descobrir, e Sebastian sempre se mostrou disposto a seguir em frente. Seria só por causa do desafio de conquistar uma garota que tinha um namorado à espera em casa, e cuja mãe era uma das companheiras de viagem? Ou seria algo relacionado à própria Abby?

Sebastian se lembrava de ter pensado nela nos dias seguintes à noite que passaram juntos. Dias. Semanas. Talvez meses, ele se deu conta, ao recordar que às vezes, quando via alguém de cabelo cacheado na rua, ou sentia um perfume conhecido no metrô, sentira o peito se inflar e o coração acelerar; seus pés se moviam mais rápido para tentar ver quem era, e então vinha a inevitável decepção quando a mulher se revelava uma desconhecida. Não era a questão do desafio nem da novidade. Era ela mesmo.

— Durmam bem. Temos muito chão pela frente amanhã — anunciou Abby, limpando a boca com o guardanapo e abrindo um sorriso para todos ao redor da mesa.

Sebastian deu uma última colherada no tiramisù e se manteve próximo de Abby enquanto eles saíam do restaurante, tentando arrumar um jeito de se sentar ao seu lado na van no caminho de volta para o hotel e convencê-la a pedalarem juntos pela manhã.

# Abby

—Oi, querida — cumprimentou Mark. — Como está sendo a viagem?

— Por enquanto, tudo bem.

Abby tinha voltado do jantar, vestido o pijama e se deitado na cama do hotel. Ela sabia que a colcha sobre a qual estava já devia ter absorvido todo tipo de fluidos corporais, mas estava exausta demais para se preocupar com isso. Acendeu a vela aromática que havia levado para lidar com os cheiros estranhos de quartos de hotéis, que poderiam variar desde umidade e mofo a fumaça de cigarro ou potentes produtos químicos de limpeza. Em todas as viagens, levava uma vela, para dar a cada novo quarto pelo menos um pouco do cheirinho de casa.

— Está correndo tudo bem. O problema é que... — Abby parou de falar para um bocejo prolongado, se espreguiçando com os braços acima da cabeça. Sentia que o corpo estava contente por poder se esparramar à vontade, em vez de ficar debruçado sobre o guidão. — Minha mãe está aqui. Ela apareceu na loja de bicicletas hoje de manhã. Quase tive uma parada cardíaca.

— Ah — respondeu Mark.

Abby conhecia aquele "ah". Seu coração ficou apertado.

— Você por acaso não teria nada a ver com isso, né? — questionou ela, mantendo um tom de voz leve.

Mark fez uma pausa. Abby sentiu a raiva crescer.

— Ela quer muito passar um tempo com você. Foi isso que ela me disse, e eu acreditei. Parecia ser algo bem sincero.

— E então você... — O cérebro de Abby fervilhava. — Simplesmente contou sobre a viagem? Comprou uma bike para ela?

— Lizzie ajudou nessa parte. — Mark fez outra pausa. — Sua mãe contou que havia viajado com Marni, pouco antes do casamento dela, e também com Simon, quando ele terminou a faculdade, mas nunca tinha viajado com você.

— Ela nunca viajou comigo porque todo lugar para onde queria me levar era alguma variação de um campo de concentração para gordos.

Ao longo dos anos, Eileen sugerira aquelas viagens com termos como "retiro de bem-estar", ou "recondicionamento mental", "desintoxicação" ou "purificação". Cinco dias fazendo ioga em Tulum! Uma semana de spa em Canyon Ranch, no Arizona! Uma viagem para fazer trilhas na Irlanda! Todas as propostas de Eileen tinham duas coisas em comum: muita atividade física e refeições saudáveis (o que significava: baixo teor de gordura e carboidratos e poucas calorias). A última, pelo que Abby se lembrava, tinha sido um spa na Califórnia que era famoso por oferecer uma limpeza intestinal à base de café.

— Ela está sendo desagradável? — perguntou Mark.

Abby respirou fundo, preparando uma lista com as ofensas de Eileen. A imagem da mãe pedalando ao seu lado surgiu em sua mente. Aquilo tinha sido... não exatamente desagradável. Não chegara a ser bom, mas pelo menos não fora ruim. Quando pararam para almoçar, e depois para jantar, Eileen não abrira a boca para falar do prato de Abby. Ela sentira que estava sendo observada e julgada, mas talvez isso fosse uma impressão sua, vendo o que já esperava ver, depois de tantos anos de convívio ruim. *Ela está se esforçando*, Abby se deu conta. *E eu deveria me sentir grata.*

— Não — respondeu ela, por fim. — Ela não está sendo desagradável. É que fiquei surpresa. — Ela ajeitou os travesseiros. — E já é bem estressante estar sendo guia pela primeira vez sem ter minha mãe vendo tudo o que eu faço e tendo que cuidar dela. Existe uma grande diferença entre pedalar em uma bicicleta ergométrica e sair para o mundo.

— Eu sei. — Mark usou um tom de voz gentil. — Desculpe se causei algum problema para você. Era a última coisa que eu queria. Mas, como falei antes, ela parecia sincera. E foi bastante insistente.

— Isso eu consigo imaginar.

— Por favor, não fique brava comigo — pediu Mark. — Nem com Lizzie. — Ele baixou o tom de voz. — Vou mandar um presentinho para você. Vai estar no seu próximo hotel.

— Ah, é muita gentileza sua.

— Estou perdoado? — perguntou ele.

— Isso depende do presente que você mandar — disse Abby.

— Mas como está indo a viagem, sem considerar Eileen?

Abby falou dos participantes da excursão: Lily e Morgan; a família Presser; o endinheirado casal Landon; os quatro idosos, todos com experiência em viagens atravessando o país de bicicleta… duas vezes, no caso de Ted. Durante o jantar, ele mostrou fotos com a roda traseira da bike no Pacífico, no Oregon, e a dianteira no Atlântico, na Virgínia.

— E tem uns caras mais ou menos da nossa idade, que eu quase nem vi. Estão só pensando na quilometragem, em fazer o melhor tempo que puderem. — Abby se viu apressando a descrição de Sebastian e Lincoln, mas não queria refletir muito sobre o motivo.

— Mas aí qual é a graça? — Ao ouvir mais um bocejo de Abby, Mark complementou: — Vá descansar, ligo de novo amanhã. — Ele fez uma última pausa. — Estou com saudade.

— Eu também — respondeu Abby, tentando não pensar demais naquilo que não havia contado.

# Sebastian

**Dia 2: Monte Kisco a Poughkeepsie**
**Noventa e oito quilômetros**

O despertador tocou às seis e meia da manhã seguinte. Sebastian soltou um grunhido enquanto fazia força para se levantar. Suas pernas estavam doloridas, e as costas, rígidas. Nada que não fosse desaparecer assim que se colocasse em movimento, pensou, esfregando o rosto e verificando, antes de ir tomar banho, se Lincoln ainda estava na cama.

— Você pode ser um bom menino e pegar um café para mim? — pediu ele.

A mão de Lincoln apareceu por baixo das cobertas para lhe mostrar o dedo do meio.

Quando Sebastian saiu do banheiro, de barba feita e com uma toalha na cintura, havia um café à sua espera, como ele imaginava. O universo o amava, e Lincoln também. O amigo estava sentado na cama, recostado na cabeceira, mexendo no celular. Quando ergueu os olhos para Sebastian por cima dos óculos, estavam arregalados a ponto de mostrar toda a extensão das escleras.

Uma sensação desagradável fez o estômago de Sebastian se contrair.

— Que foi? — perguntou ele.

— Por acaso você deu uma olhada no TikTok ontem à noite? — questionou Lincoln. Sebastian fez que não com a cabeça. — Acho melhor você se sentar.

Lincoln abriu o aplicativo e entregou o celular para Sebastian, que se sentou na beira da cama. A tela mostrava o rosto de uma jovem, cujo nome de usuário era SenhoritaAlyssy.

Lincoln se inclinou sobre seu ombro para apertar o play, e Sebastian fez uma careta ao ver seu rosto no centro de um cartaz de PROCURA-SE no estilo Velho Oeste. "Você já saiu com este homem?", dizia o texto. Diante de seus olhos, a cabeça e os ombros de uma moça apareceram na frente do cartaz.

— E aí, galera do Brooklyn — cumprimentou ela, com a voz aguda e sussurrada.

Uma voz bem *familiar*, mas que da última vez que Sebastian tinha ouvido (duas semanas antes? Ou seriam três?) estivera gritando o nome dele, extasiada.

— Pode sentar que lá vem história! Hoje mais cedo fui me encontrar com umas amigas para um brunch. Começamos a contar histórias pavorosas envolvendo aplicativos de encontros, como todo mundo faz, e descobrimos que sete entre as oito ali... VOU REPETIR: SETE DAS OITO PRESENTES... tinham, hã, se envolvido com este cavalheiro aqui.

A foto atrás dela foi trocada por uma captura de tela do perfil de Sebastian. Seu rosto estava bem visível, assim como as palavras "está livre hoje?" circuladas em vermelho.

— Enfim, ele deixa bem claro que só quer um lance casual, e você sabe que sua amiguinha aqui não tem nada contra isso. Não estou dizendo que rolou *ghosting*, *gaslighting*, *love bombing* nem nada do tipo, ou qualquer trauma. Nenhuma mulher solteira foi ferida durante a gravação deste vídeo. Mas descobrir que o mesmo cara... — ela faz uma pausa sutil — ... se envolveu, digamos, com literalmente sete oitavos do seu grupo de amigas?

Naquele momento, a câmera se voltou para um grupo de mulheres sentadas ao redor de uma mesa. Sebastian viu mimosas, rabanadas francesas e mais de um rosto conhecido quando elas acenaram para a câmera.

— Isso me fez pensar em quantas outras de nós não existem por aí. — A narradora abriu um sorriso presunçoso, do tipo "agora peguei você no pulo". — Então pensei em perguntar. Se você conhece o cara, escreva seu nome e sua história nos comentários. E me digam se estão interessadas em uma parte dois desse vídeo.

Sebastian arregalou os olhos e sentiu o rosto esquentar quando leu as hashtags: #pilantrapegador #encontrospavorosos #solteiranobrooklyn #homemsendomoleque #alertaboylixo #sinalvermelho #homemnãopresta #cuidadomeninas.

— Pilantra Pegador? — murmurou ele, mais para si mesmo.

Apesar de saber que não tinha feito nada de errado (até a mulher do vídeo dissera isso com todas as letras), mesmo assim se sentiu culpado, como se tivesse sido mandado para a diretoria por ter sido pego colando na prova de matemática, ou flagrado mentindo para os pais. *Sebastian, estamos muito decepcionados com você*, ele ouviu a voz da mãe (daquela vez, o problema não era dela e nem com ela), com o pai parado atrás dela, balançando a cabeça em negação.

— Acho que é assim que estão chamando você — informou Lincoln.

Enquanto Sebastian continuava olhando para o celular, o amigo tinha entrado e saído do chuveiro, vestido a bermuda e a camiseta de ciclista, e escovado os dentes com a escova elétrica que fizera questão de levar.

— Estão? — Sebastian se virou para o amigo. — Como assim, *estão*? Tem mais de uma postagem sobre isso?

— Tem várias — revelou Lincoln, todo tenso.

— Não é tão ruim assim — disse Sebastian, em parte para si mesmo, em parte para tranquilizar Lincoln.

Ele começou a rolar a tela, mas se interrompeu. Seria mesmo útil saber exatamente o que estava rolando ali? Ou seria só uma forma de autotortura?

— Bom, essa postagem não mesmo — concordou Lincoln. — O problema, hã, são as outras. E algumas respostas que são… — ele se sentou na cadeira diante da escrivaninha do quarto, girando-a para trás, para a frente e de novo para trás — … um tanto problemáticas.

Sebastian se preparou para o pior antes de ver o número de respostas, que já estava na casa dos milhares. Ele clicou. "AIMEUDEUS, EU TAMBÉM CONHEÇO ESSE CARA!", dizia a primeira resposta, com uma captura de tela de uma conversa por mensagens. "Eu também", era a segunda resposta. "Mais uma aqui", revelava outra logo depois.

— Isso está nos trending topics? — perguntou Sebastian com a voz dura.

— Não — respondeu Lincoln, e Sebastian não precisou se esforçar muito para entender que havia um *ainda* implícito. — Mas a contagem de postagens está aí. — Lincoln falava com cautela, como se não quisesse dar a má notícia. — Já está na casa dos três dígitos. — O amigo balançou a cabeça e murmurou: — Não sei se fico impressionado ou horrorizado com isso.

Sebastian se levantou, indignado.

— Eu não fiz nada de errado.

— Óbvio que não — concordou Lincoln.

Sebastian não conseguia ficar parado. Começou a juntar as roupas sujas e os artigos de higiene com movimentos bruscos, enfiando tudo na bolsa de lona.

— Nenhuma delas está dizendo que eu fiz alguma coisa errada. Ou está?

— Não — confirmou Lincoln.

— Não tem nada de errado com transas casuais.

Sebastian fechou o zíper da bolsa com força.

— Não tem problema nenhum mesmo — disse Lincoln. — Mas mesmo assim... — O amigo passou as mãos na cabeça. — Mesmo assim lembra um pouco o caso do Caleb do West End.

Sebastian bufou. Desde que vira aquela postagem, ele começara a sentir a presença do Caleb do West End, um pegador em série que ganhara uma fama infame no TikTok alguns anos antes, e seu nome estava pairando no ar do quarto, esperando para ser evocado.

— Caleb do West End dizia para as garotas que estava apaixonado — retrucou Sebastian, com um tom de irritação. — Dizia para todas que elas eram lindas, especiais e perfeitas. Mandava até playlists. E depois nunca mais aparecia. E foi por isso que virou vilão. Eu nunca fiz nada disso. Não tem ninguém dizendo que eu fiz alguma coisa errada!

— Nããão — confirmou Lincoln, esticando a palavra de um jeito que parecia querer dizer o contrário.

— Tipo, no Tinder. Eu só dava match com garotas na categoria "livre hoje".

— "Livre hoje"? Isso existe mesmo?

Sebastian assentiu. Lincoln pareceu um pouco horrorizado antes de dizer:

— Acho que é melhor que "pente e rala", "pronto para o abate" ou "vem que tem". — O amigo balançou a cabeça de novo e então a abaixou quando o celular apitou.

— Que foi? — perguntou Sebastian, enquanto Lincoln olhava para a tela e dava risada.

— Então. Desculpa aí. É que… bom. Uma garota comparou seu quarto com um carro de palhaço.

Sebastian soltou um rosnado.

— Foi engraçado! — justificou Lincoln.

— Eu não fiz nada de errado — repetiu Sebastian.

— Pois é. Eu concordo. Totalmente. Estou do seu lado. Qual é.

Lincoln tirou as cobertas e alisou os travesseiros até a cama estar no mesmo estado imaculado de quando entraram no quarto.

— Você sabe que tem gente que é paga para fazer isso, né? — comentou Sebastian.

Em vez de responder, Lincoln pegou a bicicleta, que estava apoiada na parede.

— Isso vai dar problema. — Ele fez uma pausa enquanto Sebastian também ia na direção da porta com a bicicleta. — Mas eu tenho uma ideia.

— Que ideia?

— Abby — disse Lincoln.

Sebastian ficou tenso. Lincoln sabia que ele tinha dormido com Abby também? E ela sabia do vídeo?

Aquilo não era nada bom. Não mesmo.

— O que tem Abby?

— Que tal se, só como um experimento, em vez de tentar levar Abby para a cama, você tentasse virar amigo dela?

Sebastian encarou Lincoln, que o observava com os olhos arregalados.

— Eu não estava tentando levar Abby para a cama — respondeu Sebastian por fim, rezando para que Lincoln não tivesse percebido que aquilo já tinha acontecido no passado.

— Só estou dizendo que você tem um *modus operandi*, e pouquíssimas amizades com mulheres — explicou Lincoln.

— Lana é minha amiga — contrapôs Sebastian.

— Lana é minha esposa — rebateu Lincoln. — E, por isso, a única mulher que é totalmente proibida para você. — Ele olhou bem para Sebastian. — É só uma ideia. De repente, só desta vez, você pode tentar ser diferente.

Sebastian concordou com a cabeça. Não estava cruzando os dedos atrás das costas, mas também não se comprometeu de maneira verbal com nada... o que, em sua opinião, proporcionava uma justificativa plausível caso acabasse rolando alguma coisa com Abby. Apesar de parecer muito improvável, pensou, empurrando a bike sem muito ânimo para o estacionamento, preparando-se para começar a pedalada do dia.

# Abby

Lizzie já tinha feito uma viagem de sete dias de Buffalo até Albany, margeando o canal do Erie, e alertara Abby sobre a paisagem (ou melhor, a falta de uma) no norte do estado de Nova York. "É bonito, mas não muito interessante", foram suas palavras. Na maior parte dos dias, transitariam por um terreno sempre similar: um caminho relativamente plano, às vezes asfaltado, às vezes de terra ou de cascalho, com um corpo d'água (o rio Hudson ou o canal do Erie) de um lado e florestas, campinas, locais históricos e os quintais cheios de mato das cidadezinhas do outro. Às vezes, viam os resquícios de uma ferrovia que passara por lá antes da conversão das trilhas: vigas enferrujadas e ligas de madeira podre. Atravessariam cemitérios e passariam por monumentos, antigos campos de batalha, represas e parques públicos. *Bonito*, Abby pensava quando os conduzia de volta à trilha, *mas nada muito empolgante.*

Eles pararam para tomar o café da manhã em uma lanchonete em Yorktown Heights e almoçaram em um parque em Brewster. Abby viu patos e gansos atravessando a trilha com os filhotes, às vezes sibilando para os ciclistas quando passavam. Havia também uma ou outra tartaruga tomando sol em uma pedra. Em uma ocasião, viu um cervo na floresta, quase a uns dez metros da trilha, observando com os olhos arregalados enquanto Abby se aproximava, antes de se virar e sair correndo.

Era mais um dia quente e úmido, com a temperatura passando dos vinte e oito graus no meio do dia. Porém, o outono estava a caminho, apesar de ainda parecer verão. A coloração das folhas estava começando a mudar; os dias pouco a pouco iam ficando mais curtos, e o mercado em Yorktown Heights onde pararam para comprar uma pomada para as dores de Lily já estava vendendo material de volta às aulas e doces para o Halloween.

Abby seguia pedalando atrás de todo mundo outra vez. Sebastian e Lincoln puxavam a fila, com os adolescentes logo atrás, os adultos e os idosos espalhados em sequência e ela fechando o pelotão, perdida em pensamentos.

Notou que Andy e Morgan estavam pedalando lado a lado. Abby sorriu para si mesma, lembrando de como era ter 16 anos. Ela pegava o celular depois de todas as aulas para ver se Mark tinha mandado um e-mail para sua conta da AOL, e verificava as caixas de correio nas casas dos pais todos os dias depois da escola, porque ele lhe mandava presentinhos: um pacote de salgadinhos um dia, uma caixinha de chocolates Godiva no Dia dos Namorados. Ele começara a paquerá-la no acampamento de férias e nunca mais parara, sem conseguir acreditar de verdade que ela o queria, o tempo todo tentando conquistar o coração da menina.

Abby não ficara muito animada com a possibilidade de conhecer garotos no acampamento Golden Hills. Na época, só havia espaço em seu coração para Josh Hartnett e Adam Sandler. Só que Marissa insistia em dizer que um garoto gordo era melhor do que garoto nenhum.

— E nunca se sabe, talvez um deles vire um gato no fim do verão. Vem! — disse ela na ocasião, conduzindo Abby e Leah pelo caminho. — Eles já devem ter chegado, e vocês precisam escolher alguém até sexta à noite.

Marissa e Leah tinham explicado para as novatas a importância de escolher um garoto com quem sair (na linguagem das adolescentes do acampamento, Abby mais tarde descobriria, isso queria dizer nadar com eles durante o horário livre da tarde e, no fim da estadia, ir ao baile de encerramento como casal).

— O que tem na sexta à noite? — perguntou Abby, enquanto Marissa a puxava até o alto de uma elevação com vista para a pista de atletismo e o campo de esportes.

— É a noite de cinema — explicou Leah, com um suspiro de desolação. — Dão pipoca para a gente. Sem sal.

Marissa jogou o cabelo para o lado e se virou para Abby.

— É só você ir até a enfermaria na quinta e dizer que está com dor de garganta. Vão dar sal para você jogar na água e fazer gargarejo, e aí é só guardar para a pipoca. — Ela revirou os olhos para a colega de alojamento. — Você não aprendeu nada comigo, não? — E, se virando de novo para Abby, falou: — Eu conheço todos os truques. Noite de cinema significa noite de pegação. Eles distribuem cobertores para a gente sentar em cima… — Mais uma revirada de olhos, dessa vez para a estupidez dos monitores. — Mas a galera vai parar debaixo das cobertas. Os monitores deviam, tipo, ficar de olho em tudo e não deixar isso acontecer. — Ela baixou o tom de voz. — Só que geralmente estão ocupados demais se beijando.

Leah disse alguma coisa em resposta, mas Abby não ouviu. Ela parou de escutar porque foi naquele momento que viu Mark Medoff.

Em um dia de calor de trinta graus, com um ar carregado de umidade, Mark estava usando um moletom dos Yankees feito de um tecido grosso. Os tênis Air Jordan iam até a canela, a bermuda chegava quase ao joelho e o boné estava firme na cabeça para manter a maior parte do rosto na sombra. Contudo, abriu o sorriso mais meigo do mundo quando olhou para ela sob a aba do boné. E também tinha um olhar muito doce.

— Argh. Não — resmungou Marissa quando viu para onde Abby estava olhando.

Era uma coisa cruel e irônica, mas, no acampamento Golden Hills, assim como no restante do mundo, quanto mais gorda a pessoa fosse, menor o status… e Mark era um dos maiores garotos do acampamento.

Mas àquela altura Abby já tinha visto o sorriso dele. Também notara o olhar meio bobo no rosto do garoto, sugerindo que tinha se apaixonado por ela à primeira vista, assim como os livros da Harlequin de

Eileen e os romances mais picantes que a mãe guardava em uma gaveta da mesinha de cabeceira ensinaram Abby que aconteceria.

Ela também se deu conta de que, ao lado dele, ou em seus braços, poderia se sentir miudinha e delicada como a Princesa Prometida quando era carregada por André, o Gigante. Abby nunca tinha se sentido daquele jeito na vida. Aquele garoto poderia ser sua chance.

Com toda a ousadia, ela foi até Mark, ouvindo comentários de admiração e assobios, o que era uma novidade em sua vida. Ninguém nunca havia assobiado para ela, e o único comentário que ouvia dos homens nas ruas eram coisas como "Belos peitões", "Você deveria sorrir mais" ou "Você ia ficar bonita se perdesse uns quilinhos".

— Oi — cumprimentou ela. — Eu sou Abby.

O garoto abaixou a cabeça e respondeu:

— Eu sou Mark.

Ela perguntou de onde ele era (Long Island), quantos anos tinha (13, assim como ela), se era a primeira vez dele no Golden Hills (sim) e se tinha ido porque queria ou fora obrigado.

Ao ouvir a última pergunta, Mark enfim parou de olhar para os próprios tênis e encarou Abby.

— Um pouco de cada — respondeu ele. — Às vezes quero perder peso, e às vezes acho que gostaria de ter uns cento e oitenta quilos aos 40 anos.

Abby ficou sem reação.

— Sério? Por quê?

— Porque, tipo, quem diria não para um homem desse tamanho? — disse Mark, com o sorrisão bobo. — Eu poderia fazer o que quisesse.

Abby caiu na risada. Mark virou o sorriso para ela. Aquele sorriso era uma graça. E ele era divertido. Isso era importante.

— Quer se sentar comigo na noite de cinema? — convidou ela.

— Sério? — perguntou ele, mais uma vez conseguindo olhá-la nos olhos. Mas quase de imediato abaixou a cabeça de novo, dando uma espiada em Marissa e Leah. — Você está me zoando, né?

— Não, não. É sério.

— Promete?

— Sim — garantiu Abby. — Prometo.

Naquela noite, quando foi se deitar depois da cantoria ao redor da fogueira liderada pelos monitores (combinada com muita movimentação dos braços, marchando sem sair do lugar, para queimar mais calorias), Abby encontrou um bilhete embaixo de seu travesseiro, com um desenho de coração, as iniciais de seu nome e um pacotinho de M&Ms. "Vejo você na noite do cinema", era o que dizia. "Do seu amigo de cento e oitenta quilos, Mark".

— Ah — murmurou ela, tão encantada que, por alguns minutos, até se esqueceu do quanto estava com fome.

Dobrou o bilhete com cuidado e guardou.

Apesar de não ter visto Mark no dia seguinte, encontrou ainda mais tesouros à noite.

— Ai, meu Deus — murmurou Melissa enquanto Abby enfiava a mão debaixo do travesseiro.

Havia mais um bilhete ("Acho você linda", era o que dizia), mas, melhor que isso, era o pacote de salgadinhos, daqueles pequenos, do tipo que as crianças (não Abby, mas algumas pessoas de sua turma) levavam como almoço para a escola.

— Sabe o quanto ele deve ter gastado nisso? — questionou Marissa, pegando o salgadinho com a reverência que a Virgem Maria dedicava ao menino Jesus.

Abby negou com a cabeça. Só então ficou sabendo do movimentado mercado ilícito que funcionava no Golden Hills. Alguns monitores poderiam ser convencidos a fazer vista grossa quando os pais mandavam pacotes para os filhos ou um pessoal mais velho saía para fazer incursões às máquinas automáticas de hotéis em Gettysburg e Washington. Também os funcionários da manutenção, que podiam ser subornados para levar chocolate e até fast-food para o acampamento. A irmã de Kara, uma sobrevivente de Golden Hills que já estava na faculdade, mandava doces juntos com artigos de higiene e balas escondidas entre os absorventes.

— Ah, ele está apaixonado — disse Marissa.

Quando Kelsey entrou saltitando no alojamento, Abby escondeu o salgadinho debaixo do travesseiro. Depois que as luzes foram apagadas, a menina abriu o pacote e, fazendo o maior silêncio possível, distribuiu o salgadinho entre as colegas. Cada menina deve ter ficado com uns três salgadinhos no total. Abby tentou fazer os seus durarem mais, colocando sobre a língua e esperando dissolver. Ela sentiu o ardor do sal e o gosto do milho (ou de uma substância parecida com milho desenvolvida em laboratório) e sorriu, lembrando da sensação da mão de Mark na sua e da maneira como ele a olhava, como se fosse uma deusa, ou Paris Hilton, magra, bonita e perfeita.

De modo impressionante, Mark perdeu quase vinte e três quilos no primeiro verão em Golden Hills. Na última noite, tinha virado algo parecido com um fortão, e as garotas que antes o esnobavam, inclusive Marissa, começaram a flertar com ele na frente de Abby. Só que não adiantou. Ele as ignorava por completo. Só tinha olhos para ela.

— Você precisa ir ao meu *bat-mitzvá* — disse Abby no fim do baile, na última noite do acampamento.

Os dois tinham dançado juntos sob as luzes do pavilhão, encostados um ao outro, com as mãos dela sobre os ombros de Mark e as dele em sua cintura.

— E eu vou ligar para você toda sexta à noite — prometeu Mark.

Eles se beijaram (foi só até esse ponto que as coisas chegaram naquele verão) e choraram na despedida. Foi um primeiro amor tão meigo e pleno quanto Abby poderia querer.

Ela não esperava voltar ao Golden Hills. Seu pai tinha prometido mandá-la para o acampamento de estudantes de teatro, e Abby ainda sonhava em ir. Mas, no fim daquele ano, a separação de seus pais se tornou definitiva, e o pai contou que não tinha dinheiro para pagar nem acampamento de teatro nem nenhum outro ("não com Marni na faculdade e Simon indo no ano que vem"). No primeiro semestre do ano seguinte, depois que sua mãe ficou noiva de Gary, o Empresário, e começou a planejar uma cerimônia de casamento para o outono, ficou evidente que havia dinheiro para o acampamento de verão, sim. Mas não para o que ela queria. Só para o Golden Hills.

— Você não quer sair bonita nas fotos do casamento? — argumentou Eileen na época.

Irritada, Abby respondeu que estava tão preocupada com sua aparência nas fotos do casamento da mãe como estivera com as fotos do *bat-mitzvá* no ano anterior. Mais uma vez, seus apelos e reclamações foram ignorados.

Na verdade, sua resistência não foi assim tão grande. Perder peso não era uma preocupação sua; e provavelmente acabaria ganhando todo o peso de novo. Ela não estava muito animada com a perspectiva de mais seis semanas passando fome, mas queria rever as amigas. E Mark.

Naquele ano, quando ela chegou, Mark estava a sua espera nos degraus da frente do chalé, com um buquê de flores silvestres na mão e um pacotinho de salgadinhos de queijo escondido no bolso do moletom com capuz que tinha voltado a usar.

— Minha nossa, olhe só para aquilo. — Abby ouviu a mãe murmurar. Ou Eileen não se lembrava de Mark de seu *bat-mitzvá*, ou não o reconheceu depois de ganhar todo o peso de novo. — Como os pais desse menino deixaram que ele ficasse desse tamanho?

Abby mal escutou a mãe. Só o que viu foi os olhos de Mark, seu sorriso, a maneira como a olhava, como se fosse seu maior sonho virando realidade. Quando ela desceu do carro e correu em sua direção, Mark ficou de pé e abriu os braços. Quando ele a abraçou, levantando-a do chão e a girando no ar, foi como se Abby tivesse uma montanha para protegê-la, ou um continente inteiro entre ela e a reprovação ou o julgamento da mãe. Ela colou o rosto no moletom dele com cheiro de amaciante, sentindo-se pequena e segura. As coisas ofensivas que a mãe teria a dizer seriam repelidas por Mark e jamais a atingiriam.

— Oi — sussurrou ela, e Mark a apertou com ainda mais força.

Abby e o namoradinho da adolescência tiveram um total de três verões em Golden Hills. Faziam as refeições juntos: frutas frescas e uma única porção de cereal integral com leite desnatado no café da manhã; saladas com cem gramas de salmão ou peito de frango e molho de baixo teor calórico; peixe assado e batatas-doces no jantar, com sanduíche de sorvete sem gordura para sobremesa nas noites de sexta. À tarde, eles caminhavam, dando voltas em torno da pista de atletismo, percorriam as trilhas disponíveis no acampamento ou, se dessem sorte, acompanhavam monitores que preferiam ficar sentados à beira do lago, ouvindo música no iPod, sempre de olho nos acampantes. Nos horários livres para nadar, Abby tentava atrair Mark para a água. Dizia que não tinha ninguém olhando, que ninguém ligava, mas na maioria das vezes ele ficava na beirada e, mesmo quando entrava no lago, nunca tirava a camiseta e sempre esperava os demais se distraírem com um jogo de vôlei aquático ou uma brincadeira de Marco Polo antes de arrancar os tênis e a blusa e entrar depressa na água.

Mark ensinou Abby a jogar Sudoku, General e xadrez chinês. Sua mesada generosa lhe garantia um suprimento constante de batatinhas e salgadinhos contrabandeados, além dos doces. No aniversário de Abby, ele conseguiu para ela um balde do KFC ainda morno, e um milk-shake de chocolate quase gelado. Ele deu para ela o moletom favorito dos Yankees dele, que Abby usava em todo lugar, curtindo a sensação de ser envolvida por uma roupa que tinha o cheiro de Mark, com mangas que cobriam seus dedos e uma bainha que ia até abaixo dos joelhos.

E havia também as noites de cinema, quando Abby e Mark podiam se aninhar em cima de um cobertor, e depois embaixo, quando a hora passava e os monitores ficavam menos atentos. Eles se beijavam até os lábios ficarem rachados, até as bochechas e o queixo de Abby ficarem irritados pelo atrito com a barba curta que havia começado a crescer em Mark no último verão que passaram juntos. Em julho daquele ano, quando os dois estavam com 16 anos, ela deixou que Mark enfiasse a mão por baixo de sua blusa. Em agosto, Mark permitiu que Abby tocasse sua ereção, mas só por cima do short acetinado de basquete.

Por fim, na última noite de cinema, enquanto *Grease* passava no telão, Abby enfiou os dedos sob o elástico todo esticado da cueca boxer de Mark e, finalmente, sentiu com a ponta dos dedos a pele sedosa de seu pênis sem nada atrapalhando.

No calor úmido de agosto, com o cheiro da água do lago impregnado na pele e no cabelo dos dois, ela o acariciou com os dedos. Mark grunhiu, estremeceu e pressionou o corpo no dela, prendendo o braço dela entre ambos.

— Ah — murmurou ela, com a boca aberta no pescoço de Mark quando o corpo dele se sacudiu e um líquido espesso e quente jorrou em seu pulso e seu braço.

Abby queria inspecionar aquela coisa escorregadia com cheiro de água sanitária. Achava que até gostaria de sentir o gosto, um desejo motivado principalmente pela curiosidade, mas também um pouquinho pela fome (o jantar tinha sido salmão, que não era um dos pratos favoritos de Abby). Ela se perguntou o que aconteceria se ajeitasse o corpo, deitando-se de barriga para cima, pegasse a mão de Mark e deslizasse para debaixo de *seu* elástico, onde sentia que estava latejando. Antes que pudesse tentar, ouviu Marissa sussurrar "Sujou!". Às presas, Mark sacou um bolo de guardanapos no bolso do moletom. Com gentileza, limpou a mão de Abby no momento em que um dos monitores se aproximou das fileiras de cobertores e, brandindo uma lanterna, direcionou o feixe de luz sobre os casais e começou a dizer coisas como "Mãos acima da linha do equador, vocês dois", e "Qual é, pessoal, vocês sabem quais são as regras".

Quando o monitor foi embora, Mark deu beijos quentes no rosto, na testa, nas bochechas, no pescoço e nos lábios de Abby, sussurrando "Eu te amo", e Abby retribuiu os beijos e disse "Eu também te amo".

Na manhã seguinte, depois das pesagens finais, os pais chegaram para buscar os filhos. Abby voltou para a Pensilvânia, e Mark, para Long Island. Cada um levou o próprio corpo recém-emagrecido para os respectivos colégios. Abby começou a receber bastante atenção dos garotos, e um formando do time de futebol a convidou para ir com ele ao baile em celebração da volta às aulas.

Abby terminou com Mark pelo telefone. Ele recebeu bem a notícia, parecendo triste mas não surpreso. Ela disse que não o esqueceria, que sempre se lembraria dos beijos debaixo do cobertor nas noites do cinema, do frango frito de aniversário, da sensação de que, quando era abraçada por ele, nada de ruim poderia atingi-la.

Depois daquele último verão, eles adicionaram uns aos outros nas redes sociais. Abby nunca desfez a amizade com ele nem deixou de segui-lo, só deixou as atualizações de Mark silenciadas (provavelmente na época em que ele postara a primeira foto com uma garota). Por Marissa, que mantinha contato com todo mundo do acampamento, Abby soube que Mark tinha ido fazer faculdade em Duke e depois especialização em podologia na Califórnia, mas, fora isso, não teve mais notícias. Também não procurou. Deixou que ele sumisse de seus pensamentos, que se transformasse em uma lembrança boa, parte de seu passado. Só que Mark virou o parâmetro para todos os seus relacionamentos posteriores. E Abby não demorou muito para descobrir como seria difícil para seus futuros namorados serem comparados a ele.

Ela perdeu a virgindade nas férias de verão antes de começar a faculdade, em seu quarto na casa do pai, quando ele estava ocupado dando uma aula de *bar-mitzvá* para adultos. Seis semanas depois, no primeiro ano em Penn State, conheceu um jogador de rúgbi chamado Chris em uma festa de fraternidade. Os dois tinham bebido algumas cervejas a mais e ido para o quarto dela no alojamento, onde se deitaram na cama de solteiro e ficaram se pegando até Chris desmaiar, roncando, ao seu lado. Quando Abby acordou, encontrou Chris a olhando em meio à semipenumbra do amanhecer. Em vez de admiração, como se lembrava de ter visto no rosto de Mark na noite de cinema, o olhar de Chris era do tipo que ela costumava encontrar no rosto da própria mãe. Ele parecera descontente, decepcionado, talvez desgostoso ou até enojado. Como se estivesse morrendo de pressa para ir embora.

*Foi só a empolgação da cerveja*, Abby pensou, odiando a ele e a si mesma. Já tinha ouvido um monte de piadas dizendo que "na guerra urubu virava frango", e sabia que, com a saia e a blusa pretas que usara na festa, sob aquela luz fraca, provavelmente devia ter estado com uma aparência melhor. Mais magra.

Chris, enquanto isso, ficou de pé tão depressa que parecia que os lençóis estavam pegando fogo. Abby ficou o observando enquanto ele agachava, tateando em busca dos tênis e das meias, que ficaram largados no chão. Ela percebeu que os pelos em seu peito não paravam por lá, cobrindo as costas e as pernas no que parecia mais uma pelagem animal.

— Tenho que meter o pé — murmurou ele.

*Às cinco da manhã de um sábado?*

— Você é entregador de jornal? — perguntou ela.

Chris piscou algumas vezes, confuso.

— Hã?

— Nada. Esquece.

Ele assentiu, sem saber o que fazer.

— Bom. A gente se vê.

Chris nem se preocupou em calçar os tênis antes de abrir a porta, olhar para a esquerda, para a direita, para se certificar de que o corredor estava vazio, antes de escapar, com os calçados ainda na mão. Abby continuou deitada, desanimada e enojada. Pelo menos nunca precisaria ver nem ouvir falar de Chris de novo. A Penn State era uma universidade grande, com milhares de estudantes e um campus gigantesco, e ela não se lembrava de ter dito seu nome ou passado o número para ele, mas devia ter feito isso em algum momento porque, duas noites depois, estava na cama às onze e meia da noite, lendo o texto introdutório da aula de bioética que resolvera cursar em um impulso, quando o celular apitou com a mensagem "Está acordada?". "É o Chris", ele acrescentou, anexando uma foto borrada do próprio rosto. Abby até pensou em responder "Este número é novo, quem é?", mas ficou surpresa e curiosa o bastante para convidá-lo a voltar lá, achando que talvez a cena desagradável daquela manhã houvesse sido um ponto fora da curva e que ele tinha entrado em contato porque queria se redimir com ela.

Dez minutos depois, quando ele apareceu no quarto de Abby cheirando a cerveja, nem pediu desculpas, só começou a beijá-la, enfiando a mão dentro de sua blusa e aquela língua sabor álcool em sua boca.

Chris tinha pouco mais de um metro e oitenta de altura, um grandalhão de ombros redondos e rosto vermelho com cabelo castanho desgrenhado e uma barba que descia pela lateral do pescoço. Seu tamanho o deixava um tanto atraente (da mesma forma que Mark Medoff), mas Chris não era tão meigo nem tão sagaz quanto o antigo namorado. Era quase uma paródia de um garoto nojento e machão de fraternidade e atleta: bruto, quase sempre bêbado, com tesão o tempo todo. Mas pelo menos estava disposto a aceitar instruções, entender do que Abby gostava na cama e tentar fazer alguma dessas coisas antes de apagar. E a cavalo dado não se olhava os dentes, Abby disse a si mesma.

Por três meses, continuou transando com Chris no alojamento ou, com menos frequência, na fraternidade onde ele morava, sempre entre as onze da noite e as cinco da manhã. A coisa chegou ao ponto de o gosto de cerveja deixá-la excitada, e de gostar de sentir aquele peito peludo áspero roçando em seus seios. Ou talvez só gostasse da ideia de que algum cara a quisesse e tivesse se convencido de que estar com Chris era melhor que ficar sozinha. As noites eram agradáveis, de certo modo. As manhãs, porém, eram horríveis. Se estivessem no alojamento dela, Chris acordava e escapulia antes que o dia amanhecesse. Se estivessem na fraternidade, ele programava o alarme para as cinco da manhã, conduzia a garota escada abaixo e a colocava para fora bem cedo, quando ainda estava escuro lá fora, sem nunca se oferecer para acompanhá-la até o alojamento. Era evidente que Chris não queria ser visto com ela, não queria que os companheiros de time, ou os irmãos da Beta Theta Pi, soubessem que estava envolvido (ou só transando mesmo) com uma gorda.

Abby só contou sobre Chris para algumas poucas amigas, que não aprovaram nem um pouco. Disseram que Abby merecia coisa melhor. Ela sabia que era verdade, mas mesmo assim demorou um tempo vergonhosamente longo para dar fim àquilo. *Melhor isso do que nada*, ela pensava quando o celular vibrava à meia-noite ou uma da manhã. Enfiava as camisinhas e uma muda de roupas na mochila e ia até ele. *Um cara querendo dormir comigo é melhor do que ninguém dando bola para mim.*

Por fim, em uma noite que Abby estava em um bar na College Avenue, Chris e os colegas de time, ainda de uniforme, entraram porta adentro. Ele a viu. Seus olhos se cruzaram, e ele virou a cara, fingindo que não a conhecia, rindo quando um dos irmãos de fraternidade a olhou e murmurou alguma coisa em voz baixa… algo que Abby teve certeza de ser uma piada às suas custas. "E aquela ali, o que me diz? Rolar até rola, redonda ela já está."

Abby tinha começado a faculdade se sentindo bem consigo mesma ou, pelo menos, sem mais inseguranças do que de costume. Tivera amigas, namorados. Talvez o acampamento Golden Hills e Mark a fizeram viver em uma espécie de bolha, isolada dos julgamentos e das zombarias do mundo, acreditando ser bonita e desejada. Continuar com um cara como Chris a jogaria para baixo, a deixaria pior do que tinha ficado aos 16 anos.

— Beleza, então, que seja — resmungou Chris depois da noite em que a ignorara no bar, quando, em vez de ir correndo para a fraternidade quando ele a chamou, Abby tinha dito para ele não ligar mais. Até bloqueou o número caso ele tentasse.

Pelo restante dos anos de faculdade, não teve nenhuma relação mais duradoura. Transas casuais, paqueras que não davam em nada. Os caras que ela queria que entrassem com contato não ligavam; os que preferia nunca mais ver continuavam a procurando.

Seu relacionamento mais longo depois da faculdade e antes de Mark durou só seis meses. Tinha conhecido David na Vem, Doguinho, onde ele trabalhava passeando com cachorros durante o dia e se apresentando nos clubes de comédia em noites de microfone aberto, tentando se estabelecer como artista de stand-up. Isso significava, conforme Abby aprendeu, muito trabalho não remunerado... em apresentações às quais ele esperava que ela comparecesse, e ainda mais tempo gasto na internet ajudando David a produzir memes e vídeos para o You-Tube e o Vine, torcendo para que um deles se tornasse viral. E, para a grande surpresa de Abby, isso aconteceu. David era quase um sósia do filho mais velho do presidente, e conseguiu quase um milhão de visualizações em um vídeo que tinha feito dublando um dos chiliques do cara com talco em cima do lábio superior e no queixo. Não era um humor muito sofisticado, pensava Abby, mas deu resultado. Em pouco tempo, David conseguiu um agente, um empresário e uma passagem para Los Angeles.

— Você entende, né? — disse ele, depois que a quitinete onde morava, ainda menos mobiliada que a de Abby, foi esvaziada e seus pertences foram socados em uma mochila e dois sacos de lixo.

— Lógico — respondeu Abby.

Da última vez que teve notícias, David tinha conseguido um emprego como roteirista em um programa de comédia on-line protagonizado por um ex-lutador de luta livre. E ficou feliz por ele. O cara tinha um sonho e conseguiu realizá-lo. Abby só esperava conseguir fazer o mesmo algum dia, pensou enquanto seguia pedalando até alcançar Lily, a penúltima ciclista, fazendo companhia para ela até completarem a quilometragem da manhã.

# Sebastian

— Ei, cara! Vai devagar!

Sebastian ouviu Lincoln atrás de si, ofegante, praticamente arfando, enquanto enfrentava a ladeira que ele tinha acabado de subir.

— Desculpa — respondeu ele.

Aliviou a pressão com que segurava o guidão e forçou as pernas a diminuírem o ritmo, deixando a bicicleta parar e encostando na lateral da trilha.

— Está tudo bem? — perguntou Lincoln, recobrando o fôlego.

— Aham — mentiu Sebastian.

Era um dia um dia bonito, e ele curtia a pedalada… ou pelo menos seu corpo parecia estar curtindo. Mas, enquanto isso, sua mente remoía sem parar a história do TikTok, inventando desculpas que nunca mandaria para garotas que nunca mais pretendera ver. Não eram nem desculpas, na verdade. Em sua maioria, eram variações do tema "Eu não fiz nada de errado!".

— Lindo, não é? — comentou Lincoln, apontando para a grama, as árvores e os diversos tons de verde e dourado, a água barrenta correndo devagar, o céu azul com nuvens branquinhas.

Sebastian assentiu, apesar de mal ter prestado atenção à paisagem, ou ao clima, ou a quanto tempo já estavam pedalando.

— Bem tranquilo.

Lincoln deu um gole na água, secou a boca, tampou a garrafa e prendeu de volta no suporte. Em seguida, deu um tapinha no ombro de Sebastian.

— É só não pensar nisso — recomendou.

Sebastian o olhou de cara feia.

— Como é que eu não vou pensar nisso? Sou o principal assunto da internet! Algo que ninguém quer ser!

— Tudo bem — disse Lincoln. — Não estou dizendo que a situação é a ideal, mas você sabe que amanhã vai ser a vez de outra pessoa.

Sebastian balançou a cabeça e lançou um olhar melancólico na direção da água, na qual uma ave (um pato? Um ganso?) nadava com um trio de outras menores seguindo em seu encalço. Ele sacou o celular e tirou uma foto, para provar a Lincoln que ainda estava concentrado no trabalho.

— Você se lembra da garota? — questionou Lincoln. — A que fez o vídeo?

Sebastian assentiu com relutância, enquanto a brisa agitava as folhas das árvores acima de sua cabeça. O nome dela era Alyssa, que ele conhecera por cortesia do Hinge. Era mais ou menos da mesma altura que ele, magra e esguia, com olhos azul-esverdeados enormes e cabelo escuro e comprido. Os dois se encontraram em um sábado à noite no Dos Hombres, um bar a duas quadras de onde Sebastian morava, um dos três ou quatro lugares que ele costumava escolher para os encontros. Quando chegara, Alyssa estava à espera no balcão, com a mesmíssima aparência das fotos, sorrindo ao vê-lo, com as longas pernas cruzadas e o corpo levemente inclinado.

Eles pediram as bebidas: cerveja para ele e um Aperol Spritz para ela, como costumava acontecer quase todas as vezes. Sebastian lembrava que ela o tocara bastante, colocando a mão em seu braço para enfatizar o que dizia a cada três ou quatro frases enquanto desfrutavam do segundo drinque, acariciando seu rosto no terceiro e segurando sua mão quando passaram para os shots. Em algum momento, ela acabara mais ou menos em seu colo. E também falava o nome dele o tempo todo, tanto que ele chegara a se perguntar se era alguma técnica aprendida em algum livro ou podcast sobre relacionamentos. *Fale mais sobre você, Sebastian. Há quanto tempo você mora no Brooklyn, Sebastian?*

Talvez fosse uma impressão causada por tudo o que acontecera, mas Sebastian se lembrava de ter pensado que havia alguma coisa errada com ela, uma impressão sutil que só se intensificara quando os dois foram para a casa dele. De início, atribuíra o desconforto ao tom de voz agudo dela, o que não deveria ser motivo para irritação. Era o tipo de coisa impossível de descobrir por fotografias, e ela não tinha mentido em nada, a não ser, talvez, por omissão. E o que a mulher poderia fazer? Escrever um: "Aliás, quando eu falo pareço a Kristin Chenoweth depois de encher o pulmão de gás hélio?".

Ele fizera o melhor para ignorar a estridência de Alyssa enquanto chegava ao êxtase, primeiro falando seu nome, depois passando para um barulho de apito de chaleira e, por fim, soltando gritos tão agudos que ele achara que nem os cachorros do bairro conseguiam captar. Quando acabara, ele fizera o discurso habitual sobre um compromisso na manhã seguinte, mas Alyssa falara: "Meu apartamento não fica em um lugar muito tranquilo. Prefiro ir quando já tiver amanhecido".

Ela abrira um sorriso tímido como quem pedia desculpas, prometendo sumir assim que o sol nascesse... e que tipo de canalha a forçaria a ir embora no meio da noite?

"Lógico", respondera ele, forçando-se a sorrir. "Sem problemas."

Ela pegara no sono, e ele ficara deitado ao lado, mal se mexendo ou respirando, por medo de acordá-la e receber a proposta de um segundo round. Em algum momento devia ter cochilado, porque de manhã acordara com o som de uma voz feminina cantarolando e o cheiro de torrada e bacon sendo frito.

*Ah, não*, pensara ele. *Isso não é nada bom.* Sebastian fingiu dormir até ouvir Alyssa murmurando seu nome ao lado da cama. Estava vestida com uma camiseta sua, que ficara bem larga e chegara quase até os joelhos dela, além de ter se maquiado e feito alguma coisa com o cabelo. Havia uma bandeja com ovos, torradas e canecas fumegantes de café, além de uma jarra de suco de laranja e guardanapos de papel, à espera no pé da cama. Sebastian estreitou os olhos ao ver a bandeja e a jarra, perplexo. Desde quando ele tinha aquilo em casa? Seria possível que a garota tivesse ido ao bar com aquelas coisas todas na bolsa?

"Oi", cumprimentara Sebastian, com a voz bem rouca. Ele pigarreara e tentara de novo. "Oi. Uau. Isso parece ótimo. Eu adoraria poder ficar, mas, como falei, preciso ir mesmo. Tenho um compromisso hoje cedo. Para uma reportagem."

"Mas é domingo", argumentara Alyssa, fazendo um beicinho fofo.

"Sinto muito", retrucara ele. "Eu adorei ficar com você, mas estou atolado de trabalho."

Alyssa olhara para a bandeja.

"Você podia pelo menos comer os ovos", sugerira ela, com uma voz tristonha.

*Puta que pariu.* Sebastian detestava se sentir o vilão da história. Pegara um garfo, enfiara um pouco de ovo na boca, mastigara, engolira e empurrara tudo com um gole de café quente o suficiente para queimar a língua.

*Que ótimo*, pensou.

"Está uma delícia", elogiara. "Sinto muito. Escuta só. Eu preciso ir, mas você pode ficar o tempo que quiser. Estou me sentindo bem mal por essa situação…"

O sorriso de Alyssa oscilara um pouco.

"Não. Eu vou indo também. Já entendi. Só me dê um minutinho."

Ela desaparecera dentro do banheiro. Sebastian levara a bandeja de volta para a cozinha, jogara a comida no lixo e engolira o restante do café. Então ficara esperando, inquieto, bebendo água gelada até que, por fim, Alyssa reaparecera, usando o vestido da noite anterior, azul-marinho com umas alcinhas finas que deixavam boa parte dos ombros e do peito descobertas.

"Acho que está na hora da caminhada da vergonha." O tom de voz dela fora leve, mas o sorriso que abrira parecera tenso e frágil. "Certo. A gente se vê."

"Até mais", murmurara ele, lembrando, mais uma vez, que não tinha feito nada de errado.

Ela pendurara a bolsa no ombro e virara as costas. Quando estendera a mão para pegar a maçaneta, Sebastian pensara que finalmente estivesse livre. Mas então ela se virou.

"Quer saber?", começara ela, com uma voz agradável, mas Sebastian havia passado tempo suficiente com aquela mulher para pressentir que tinha uma tempestade a caminho. "O mínimo que você podia fazer era me agradecer. Eu me levantei cedo. Preparei um café da manhã para você."

*Eu não pedi nada disso*, pensara Sebastian, mas sabia que era melhor não dizer. Ele podia até ser estúpido, mas não àquele ponto.

"Obrigado, peço desculpas se eu não disse…", começara ele.

Alyssa apenas continuou falando, o interrompendo:

"Fui até aquele bar horroroso para a gente se encontrar." A voz dela fora ficando mais alta. "Comi frango frito apimentado porque você quis. E chupei seu pau…"

Pelo que Sebastian se lembrava, fora ela que abrira sua calça jeans e, por espontânea vontade, abaixara a cabeça até lá na mesma hora. E a chupada nem tinha sido tão boa, com várias lambidas que faziam cócegas, movimentos lentos com a língua, como se seu pau fosse uma casquinha com um sorvete que derretia depressa, e um nível desconfortável de contato visual. Parecera mais uma performance, como se ela estivesse preocupada em ganhar uma boa avaliação. E ele retribuíra o gesto! Sempre fazia isso! Podia não querer namorar, mas isso não significava que fosse grosseiro.

"Eu não obriguei você a fazer nada disso", argumentara ele.

"Exatamente. Não precisou nem pedir!" A voz dela falhara, e ela ergueu as mãos em direção ao teto. "Eu te chupei, preparei o café da manhã. Fiz tudo direitinho."

Depois de dizer isso aquilo, ela começara a chorar.

Sebastian sentiu o corpo ficar rígido. Mulheres chorando era a única coisa com que ele não sabia lidar e não conseguia suportar. Ele se aproximara de Alyssa da mesma forma que faria com um tigre no zoológico que de alguma forma tivesse escapado da jaula, e tentara, bem de leve, dar tapinhas reconfortantes em suas costas.

Ela se afastara de imediato, com a cara fechada.

"Você não vai nem me ligar de novo, né?", perguntara Alyssa, com os olhos vermelhos e cheios de lágrimas.

Não parecera mais furiosa… só cansada. Bem, bem cansada. E aquilo, por algum motivo, fora ainda pior.

Apático, Sebastian negara com a cabeça.

"Pensei que você só estava interessada em… você sabe. Sexo casual."

Ela olhara feio para ele.

"Ninguém quer ficar no sexo casual para sempre."

Antes que ele pudesse perguntar por que ela havia colocado no perfil que era justamente aquilo que queria, Alyssa virara as costas de novo. Sebastian cerrara os punhos, cravando as unhas nas palmas das mãos, imaginando que aquilo não acabaria nunca. Estava no inferno, com uma mulher com quem dormira e nunca ia embora, só ensaiava a partida, dando a entender que sua intenção era sair porta afora, mas só ficava no *quase*, parada na porta, antes de se virar de novo e lançar mais acusações, uma pior que a outra, por todo o sempre, até o fim dos tempos.

Mas, por fim, Alyssa acabou indo. Sem nem bater a porta. Deixara que se fechasse sozinha, com suavidade, atrás de si. E então ela descobriu que ele também tinha saído com algumas das amigas dela e reaparecera na vida dele, em um vídeo do TikTok em que o chamava de galinha. Finalmente, a sorte de Sebastian na vida havia acabado.

— Isso vai passar — disse Lincoln. — Eu garanto.

Sebastian sabia que era verdade. Mesmo assim, era uma injustiça gigantesca. E foi acontecer exatamente quando ele encontrara a mulher que queria ver de novo, que desejava que reaparecesse em sua vida e que ele fora obrigado a considerar como intocável, alguém com quem não teria nada além de amizade. *É o carma*, pensou, desconsolado, e se perguntou se, em uma vida anterior, teria sido o tipo de pessoa que chutava cachorros ou dava uva-passa para as crianças que pediam doce no Halloween.

Claro, talvez aquela coisa de intocável não fosse para a frente. *Fique amigo dela*, tinha sido o conselho de Lincoln. Teria sido mais fácil falar para Sebastian manter distância absoluta de Abby, ele se deu conta, porque conviver com ela sabendo que aquela só poderia ser uma relação platônica seria uma tortura. E também poderia não ser o que ela queria. Havia o dr. Mark, verdade, mas Sebastian estava certo de que sentira certa hesitação quando Abby falara sobre o namorado. Certa falta de entusiasmo, uma ausência de convicção. Além disso, Mark era podólogo. Ela queria mesmo passar o resto da vida associada a alguém cuja profissão era mexer nos pés dos outros?

Talvez, na verdade, ela não quisesse ficar com Mark. E talvez não soubesse que Sebastian havia virado *persona non grata* na internet. Qual era a chance de ela ter um perfil no TikTok? Muita gente não tinha.

Sebastian voltou a pedalar. Apertando os lábios e cerrando os dentes, foi ganhando velocidade até minimizar a superfície de contato dos pneus com o chão, até parecer que estava voando, como se assim pudesse escapar de Lincoln, dos outros ciclistas, de seus problemas, de...

— Ei!

A buzina de um carro soou. Sebastian levantou a cabeça e viu que a trilha havia chegado a um cruzamento com a estrada, devidamente sinalizado com uma placa de "PARE" e um aviso de "CICLISTA: ATRAVESSE EMPURRANDO A BICICLETA". Uma picape com o brasão do estado de Nova York na lateral estava ali, bem em seu caminho.

Ele apertou os freios dianteiro e traseiro com toda a força que tinha, sentindo a bicicleta tremer inteira. Por um terrível momento, pensou que fosse voar por cima do guidão e se esborrachar na lateral do veículo. O pneu traseiro da bike deslizou e fez um giro de cento e oitenta graus antes de parar a milímetros da lateral da picape. Sebastian tentou pôr o pé no chão, esquecendo que seus calçados estavam presos aos pedais. Ele bateu na picape e caiu no chão, aterrissando sobre o lado direito do corpo, com a bicicleta sobre si. Ficou ali deitado feito um inseto esparramado enquanto o motorista da picape abria o vidro para fazer um monólogo longo e profano, depreciando a visão de Sebastian ("Não me enxergou aqui, caralho?"), questionando a integridade de sua mãe ("Seu filho de uma puta!") e denunciando a distração e arrogância dos ciclistas em geral ("Saem por aí vestidos como o Lance Armstrong e pensam que são donos da porra da rua, que todo mundo tem que sair do caminho pra vocês passarem!").

Sebastian fez um gesto que esperava ter parecido um pedido de desculpas para o cara e tentou soltar pelo menos um pé do tênis, ainda preso ao pedal. Foi então que Abby apareceu, com a testa franzida, os lábios comprimidos e as sardas mais visíveis do que nunca no rosto pálido enquanto descia da bicicleta e corria até ele.

— Está tudo bem? O que aconteceu?

Apontando para o próprio estado, com a bicicleta ainda em cima do corpo, Sebastian afirmou o óbvio.

— Eu caí.

— Ele quase me pega em cheio! — gritou o motorista. — Não estava nem olhando para a frente! Nem diminuiu a velocidade.

Abby o ignorou enquanto se agachava ao lado de Sebastian. Com uma das mãos apoiadas de leve em seu ombro, olhou bem nos olhos dele, e depois para o capacete.

— Você se machucou?

— Eu estou bem.

Sebastian enfim conseguiu tirar um dos pés do tênis, sair de debaixo da bike e ficar de pé.

— Foi mal, cara — falou ele para o motorista da picape. — A culpa foi minha mesmo. Eu tinha que ter prestado mais atenção. Desculpa.

O motorista resmungou mais algumas coisas nada elogiosas antes de fechar a janela e seguir adiante. Sebastian sentia o pico de adrenalina na corrente sanguínea e a reverberação do batimento cardíaco nos ouvidos. Sabia que estivera distraído, que a culpa era só sua. Mais um ciclista babaca, trajando lycra e arrogância, queimando a reputação de todo mundo que usava a bicicleta como meio de transporte ou lazer. Aquilo o deixou furioso consigo mesmo de novo.

— Você bateu a cabeça? — perguntou Abby.

— Eu estou bem! — esbravejou ele.

Abby arregalou os olhos e deu um passo para trás, afastando-se dele, o que só o fez se sentir pior.

— Preciso ver seu capacete — avisou ela, estendendo a mão.

Sebastian soltou o fecho e entregou o objeto a ela, observando-a enquanto analisava a superfície em busca de rachaduras.

— Tem certeza de que você está bem?

— O que aconteceu? — perguntou Lincoln, finalmente chegando ali.

— Nada — respondeu Sebastian, apesar de saber que o lado direito de seu corpo estava sujo e ralado, a camiseta rasgada e que estava só com um tênis no pé.

— Prefiro que Jasper dê uma olhada em sua bike antes de você voltar a pedalar — avisou Abby.

— Está tudo bem — garantiu Sebastian.

Na verdade, não sabia nem se a bicicleta estava inteira, mas, no estado em que se encontrava, não queria que Abby ficasse o paparicando. Preferia, na verdade, ser ignorado por ela naquele momento. Naquele meio-tempo, o restante do grupo tinha chegado e estava todo mundo olhando para ele, alguns de forma mais descarada que os demais.

— O que aconteceu? — berrou o cara alto com problema de audição.

— Ele caiu — gritou a esposa no ouvido dele.

— Eu sei, mas por quê? — gritou de volta o homem.

*Porque ele é um estúpido*, pensou Sebastian.

Abby bateu palmas.

— Certo, pessoal. Acabou o show. Hora do almoço!

Ela os conduziu até um parque infantil a uns poucos quilômetros pela trilha. Sebastian foi empurrando a bicicleta mais atrás, com Lincoln ao lado.

— O que aconteceu? — perguntou o amigo.

— Ah, eu só estava distraído.

Lincoln parecia preocupado.

— E tem certeza de que está tudo certo?

— Eu estou bem.

Sebastian percebia o tom de irritação na própria voz e sabia que não estava bravo com Abby, que só estivera fazendo o trabalho dela, nem com o motorista, que não tivera culpa nenhuma. Estava com raiva de Alyssa. Do TikTok. Das redes sociais como um todo. De todas as mulheres que postaram sobre ele, ou curtiram, costuraram, fizeram dueto ou compartilharam o vídeo original. Parecia muito injusto, porque, de verdade, qual era a probabilidade de tantas mulheres com que ele fora para a cama serem amigas? (*Se você dormir com cinco mulheres diferentes por semana, existe uma boa chance*, uma voz em sua cabeça que parecia bastante com a de Lincoln informou.) Estava com raiva do destino, do carma, de Deus, porque se Ela existisse sem dúvida estava achando a maior graça daquilo. Estava com raiva de si mesmo, acima de tudo, porque, se tivesse sido um pouco mais moderado no comportamento, teria bem mais apelo para Abby, que, aliás, tinha namorado, ele se obrigou a lembrar mais uma vez, e com quem estava tentando fazer amizade.

*Não existe cura para isso*, pensou ele enquanto levava a bicicleta até Jasper, que estava encostado na van com uma expressão bem neutra. Era preciso seguir em frente. Deixar passar algum tempo, mais alguns quilômetros, e aquele incômodo sumiria, a internet se ocuparia de outra coisa e, em algum momento no futuro, Abby o perdoaria... isso se sequer ficasse sabendo do fiasco. Sebastian tivera muita sorte por um bom tempo. Talvez ainda houvesse uma chance de Abby jamais descobrir, de se tornarem amigos na viagem e talvez mais que isso quando a excursão acabasse. Um chance de, no fim, dar tudo certo para ele.

# Morgan

*Posso te contar um segredo?*

Morgan tinha repetido aquelas palavras mil vezes na cabeça desde o início da viagem. Imaginara-se dizendo cada uma delas para Abby, a guia. Ou Andy Presser, que ficava olhando para ela quando achava que estava distraída. Ou para uma das mulheres mais velhas, ou talvez até para a mãe de Andy, com o rabo de cavalo e sorriso simpático. Todo mundo, menos a própria mãe. *Posso te contar um segredo? Posso contar por que estou aqui de verdade? Você me ajuda?*

Além de todas as outras mulheres, e até alguns dos homens, Morgan também cogitara envolver a própria mãe na questão. *Eu transei com Brody. Nós usamos camisinha, mas deve ter estourado, ou então ele não pôs direito, porque estou grávida. E não posso ter um bebê agora. Não posso.*

Conseguia até se imaginar dizendo tudo aquilo, mas o problema era que também conseguia prever exatamente o que a mãe diria. *É um bebê, Morgan. Desde o momento da concepção, uma nova vida se forma. E eu não posso deixar você matar um bebê!*

Fora o que os pais lhe ensinaram. Era nisso que acreditavam. Morgan sabia que, quando o assunto era aquele, estava sozinha. Era permitido fazer um aborto em Ohio desde que a gestação não tivesse passado de vinte semanas, mas menores de 18 anos precisavam da permissão dos pais ou responsáveis, e Morgan sabia que não havia a menor chance (nem mesmo a mais remota) de que o pai ou a mãe consentisse. Supunha que tivesse tido sorte por ter aquela viagem de bicicleta marcada. Ela repassara o itinerário, usando o computador da escola para fazer uma pesquisa completa, e encontrara uma unidade de planejamento familiar em Syracuse, uma das cidades onde dormiriam.

Olivia estava com ela quando Morgan comprou o teste de gravidez, que fez do banheiro da amiga. A ligação para a clínica foi feita do quarto de Olivia, quando as mães dela estavam no trabalho. A mulher do outro lado da linha fizera algumas perguntas: *Qual é sua data de nascimento? Quando foi sua última menstruação? Seu ciclo é regular? Você estava tomando anticoncepcional?*

A moça explicara que um exame físico poderia determinar o estágio da gestação. Uma vez estabelecido isso, seria possível decidir se era um caso de aborto cirúrgico ou medicinal.

"O que isso quer dizer?", perguntara Morgan, falando quase em um sussurro.

"Em um aborto medicinal, você toma dois tipos de medicamentos e, geralmente em algumas horas, o conteúdo de seu útero é expelido."

"O conteúdo de seu útero." Morgan conseguira até imaginar o pai repetindo aquelas palavras, com desprezo, de cima do púlpito. "Ah, eles usam um monte de palavras bonitas para esconder o que fazem, mas, na verdade, estão falando de um bebê", diria ele. "Um bebê que estão dispostos a matar, a desmembrar, pedacinho por pedacinho, mesmo se a mulher estiver perto de dar à luz."

"Vai doer?", murmurara ela.

"Depende. As cólicas podem ser intensas para algumas mulheres, com muito sangramento. Para outras, não é muito diferente de uma menstruação normal."

"Eu vou poder andar de bicicleta logo em seguida?"

A mulher deu uma risadinha.

"Não, você vai precisar passar o dia seguinte na cama, de repouso."

Só que Morgan sabia que não tinha aquela opção. Teria que aguentar firme e esconder o segredo. Estava disposta a aguentar a dor, o sangue, as cólicas, lidar com o que fosse preciso, desde que os pais não descobrissem o que ela faria.

Durante todo o dia, a cada volta das rodas da bicicleta, Morgan pensava no segredo. Repassava os planos que fizera: ficar para trás, afastar-se do grupo e pedalar até a clínica. Ainda não sabia o que aconteceria lá, e a única resposta que conseguiu foi: "Vamos examinar você e ver em que estágio está. Depois discutimos as opções possíveis". Tinha sido ideia de Olivia comprar um celular descartável barato em um mercado distante de casa. Morgan achara aquilo desnecessário, mas então Olivia lhe mostrara uma reportagem sobre uma garota de 17 anos em Nebraska que fora indiciada criminalmente junto com a mãe depois que a polícia tivera acesso a mensagens no Facebook em que a mulher informava à filha sobre como tomar os comprimidos que interromperiam a gestação. "Se conseguiram ler a mensagens dela, conseguem puxar seu histórico de chamadas e descobrir para quem você anda ligando", Olivia tinha avisado. Então, com o celular descartável que compraram, ela fizera a ligação na cama de Olivia, com a porta do quarto trancada.

"Vocês podem só mandar entregar os comprimidos?", perguntara Morgan, com uma voz quase inaudível.

"Existem sites na internet que fazem isso, e mandam também as instruções de uso, mas nós não oferecemos esse serviço", respondera a mulher, cautelosa. Em seguida, fizera uma pausa. "Quantos anos você tem?"

"Quinze."

A mulher fizera mais uma pausa.

"Eu não posso dizer a você o que fazer, nem falar para não comprar os comprimidos dessa forma. É uma das opções disponíveis, e a escolha é sua. Mas sou obrigada a dizer que, por causa de sua idade, para sua própria segurança, eu considero mais aconselhável fazer um exame físico completo, se puder vir aqui o quanto antes. Se isso for viável em seu caso." A mulher parou de falar por um instante, e o que disse em seguida foi determinante para Morgan tomar a decisão: "Se fosse minha filha em seu lugar, seria isso que eu gostaria".

"Certo", falara ela, e Olivia, que estava ouvindo tudo, assentiu.

Morgan marcara a consulta para o dia em que a viagem passaria por Syracuse. Aquela foi a parte mais fácil.

Olivia se ofereceu para fazer a viagem com ela, ou encontrá-la em Nova York. Só que Morgan sabia que, se Olivia não fosse para o acampamento de férias no Maine e aparecesse para fazer a excursão de última hora, ou se aparecesse do nada em Syracuse, aquilo levantaria suspeitas. Morgan também fez a amiga prometer que não contaria para suas mães, pois não queria correr o risco de uma delas revelar a situação para seus pais, apesar de Olivia garantir que isso não aconteceria, que elas ficariam ao seu lado, que se ofereceriam para ajudá-la.

"Se não puder ser eu, você vai precisar encontrar outra pessoa", avisara Olivia, com a expressão bem séria, sem nem um vestígio do sorriso de sempre, recostada na cabeceira, abraçada aos joelhos. "Você tem dinheiro?"

Morgan fizera que sim com a cabeça, grata por ter guardado tudo o que tinha ganhado tomando conta de crianças ao longo do ano.

"E tem certeza de que não vai contar para Brody?"

Ela balançara a cabeça de novo, com vigor e sem hesitação. Morgan e Brody só tinham transado duas vezes, e ela nem gostara muito. Duas vezes, por um total de dez minutos talvez, e nem havia sido bom! "Com o tempo fica melhor", garantira ele, mas Brody estava em Fort Benning, não fazia a menor ideia do que estava acontecendo. Morgan sabia que, se contasse, ele voltaria correndo. Talvez a ajudasse com o plano, mas talvez quisesse se casar. Seus pais provavelmente prefeririam aquilo. E, se não se casasse com Brody, a obrigariam a ter o bebê e dar para adoção. Ela precisaria enfrentar uma gestação inteira, passar meses com uma barriga enorme, e todo mundo saberia o que estava acontecendo. Precisaria enfrentar o parto. E a decepção de seu pai e de sua mãe. O pai poderia até perder o trabalho, pois quem daria ouvidos a um pastor que não inspirava nem a obediência da própria filha?

A escola viraria um pesadelo. As outras meninas ririam dela, e certos garotos a considerariam uma piranha; achariam que, se tinha transado com um cara, então daria para qualquer um. Aquilo não seria nada bom. Passar o resto da vida sabendo que havia um bebê em algum lugar por aí, e mais tarde uma criança, um adolescente, um adulto… seria insuportável. Morgan seria corroída por dentro, todos os dias, pelo resto da vida. Não aguentaria aquilo.

"Eu não posso contar para ele", respondera Morgan à Olivia.

"E para sua mãe?"

Morgan negou ainda mais com a cabeça. "Não posso."

Olivia alisara a colcha com estampa de bolinhas e assentira como se a entendesse, embora Morgan tivesse quase certeza de que não era o caso. Sua amiga não frequentava sua igreja, nem nenhuma outra. Podia conversar com as mães sobre qualquer coisa, não só sobre sexo, mas também sobre sentimentos, relacionamentos, até masturbação.

Mas, para Morgan, contar algo daquele tipo era inimaginável. Lily ficaria mais que decepcionada. Ficaria arrasada.

"Você vai ter que encontrar outra pessoa, então", avisara Olivia. "Não pode ir sozinha. Precisa de alguém para cuidar de você e garantir que fique tudo bem."

Morgan havia concordado com a cabeça, prometera que sim, consolara a si mesma ao pensar que ao menos a maior parte da coisa estava decidida.

Quando seu pai recebeu o convite para o retiro no Arizona e por um momento assustador e paralisante pareceu que não haveria viagem nenhuma, Morgan ficou apavorada. "Não, não, nós precisamos ir", foi o que Morgan dissera para Lily, implorando, argumentando e dizendo que estava muito animada para fazer a trilha e ver as Cataratas do Niágara e passar um tempo só com a mãe, até que, por fim, conseguiu convencê-la. "Sei que é muito tempo em cima da bicicleta, mas eu ajudo você!", foi o compromisso que Morgan assumiu. Ela sabia que Lily estava confusa, e talvez até irritada, porque ela quase não passava mais nenhum tempo com a mãe, mas a verdade era que estava apavorada de ficar perto dela, com medo de acabar se denunciando, de que a mãe olhasse para ela e, de alguma forma, soubesse a verdade, assim como soubera que Morgan estava mentindo sobre comer biscoitos escondida ou pintar a cômoda com giz de cera quando era criança.

*Posso te contar um segredo?*

No parque em Nova York, na hora do almoço, Morgan pôs uma colherada de salada de macarrão no prato e engoliu com dificuldade, sentindo o estômago se revirar. A massa parecia engordurada e repulsiva, e até o cheiro de atum lhe dava náuseas. Sua mãe estava sentada à mesa de piquenique com a sra. Presser e a sra. Fenske. Abby estava perto da van, conversando com Jasper, que fazia uma revisão na bicicleta de Sebastian. Andy Presser estava sentado sob uma árvore com o irmão, devorando o terceiro de quatro sanduíches que tinha empilhado no prato.

— Vem ficar com a gente! — chamou ele.

Morgan assentiu e foi até lá, tentando parecer normal, feliz e tranquila. A melhor opção seria Andy. Ela se perguntou o que ele acharia caso contasse o segredo, se ainda a veria como uma princesa de contos de fadas, a Rapunzel na torre, e a si mesmo como o príncipe destinado a salvá-la. Provavelmente não. E, se falasse sobre a consulta, era bem possível que ele contasse para a própria mãe, que por sua vez se sentiria obrigada a avisar Lily. Tudo precisava continuar em segredo. Naquele conto de fadas, a princesa teria que salvar a si mesma.

# Abby

Abby ficara orgulhosa da maneira como lidara com a colisão de Sebastian com um motorista hostil. Com calma. Sem perder a compostura. De forma apropriada. A própria Lizzie, uma guia experiente de cicloturismo, não teria feito muito diferente. Ela achara que ele fosse agradecer, aproveitar a oportunidade para puxar conversa ou se sentar ao seu lado no almoço. Todos aqueles sorrisos e olhares da noite anterior não tinham passado batidos. Mas, naquela manhã, ele parecera tenso e distante e, na hora de comer, só enchera o prato e sumira com Lincoln.

Abby acabou sentada com a mãe e Lily Mackenzie, que lançava olhares tristes para a filha e Andy Presser, que também foram ficar sozinhos. Abby incitou Lily a contar sobre o clube de leitura de que ela fazia parte, sobre como conhecera o marido e várias outras coisas, para tentar tirá-la daquela melancolia.

Depois, foram quase cinquenta quilômetros de pedalada até o fim do dia. Abby seguiu atrás de todo mundo e, faltando um quilômetro e meio, intensificou o ritmo para chegar primeiro e esperar o grupo no estacionamento do hotel, observando a chegada dos demais ciclistas em diferentes estados de exaustão. Quando foi fazer o check-in, recebeu um pacote junto ao cartão para abrir o quarto. Mark tinha mandado uma caixa de chocolates John & Kira, seus favoritos. Ela sorriu e levou uma trufa à boca.

No quarto, acendeu a vela aromática de hortelã que tinha levado e curtiu um banho quente e bem longo, girando o tronco de um lado para o outro, erguendo os braços acima da cabeça e movendo o pescoço para se alongar. Tinha acabado de sair do chuveiro quando o celular apitou com a chegada de uma mensagem. Provavelmente de Mark, pensou, que a mantinha entretida com fotos de pés e um link para um story de um colega seu de faculdade que começara a fazer procedimentos de vasectomia a preços módicos em uma van, apelidada "Lotação da Castração". Abby estava ansiosa para falar com ele sobre o dia e que, como previsto, eram os homens que quase sempre se envolviam em acidentes, ou que circulavam bem no meio do caminho, ou da estrada, ignorando por completo as demais bicicletas e os carros. A teoria de Lizzie era que os homens pedalavam da mesma forma que se comportavam em relação a tudo na vida: com imprudência, uma confiança inabalável e achando que era obrigação dos outros saírem do caminho. As mulheres eram mais cautelosas. Seguiam regras e tomavam a precaução de se manterem na lateral das vias, obedecendo aos sinais de parada e semáforos e gritando "À esquerda!" quando ultrapassavam alguém. Muitos homens (talvez a maioria) não se davam o trabalho.

Ela envolveu o cabelo na toalha especial de microfibra que havia levado (a que garantia impedir os cachos de ficarem frisados) e pegou o celular na bancada do banheiro, onde estava recarregando a bateria. A mensagem não era de Mark. Era de Lizzie.

"Esse cara está na viagem?", escrevera. Logo abaixo, havia um link do TikTok.

Abby sabia que aquela mensagem era uma tentativa de reestabelecer a paz. Ela e Lizzie mal tinham se falado desde a aparição surpresa de Eileen. No dia anterior, Abby havia mandado um "MAS QUE CARALHO?!?!" com a foto da mãe pedalando na trilha. "Liga para mim, eu explico", fora a resposta de Lizzie. Mas até então Abby vinha se recusando a fazer a ligação.

Ela se sentou na ponta da cama com o celular na mão. Lizzie costumava brincar dizendo que era a mulher mais velha do TikTok e dizia que só estava lá para acompanhar o ritmo das sobrinhas adolescentes, mas, na verdade, era tão viciada no aplicativo quanto qualquer um da Geração Z. Quase nunca se passava um dia sem que Lizzie mandasse um vídeo que tinha visto: uma dancinha viral, dicas de atividade física, receitas, avaliações de produtos de maquiagem, um gato de gravata ou uma mãe que remodelara sozinha a lavanderia de casa aproveitando o tempo que o bebê recém-nascido passava dormindo. Sorrindo, Abby clicou no link, mas sentiu o sorriso esmorecer quando viu a foto de Sebastian em uma montagem de cartaz de PROCURA-SE, e desaparecer por completo quando leu alguns dos 3.647 comentários abaixo do vídeo, revelando que ele tinha ido para a cama com oito amigas próximas da mulher que fizera a postagem.

— Ai, meu Deus.

Abby jogou o celular de lado, ofegante como se tivesse levado um soco no estômago. Em seguida, obrigou-se a pegar de volta o aparelho e rever o vídeo, balançando a cabeça em desalento. Sebastian, no fim, tinha se revelado bom demais para ser verdade, claro. Assim como não existiam unicórnios, também não existiam caras bonitos, solteiros, não problemáticos que fossem tão bons de cama quanto estivessem a fim dela. Aquilo não deveria ser surpresa. Ele tinha que ter aprendido todas aquelas habilidades sexuais na prática, e agora Abby descobria exatamente onde e mais ou menos com quantos "quem" havia sido.

Ela comeu mais um chocolate de Mark, engoliu e olhou para a tela. "EU CONHEÇO ESSE CARA", comentara AnnaCabana. Assim como IllieBeilish, Liminalia, Cass247, BellaLuna e FondaWand15, que escreveram: "O nome dele é Sebastian Piersall e trabalha no Exclusivo. com". Estava dissipada a última sombra de dúvida que Abby poderia ter. Ela se forçou a continuar lendo.

"Meninas, é melhor fazer os testes para ISTS", aconselhara PhantaRay6. Abby estremeceu ao ler isso. "Ele é 10/10, mas já pegou mais gatas que o homem da carrocinha", comentara User27847. "ELE ESTÁ TENTANDO COMPLETAR UMA CARTELA DE BINGO?!", perguntara NikkiMenage.

Um comentário dizendo "Isso de ficar envergonhando os outros por causa da vida sexual é o tipo de coisa que nos revolta quando os homens fazem com as mulheres. Por favor, melhorem" teve 365 curtidas, enquanto um sugerindo que "Ele poderia pelo menos ampliar a área de atuação e tentar a sorte em outros bairros" teve 1.454. E assim a coisa continuava. Comentaristas de todos os gêneros exaltando o comprometimento de Sebastian com a diversidade ou fazendo piadas a respeito da resistência física dele. Alguns caras detonando a atitude, outros defendendo ou dando parabéns.

Balançando a cabeça, Abby ligou para Lizzie.

— É o próprio, não? — perguntou Lizzie. — Eu me lembro do nome dele na lista de inscritos, e achei que não devia ter muitos caras chamados Sebastian Piersall por aí.

— Pois é — respondeu Abby. Sua voz soou cansada. — O próprio.

— Eu sabia! — gritou Lizzie. — Hashtag Pilantra Pegador! — Em seguida, falando mais baixo: — Sorte sua. Na primeira vez guiando uma excursão, já pegou uma celebridade!

Abby fechou os olhos.

— Lizzie, você lembra do cara que eu conheci quando fui à despedida de solteira de Kara em Nova York? — perguntou ela.

A pausa do outro lado da linha durou um bom tempo.

— Ai, Abby — murmurou Lizzie por fim. — Ai, não me diga.

Abby não respondeu.

— Enfim, isso foi quando, uns dois anos atrás? — continuou Lizzie. — Talvez nessa época ele não estivesse, hã, sabe como é…

— Levando para a cama quem encontrasse pela frente? — complementou Abby. Ela franziu a testa. — Estou me sentindo uma estúpida.

— Por quê? — questionou Lizzie. — Que motivo você tem para se sentir assim?

— Ah, sei lá. "Estúpida" talvez não seja a definição certa. — Abby mordeu o lábio. — Fútil. Banal. Nada de mais — explicou ela. — E o pior foi que… — Abby fechou os olhos com ainda mais força e se obrigou a dizer: — Eu gostei dele.

— Ai, Abby.

— De verdade. E bastante. Ele fez eu me sentir como…

Ela engoliu em seco. Os detalhes que sua mente reavivou não diziam respeito ao sexo, nem à sensação da boca dele em seus peitos, nem às mãos que apertaram seus quadris, nem às coisas sussurradas em seu ouvido, nem à forma como fora olhada, e sim ao fato de que ele preparara uma massa e levara até a cama. Ao modo como ele enrolara o macarrão no garfo e levara à boca dela. Ao quanto ele fora atencioso.

— Como se eu fosse especial. Como se fosse especial para ele — completou Abby por fim. — E óbvio que não era.

— Você é especial — respondeu Lizzie com um tom de voz calmo, baixo e reconfortante.

— Enfim, isso não faz diferença — disse Abby. — Nem solteira eu sou mais.

Ela girou os ombros, endireitou o pescoço e comprimiu os lábios em uma postura resoluta.

— Certo, e como está indo a viagem?

— Está indo bem.

Abby contou para a amiga sobre os Coroas do Pedal, sobre o interesse de Andy em Morgan e sobre a relação distante da adolescente com a mãe.

— E como estão as coisas com Eileen? — perguntou Lizzie, com delicadeza. Abby não respondeu. — Antes de ficar brava comigo de novo, só preciso dizer uma coisa… Ela me falou que queria passar mais tempo com você, e eu acreditei.

— Passar mais tempo comigo… Ou seja, monitorar cada comida que eu ponho na boca e me perguntar em dezessete ocasiões diferentes quanto eu acho que vou perder de peso depois de pedalar tudo isso, ou se Mark e eu já estamos planejando as coisas. — O tom de voz de Abby fez parecer que ela estava brincando, apesar de não ser o caso.

— Ela está tentando — argumentou Lizzie.

— Eu sei.

E era verdade. De maneira tardia, e com a tradicional falta de tato, Eileen estava fazendo um esforço de aproximação. O que significava que Abby, por sua vez, precisava ser a pessoa madura ali, deixar de lado as objeções e receber as tentativas da mãe com a maior gentileza possível.

Ela se despediu da amiga e se vestiu para o jantar, desejando ter levado alguma coisa mais bonita e menos prática que uma calça de linho e uma camiseta. Depois de se calçar e pentear o cabelo, saiu do quarto no momento em que Sebastian apareceu no corredor, vindo da porta ao lado… porque, óbvio, suas acomodações eram vizinhas. Ele estava de calça jeans e uma camiseta azul-escuro e, mesmo com a expressão envergonhada, continuava bonito e atraente.

*Merda*, pensou Abby, tentando ignorar o magnetismo que a invadiu como uma onda, fazendo-a ficar bem ciente dos próprios lábios, dedos e cada centímetro da própria pele. Ao mesmo tempo, tentava se lembrar dos vídeos que vira, dos comentários que lera.

— Abby — cumprimentou Sebastian, então pigarreou. — Desculpa por ter sido um babaca hoje à tarde. A culpa foi toda minha. Eu estava com a cabeça cheia e acabei não prestando atenção por onde andava.

— Tudo bem — respondeu Abby.

— Não vai acontecer de novo — garantiu Sebastian.

— Tudo bem — repetiu Abby. — Está tudo certo. Sério mesmo.

Ela deu alguns passos na direção do estacionamento, procurando por Jasper e o carro de apoio. Sebastian a seguiu.

— No ano passado eu fiz uma trilha a pé, sabe. Para me afastar um pouco das telas. Você anda e come em silêncio, sem usar o celular…

Abby decidiu pôr um fim àquela tentativa patética de manter a normalidade.

— Eu vi o que está rolando no TikTok.

Sebastian abriu a boca, mas fechou logo em seguida.

— Ah.

— Está tudo bem.

Deus do céu. Ela precisava sair de perto dele. Onde estava Jasper? Ou Morgan e Lily? Abby aceitaria de bom grado até a companhia da mãe naquele momento. Os Presser estavam sob uma árvore perto do saguão, e os Landon vinham pelo corredor com um balde de gelo.

— Enfim, isso não é da minha conta. — Ela deu uma olhada rápida em Sebastian, que parecia desolado, com as mãos nos bolsos e o rosto contorcido, como se algo no corpo doesse. — Vou procurar minha mãe.

— Abby…

Ele parecia disposto a dizer mais alguma coisa, mas não fez isso. Ela sentiu o olhar dele enquanto se afastava às pressas.

O jantar naquela noite começou com uma cesta de pães de leite quentinhos e macios, servidos com manteiga de mel. Abby abriu um pedaço de pão e passou manteiga à vontade (depois de se sentar de uma forma que Eileen não pudesse ver). Em seguida enfiou na boca e fez um sonzinho de alegria.

— Minha nossa, que delícia — murmurou.

Quando abriu os olhos, deu de cara com o olhar intenso e fervoroso de Sebastian sobre ela. Abby sentiu o rosto ficar vermelho e se virou para a esquerda.

— Lily, como foi a pedalada hoje? — perguntou.

— Ótima! — respondeu Lily, com o jeito de falar de sempre.

Abby desconfiava de que Lily daria aquela mesma resposta, naquele mesmo tom, mesmo se tivesse perdido uma perna na hora do almoço.

— Não está dolorida? Não tem nada incomodando?

— Ah, estou toda dolorida — contou Lily, dando um gole no refrigerante diet e abrindo um sorriso sereno. — Mas estou aguentando firme.

— E você, Morgan?

Morgan estava sentada ao lado da mãe, escondida atrás da cortina de cabelo lustroso. Ela murmurou algo que Abby não ouviu, mas torceu para que tivesse sido um comentário positivo. Então a guia voltou a atenção para Andy Presser.

— E você, Andy, como foi a pedalada?

Ele engoliu em seco, com o pomo de adão subindo e descendo.

— Foi boa. Tudo certo.

— E você, Ezra?

Ezra fez sinal de positivo com a mão esquerda enquanto enfiava pedações enormes de pão com manteiga na boca com a direita.

— Com carboidratos por perto, é impossível atrair a atenção deles — comentou Dale Presser.

Ele parecia mais relaxado depois de dois dias de passeio ao ar livre. Estava com o rosto um pouco mais corado, e os ombros e o pescoço não pareciam tão tensos como estiveram em Manhattan. A esposa segurou a mão dele, o que o fez sorrir. Abby ficou contente e orgulhosa de si mesma por estar conduzido aquela viagem, feliz por poder fazer alguma coisa boa para o mundo.

Ela terminou de comer o pão, ficou de pé e se dirigiu ao canto da mesa, onde estavam os Coroas do Pedal. Havia um lugar vazio ao pé da mesa, onde Abby se sentou para perguntar ao grupo:

— Como foi o dia de vocês?

— Perfeito — respondeu Lou. — Um dia muito agradável. Exatamente como nós queríamos que fosse.

— Nós estávamos planejando a viagem desde que a trilha foi inaugurada — contou Sue. — Mas aí…

Ela soltou um suspiro, e os quatro disseram em uníssono:

— Covid.

— Como foi a pandemia para vocês? — perguntou Abby.

— Participei de quatro velórios via Zoom — disse Ted, com o tom escandaloso de sempre.

— Minha sobrinha e a companheira dela se casaram pelo Zoom — contou Lou. — Bom, na verdade, o casamento em si foi presencial, só com as duas, no quintal, com a pessoa que estava conduzindo a cerimônia a dois metros de distância.

— Foi difícil saber o que fazer na época de festas — disse Eileen, que tinha aparecido do nada e se acomodado no lugar vazio ao lado da filha.

Abby se perguntou se a mãe diria que ela tivera sorte por não ficar noiva na pandemia e como era bom agora que as restrições estavam menos rígidas. Abby não teve certeza, mas pensou ter visto Sebastian virar a cabeça para onde elas estavam.

Ela mordeu o lábio. A garçonete apareceu para anotar os pedidos de bebidas e apresentar os especiais do dia. Depois que ela se afastou, os Coroas do Pedal ficaram em silêncio, debruçados sobre o celular de Ted.

— É ele mesmo? — perguntou Ted com uma voz nada discreta, enquanto Lou e Sue tentavam fazê-lo falar mais baixo e Ed sacava os óculos de leitura do bolso da camisa.

— Que foi? — questionou Eileen, inclinando-se na direção deles. — O que está acontecendo?

Sue acenou para Abby.

— Esse é o nosso Sebastian? — murmurou ela, mostrando a tela do celular para Abby, que se preparou para ver o mesmo vídeo do TikTok que Lizzie tinha mandado.

Ela viu a familiar imagem com o rosto de Sebastian em um cartaz de PROCURA-SE... mas daquela vez em uma reportagem, e não em um vídeo. O que significava que a história tinha saltado das redes sociais para os sites de notícias. Abby se sentiu constrangida por Sebastian. E por si mesma também.

— "A internet está em polvorosa com a história de um Don Juan do Brooklyn que, segundo os escavadores das redes sociais apuraram, levou para cama todo um grupo de mulheres, muitas delas amigas entre si" — declamou Ted em uma voz alta o bastante para ser ouvida não só na mesa deles, mas também por todas as pessoas ao redor.

— Shh! — exclamou Sue.

— Desculpe — respondeu Ted e continuou em um volume só um pouquinho mais baixo: — "A saga começou em um brunch em Williamsburg, quando um grupo de oito amigas descobriu que sete delas tinham ido a um primeiro (e último) encontro com um jornalista freelance chamado Sebastian, que conheceram em aplicativos de relacionamentos dentro de um período de seis semanas".

Eileen franziu a testa.

— Espere aí, Sebastian? Aquele Sebastian? — Ela apontou, sem nem ao menos tentar ser discreta. — Nosso Sebastian?

*Nosso Sebastian*, Abby notou, estava recebendo uma encarada de seu amigo.

— Freelance? Por que disseram que você é freelance? — questionou Lincoln. — Você anda escrevendo para outros sites? — Ele levou a mão ao coração. — Está me traindo profissionalmente?

Abby ficou contente por Lincoln estar tentando amenizar a situação, mas não parecia estar funcionando. Sebastian comprimiu os lábios e abaixou a cabeça enquanto Ted continuava:

— "A oitava mulher tinha dado match com Sebastian, mas os dois ainda não se conheciam pessoalmente. Quando o brunch terminou, uma delas, Alyssa Frankel, publicou um vídeo sobre a coincidência amorosa."

— "Coincidência amorosa" — repetiu Sue. — Gostei disso.

— "Em questão de vinte e quatro horas, quase quarenta outras mulheres apareceram para contar que elas também tiveram envolvimento com Sebastian. 'Ele deixou bem nítido que não estava em busca de um relacionamento', Frankel declarou ao site *Page Six*. 'Eu sabia que não sairia com ele de novo, mas também não esperava descobrir que ele tinha saído com quase todas as minhas amigas, além de três irmãs de sororidade minhas e minha própria irmã de sangue.'"

Dale Presser assobiou baixinho. Lily Mackenzie ficou olhando para Sebastian com os olhos arregalados, horrorizada. Abby notou quando ele se levantou da mesa e saiu. Lincoln foi atrás dele.

— Bem — murmurou Eileen, olhando para a filha com uma expressão maliciosa e provocadora. — Existe alguma coisa em seu manual de guia turística que ensine a lidar com uma situação como essa?

Abby de repente se sentiu cansada, como se todos os quilômetros que pedalou até então tivessem resolvido se acumular em suas coxas e panturrilhas naquele momento.

— Vamos pegar leve com ele — pediu Abby, lançando um olhar significativo para a mãe, depois Ted e Sue, e Kayla e Dale. Ela baixou o tom de voz. — Isso tudo não é da nossa conta. E ele está de férias. Tem o direito de se divertir também, da melhor maneira possível.

— Entendido — concordou Sue.

— É justo — disse Lou, que cutucou Ted, falando diretamente em seu ouvido, e ele assentiu também.

A garçonete voltou, e todos abriram os cardápios para pedir o jantar.

— É uma pena — comentou Sue para Abby. — Ele parecia um jovem muito agradável. E pelo que vi, vocês dois estavam se dando muto bem.

Abby sentiu o rosto ficar vermelho… e como poderia responder a isso? "Eu tenho namorado"? Ou "Sebastian e eu transamos uma vez, mas ele não é do tipo que namora"? Ela acabou só fechando a boca e abrindo um sorriso amarelo sem dizer nada, sabendo que, mesmo se a mãe estivesse esperando para ver se Sebastian seria mencionado nos talk shows da noite na TV, ou se o casal Presser estivesse escandalizado, ou se Lily Mackenzie estivesse especialmente enojada e confirmando todas as noções preconcebidas que nutria sobre os liberais ateus das grandes cidades da Costa Leste americana, ou mesmo se ela própria estivesse mais desolada do que deveria, o melhor a fazer era ignorar o assunto.

De volta ao hotel, Abby não ficou nada surpresa ao ouvir vozes exaltadas no quarto ao lado, e em seguida o som da porta abrindo e fechando. Também não ficou surpresa quando ouviu uma batida à sua porta. Não sabia ao certo o que Sebastian queria, mas, enquanto seguia para abrir, prometeu a si mesma que, não importava o que acontecesse, aquilo não terminaria com os dois na cama.

Dando uma ajeitada no rabo de cavalo, ela abriu a porta e deu de cara com Sebastian, ainda com as roupas que usara no jantar. O cabelo antes brilhoso e perfeitamente penteado parecia ter sido puxado, e a expressão dele era de infelicidade total.

— Posso falar com você? — perguntou.

Abby abriu a boca para responder que não tinham mais nada a falar um para o outro, mas então se lembrou de que tinha uma função oficial a cumprir. Ela era a guia daquela viagem, e não só uma colega ciclista e uma mulher magoada. Talvez Sebastian estivesse lá para falar de assuntos relacionados à Libertar. Talvez tivesse acontecido alguma coisa com a bicicleta quando caíra, ou ele, na verdade, tivesse se machucado.

— Lógico, o que aconteceu?

Sebastian passou a mão pelo cabelo.

— É que… aquele lance no TikTok. — Ele fez um som de escárnio. — Que não está mais só no TikTok, está no *Page Six*… no TMZ… — Ele balançou a cabeça. — Queria conversar sobre isso com você.

— Como eu já disse, você não me deve nenhuma explicação.

Ele deu um puxão no cabelo antes de voltar a olhar para ela.

— Se eu tivesse conseguido encontrar você…

Abby ficou só olhando para ele, confusa, incrédula, sentindo o coração acelerar.

— Como assim? Você está me dizendo que passou os últimos dois anos sofrendo por mim? Tentando não se afundar na tristeza ao…

Ela parou de falar, percebendo tarde demais que "se afundar" talvez não fosse o termo ideal naquele contexto. Trazia à tona lembranças bem específicas, que ela inclusive gostaria que não fossem tão vívidas.

— Não teria dado certo — disse ela. — Nosso estilo de vida é muito diferente.

Ele estreitou os olhos e inclinou a cabeça.

— Tem certeza?

— Bem, vamos ver. Você mora no Brooklyn, eu na Filadélfia. Você tem um emprego, eu tenho um namorado.

Abby fez uma pausa quando se deu conta de que aquilo não soou exatamente como gostaria. Ficou parecendo que ele se sustentava com o jornalismo, e ela com Mark. Não foi isso o que quis dizer. Ela não dedicava todo o tempo apenas a Mark, nem era bancada pelo namorado.

— É nítido que você está interessado em curtir a vida. — E, em seguida, como não conseguiu se segurar: — O máximo possível.

Ela viu a mágoa aparecer no rosto do Sebastian, e foi como levar uma punhalada no coração.

— Não é justo dizer isso — respondeu ele.

Ela respirou fundo e assentiu em concordância.

— Desculpe — disse ela. — Você tem razão. Isso foi bem desnecessário. É que… Olha só, eu acho que seria melhor para nós dois se…

Abby fez um gesto vago com as mãos, na esperança de que fosse interpretado como "se nós nos esquecêssemos de que já nos conhecíamos antes da viagem e conversarmos o mínimo possível daqui para a frente".

Sebastian se aproximou e parou bem na frente dela, tão próximo que o nariz dele quase tocou o dela. Abby pôde ver de perto a curvatura dos cílios, as bochechas com a barba por fazer e os lábios cheios dele. Conseguia ouvia até ele respirar, além de sentir o cheiro que vinha de seu corpo: canela e hortelã; xampu e sabonete, o odor caloroso e limpo que se lembrava de ter sentido nos lençóis e na pele dele, algo um pouco amadeirado que parecia também fresco. Ele pôs a mão em seu braço, fechando os dedos ao redor do bíceps. Abby respirou tão fundo que foi quase um arquejo, e de repente, apesar de tudo o que tinha lido e descoberto, teve vontade de sentir aquelas mãos no próprio corpo de novo, segurando seus quadris, acariciando seu rosto, ou segurando sua nuca.

— Eu te chamei lá para casa porque eu gostei de você, nada mais — declarou ele.

Abby revirou os olhos de leve. O olhar de Sebastian continuou firme, ainda cravado no rosto dela. Na boca dela, mais especificamente. Ela percebeu que precisaria ser mais clara sobre o que o gesto que fizera com as mãos significara.

— Nós tivemos uma noite ótima juntos — respondeu ela, com um tom de voz um pouco alto e um pouco tenso. — Mas eu tenho namorado.

— Ele já era seu namorado na noite em que nos conhecemos?

Abby sentiu o rosto ficar vermelho e ficou contente por estar sendo sincera quando negou com a cabeça.

— Não, ele ainda não era meu namorado.

— Se eu tivesse conseguido entrar em contato… convidado você para jantar… você acha que ainda teria escolhido ficar com ele?

— Como é que vou saber? — questionou Abby, indignada. — Isso é completamente hipotético. E não faz a menor diferença. Porque não foi o que aconteceu.

Ele abriu um sorrisinho. Abby viu leves indícios de rugas no canto dos olhos dele e detestou o quanto o considerava mais atraente a cada gesto, cada expressão.

— Não. Mas é interessante pensar a respeito. Talvez exista uma linha do tempo alternativa em que você e eu estamos juntos, pedalando pela Toscana.

Abby teve vontade de perguntar se ela tinha um emprego naquele cenário fictício, um trabalho que lhe permitisse pagar férias luxuosas na Itália. Em vez disso, apenas falou:

— Nessa linha do tempo, então, você não dormiu com metade do Brooklyn?

Ela notou o impacto que as palavras causaram, sentindo uma estranha mistura de triunfo, alívio e vergonha ao ver a expressão simpática e quase desejosa ser substituída por uma expressão decepcionada de surpresa. Sebastian soltou seu braço, e Abby deu um passo para trás.

— Acho melhor mantermos distância um do outro — disse ela.

Ele levantou as mãos.

— Tudo bem. Como você quiser. Eu só queria ser seu amigo.

— Eu já tenho amigos de sobra.

Ele abriu um leve sorriso.

— Então eu vou ser mais um.

— Boa noite, Sebastian. — Sua intenção não fora dizer o nome dele, mas lá estavam aquelas sílabas passando por sua boca. — Vá dormir um pouco.

Ela voltou para dentro do quarto e fechou a porta devagar… então se recostou, com a respiração acelerada, os olhos fechados com força e o coração disparado dentro do peito. Parte sua lhe dizia para fugir de perto dele para o mais longe que pudesse e o mais depressa possível. O restante sugeria que ela saísse do quarto, o segurasse pela mão, o puxasse porta adentro e o beijasse até não restar mais nenhuma mágoa dentro dele.

# Abby

**Dia 3: Poughkeepsie a Hudson**
**Sessenta e nove quilômetros**

A bby teve dificuldade para dormir e acordou uma hora antes de o despertador tocar. Arrumou as coisas, vestiu-se, encontrou uma jarra de café no saguão do hotel com alguns pacotinhos de aveia, muffins industrializados e alguns poucos bagels meio abatidos perto de uma torradeira. Bebeu o café e esperou os demais ciclistas aparecerem. Lily estava andando toda dura, como se o corpo inteiro doesse. Ted abriu um sorriso, com os tênis de prender nos pedais fazendo *clique-clique* no piso de ladrilho. Sebastian lhe lançou um rápido olhar antes de virar a cabeça para o outro lado.

Eles pegaram as bicicletas no depósito trancado à chave e se reuniram no estacionamento, onde Abby repassou o trajeto do dia.

— Vamos passar por algumas ruas com tráfego de carros, então, por favor, cuidado.

Ela assumiu a dianteira quando pedalaram pelo calçadão à beira do rio Hudson, onde havia placas contando um pouco da história da região assim como binóculos, que funcionavam com moedas, para observar a paisagem e o rio mais abaixo. Passaram pela administração do parque, quase vazia, e saíram da trilha para as ruas, adentrando um bairro residencial que atravessariam por alguns quilômetros antes de voltarem à ciclovia. Abby teve que ficar atenta, guiando o grupo em meio a parquinhos, marcos históricos e crianças com bicicletas com rodinhas de apoio e patinetes. Um desvio causado por uma árvore caída os levou a uma ladeira inclinada e uma curva fechadíssima. Quando Abby pensou em dizer a Lily para pôr o câmbio na marcha mais leve possível, ou apenas subir andando, em vez de perder o embalo no meio da subida e cair, viu que, só de bater o olho na elevação, ela já tinha sabiamente descido do selim.

— Devagar e sempre! — gritou Abby quando Lily passou andando ao seu lado.

Abby achou que o sorriso de Lily parecia meio tenso. Talvez por Morgan já ter pedalado até o alto com Andy Presser ao lado, sem nem se preocupar em olhar para trás para ver como estava a mãe.

Ted acabou com um pneu furado, e Abby o ajudou a consertar, ficando orgulhosa de como lidava com aquela parte do trabalho de guia cicloturística. Um cachorro atrás de um alambrado foi latindo e correndo atrás deles até onde o espaço que o cercava permitiu. Sue contou uma história sobre uma amiga que fora derrubada da bicicleta por um cão solto e quebrara o braço em dois lugares, e Lou contou que fraturara o tornozelo na trilha Great Allegheny Passage entre Pittsburgh e Cumberland, em Maryland, e explicou como os guias fizeram para transportá-la da trilha até a estrada.

Por fim, o trajeto voltou a ser uma trilha, com quilômetros e mais quilômetros em linha reta, onde era possível pedalar de maneira distraída e, querendo ou não, os pensamentos voavam longe.

O clima naquele dia não estrava colaborando. O céu estava nublado, de um azul-claro manchado que parecia um papel em que alguém escrevera e depois apagara com borracha. O ar estava quente e pegajoso, com um vento frontal que lançava a poeira do chão direto para dentro de bocas abertas e olhos desprotegidos. A previsão do tempo alertara para pancadas de chuva, que não aconteceram, só a umidade, as rajadas de vento empoeirada e uma ou outra trovoada ao longe. A velocidade média do grupo caiu para menos de dezesseis quilômetros por hora, e depois para menos de quinze.

Tudo aquilo combinava com o estado de espírito de Abby enquanto pedalava, com cada quilômetro passando mais devagar que o anterior. Ficou com vergonha de si mesma por causa da grosseria com que tratara Sebastian; aquilo não foi nada profissional. E, depois que o mandara embora, Mark ligou. Em vez de atender, Abby deixou a ligação cair na caixa postal. Seus pensamentos eram um turbilhão furioso e, apesar de não ter feito nada de errado, estava com vergonha.

Eileen pedalou ao seu lado por um tempo, lançando olhares curiosos em sua direção quando achava que Abby não estava olhando.

— Que vento — comentou ela.

— Não é como na ergométrica, né? — retrucou Abby, pensando que a mãe fosse se ofender, mas Eileen só concordou com a cabeça.

— Nem vento, nem ladeiras, nem crianças de hoverboards. Só músicas da Britney Spears e instrutores gritando para pedalar mais rápido.

— E você está aguentando bem? — perguntou Abby.

— Estou ótima! — exclamou Eileen, com um tom exageradamente animado e alegre.

Abby se perguntou se a mãe teria percebido algo sobre a situação com Sebastian, se começaria a lembrá-la do futuro ainda por planejar, ou se perguntaria casualmente se já tinha tomado alguma decisão sobre a renovação do contrato de aluguel. Mas Eileen, por sorte, ficou calada.

Enquanto pedalava, Abby foi se recordando do que sentira ao reencontrar Mark e da impressão que tivera de que o relacionamento serviria para resolver todas as questões que a vinham atormentando desde que saíra da faculdade... e aquilo acontecera mesmo. Ou pelo menos por um tempo.

Naquela semana, ela estava trabalhando como monitora em um acampamento de férias dirigido pela amiga Gabriella, bibliotecária em Kensington, que ficava bem no meio da mais famosa área de tráfico de drogas ao ar livre da Filadélfia. Gabi passava os dias planejando a programação, ajudando os frequentadores a preencher os formulários de imposto de renda, procurar emprego ou fazer buscas na internet, e ainda fazia o empréstimo de livros, lia histórias para as crianças, supervisionava os terminais informatizados com acesso público e, de tempos em tempos, monitorava a atividade nos banheiros ou corria até o parque para socorrer pessoas que tinham sofrido overdose de heroína ou fentanil. O jornal *Philadelphia Inquirer* publicara uma matéria sobre as heroicas bibliotecárias de Kensington, que mostravam a proficiência tanto na administração de naloxona quanto na Classificação Decimal de Dewey. De modo inevitável, fora feita uma vaquinha virtual, e as doações começaram a chegar, junto a voluntários que iam ao parque toda manhã recolher as agulhas do chão e da grama e direcionar os usuários para a fila da cozinha comunitária, centros de acolhimento e locais de troca de agulhas descartáveis.

Gabi usou parte do dinheiro para criar o Acampamento Kensington, para que as crianças do bairro tivessem um lugar para ir nas férias escolares. Para isso, recrutou as amigas, entre elas Abby, para trabalharem como monitoras e acionou um hospital local para conseguir voluntários da equipe médica e de enfermagem.

Durante o recesso de primavera, no fim de março, Abby ficou encarregada das crianças menores. Estava calor naquela tarde, então ela montou uma mesa no parque e estava ajudando os acampantes a fazer pingentes de linha colorida enroladas em palitos de picolé. Então notou que a monitora das crianças do quarto ano estava conduzindo três meninas para o outro lado da rua.

— Nós vamos ver o médico — explicou a monitora, dando uma piscadinha para Abby.

Vinte minutos depois, Abby viu a monitora do sexto ano fazer a mesma coisa.

— Troy está tendo um ataque de asma — justificou ela.

Aquilo pareceu surpresa para Troy, que estava com a bombinha no bolso da calça, mas eles atravessaram a rua e sumiram das vistas antes que Abby pudesse perguntar o que quer que fosse. Então, menos de uma hora depois, vira a monitora do quarto ano voltando com uma nova leva de crianças.

Na hora do almoço, Abby procurou a amiga para ver o que estava acontecendo.

— Vá dar uma olhadinha no médico — disse Gabi, com um sorrisinho. — Aí vai entender.

Abby esperou até o fim do dia para ir até a biblioteca, onde se viu em uma fila que se estendia até o balcão. Quase foi para casa. Só que era um lugar aconchegante, e ela havia ido até lá de bicicleta, o que significava que não havia pressa para pegar o metrô ou ônibus. Sendo assim, encheu a garrafa de água e esperou, achando graça, diante do escritório de Gabi até chegar perto o bastante para ver um jovem parado diante de uma menina, que estava com a mãe ao lado.

De perto da porta, Abby não conseguia ver muito mais que um cabelo escuro, um jaleco branco, um rosto com máscara cirúrgica e um corpo em boa forma e bem vestido. Admirou a consideração do médico por se agachar para ficar ao nível visual de uma criança de 6 anos e também a força nas pernas necessária para manter aquela posição.

— Dói quando eu faço assim? — perguntou o médico, segurando o cotovelo da menina enquanto virava o braço dela para a esquerda.

A voz dele era um tenor agradável, e alguma coisa nele lhe parecia familiar, mas Abby estava certa de que nunca o tinha visto antes.

A garotinha negou com a cabeça.

— E dói quando eu faço assim? — Ele virou o braço dela para a direita. Mais uma vez, a menina negou com a cabeça. — Certo, e quando eu faço assim? — Ele bateu com o dedo na ponta do nariz dela. A menina deu uma risadinha e fez que não com a cabeça. — Ótimo! Bom, seu nariz está ótimo, e acho que seu braço vai parar de doer rapidinho. Você bateu em um ossinho levado no cotovelo, e é por isso que seu braço está formigando.

— Um ossinho levado? — repetiu a garotinha.

— É. Na verdade não é o osso que está provocando isso, é um nervo que passa bem aqui. — Ele traçou com a ponta do dedo o caminho percorrido pelo nervo, então ficou de pé e enfiou a mão em um pote de pirulitos, abrindo a tampa com um floreio. — Tem de cereja, limão e uva, que é meu favorito. — A menina disse alguma coisa baixinho, e o médico respondeu: — Lógico que pode levar um para seu irmão! Foi muita consideração sua ter pensado nele.

Ele dispensou a pequena paciente e se virou para a porta, chamando:

— Próximo?

E então ficou olhando para ela, parecendo tão chocado quanto ela estava.

— Abby — disse ele. Um sorriso se espalhou por seu rosto, enrugando os olhos castanhos. — Abby Stern?

— Mark — respondeu ela, com a voz aguda e estridente quando enfim reconheceu o ex-namorado, que parecia ter perdido metade do peso que tinha.

O corte de cabelo também estava diferente. Nada da franja caída na testa nem cabelo na altura do queixo para esconder o máximo possível do rosto. Seu cabelo estava curto e penteado para trás. A calça de moletom e o bermudão largo haviam sido trocados por uma calça cáqui ajustada ao corpo, uma camisa social com as mangas levantadas para exibir os antebraços musculosos e um par de sapatos de couro que eram estilosos e com certeza bem caros. Porém, os olhos gentis de Mark Medoff, e a expressão admirada com que a olhava, eram exatamente os mesmos da adolescência.

— Abby Stern. Eu nem acredito! — Ele a segurou pelos ombros para olhá-la, e então a abraçou, o que deu a Abby uma chance de sentir seu peitoral recém-enrijecido antes colocá-la de novo à distância de um braço. — Veja só você.

Abby sentiu o coração se derreter, uma sensação literal de maciez sob as costelas, pois sabia que ele não estava mentindo nem só tentando agradá-la com segundas intenções. Aquele era Mark, seu primeiro amor, que em uma determinada época a conhecera melhor que ninguém... e ele sempre a achara linda. E, o melhor de tudo, naquele exato momento, lançava a ela o mesmo olhar de encantamento de que se lembrava do Golden Hills; uma expressão que dizia "Que sorte a minha por estar com você!".

— Ai, meu Deus, está fazendo o que aqui? — perguntou Abby.

Sua voz soou constrangedora de tão alta, quase como um gritinho. *O que aconteceu?*, pensou ela. *Onde está o restante de você?* Ela torceu para que aqueles questionamentos não transparecessem em seu rosto, mas Mark deveria ter esperado por aquilo, porque olhou para si mesmo e deu uma risadinha dolorosa.

— Eu posso contar tudo, se estiver livre.

— Eu posso ficar livre — respondeu ela, com a voz ainda um pouco ofegante. — Quer ir tomar um café?

— O que você quiser — disse ele. — Sou todo seu.

Depois que atendeu os últimos pacientes, Mark pegou o carro, e Abby subiu na bicicleta parabenizando a si mesma pelo senso de predição e ótimo gosto que tivera aos 13 anos. Trinta minutos depois, ela e Mark estavam em uma mesa para dois no La Colombe, em Fishtown, bebendo café gelado (o de Mark puro, e o de Abby com leite, acompanhado de um muffin de mirtilo) em uma mesa de canto no salão de pé-direito altíssimo.

Abby descobriu que Mark quase tinha feito a especialização em podologia em Temple ("Você teria estado aqui pertinho!"), mas decidira ir para a Califórnia. Ele contou que havia começado a trabalhar em uma clínica no distrito de Center City apenas três meses antes, estivera procurando oportunidades de voluntariado e lera sobre o acampamento de férias de Gabi no Google. Ela ficou sabendo também que era solteiro, que tinha terminado com a garota com quem namorara na universidade ("um rompimento amigável, no geral") depois que ela decidira fazer pós-doutorado em Cleveland, e que Mark no momento morava em um apartamento de dois quartos em um prédio na Rittenhouse Square.

— Por que a Filadélfia? — perguntou ela.

— Por que não? — rebateu ele.

— Bom, eu adoro viver aqui, mas sei que não é do gosto de todo mundo.

A Filadélfia era, na época, a cidade grande mais pobre dos Estados Unidos. A criminalidade vinha crescendo já fazia alguns anos, e parecia haver mais pessoas em situação de rua do que nunca, encolhidas sobre as grades do metrô no inverno, ou pedindo esmolas nas esquinas mais movimentadas e nas rampas de acesso às vias expressas. A epidemia de opioides, como Mark certamente sabia, estava acabando com a vida dos usuários e, no verão anterior, tinha acontecido um tiroteio na rua South a pouco mais de um quilômetro de onde Abby morava. Mais de uma vez, Eileen havia perguntado se Abby se sentia segura, se não estava na hora de entregar o apartamento e voltar para casa. E, mais de uma vez, Abby respondera que aquela cidade era sua casa.

Mark pareceu pensar a respeito.

— Eu sabia que não queria morar em Nova York. É grande demais, cara demais e perto demais da família. Mas queria morar em uma cidade grande. Sabe como é. Shows. Museus. Cultura. — Ele estufou o peito de brincadeira. — Sempre me considerei um defensor das artes.

— Tem ótimos restaurantes também — acrescentou Abby. — A não ser que você tenha parado por completo de comer.

Ela se arrependeu daquelas palavras logo depois de dizê-las e viu no rosto de Mark uma estranha combinação de orgulho e tristeza.

— Acho que preciso contar para você o que aconteceu — disse ele.

— Precisar, não precisa — respondeu Abby com um tom de voz baixo, apesar de àquela altura já ter deduzido.

Mark respirou fundo de maneira audível e começou a falar mais baixo:

— Uma Y de Roux — revelou ele, apontando para o abdome. — Cirurgia bariátrica. Eu fiz aos 19 anos. — Seu rosto vermelho se entristeceu um pouco. — Na época, eu tinha ganhado e perdido muitos quilos. Conseguia perder peso, mas não manter.

*Você e quase todo mundo que faz dieta*, pensou Abby.

— Eu sabia que nada mais funcionaria no longo prazo.

Abby murmurou algumas palavras de apoio, com a cabeça a toda. Seria possível que Mark tivesse passado a odiar gordos quando deixara de ser um? Ele ainda teria algum interesse nela, se podia ter a mulher que quisesse?

Enquanto ela pensava naquilo, Mark observava seu rosto, olhando-a de um jeito que fez sua pele ficar corada e seus ossos amolecerem.

— Veja só você — disse ele, com um tom de voz um pouco mais baixo e mais áspero. — Está igualzinha. A garota mais bonita do acampamento Golden Hills.

Abby deu risada, porque sabia que não era verdade. Ela estava mais ou menos do mesmo tamanho que tivera aos 16 anos, quando Mark a tinha visto pela última vez, mas com rugas nos cantos dos olhos, o cabelo sem o brilho e a espessura de antes e manchas de idade no rosto, além das sardas. Só que a expressão de Mark era séria, sem tirar os olhos dela quando estendeu a mão pela mesa e segurou a dela.

— Você vai fazer alguma coisa no sábado? — perguntou ele. — De repente você pode me apresentar a cidade.

— Eu adoraria — respondeu ela.

Mark apertou seus dedos e sorriu para ela. Depois, Abby se lembraria daquele reencontro como uma coisa tranquila e sem atrito, como abrir uma porta com dobradiças recém-lubrificadas, como se fosse algo predestinado.

Caso fosse qualquer outro de seus antigos conhecidos, Abby organizaria o passeio de sábado em torno de seus lugares favoritos para comer. Um brunch no Sabrina's, uma caminhada, observando o movimento. Talvez uma ida ao Barnes ou ao Museu de Artes da Filadélfia, seguido de homus e pão pita quentinho de Dizengoff, ou milk-shakes e tahine no Goldie, depois um passeio até o parque Spruce Street Harbor para comer sanduíches de frango frito no Federal Donuts, sorvete no Franklin Fountain e drinques no Oasis... mas Mark podia comer alguma dessas coisas? E sequer quereria comer?

— Quer ir andando? — perguntou Abby na manhã de sábado. Ela o tinha encontrado em seu apartamento na Rittenhouse Square, com o carpete impecavelmente aspirado, um sofá branco limpíssimo e paisagens praianas em preto e branco penduradas em molduras prateadas alinhadas com precisão na parede. — Ou podemos alugar umas bicicletas.

Havia um quiosque da Indego a alguns quarteirões do apartamento de Mark. Abby tinha passado por lá no caminho. Por sorte, o tempo estava bom. Depois de uma sequência de dias gelados, o sol tinha saído e o vento estava mais fraco, deixando a temperatura na casa dos dez graus.

Mark abaixou a cabeça.

— Não sei se você lembra — respondeu ele com um tom tímido. — Na verdade eu não sei andar de bicicleta.

— Ai, nossa — murmurou Abby. — Eu esqueci completamente.

— Pois é — respondeu Mark, um pouco envergonhado. — É esquisito mesmo.

— Não tem problema. Sério mesmo. Tem um monte de gente que não sabe andar de bike. — *Só não muita gente da nossa idade*, pensou Abby, apesar de ter se repreendido por não lembrar. — Nós podemos ir andando.

Ela acabou escolhendo ir ao Rittenhouse Square Park, passando pelo Liberty Bell e o Independence Hall. Os dois se sentaram em um banco no Washington Square, onde Mark se queixou de que ela não estava mostrando a verdadeira história da cidade.

— Onde foi construída a primeira loja da Wawa? De onde eram os torcedores dos Eagles que jogaram pilhas no Papai Noel em um jogo de futebol americano?

Abby olhou feio para ele.

— Certo, para começo de conversa, jogaram pilhas em um jogo de beisebol dos Phillies. Os torcedores dos Eagles jogaram bolas de neve. E aquele Papai Noel mereceu. Se você vai morar aqui, precisa se inteirar dessas coisas.

— Tudo bem, tudo bem — disse ele. — Vamos continuar fazendo o tour dos homens brancos mortos há séculos. — Ele balançou a cabeça, com tristeza. — Sou obrigado a dizer que esperava mais de você.

Só por isso, Abby o levou até a prefeitura para ver a estátua de Octavius Catto, um atleta e ativista negro que fora responsável pela dessegregação dos bondes da cidade, assassinado no dia das eleições em 1871 enquanto levava eleitores negros para os locais de votação. Eles seguiram para o leste, passando pela esquina da rua 11 com a Sansom, onde havia um com o rosto de uma jovem, criado por Amy Sherald, cuja pintura que fizera de Michelle Obama estava na National Portrait Gallery. Abby também contou para Mark que existia um passeio turístico que ele podia fazer, passando por todos os murais artísticos da cidade.

— Está com fome? — perguntou ela. — Ou vamos agora até a Casa de Betsy Ross?

— Eu até que comeria — respondeu Mark.

*Mas comeria de verdade?*, ponderou Abby. Ela nunca tinha conhecido ninguém que tivesse feito aquela cirurgia, e não fazia ideia das limitações alimentares de Mark.

"Posso comer, sim", esclareceu ele quando perguntado. "Quase de tudo. Desde que não exagere na quantidade, e mastigue muito bem."

*Ótimo*, pensou Abby, mas se esforçando para manter uma expressão neutra. Eles continuaram andando no sentido leste, na direção do rio Delaware, pondo em dia a conversa sobre a década e meia anterior.

— Esse era o meu lugar favorito para trazer as crianças quando era babá — contou Abby. — Tem um rinque de patinação no fim do píer. Dá para patinar no gelo no inverno e com rodas no verão, e depois ainda tem um parque de cães. E dá para pegar a balsa ida e volta para Camden, coisa que as crianças surpreendentemente adoram.

Mark assentiu. No fim das contas, eles acabaram comendo sanduíches de frango frito do Federal Donuts, sentados perto da água. Abby já tinha devorado metade do lanche antes de Mark sequer sentir o gosto do próprio. Ela observou, tentando ser discreta, quando ele descartou o pão e os picles e removeu por completo a casquinha do peito de frango empanado.

— Tem certeza de que não quer outra coisa? — perguntou Abby por fim. — Podemos ir a outro lugar. Comer sushi. Tem um lugar onde fazem homus fresquinho...

— Não, não — contrapôs ele, convicto, dando uma mordida no frango para experimentar.

Abby ficou observando a mandíbula dele se mexer enquanto Mark mastigava, lembrando do olhar no rosto dele quando tinha contado sobre a cirurgia.

"Nada estava funcionando", dissera ele, com a cabeça baixa e a voz quase inaudível, como se a admissão de ter sido gordo e não ter conseguido emagrecer fosse pior que uma confissão de ter cometido um crime, ou um ato de assédio sexual. "E nada vai funcionar."

"Pois é, a maioria das dietas não funciona no longo prazo", respondera Abby. "E o Golden Hills provavelmente fez mais mal do que bem para nós."

Naquela época, ela já havia lido muita coisa sobre programas de TV como *O grande perdedor*, lugares como o acampamento Golden Hills e artigos científicos comprovando que as dietas radicais e restritivas e os regimes de exercícios físicos extenuantes, que provocavam perda de peso imediata, quase sempre terminavam com a pessoa voltando a ficar mais pesada do que era antes de começar. Abby aprendera que perder peso pela segunda, terceira ou quarta vez era mais difícil, por causa da dieta anterior, que tornava o metabolismo mais lento e impedia o organismo de queimar tanta gordura no caso de um novo déficit calórico. E conhecia também os remédios emagrecedores e as técnicas cirúrgicas, graças à insistência de Eileen de mandar links para ela por e-mail de semanas em semanas, geralmente com uma mensagem dizendo algo como "Gary e eu ficaríamos contentes se você tentasse". Ela também leu muitas páginas de artigos e ouviu muitas horas de podcasts sobre positividade corporal e saúde em qualquer tamanho, e sobre como a cultura da dieta e os padrões de beleza ocidentais eram incentivados (e alimentados) pelo capitalismo, o racismo e a misoginia, em um eterno círculo vicioso que deixava as mulheres infelizes, com a barriga e a conta bancária vazias, famintas e manipuláveis, fracas demais para transformarem o mundo ou o papel que exerciam nele.

A autoaversão cobrava um preço: em termos de dinheiro, de autoestima e de tempo. Naquela tarde, Abby explicou para Mark que tinha decidido parar com as dietas e se concentrar na saúde, e que fazia o melhor para praticar a alimentação intuitiva, satisfazendo as necessidades do próprio corpo.

— Minha médica nem tem balança no consultório. O que é um alívio. Eu me lembro de quando ia ao pediatra tratar de uma infecção de ouvido e acabava recebendo um sermão para ser mais ativa e comer mais frutas e legumes — contou ela.

Abby contou que fazia exercícios, mas para ter mais força, resistência e flexibilidade, além de manter a saúde mental. E disse também que sua médica achava o IMC uma bobagem, que o efeito sanfona das dietas era pior do que "sobrepeso ou obesidade" que o índice indicava e que qualquer corpo poderia ser saudável, estivesse ou não em consonância com os padrões de beleza da época. Ela explicou que estava confortável (ou pelo menos tentando todos os dias) com o próprio tamanho e não vinha fazendo nenhuma tentativa de emagrecer.

Enquanto falava, olhava bem nos olhos dele, tentando imaginar o que o homem estava pensando, tentando prever uma reação. Mark balançou a cabeça quando deveria e disse coisas como "Faz sentido", "Quer saber? Você tem razão" e "Eu entendo perfeitamente". Mesmo assim, ela ficou se perguntando o que ele achava de verdade de suas escolhas, porque os dois seguiram por caminhos bem diferentes. Ele se arrependia do que fizera? Achava que os gordos que não fizeram a cirurgia estavam sendo estúpidos?

Quando foram andar pelo píer e começaram a receber olhares, ela percebeu que havia outras coisas com as quais se preocupar. Seria possível que aquela versão de Mark a desejasse? Até então, todos os sinais indicavam que sim. Mark continuava tão gentil quanto ela se lembrava, abrindo portas, fazendo comentários bem-humorados, olhando para ela como se não acreditasse na própria sorte, belamente inconsciente da atenção que estavam atraindo. Talvez fosse imaginação dela, mas, à medida que avançavam, Abby sentia que os caras estavam lançando olhares de censura a Mark, como se ele tivesse decepcionado os companheiros de time e tivesse a obrigação de estar com alguém mais atraente. E ela com certeza notou que as mulheres olhavam feio para Abby, como se tivesse roubado algo que não era seu por direito ou que não merecia.

Mark não pareceu reparar em nada disso. Ou, se percebeu, não se incomodou. Enquanto andavam até o rinque de patinação, segurou a mão dela com a quantidade perfeita de força, e os olhos dele nunca viravam para o lado, não importava quantas mulheres bonitas passassem por eles.

Era inebriante. Uma atitude mais do que lisonjeira. Depois de tantos anos de encontros fracassados e casos que não foram para a frente, além de várias rejeições, receber tanta atenção era tão empolgante que Abby chegou a acreditar que a volta de Mark era um presente do universo para ela, uma recompensa por tudo o que passara.

Eles voltaram para Center City, perambulando pelas ruas de paralelepípedo de Society Hill e Queen Village, desfrutando do sol do início da primavera, conversando sem parar. De vez em quando, seus quadris ou ombros se tocavam, e Abby sentia uma onda de excitação, misturada com um sentimento de ansiedade. Ela e Mark nunca tinham visto um ao outro sem roupa. Como ela reagiria ao corpo dele? E ele, o que acharia do seu?

— Se estiver livre na quinta-feira, vamos jantar juntos? — sugeriu Mark.

— Vamos, sim — respondeu Abby.

Quando chegaram a sua porta, Abby avisou que era lá que morava. Mark ainda segurava sua mão e se inclinou para beijá-la, apenas um leve toque em sua boca. Abby quase não dormiu naquela noite. Estava felicíssima, fervilhando de empolgação, com a certeza de que havia encontrado (ou reencontrado) seu grande amor. Seu homem, sua alma gêmea, seu *bashert*, como teria dito sua avó.

Na quinta, Mark encontrou Abby diante do Royal Izakaya, de calça cáqui e outra camisa impecavelmente passada. Em uma mesa nos fundos do restaurante pouco iluminado, com episódios do anime *Speed Racer* sendo transmitidos em uma tela acima do bar, ele segurou os hashis com elegância enquanto comia os sashimis, dizendo que o peixe estava uma delícia e não sentia falta do arroz, enquanto ela comia temakis e guiozas de porco, além de dividir com ele um guacamole de atum, soltando um gemido de satisfação ao sentir a consistência untuosa e oleosa do abacate e os pedaços de um atum tão macio que derretiam na boca. Ele não tirava os olhos dela, da boca dela, mais especificamente, enquanto Abby lambia os lábios. Mas, naquela noite, quando voltaram andando para a casa dela, só o que ele fez foi beijá-la. Por mais tempo do que na primeira noite, pelo menos.

— Quer subir? — convidou Abby, um pouco ofegante.

Estava encostada na fachada quente de tijolos, ao lado da porta do prédio em que morava, e sentia que ele estava interessado.

Mark fez uma pausa. Abby respirou fundo.

— Na próxima vez — respondeu ele, por fim. — Não quero apressar nada.

— Acho que já nos conhecemos muito bem — contrapôs Abby.

— É verdade, mas acho melhor ir com calma. Para que ter pressa, né? — Ele se inclinou para a frente e murmurou: — Podemos curtir bastante essa parte.

Abby concordou com a cabeça. Ela ainda não conseguia acreditar que aquilo estava acontecendo, que, de todas as cidades do país, Mark havia escolhido a Filadélfia, e, de todos os lugares onde poderia ter feito trabalho voluntário, tinha escolhido Kensington.

— Você tem planos para o sábado?

Ela sentiu um aperto no coração.

— Vou estar ocupada o fim de semana todo. Lembra de Kara Taft, que era do meu alojamento no Golden Hills? Ela vai se casar. A despedida de solteira é em Nova York, no sábado à noite.

— E se eu fizesse uma reserva em algum lugar para o outro sábado?

Abby topou com a maior alegria, então foi a Nova York e teve o interlúdio com Sebastian, que pareceu um sonho delicioso, ou até o universo lhe proporcionando uma guloseima, um último agrado antes de se comprometer com o homem com quem ficaria para sempre. Sebastian tinha sido só um lance casual, nada que pudesse virar um relacionamento sério. Com Mark, era tudo real.

No sábado seguinte, depois da viagem a Nova York, Abby pôs o vestido mais bonito que tinha, um longo cor de marfim com mangas bufantes, um corpete ajustado ao corpo e um decote cavado o bastante para dar a Mark um gostinho das cenas dos próximos capítulos. Ele foi recebê-la quando desceu do Uber e a levou para jantar no Morimoto (peixe cru sem arroz, Abby notou, uma das poucas coisas que Mark comia sem preocupação). Depois, quando saíram para o calor da noite, foram na direção da casa de Abby, sem precisar dizer nada. Eles não conversaram sobre o que aconteceria a seguir. Não era preciso. Mark segurava sua mão, e Abby sentia que aquilo era a única coisa que ainda a impedia de sair flutuando por aí. Sua felicidade chegava àquele ponto.

A alegria dela acabou assim que abriu a porta. Apesar de ter passado a tarde fazendo faxina (e ainda removendo pelos de diferentes partes do corpo), ela sabia que a casa parecia desarrumada e incompleta, em especial comparada com o apartamento de Mark, totalmente mobiliado e decorado com competência e bom gosto. Uma casa de adulto, enquanto a de Abby parecia um quarto em um albergue juvenil, um lugar de passagem para alguém jovem que não tinha muitas coisas, nem muito dinheiro, nem pretendia ficar por muito tempo.

— Não repara na bagunça — avisou Abby, encolhendo-se toda por dentro, pensando que devia pelo menos ter guardado as partes do rack de TV da IKEA que vinha tentando montar por sabia-se lá quanto tempo.

Mark olhou ao redor, analisando a miscelânea de móveis e pertences pessoais. Havia o sofá de veludo azul-escuro, seu maior orgulho, e um reprodução em pôster de um Monet logo acima, sem moldura e presa com tachinhas. À frente do sofá havia uma mesa de centro de vidro que tinha herdado depois que Eileen e Gary, o Empresário, redecoraram a casa, além de uma manta macia, cor de abóbora e com franjas, uma das únicas coisas de adulto que havia comprado, estendida (toda torta, percebeu) pelo encosto do móvel. Havia também um par de banquinhos altos de metal na cozinha, diante do balcão, mas o espaço onde devia estar a mesa, abaixo da janela, continuava vazio. No parapeito, uma orquídea que Lizzie havia lhe dado tentava se ater à vida, apesar da negligência de Abby. Pilhas de livros que chegavam até a cintura ladeavam as paredes, além das coisas que ela queria reciclar e os alimentos enlatados que havia separado para doar. Tudo ali parecia temporário, fugaz, espalhado ao acaso, quase sem nenhuma lógica. Não era a casa de uma pessoa que sabia quem era, nem quem ela gostaria de ser.

Abby se apressou em pegar Mark pela mão e levá-lo para o quarto. Acendeu as velas que tinha preparado de antemão, conferindo uma iluminação romântica ao cômodo (que, pelo menos em tese, esconderia também as pilhas de roupas sujas no chão e o número vergonhoso de livros de autoajuda na mesinha de cabeceira). Ela o puxou para a cama, e ele a beijou na boca, na testa, nas bochechas, no pescoço, nos ombros, sussurrando que não acreditava na sorte que tinha.

Não foi aquela conexão imediata e carregada de eletricidade que Abby havia sentido com Sebastian. Não foi nada acelerado ou frenético. Foi tudo lento, comedido e ponderado; bom, mas de um jeito diferente... seus corpos cumprindo uma promessa que fizeram muitos anos antes.

Na cama, Mark era gentil e atencioso como em tudo o mais que fazia.

— Está pronta? — perguntou ele quando os dois estavam sem roupa, e ele se posicionava em cima dela, sustentando o peso do peitoral supertorneado com os braços musculosos.

Rindo um pouco, Abby respondeu:

— Estou pronta desde os 16 anos.

Mark disse que ela era linda. Ele a tocou de leve, com uma espécie de reverência. Abby tentou relaxar, curtir o momento e não fazer comparações, por exemplo, entre o antigo corpo macio e complacente de Mark, que a fizera se sentir tão segura, e aquela versão rígida e musculosa, todas as partes que antes eram tão suaves e acolhedoras ficaram definidas e firmes. À luz bruxuleante das velas, quando ele se sentou sobre os calcanhares para pôr a camisinha, parecia uma estátua grega, como Narciso ajoelhado diante do lago. Quando Abby finalmente o sentiu dentro dela, ele prestou a maior atenção a todas as reações, observando as expressões no rosto dela, perguntando se estava tudo bem, se queria mais pressão ou menos, se ainda estava no lugar certo, até que Abby o puxou para si e começou a beijá-lo, remexendo os quadris, acelerando o ritmo, até Mark começar a acompanhar sua velocidade e não conseguir falar mais nada a não ser sussurrar o nome dela.

Abby acordou com a luz do sol entrando pela janela, iluminando as mechas ruivas do cabelo de Mark e um pedaço da pele bronzeada de seu rosto (e uma enorme bola de poeira acumulada que ela logo tratou de chutar para debaixo da cama). Deitada ao lado dele, sentiu-se tomada por um contentamento nem um pouco familiar e uma convicção absoluta de que estava fazendo a coisa certa.

Ela havia estudado na mesma faculdade que o irmão. Depois que se formara, se mudara para o antigo apartamento da irmã. Em ambos os casos, fora como subir em uma esteira já em movimento, com uma programação pré-definida. Reencontrar Mark, e se apaixonar por ele, parecia uma variação daquele mesmo tema, o próximo passo, o mais natural. Era a resposta para o questionamento sobre o que faria da vida e com quem estaria. Uma rota pré-aprovada, com todas as paradas no caminho já planejadas. Tudo tranquilo e confortável, como devia ser.

Não demorou muito tempo (principalmente com a pandemia chegando e acelerando tudo) para Abby começar a passar duas, três, quatro noites seguidas no apartamento de Mark, que era maior que o seu, além de ser todo mobiliado, com uma TV de tela grande com os melhores serviços de streaming (Abby ainda usava a senha dos pais quando queria ver alguma coisa na Netflix ou HBO). Ela levou uma escova de dente nova para lá um dia, e depois algumas calcinhas. Mark cedeu uma gaveta na cômoda e, o mais importante, uma prateleira na geladeira para as coisas que ela quisesse comer, mas ele não podia, afirmando de maneira corajosa — ainda que não muito convincente — que Abby poderia manter os alimentos que quisesse ali. Ela acreditava na intenção de Mark... mas, depois de vê-lo guardar seu sorvete no fundo do freezer diversas vezes, ou como ele franzia os lábios quando ela pedia massa em um restaurante, decidiu que limitaria as guloseimas ao próprio apartamento.

O pai de Abby os convidou para passar o Dia de Ação de Graças na casa da família no primeiro ano de namoro. Ele serviu um bufê farto e casual para os filhos e seus respectivos parceiros, além das crianças abandonadas e órfãs da sinagoga que frequentava. Abby reapresentou Mark aos irmãos, que ele já tinha conhecido anos antes, em seu *bat-mitzvá*, e também à esposa de Simon, ao marido de Marni e à nova madrasta, Shira. Abby encontrou dois lugares à mesa para eles. Preparou para Mark um prato com peito de peru assado sem pele e purê de batata doce sem manteiga, tentando não se entristecer quando o viu pegar uma porção caprichada de vagem na panela e tirar cuidadosamente de cada grão o molho béchamel de cogumelos e cebolas fritas.

A mãe de Abby os recebeu no Chanukah em dezembro daquele ano.

— Você já conhece Mark — disse Abby com suavidade, ciente de que não havia a menor chance da mãe reconhecer seu antigo namorado, na época um adolescente gordo.

— Mark! Lógico! — exclamou Eileen com um tom de voz caloroso.

Em seguida voltou o olhar para Abby, como quem dizia: "Ele emagreceu. Por que você não consegue?". Abby se viu obrigada a pôr uma colherada extra de sour cream em seus *latkes*, só de pirraça.

Então os pais de Mark quiseram conhecer Abby, o que implicou uma viagem no fim do ano para Long Island e uma noite de sexo silencioso, mas surpreendentemente fogoso, no quarto dele de infância, em uma cama de solteiro barulhenta, debaixo de um pôster do time de hóquei dos Islanders. Eles se beijaram na véspera do Ano-Novo quando 2021 virou 2022. Naquele primeiro semestre, passaram um fim de semana prolongado na Jamaica, na primavera, e no verão, alugaram uma casa com um amigo médico dele e a esposa para passar duas semanas em Jersey Shore.

— Você acha que vai se casar com Mark? — perguntou Izzie, a esposa, na ocasião.

Ela e Howard eram ambos médicos, casados havia dois anos.

— Não sei ao certo — foi sua resposta.

Àquela altura, Abby tinha quase certeza de que Mark queria passar o resto da vida ao seu lado, e conseguia imaginar aquilo acontecendo.

Estava feliz com ele. Contudo, por alguma razão, não via nenhum motivo para apressar as coisas.

O segundo ano deles juntos se passou mais ou menos da mesma maneira. Abby passava três ou quatro noites por semana com Mark, e gostava de ficar lá, mas sempre ficava feliz ao voltar para casa, onde podia encher a geladeira com o que quisesse e ninguém reclamava se ela deixasse o tubo de pasta de dente destampado. Os dois saíam para caminhar juntos, mas ele corria sozinho, e ela pedalava sem ele. Descobriram uma paixão compartilhada por montar quebra-cabeças, davam longos passeios a pé em bairros que não conheciam e maratonaram as seis temporadas de *The Americans* e as sete de *Mad Men*.

Abby se esforçava para elevar a própria autoestima, para chegar a um ponto em que, mesmo não conseguindo amar o próprio corpo, pelo menos conseguisse manter uma relação neutra com a aparência, uma existência pacífica. Só que percebia como o mundo a enxergava. Um homem como Mark era um em um milhão, do tipo com quem toda mulher, gorda ou magra, bonita ou feia, adoraria compartilhar a vida. Era bonito e trabalhador, estável e gentil, e ser a esposa dele significaria que Abby nunca mais passaria necessidade nem se sentiria sem rumo na vida. Era sorte dela tê-lo encontrado; entre todas as mulheres do mundo, fora ela a escolhida por Mark. E talvez devesse estar ansiosa para oficialização o quanto antes, para pressionar Mark a dar o passo seguinte, o que Abby sabia que ele faria de bom grado. Só que as coisas estavam ótimas do jeito que estavam. Por que mudar?

Era aquilo que dizia a si mesma. E era assim que ainda pensava quando entrou na estação Amtrak com destino a Nova York. Pelo menos até reencontrar Sebastian.

Depois do almoço, Abby ajudou Jasper a guardar o que sobrou e a carregar os coolers de volta para a van. Em seguida, lembrou a todos de reaplicar o filtro solar e encher as garrafas de água. Foi pedalando no fim da fila, fazendo companhia para Lily Mackenzie pela maior parte do tempo e tendo uma conversa não totalmente desagradável com a mãe sobre uma instrutora de ioga e influenciadora do Instagram, a esposa de um astro do cinema, que fingiu ser espanhola e ter um sotaque durante anos até o tribunal da internet descobrir que na verdade ela era de Medford, Massachusetts.

— Não entendo por que alguém faria uma coisa dessas — comentou Eileen, e Abby confessou que também não compreendia.

— Mas pelo menos o esforço dela nós temos que reconhecer. Tipo, foram vários e vários anos falando *así*, sabe? — complementou Abby, tentando imitar o jeito como a mulher falava.

Eileen deu risada, balançando a cabeça.

— Pode ter sido só um fetiche erótico que acabou indo longe demais.

Abby não sabia o que era mais chocante: Eileen conhecer aquele tipo de fetiche ou confessar tal coisa na frente da filha. Resolveu nem pensar a respeito. Se Eileen estava feliz, e não fazendo de tudo para acabar com a sanidade dela, o melhor era aproveitar a trégua.

Como Abby previa, Sebastian e Lincoln seguiam bem na frente de todo mundo… mas era preciso reconhecer que pelo menos eles almoçavam comida de verdade e não substâncias para reposição calórica feitas em laboratório. Às três e meia, ela estava verificando quantos quilômetros faltavam para o hotel e se parabenizando por ter conseguido evitar Sebastian o dia todo quando o viu parado na lateral da trilha, segurando o guidão e olhando para a roda da frente com a testa franzida.

Abby fez um sinal para a mãe seguir em frente e parou a bicicleta.

— Pneu furado? — perguntou.

Ele respondeu, assentindo de leve.

*Bem-feito!*, foi o primeiro pensamento de Abby, por pura desforra. Porém em seguida recriminou a si mesma por ser tão mesquinha e lembrou que, como guia da viagem, sua postura precisava ser tranquila e profissional.

Ela soltou os pés dos pedais, desceu da bike e a encostou em uma árvore, observando enquanto Sebastian — que ainda se recusava de modo teimoso a usar o colete refletivo — acionava o mecanismo para remover a roda da frente da bicicleta. Ele posicionou duas chaves de roda no aro, mas parecia não saber o que fazer depois daquilo.

— Precisa de ajuda? — ofereceu Abby.

Estava na cara que sim, mas ela não faria nada enquanto ele não pedisse seu auxílio com todas as letras.

— Não — respondeu Sebastian.

— Ok, então.

Abby ficou só olhando para o que ele estava fazendo, aproveitando a pausa para beber mais água.

— Está tudo sob controle. Pode ir — falou Sebastian, justamente quando as chaves de roda se soltaram e caíram no chão. Ele soltou um palavrão antes de dizer: — Eu não preciso de plateia.

— Não estou aqui de plateia — retrucou Abby, pensando que pagaria um bom dinheiro para poder subir na bike e ir embora dali.

Mesmo ele estando todo suado e mal-humorado, mesmo sabendo que ele tinha ido para a cama com centenas de outras mulheres (talvez milhares!), ela ainda considerava Sebastian atraente, por mais irritante que isso pudesse ser.

— Nós não podemos abandonar ciclistas com dificuldades técnicas pelo caminho. — Abby manteve um tom de voz neutro enquanto o via comprimir os lábios e se perguntou se ele teria lido os detalhes do contrato da Libertar.

Seu palpite era que não tinha nem sequer passado os olhos pelas partes mais importantes.

— Beleza. — Foi o que ele se limitou a dizer, tentando em vão arrancar o pneu do aro.

— Eu não deixaria você na mão em um momento de necessidade — disse ela.

— Não é um momento de necessidade.

— Tudo bem. Sem problemas. Só vou ficar fazendo companhia, então, até você poder voltar a pedalar.

Abby se sentou sob a árvore, soltou o capacete e soltou o cabelo, sacudindo-o e depois prendendo de novo em um rabo de cavalo, enquanto Sebastian penava e praguejava. Quando enfim conseguiu soltar o pneu da roda e tirar a câmara murcha, Abby se levantou e estendeu a mão.

— Passe o pneu para cá. Vou ver se tem algum caco de vidro.

Ela achou que gostaria de assistir a cada segundo de esforço de Sebastian, mas então percebeu que, na verdade, estava com pena dele. E que a atração continuava lá. Ele estava usando uma camisa branca de ciclista, transparente ao redor dos ombros por causa do suor, e uma bermuda de lycra em pernas que eram como um ideal platônico de coxas masculinas.

Com uma expressão sisuda no rosto, ele entregou o pneu para Abby, meio que empurrando o objeto com brusquidão em sua direção e murmurando uma palavra que poderia ser (se você forçasse muito) "obrigado", sem olhar para ela. Abby se perguntou se seria de propósito enquanto passava os dedos com cuidado no interior do pneu, achando por fim um pequeno caco de vidro.

— Veja só o culpado — anunciou ela, enquanto o arrancava da borracha.

Sebastian soltou um grunhido. Abby sacou uma nota de um dólar do bolso de trás, dobrou na horizontal e enfiou dentro do pneu, no local que o vidro tinha perfurado. Sebastian ficou remexendo na bolsa presa ao canote do selim. Tinha acabado de pegar uma câmara nova quando Lincoln, que tinha ido usar o que Jasper chamava de "banheiro natural", voltou do meio das árvores.

— Você não trocou isso ainda? — perguntou ele, enxugando a testa.

Sebastian não respondeu.

— Ele não está de muito bom humor — cochichou Abby de maneira audível.

— Está aí uma grande novidade — respondeu Lincoln no mesmo tom.

— Fiquem quietos, vocês dois — resmungou Sebastian, depois de encaixar a bomba, começar a encher o pneu e colocar a válvula no buraco do aro. — E, pelo amor de Deus, parem de ficar me olhando.

Abby virou a cabeça para o outro lado de maneira ostensiva.

— Já desviei os olhos — anunciou ela antes de se sentar de novo, com o rosto voltado para o céu.

Lincoln foi se sentar ao seu lado e lhe ofereceu um pedaço de barra de frutas desidratadas. Ela começou a comer enquanto Sebastian mantinha um fluxo constante de palavrões e imprecações. Por fim, ele conseguiu colocar a câmara cheia no lugar e o pneu de volta ao aro.

— Muito bem! — elogiou Abby, abrindo um sorriso falso com um joinha.

Sebastian fez cara feia para ela. Lincoln franziu a testa para ele, e a expressão de Sebastian se amenizou.

— Desculpa — falou Sebastian com uma voz rouca que provocou em Abby um frio na barriga.

Ela engoliu em seco.

— Tudo bem. Só me avise se eu puder fazer alguma coisa para melhorar sua experiência.

As palavras mal tinham saído de sua boca quando sua mente a fez relembrar uma cena daquela noite no quarto dele. Os dois deitados de lado, de frente um para o outro, se beijando. Ele estava com as mãos em seu quadril e uma das pernas entre as suas, com a coxa posicionada de um modo que permitia que ela se esfregasse o quanto quisesse. "Vem por cima", fora o que ele pedira na ocasião. "Quero ver você". Abby fizera aquilo, e ele estendera as mãos para pegar seus seios, falando "Nossa, você é linda" com um grunhido.

— Quer ir pedalando com a gente? Para fazer companhia? — perguntou Sebastian, ainda com aquela voz grave e cheia de intimidade.

Abby sentiu o próprio rosto ficar vermelho.

— É melhor eu ir ver como está todo mundo — respondeu ela, subindo na bicicleta e contando os dias que faltavam na mente.

*Mais doze dias*, pensou ela. Menos de duas semanas para continuar evitando Sebastian e não matar a própria mãe. Ela levaria todos até Buffalo vivos e inteiros. E até lá tomaria uma decisão sobre Mark e o restante de sua vida. De alguma forma, saberia o que fazer.

# Morgan

**Dia 4: Hudson a Amsterdam**
**Cento e catorze quilômetros**

— Encontrou alguém para ajudar você? — perguntou Olivia.

— Ainda não.

A mãe de Morgan estava no chuveiro, e a menina tinha saído com o celular para a extremidade mais distante do estacionamento, para não ser ouvida. Já estava com a bermuda de ciclista, uma camiseta e, por baixo, um top esportivo que a apertava de maneira dolorosa. Seus seios ficavam sensíveis um ou dois dias antes da menstruação. Parte dela ainda queria ter a esperança de que o problema fosse aquele, que na verdade não estava grávida e que bastaria esperar.

Mas no fundo sabia que não era o caso.

— Tipo, eu não sei nem se vão te dar os comprimidos se acharem que não tem ninguém para levar você para casa, ou para o hotel, ou para onde quer que seja, e ficar com você — opinou Olivia.

Morgan sentiu o estômago revirar e a respiração ficar presa na garganta. Eles precisavam lhe dar os comprimidos. Não havia alternativa.

— Quantos dias faltam para você chegar a Syracuse? — perguntou Olivia.

— Três.

— Eu acho, de verdade, que você deveria conversar com sua mãe — aconselhou Olivia.

De novo aquela conversa. Morgan fechou os olhos.

— Dá uma chance para ela — insistiu Olivia, antes que Morgan pudesse explicar, mais uma vez, por que contar para Lily estava fora de cogitação. — E, se ela disser não, você pode ir à consulta sozinha e pronto.

— Sem chance. — A voz de Morgan quase não saiu.

Ela sabia o que a mãe faria se soubesse os planos de Morgan. Lily não sairia de seu pé, vinte e quatro horas por dia, sem deixá-la sozinha nem por um minuto, tornando inviável a possibilidade de uma escapada para resolver o problema. E, quando chegassem em casa, a mãe contaria para o pai, e para Brody, e a partir daí seria um caminho sem volta. Eles provavelmente a trancariam no quarto até a hora de dar à luz.

— Eu vou encontrar alguém — declarou Morgan.

— Beleza — respondeu Olivia. — E, se precisar de mim, eu estou aqui.

Depois de encerrar a ligação, Morgan voltou para o quarto, ciente de que não fazia ideia de como cumprir o que prometera, não sabia a quem, naquele grupo de desconhecidos, poderia confiar o segredo.

O quarto não era luxuoso, mas era limpo. Tinha duas camas, uma TV de tela plana, um banheiro com um vaso sanitário e uma banheira. A pia, que contava com uma cafeteira e sobre a qual deixaram as garrafas vazias, ficava do lado de fora do banheiro. Sua mãe estava ali em frente, enrolada em uma toalha, usando o secador de cabelo. Ela sorriu para a filha pelo espelho.

— Pronta para mais um dia de pedalada? — perguntou Lily, e Morgan se sentiu tão infeliz, tão desonesta e farsante que, por um momento, pensou que as pernas fossem ceder de tão bambas.

Perdendo o equilíbrio, ela se apoiou na escrivaninha.

— Ah, sim — respondeu ela, forçando-se a sorrir. — Mal posso esperar.

"Vire amigo dela", tinha sido a sugestão de Lincoln. Sebastian se esforçaria ao máximo... mas não era fácil.

— Como ela pode querer ser minha amiga se pensa que fui para a cama com metade do Brooklyn? — perguntou ele para Lincoln naquela manhã.

Lincoln baixou a xícara de café e deu uma boa olhada em Sebastian antes de responder:

— Você devia ter pensado nisso antes de dormir com metade do Brooklyn.

— Você não está ajudando — resmungou Sebastian.

— Beleza. Faça perguntas sobre ela, para conhecê-la melhor. Descubra o que ela gosta de fazer. — Ele apertou o tubo de protetor solar e espalhou pelas bochechas e testa. — Lana e eu éramos amigos antes de começarmos a namorar. Às vezes, é melhor conhecer a pessoa primeiro, e começar a gostar dela de verdade, antes de ir para a cama com ela.

— Já entendi — retrucou Sebastian.

— E pare com isso de ficar fuçando na internet o tempo todo — recomendou Lincoln. — Você vai acabar perdendo a sanidade.

Sebastian sabia que o amigo tinha razão, que ele só estava se torturando. Também sabia que aquela história desapareceria, e ainda mais depressa se não fizesse nada que pusesse lenha na fogueira, só que não conseguia parar de cutucar a ferida, ou pressionar o hematoma, ou enfiar a língua no buraco onde antes estivera um dente. Qualquer uma das analogias servia. O nome dele não estava mais nos trending topics do Twitter, o que era bom, mas havia mais sites de fofocas cobrindo o assunto, o que era ruim. Também significava que aquilo podia ter chegado a um ponto em que sua irmã ou seus pais veriam. *Ignore*, disse a si mesmo. Havia gente por aí rindo às custas dele, óbvio, mas eram pessoas que ele jamais veria na vida, então que diferença fazia? *A opinião dos outros sobre você não é problema seu.* Foi o que uma freelance do Exclusivo tinha lhe dito ao explicar por que nunca lia os comentários sobre os textos que escrevia. A irmã de Sebastian era aversa as redes sociais, usava o Facebook para manter contato com as amigas de colégio, mas nunca tinha se aventurado em outras plataformas. Quanto aos pais, em geral, estavam envolvidos demais nos próprios dramas para prestar atenção aos dele.

Naquela manhã, Sebastian pedalou sem pressa, deixando os demais o ultrapassarem até ver o capacete branco de Abby, com o rabo de cavalo atrás. Ela estava usando uma camisa de ciclista azul-claro que deixava os braços e os ombros sardentos expostos. Ao sentir a própria pulsação acelerar, repreendeu mentalmente o corpo e reforçou a missão: *virar amigo dela.*

— Oi, Abby.

Sem olhar para ele, ela perguntou:

— Está tudo bem?

— Tudo bem, sim. Só pensei em pedalar um pouco com você. Se não for problema.

— Fique à vontade.

O tom de voz dela não era dos mais convidativos, mas Sebastian decidiu agir como se fosse.

— Então, você morou na Filadélfia a vida toda? — perguntou ele.

— Sim.

Mais uma vez, Sebastian teve que se lembrar de não fazer perguntas que pudessem ser respondidas com monossílabos.

— O que tem de bom por lá?

— Um monte de coisas.

— Por exemplo?

— Bons restaurantes. Muitos lugares para pedalar.

— E qual é seu restaurante favorito?

— Ah, não dá para escolher só um. Tipo, tem um lugar que faz o melhor sushi, outro com a melhor comida turca, mais um com o melhor frango frito, um com a melhor comida chinesa ao estilo de Sichuan, outro do Cantão, e um com os melhores pratos vietnamitas, e outro os melhores tailandeses.

— Hum. Delícia. Saquei. — Ele deu um gole de água antes de perguntar: — O dr. Mark é bom de garfo?

— Ele... — Abby pareceu medir as palavras. — Ele faz mais o estilo "comida é combustível".

— Ah.

*Certo,* pensou Sebastian. Estava aí uma coisa de que ela gostava e o dr. Mark não.

— E ele é ciclista? Vocês pedalam juntos?

Abby fez uma pausa antes de responder com um tom mais tenso:

— Ele não anda de bicicleta.

— Nunca? — questionou Sebastian.

— Ele não aprendeu quando criança, mas teve bons motivos para isso.

— Ele nasceu sem pernas?

Abby não riu da piadinha, nem sequer abriu um sorriso.

— A gente se conhece há muito tempo e faz um monte de coisas juntos. Não tem problema se ele não pedala comigo.

*Larga o assunto*, pensou Sebastian. *Vire amigo dela.*

Então, apesar de querer continuar falando de Mark, que não gostava de gastronomia nem de ciclismo, ele perguntou:

— Você gosta dos Eagles?

— Não exatamente, mas, vivendo na Filadélfia, não tem muito como não entrar na onda quando eles estão jogando bem. Em 2018, quando eles ganharam o Super Bowl, parecia que a cidade inteira estava na rua comemorando. — Por fim, ela abriu um sorriso. — E, quando finalmente confirmaram a vitória do Biden em 2020, todo mundo do bairro saiu para a rua, dançando e vibrando.

Sebastian assentiu e contou como foi aquele dia no próprio bairro... e se deu conta, para sua alegria, de que não pensava naquela confusão toda no TikTok fazia pelo menos cinco minutos.

— E como foi por lá na pandemia? — perguntou ele. — O pessoal da Filadélfia se mandou da cidade, como fizeram em Nova York?

— Algumas pessoas, sim, mas quase todo mundo no bairro onde moro aguentou firme.

Abby contou sobre um amigo fotógrafo que criara um projeto fazendo retratos familiares à distância, com as pessoas sentadas nos degraus da frente de casa ou acenando da janela, e que ela própria fora voluntária em uma organização que distribuía refeições para pessoas em situação de insegurança alimentar.

— Para as crianças que tomavam café da manhã e almoçavam na escola foi péssimo. Na Filadélfia, as aulas presenciais ficaram suspensas por bem mais tempo do que em outras cidades, e muitos alunos não

conseguiram se adaptar ao ensino à distância. — Ele ouviu o *clique-
-clique-clique* do câmbio de Abby enquanto ela mudava de marcha. —
Tem uma família no meu quarteirão que tem três filhas. Eu ensinei as
meninas a andarem de bicicleta ainda no primeiro semestre de 2020,
para elas poderem fazer alguma coisa fora de casa.

— Muita gentileza sua — comentou Sebastian.

*Que observação incrível*, pensou ele. *Coisa de gênio.*

— E você? Fugiu para as montanhas?

— Passei um tempo na casa dos meus pais. Sabe como é, trabalho
remoto, essas coisas.

Ele não gostava nem de pensar nas semanas que ficara em Nova
Jersey. Sua mãe bebendo mais do que nunca, por causa do estresse,
ou da incerteza, ou porque era um dia com vinte e quatro horas, e seu
pai mais ainda mais distraído que o normal, porque estava tentando
lidar ao mesmo tempo com o trabalho, a esposa e a mãe. A avó Piersall
morava em uma casa de repouso, e a equipe inteira se desfez por causa
do vírus. Muita gente da enfermagem adoeceu, ou pediu demissão
antes que acontecesse. As visitas foram suspensas. O pai de Sebastian
ficara sentado diante da janela da mãe em uma cadeira dobrável, conversando com ela ao telefone, para que pudesse vê-lo também além
de ouvir sua voz e se sentir menos sozinha. Com a mãe de Sebastian
tirando "cochilos" no sofá todos os dias a partir das duas ou três da
tarde, e o pai passando horas ao telefone, tentando falar com alguém
da casa de repouso, ou com alguém do governo estadual para registrar
uma queixa, a casa virou um lugar insuportável, e Sebastian voltara
de bom grado a Williamsburg, ainda que, como seria de se esperar, o
bairro estivesse parecendo Londres depois dos bombardeios: abalado
e vazio, silencioso de um jeito sinistro.

— Você chegou a pegar Covid? — perguntou ele.

— Acho que a esta altura todo mundo já pegou — respondeu ela.
— Eu tive sorte. Foi um caso bem leve, em outubro do ano passado.
Sem nenhum sintoma, só uma sensação de peso no corpo. E você?

Ele contou que tinha pegado no verão do ano anterior, mas que
fora extremamente tranquilo. Lincoln levava Gatorade e remédios para
ele, e Lana deixava canja de galinha na frente de sua porta toda noite.

— É muita sorte sua ter amigos assim tão bons — comentou ela.

*Veja só*, pensou Sebastian enquanto passavam por um trecho de descida ao longo do canal e o rabo de cavalo de Abby esvoaçava em meio à brisa. *Estou tendo uma conversa com uma mulher! Virando amigo dela!*

Abby contou sobre um cara no clube de ciclistas que nunca parava de falar enquanto pedalava, a não ser quando estava cantando, e que às vezes ela levava numa boa, mas em outras o considerava tão irritante que sentia vontade de ter uma focinheira para pôr na boca dele. Sebastian contou que na pandemia comprou uma maquininha de barbeiro na Amazon e tentou cortar o próprio cabelo, mas usou o pente errado e acabou ficando com uma falha bem no meio da cabeça.

Eles foram pedalando juntos em meio à grama verdejante e um céu bem azul, e foram vinte minutos (e 6,9 quilômetros, de acordo com o Strava, o aplicativo de exercícios de Sebastian) sem pensar no TikTok.

— Você é muito fácil de conversar — comentou ele.

— Obrigada por ter finalizado o elogio com "de conversar" — respondeu Abby.

Sebastian demorou alguns segundos para entender e deu uma risadinha quando a ficha caiu. Depois de uma pausa, Abby disse:

— Na noite em que a gente se conheceu, eu praticamente nunca tinha feito uma coisa como aquela antes, sabe. Não sou nem um pouco adepta dessa coisa de uma noite e nada mais.

Ele não sabia ao certo como reagir. Caso seguisse seu instinto (em especial aquele que dizia para fazer o que fosse preciso para repetir a dose com Abby), poderia falar algo como "Não precisava ter sido só uma noite, podemos retomar de onde paramos". Em vez disso, sua resposta foi:

— Pois é. Eu também.

Abby se virou para encará-lo e começou a rir. Ele caiu na gargalhada também e acrescentou:

— Na verdade, eu era virgem quando a gente se conheceu. Você me desvirtuou.

— Quer a virtude de volta? — questionou ela. — Aliás, isso não tem como ser verdade.

— Por que não?

Ele sentiu que, se conseguisse ver o rosto dela, perceberia que estava corado, com aquele tom de rosa de que se lembrava tão bem.

— Bem, para eu ter te desvirtuado, a gente não devia ter feito outras coisas?

— Outras coisas?

— É, outras coisas, sabe. — Ela baixou o tom de voz para uma simulação de cochicho. — Coisas com a bunda.

— Com a bunda! — repetiu Sebastian, aos risos. — Deus do céu.

— Qual é a graça?

— Coisas com a bunda são sempre engraçadas — respondeu Sebastian.

— Não do jeito que eu faço — disse ela, fingindo uma voz sexy que para Sebastian soou sexy de verdade.

E, como já tinha ido para a cama com Abby, começou a imaginar coisas sacanas. Contudo, como também era um cara que estava tentando virar amigo dela, e não transar com ela de novo, ele se obrigou a parar com aquilo e tentar imaginá-la com Mark.

Só que ele não fazia ideia de como Mark era.

— Você tem uma foto de Mark aí? — perguntou ele no tom mais casual de que era capaz.

O sorriso desapareceu do rosto de Abby.

— Posso mostrar para você na próxima parada — respondeu ela. — Ele tem cabelo escuro, olhos castanhos e um corpo assustadoramente em forma.

— Assustadoramente em forma?

Sebastian guardou a informação para analisar depois.

— Ele corre dez quilômetros todo santo dia.

Apesar de Abby não ter se exaltado ao dizer aquilo, Sebastian sentiu um tom particular na voz dela… Seria inveja? Ou frustração?

— Dez quilômetros por dia não é pouca coisa — opinou Sebastian. — Ele está treinando para correr uma maratona ou coisa do tipo?

— Só se a vida dele puder ser considerada uma maratona. Mas ele já fez maratona, sim. E é superdisciplinado para comer. Muito salmão e peito de frango.

Aquele assunto era um campo minado em que seria fácil demais dizer a coisa errada e mandar tudo pelos ares. Então Sebastian perguntou:

— Vocês se conheceram no acampamento de férias?

— Na verdade era um acampamento para perda de peso. Um acampamento para gordos.

*Outro campo minado*, pensou Sebastian. *Mude de assunto, mude de assunto.*

— Ele mudou muito desde que vocês eram adolescentes? — perguntou ele mesmo assim.

— Está com metade do peso que tinha na época — falou Abby, com um tom de voz seco. — Mas, fora isso, eu diria que não, ele continua sendo a mesma pessoa. Tem mais conhecimento agora, lógico, e morou em mais lugares, tem mais experiências, só que… — Enquanto pedalava, ela pareceu pensativa. — Ele sempre foi gentil. Tem um coração enorme. E é divertido, mesmo tendo um jeito mais quieto. Isso não mudou. E você? Quando foi seu último relacionamento sério?

Sebastian não queria falar que nunca tivera um; que, assim como ela não era adepta do uma noite e nada mais, ele nunca teve mais do que algumas transas com uma mesma mulher.

— Já faz um tempinho — respondeu ele.

— Mais ou menos quanto tempo?

Ele pensou em falar algo como "na faculdade", ou "na verdade, nem lembro". Cogitou usar a pandemia como pretexto. Em vez disso, falou:

— Eu nunca tive uma namorada séria de verdade.

— Uau — comentou Abby. — E por que isso? Quem foi que causou esse estrago em você?

— Ninguém causou estrago nenhum em mim — retrucou ele, um tanto indignado.

— Tem certeza?

— Acho que eu lembraria.

— Nem sempre — argumentou Abby. — Talvez você tenha reprimido a lembrança.

— Ou talvez ninguém tenha me magoado e a questão seja que nunca conheci a pessoa certa.

— Ah, sim — concordou Abby. — Mas você tem quantos anos mesmo? Porque na nossa idade a maioria das pessoas já teve alguns relacionamentos sérios.

— Acho que sou uma exceção — contrapôs ele, tentando manter o tom de voz leve.

— Seus pais são casados? — questionou Abby.

Sebastian sentiu os próprios ombros se enrijecerem e as mãos apertarem o guidão com mais força. *Mude de assunto, mude de assunto.*

— São, sim.

— E são felizes juntos?

A mente de Sebastian se voltou para a formatura da faculdade. Seus pais e a família de Lincoln saíram para jantar em um restaurante em Middletown com vista para o rio Connecticut. Dava para ver pelas janelas os homens e as mulheres da equipe de remo se movimentando pela água. Ele lembrava que a mãe pedira uma garrafa de champanhe ("Para celebrar a conquista de nossos filhos!") e bebera quase tudo sozinha, além de umas boas taças de vinho branco. Lincoln ficara olhando para Sebastian, e o dr. e a sra. Devries começaram a trocar olhares, todos cada vez mais preocupados à medida que a voz de sua mãe ficava mais escandalosa, e os gestos, mais enfáticos. No fim, seu pai pedira licença, ajudara a mãe de Sebastian a se levantar e a levara de volta para o carro.

— Eles se amam. — Foi sua resposta para Abby. A voz dele soou vazia. Em sua opinião, o que a mãe amava de verdade era o vinho branco, e seu pai, ter problemas para resolver, aquela coisa de ser o herói que aparece para resgatar a esposa e salva o dia. — É que... — Sebastian fez uma pausa. — Sei lá. Talvez o relacionamento deles não seja dos mais saudáveis.

Ele esperava que Abby fosse insistir no assunto, ou relacionar o casamento disfuncional de seus pais a sua incapacidade de manter um relacionamento. Porém, em vez disso, falou:

— Sinto muito por isso.

Sebastian sentiu um inesperado bolo na garganta. Nunca tinha conversado com ninguém além de Lincoln sobre seus pais, ou sobre como fora voltar para a casa deles em 2020.

— E seus pais? — questionou ele.

Quando ela respondeu, era possível imaginar seus olhos se revirando só pelo tom de voz.

— Ah, nossa. É um novelão. Para ser sincera, acho que eles nunca deviam ter se casado. Meu pai é praticamente um hippie, e minha mãe... enfim. Você viu como ela é.

— Ela não parece ser tão ruim.

*Pelo menos estava sóbria*, foi o que Sebastian pensou, e tinha algum interesse na filha, o que já era um grande avanço em relação à mãe dele.

— Ela é uma madame. Tem os eventos de caridade, as aulas de ginástica, as amigas, e nunca quis nada além disso. Eu não entendo o que ela estava fazendo com meu pai, para começo de conversa. Mas os dois se casaram com outras pessoas, e agora acho que são as certas.

— Todos vivendo felizes para sempre, então?

— E não é isso o que todo mundo quer? Estar com alguém que ame e entenda você, e não alguém que quer mudar seu jeito de ser?

Mais uma vez, Sebastian ouviu, ou pensou ter ouvido, um toque de inveja, tristeza ou alguma outra coisa bem distante de felicidade na voz dela. Mark estaria tentando mudá-la? Não a entendia? Se quisesse ser amigo de Abby, Sebastian teria que saber aquelas coisas. Um amigo mostraria interesse, pediria mais detalhes.

— É, acho que é mesmo — concordou ele, cauteloso.

— Então não se esqueça disso — complementou Abby. — Sabe como é, para o caso de algum dia decidir ter um relacionamento.

De maneira melancólica, Sebastian se deu conta de que não teria aquilo tão cedo. Quanto tempo seria necessário para a humilhação que sofreu na internet ser esquecida? Até que ele deixasse de ser reconhecido de cara como um mau exemplo, alguém para manter distância? Ele teria que desistir dos aplicativos. Talvez se mudar para um lugar bem distante, tipo o Alasca.

Sebastian devia ter soltado algum tipo de risinho irônico, porque Abby perguntou:

— Qual é a graça?

— É que provavelmente vou ter que me mudar para um lugar bem longe de Nova York se algum dia quiser... — ele pensou em dizer "transar", mas em vez disso falou: — ... voltar a sair com alguém.

Abby o encarou, franzindo a testa e enrugando o nariz de um jeito adorável.

— Você acha mesmo?

— Ora, óbvio. No momento eu sou o protagonista de um escândalo na internet. Hashtag boy lixo.

Na verdade, aquela era uma das hashtags mais brandas que ele tinha visto.

— É, mas você também é...

Ela fez um gesto com a mão. Sua luva de ciclista cobria das palmas das mãos até os punhos, mas era aberta nas pontas dos dedos. Sebastian sentiu uma vontade tremenda de sentir aquela mãozinha pequena na dele, ou em seu rosto, ou seu peito.

— O quê? — falou ele, em um tom de brincadeira, mas bem que gostaria de saber o que ela estava pensando.

Abby balançou a cabeça.

— Você sabe... — respondeu.

Sebastian ficou se perguntando o que ela estaria sentindo, se a proximidade e atração que sentia em relação a Abby eram correspondidas.

— Pode falar — insistiu ele.

Ele aproximou tanto a bicicleta da dela que seus pés quase se roçaram enquanto os dois pedalavam.

— Não vou falar, não — respondeu Abby, começando a pedalar mais depressa. — Preciso ver se está tudo bem com o resto do pessoal.

Sebastian acompanhou o ritmo dela.

— Pode falar! — repetiu ele, imitando uma voz de monstro de história em quadrinhos.

— Eu preciso ir mesmo! — gritou ela por cima do ombro antes de desaparecer no alto de uma subida, deixando para trás um leve perfume de flores.

Sebastian olhou para a esquerda e viu Ted, Ed e Sue — os três Coroas do Pedal que estavam de bicicleta naquele dia — aparecerem ao seu lado.

— O que você está esperando? — perguntou Ted.

Ele ficou olhando para os três, sem entender nada.

— Vocês pedalaram juntos por uma hora e meia — disse Ed.

— E pareciam bem felizes — comentou Sue, tirando as mãos do guidão para levá-las ao coração, em seguida fazendo um gesto para Sebastian ir depressa. — Vá atrás dela!

— Ela tem namorado — respondeu ele, sentindo-se na obrigação de fazer a ressalva.

Os ciclistas mais velhos ficaram em silêncio por um instante.

— Namorado não é marido — retrucou Ted.

Ao ouvir isso, Sue colou na traseira dele, ficando perto o suficiente para dar um tapão na parte de trás de seu capacete.

— Estamos torcendo por você! — gritou Ed enquanto os três o ultrapassavam, deixando Sebastian para trás, balançando a cabeça e se perguntando se suas intenções eram mesmo tão óbvias para um bando de desconhecidos, considerando que, para ele, eram em grande parte um mistério.

# Sebastian

**Dia 5: Amsterdam a Utica**
**Noventa e oito quilômetros**

Os ciclistas da excursão da Libertar chegaram ao hotel em Utica pouco depois das quatro da tarde, em uma tarde de verão digna de um cartão-postal. O céu estava azul, e o tempo, ameno, com um leve vento a favor para impulsioná-los adiante em meio a uma trilha sinuosa que percorria parques e florestas, atravessava pontes e passava por açudes. Muitos açudes. E os Coroas do Pedal pareceram determinados a fotografar todos. As duas mulheres e Ed passaram o dia todo descendo das bicicletas para admirar a engenhosidade das gerações passadas, apreciar os mecanismos e posar diante dos marcos históricos. Sebastian mal notara. Deixou que Lincoln fizesse o check-in, levasse a bagagem e, enquanto ele tomava banho, Sebastian havia passado o tempo todo inquieto, tentando não mexer no celular.

O jantar naquela noite era em um restaurante especializado na culinária do Oriente Médio, onde os ciclistas foram recebidos pelo cheiro de alho, orégano e pão pita fresco, além de uma proprietária que celebrou a chegada deles como se fossem familiares queridos voltando das Cruzadas.

— Os ciclistas da Libertar passam por aqui todo ano — Sebastian ouviu Abby contar para Lincoln, enquanto a dona do lugar abraçava Jasper e estalava um beijo em cada bochecha.

— Venham, venham! — chamou ela. — O espaço de vocês já está pronto!

Ela os encaminhou até um recinto nos fundos do restaurante, com janela dos três lados e uma mesa já posta com travessas de pastas e falafel, cestos de pão pita quentinho e jarras de água que a garçonete mal dava conta de repor. Sebastian se sentou próximo de Abby, na intenção de continuar os esforços para ela vê-lo como uma pessoa, um amigo, não só uma transa casual do passado.

Teria sido mais fácil se Abby não o estivesse evitando. Desde que pedalaram juntos no dia anterior, ela vinha mantendo distância, e parecia que o progresso que ele obtivera em termos de ganhar a confiança dela havia evaporado. Toda vez que Sebastian abria a boca, ela se afastava um pouco mais. Se ele fazia uma pergunta, ela respondia da forma mais breve possível, olhando sempre para o espaço vazio por cima de seu ombro esquerdo, e nunca para os olhos dele.

Ele observou enquanto ela dava a volta na mesa, conversando com cada ciclista, perguntando como estavam as costas e as pernas de Lily, questionando Dale se o barulho estranho no câmbio dele tinha parado. Quando enfim se sentou, ele foi se acomodar do lado dela.

— Como estão suas pernas? — perguntou ele.

Ela só olhou para ele.

— Seu câmbio ainda está fazendo aquele barulho?

Abby pareceu confusa.

— Você está tomando conta de todo mundo, e eu acho que alguém tem que retribuir isso.

Sebastian notou que os olhos dela se arregalaram um pouco quando ele disse aquilo. Perto daquele jeito, era possível ver as várias sardas no nariz de Abby e a única mecha que tinha escapado do coque para roçar a nuca dela.

— É muita gentileza sua — respondeu ela —, mas está tudo bem comigo. De verdade. Só estou fazendo meu trabalho.

Antes que ele pudesse detê-la, ou dizer alguma outra coisa, Abby abriu um sorrisinho tenso e se afastou para perto Jasper.

Em uma ponta da mesa, os Coroas do Pedal conversavam baixinho. Na outra estavam Andy Presser e Morgan Mackenzie, tão próximos que quase encostavam a cabeça um no outro. Carol Landon conversava com Lily; Richard Landon, com Dale Presser, e Kayla dizia para Ezra que, apesar de estarem de férias, ele tinha que pôr algum verde no prato também… e, não, as azeitonas não contavam.

Abby riu de alguma coisa que Jasper disse. Ela parecia despreocupada, feliz e à vontade. Sebastian sentiu um aperto no peito e começou a massageá-lo. Irritado, notou que era porque Abby estava sorrindo para alguém que não era ele. Aquilo seria por que ele nunca gostara de ser rejeitado? Ou porque não havia outras mulheres em quem se concentrar e talvez deixar Abby com ciúme?

— Deu azia? — perguntou Eileen, chegando mais perto dele.

— Acho que sim.

*Sua filha ainda vai acabar comigo*, pensou Sebastian.

Eileen abriu um sorrisinho sem mostrar os dentes. A maioria dos participantes da viagem, seguindo as instruções da Libertar, levava pouca bagagem além das roupas de ciclismo: uma calça ou bermuda e algumas camisetas. Eileen, por sua vez, aparecia com uma roupa diferente a cada noite, com direito a sapatos e acessórios. Naquela noite era um vestido laranja sem mangas, com sandálias combinando e uma bolsa de mão de palha.

Abby, por outro lado, seguia as regras e aparecia toda noite para jantar com uma calça cargo curta e camiseta, com sandálias Keens e o cabelo solto ou em um coque improvisado. Nada de acessórios, só os brincos pequenos e reluzentes que usava todos os dias; nada de esmalte nas unhas ou maquiagem… mas devia ter levado perfume, pensou Sebastian, fungando discretamente para apreciar o cheiro dela quando Abby se acomodou do outro lado da mesa.

Ele se inclinou para a frente e encheu o copo dela com água. Abby murmurou um agradecimento.

— Então, você e Lincoln são colegas de quarto? — perguntou Eileen, que estava sentada a esquerda dele, e o amigo, à direita.

— Nós moramos na mesma casa — esclareceu Sebastian. — Fomos colegas de quarto desde o primeiro ano de faculdade, e continuamos morando juntos depois disso.

Eileen pareceu confusa.

— Lincoln, você não é casado?

— Sou, sim — confirmou Lincoln.

— Então vocês são...

Eileen franziu a testa.

Abby abriu um sorriso.

— Pode falar, mãe — incentivou ela. — Vai lá, fale.

— Poliamorosos? — complementou Eileen. — Ou, como vocês dizem, um casal poli?

Por um momento, Sebastian ficou sem entender absolutamente nada. Foi Lincoln quem se tocou primeiro.

— Ah, não, não. Não existe nada entre nós. Só moramos na mesma casa mesmo.

— Eu alugo o apartamento independente que fica no andar térreo da casa que Lincoln e Lana compraram para eles — explicou Sebastian.

— Ah, sim. Isso faz muito mais sentido — comentou Eileen.

— Mas é bem menos interessante — retrucou Abby. — Eu nunca conheci um trisal.

— Tem um trisal aqui? — falou Ted, escandaloso como sempre.

Sue ficou na ponta dos pés e falou no ouvido dele. Ted balançou a cabeça, parecendo decepcionado.

— Enfim — continuou Eileen. — Que ótimo que vocês tenham mantido contato por todos esses anos.

Ela deu uma mordida em um pedaço de cenoura da salada.

Sebastian se virou para Abby.

— Já experimentou o falafel?

— Ainda não — respondeu ela.

Sebastian passou a travessa para Abby, que espetou o bolinho frito de grão-de-bico com o garfo e enfiou na boca. Fez um barulhinho enquanto ela mastigava. Ela olhou para a mãe, que mexeu mais um pouco na salada e ofereceu a tigela para a filha, com um sorriso tenso. Abby negou com a cabeça. Eileen baixou a tigela.

— Quantos quilômetros pedalamos hoje? — perguntou Eileen.

Abby engoliu e limpou a boca.

— Noventa e oito — respondeu ela e levantou a mão para interromper a conversa. — Nem me pergunte quantas calorias isso queimou. Eu não faço ideia.

Eileen pareceu ofendida.

— Eu não ia perguntar isso — falou ela.

— Mas estava pensando — retrucou Abby.

Sebastian percebeu que Abby estava tentando fazer soar como se fosse tudo uma brincadeira, mas dava para notar a tensão na voz dela.

— Eu conheço essa sua cara de quantas-calorias-isso-queima.

— Ai, Abby — murmurou Eileen. — Como você é engraçadinha.

— Ah, lógico — retrucou Abby com um tom neutro. — Sou quase uma comediante.

Ela pegou um pouco de homus com um pedaço de pão pita. Eileen ficou sentada por mais algum tempo antes de pedir licença discretamente e ir para a cadeira vazia ao lado de Lily, do outro lado da mesa.

Sebastian notou que os ombros de Abby penderam para baixo.

— Ei — chamou Sebastian, um pouco mais alto do que gostaria. Abby levantou a cabeça. — Você podia pegar mais leve com ela.

O olhar de Abby se tornou uma encarada.

— Ela veio fazer essa viagem por sua causa, não? — perguntou ele. Abby revirou os olhos.

— Confie em mim, para mim seria melhor se ela tivesse ido para um spa, como de costume.

— Mas ela quer passar um tempo com você — disse Sebastian.

— Duvido que ela esteja fazendo isso só para ser legal comigo — retrucou Abby. — Ou quer alguma coisa de mim, ou está tentando provar alguma coisa. Só não entendi ainda qual das duas opções é dessa vez.

— Pelo menos ela está aqui — respondeu Sebastian, pensando que Abby não sabia a sorte que tinha por poder contar com uma mãe presente e interessada nela. E sóbria. — Pelo menos ela está do seu lado. Você deveria ficar grata.

— Ah, deveria, é? — Abby levantou as sobrancelhas, e seu rosto ficou vermelho. Então ela abriu um sorriso com todos os dentes. — Se está tão impressionado assim com a atuação dela como mãe, fale para ela. Talvez ela até te adote e te acolha pelo resto da viagem.

Abby deu um gole na água para disfarçar quando o olhar de Lincoln passou de Sebastian para ela.

— Está tudo bem aqui? — perguntou ele, abrindo um sorriso simpático para Abby e dando uma encarada em Sebastian.

— Ah, sim — respondeu Abby. — Está tudo bem, sim.

# Morgan

**Dia 6: Utica a Syracuse**
**Noventa e nove quilômetros**

— Posso te contar um segredo? — perguntou Morgan para Andy Presser quando ficaram a sós, longe da mãe dela e dos pais dele, na parada para o almoço, a pouco menos de cinquenta quilômetros de Utica.

— Aham. — Ele confirmou com a cabeça. — Por quê? O que aconteceu?

O cabelo de Morgan esvoaçou quando ela se virou, olhando por cima do ombro para ver se a mãe não estava mesmo por perto. Lily parecera meio decepcionada quando Morgan perguntara se poderia se sentar com Andy, mas a única resposta da mãe fora recomendar que ela bebesse bastante água. Era um dia de muito calor e umidade, com o sol castigando. Morgan já tinha reaplicado o protetor solar duas vezes e sentia que tinha ido tudo embora de novo com o suor.

— Minha boca é um túmulo — garantiu Andy.

Morgan engoliu em seco. Andy era um cara legal. Parecia um filhote de dogue alemão, com braços e pernas compridos e desengonçados. Provavelmente daria um pulo e lamberia seu rosto se ela deixasse. Tinha olhos de um azul bem vivo e sardas no rosto simpático e amigável. Ele se ofereceu para encher as garrafas com água naquela manhã, para encher seus pneus no dia anterior e a seguia com os olhos para onde quer que fosse. Era evidente que estava afim dela, e Morgan estava prestes a se aproveitar da situação. Estava se sentindo péssima por isso, mas faria do mesmo jeito.

Andy estendeu o braço por cima do prato, que estava lotado de sanduíches e salada de orzo, como se fosse pegar em seu braço ou segurar sua mão, mas depois pensou melhor e parou no meio do caminho.

— O que aconteceu?

Morgan umedeceu os lábios.

— É... — Sem olhá-lo nos olhos, ela contou: — Eu tenho uma consulta amanhã cedo em Syracuse.

— Uma consulta? — repetiu Andy.

— É na clínica de planejamento familiar.

— Ah — murmurou Andy. E então, depois de um instante de silêncio: — *Ah.*

Ela não deixou de reparar quando Andy olhou para a barriga dela antes de desviar o olhar às pressas.

*Pois é*, pensou Morgan. *Ah.* Sentiu a vergonha borbulhar dentro de si, junto com a raiva de Brody, seu namorado, que estava em uma base do Exército sem saber de nada, enquanto ela tentava arrumar uma forma de escapar sozinha daquela armadilha.

— Eu sei onde é, e não fica muito longe da pousada onde vamos dormir.

Morgan havia olhado no mapa várias vezes para se certificar daquilo. A sede da clínica de planejamento familiar ficava a cerca de três quilômetros de onde passariam a noite, e a pouco mais de um quilômetro da trilha.

— Vou até lá de bicicleta. Só tenho que descobrir como fazer isso sem minha mãe descobrir. — Ela fez uma pausa. — E preciso de alguém para me acompanhar.

— Sua mãe não sabe? — perguntou Andy, com a voz falhando.

— Não — disse Morgan, olhando ao redor e falando mais baixo. — Não. Ela não sabe e não pode descobrir. Se descobrir, eu estou ferrada.

— Beleza. — Andy assentiu. — Ok. — Ele virou a garrafa de água na boca e começou a batucar com os dedos no joelho, pensativo.

— Beleza. Então talvez, de manhã, nós podemos falar para Abby que vamos pedalar juntos e que encontramos todo mundo na hora do almoço, que tal? Podemos ficar para trás do grupo e ir para sua consulta.

Morgan concordou com a cabeça. Ela tinha considerado aquilo mesmo.

— Só que… você vai poder pedalar depois? — O pomo de adão de Andy subiu e desceu quando ele engoliu em seco. — E você sabe quanto tempo vai levar?

Morgan negou com a cabeça.

— A consulta é amanhã às dez. Não sei quanto tempo vou ter que ficar, ou como vou me sentir depois. Não sei se eles vão querer… você sabe. — Ela engoliu em seco e se obrigou a falar: — Se vão querer fazer isso, o procedimento, na consulta ou se vão me dar os remédios para eu tomar mais tarde.

Pelo menos sabia que aquelas eram as opções.

— Beleza — repetiu Andy.

Morgan ficou olhando para ele. *O que você acha de mim agora?*, sentiu vontade de perguntar. *Agora vai empinar o nariz? Acha que eu sou uma safada, ou uma estúpida? Está pensando que eu vou para a cama com você só porque já transei com outro?* Só que Andy não parecia estar pensando nada daquilo. Talvez ela o tivesse subestimado. Talvez ele não fosse nem um pouco daquele jeito.

Por algum motivo, o pensamento fez com que Morgan se sentisse ainda pior.

— Você vai me ajudar? — perguntou ela, forçando as palavras a sair.

Andy engoliu em seco e confirmou com a cabeça.

— Lógico. No que você precisar.

# Abby

Ela vinha fazendo de tudo para evitar Sebastian, mas parecia que para onde se virava, toda vez que olhava por cima do ombro, lá estava ele, pedalando por perto e sorrindo. Quando pararam na padaria Utica Bread naquela manhã, antes de pegarem a trilha, ele comprara um croissant de chocolate para Abby. À tarde, na hora do almoço, ele oferecera um envelope de sais minerais para despejar na água dela. No jantar em Syracuse, no Dinosaur Barbecue, pedira uma jarra de água extra para a garçonete e mantivera o copo de Abby sempre cheio.

— Então, me conte uma coisa — pediu ele, empurrando um prato com broa de milho na direção dela, fazendo questão de sacar o caderninho de repórter. — Como foi que você começou a andar de bicicleta?

Abby afastou o prato e pôs as mãos na mesa, sem saber por onde começar. Se fosse para ser sincera, diria: "O ciclismo salvou minha vida". Só que soaria terrivelmente piegas; não era o tipo de coisa que poderia dizer a Sebastian. Nem para Mark ela havia falado naqueles termos.

E um cara como Sebastian não era do tipo que precisava que algo salvasse a vida dele, né? Para ele, o mundo era uma série infindável de tapetes vermelhos, se desenrolando à frente um após o outro, para que os pés nunca precisassem entrar em contato com a sujeira. Todas as portas (e pernas) se abriam ao seu toque. Os Sebastians Piersalls passavam pelo mundo a passeio. Já as Abbys Sterns? Elas iam seguindo aos trancos e barrancos. Precisavam ralar muito para conseguir qualquer coisa, ou então perder metade do peso.

Abby soltou o cabelo do coque, ajeitou as mechas nos ombros e se perguntou como poderia começar.

— Meus pais se separaram quando eu tinha 13 anos. Ele foi morar em uma casa a uns oito quilômetros da nossa.

Sete quilômetros e quinhentos e sessenta e quatro metros, para ser mais exata. Abby sabia a distância exata porque a percorrera centenas de vezes na adolescência. Mesmo depois de tirar a carteira de motorista, nem sempre havia um carro disponível para ela usar. E, de qualquer forma, sua preferência fora ir pedalando mesmo.

— Minha guarda era compartilhada. Eu dormia três noites por semana na casa de minha mãe, outras três na casa de meu pai e revezava entre uma e outra aos sábados.

— Isso deve ter sido bem difícil — comentou Sebastian.

Abby assentiu, ainda evitando olhar para ele, por não querer se mostrar vulnerável. Os dois ainda mal se conheciam. Era possível que fosse do tipo de cara que usaria uma confissão como uma arma contra ela para conseguir o que queria.

— Então seus pais se casaram de novo? — perguntou Lincoln.

Abby confirmou com a cabeça.

— Isso. Logo depois da separação, meu pai saiu de casa.

Ela se lembrava de como recebera a notícia, de quando fora chamada com os irmãos para a quase nunca usada sala de estar, onde os pais estavam sentados, a mãe em uma poltrona, com uma postura retíssima e as pernas cruzadas, e o pai em uma namoradeira, com a calça jeans amarrotada, a camisa para fora, as mãos largadas e cara de quem estivera chorando.

"Seu pai e eu decidimos nos separar", anunciara Eileen e, apesar de tantas brigas, de tantas discordâncias, Abby ficara em choque, com a boca seca.

O tom de sua mãe fora excepcionalmente gentil ao explicar como tudo funcionaria, que o pai de Abby moraria em um apartamento ali perto até encontrar uma casa, e as crianças passariam as noites de sábado e as tardes de quarta-feira lá, que ele ligaria todas as noites e estaria sempre disponível para os filhos.

A voz de seu pai estivera baixa e embargada ao dizer: "Eu sempre vou amar vocês, e sempre vou ser o pai de vocês".

"Esperem só para ver", falara a irmã mais velha para Abby e Simon quando estavam sozinhos no quarto dela, que tinha voltado para casa da faculdade para ser informada da decisão. Só estivera fora fazia alguns meses, mas, com o moletom da universidade e uma mecha azul no cabelo, aparentava a maturidade que os irmãos não tinham para decifrar o ambiente doméstico.

"Ou ela arrumou alguém, ou foi ele, ou os dois têm outra pessoa. E essa história de 'Seu pai vai morar em um apartamento aqui perto e ver vocês duas vezes por semana' e essa conversa de 'Sempre vou ser o pai de vocês'?" Ela fizera um gesto de desdém com a mão, enquanto Abby só a observava, atordoada, e o irmão, com o rosto vermelho e evidentemente triste, olhava para os pés. "Isso não vai durar nem seis meses."

Marni estivera certa, mas só em parte. Eileen tinha mesmo outra pessoa. Ou Gary Fenske já estava à espera nos bastidores, ou a mãe engatara um relacionamento com ele em tempo recorde depois da separação. Só que Marni estava errada em relação a Bernie Stern, que nunca deixara de cumprir o papel de pai. Encontrara uma casa no mesmo bairro, e lá Abby tinha um quarto só seu. Ele voltara a estudar para ser ordenado rabino. Aprendera a cozinhar.

Abby contou para Sebastian e Lincoln que o pai preparava as refeições favoritas dela nas noites que passava na casa dele: frango à parmegiana, lombo grelhado, o famoso "bolo de carne com surpresa", que ela revelou em um sussurro teatral que era bacon. Só que não mencionou que, pelo menos uma vez por mês, o pai esquecia completamente de quando era a noite que passaria com os filhos e ficava surpreso (apesar de tentar fingir que não) quando chegava da sinagoga e encontrava Abby fazendo a lição de casa na cozinha. Nem que achava tão maravilhosas as refeições que fazia na casa do pai porque comparava com o que comia na casa da mãe: peito de frango grelhado sem osso e sem pele, biscoitos dietéticos e pratos congelados de baixa caloria eram as especialidades de Eileen. Quando a mãe preparava alguma coisa do zero, o objetivo parecia ser cortar o máximo possível de gordura e sal, por consequência fazendo todos os pratos ficarem sem gosto.

— Meu pai me ensinou a andar de bicicleta quando eu era pequena. Quando eles se divorciaram, eu comecei a ir e voltar da casa de um e de outro pedalando.

Ela contou também que, no oitavo ano, começara a fazer aulas de baixo na Escola de Rock, na Filadélfia.

— Eu precisava levar Shirley quando trocava de casa às quartas-feiras. Saía de bicicleta pela cidade com um contrabaixo nas costas.

— Shirley? — perguntou Sebastian. — Ah, entendi. Era o nome do baixo. Por causa da Shirley Bassey.

— Exatamente — falou Abby, mas sem demonstrar o contentamento por ele captar a referência tão rápido.

Mark não entendia a piada, nem mesmo depois que ela explicara que era porque o sobrenome da cantora, "Bassey", tinha semelhança com a palavra "bass", que significava baixo.

Abby tentou explicar que a bicicleta a libertara das exigências e restrições da mãe e da eventual falta de noção e negligência do pai; que poder ir aonde quisesse, com a força das próprias pernas, a fizera sentir que sabia se cuidar sozinha, em uma época em que não podia contar com os pais para tal. Pedalar fora um refúgio. Ela podia se afastar dos silêncios frios e do olhar sempre crítico de Eileen, suas saladas quase sem tempero e batatas-doces sem manteiga. Podia se afastar dos olhares sofridos e dos suspiros pesados do pai, da expressão no rosto dele quando ela era obrigada a avisar que não havia comida na geladeira, gasolina no carro ou que ele tinha esquecido de uma apresentação ou consulta odontológica.

O que quer que estivesse acontecendo em qualquer uma das casas, sua bicicleta poderia salvá-la. Ela poderia dizer "Vou dar uma volta de bicicleta" e ir sozinha: para a casa de uma amiga, ao shopping Willow Grove ou à trilha que ia de Center City até Vale Forge. Poderia pedalar e sentir o vento no rosto até se acalmar de novo, até se distanciar da situação, até que o que quer que tivesse acontecido não parecesse tão ruim e ela não estivesse mais tão triste.

— Pedalar me fez ser quem eu sou — concluiu Abby, tirando um lenço umedecido do pacote e limpando o molho barbecue da ponta dos dedos. — Foi o que me salvou.

Aquelas palavras piegas, mas absurdamente sinceras, pareceram ecoar pelo restaurante, audíveis mesmo em meio às conversas dos outros clientes e com a música tocando no jukebox. Abby se arrependeu de imediato de tê-las dito. Deu uma espiada em Sebastian quando uma garçonete se aproximou da mesa, preparando-se para detectar a ironia, ou o tédio, mas sem encontrar nem uma coisa nem outra. Ele parecia interessado e pensativo. Abby se perguntou se na vida dele a bicicleta também teria tido o mesmo papel. Só que do Sebastian precisaria ser salvo?

— E vocês dois? — perguntou ela, olhando primeiro para Lincoln. — São ciclistas de longa data?

— Eu fui criado em Nova York. Aprendi a andar de bicicleta no Central Park e na ecovia Hudson — contou Lincoln.

Abby enfim se virou para Sebastian.

— E você?

— Eu fui criado em uma área residencial tranquila, então usava a bicicleta para ir à casa de amigos.

Parecia uma coisa idílica. O que fazia sentido. Obviamente um homem bonito e confiante daquele tanto só podia ter tido uma infância perfeita, com os pais casados e vivendo na mesma casa.

— Mas só comecei a pedalar para valer quando me mudei para Nova York, depois de me formar na faculdade.

— Eu o obriguei a ir pedalar comigo — contou Lincoln.

— É verdade — admitiu Sebastian. — E eu agradeço por isso todos os dias.

— E deveria mesmo — adicionou Lincoln. — Se não fosse por mim, seu único exercício seria...

Lincoln parou de falar. Abby sentiu o pescoço esquentar e tentou não demonstrar o desconforto enquanto enchia o copo de água.

— E Mark? — perguntou Sebastian, com um tom tranquilo, quase indiferente. Estava com os olhos voltados para o caderno, mas a tensão na mandíbula dele indicava certa cólera. — Ele quer aprender a andar de bike algum dia?

Abby ficou sem reação.

— O ciclismo é meu lance, assim como a corrida é o dele. E está tudo bem. Acho ótimo quando a mulher tem os próprios interesses.

Ela de fato acreditava naquilo, só torcia para ter soado convincente. Sebastian parecia cético.

— E com que frequência você pedala? Tipo, duas ou três vezes por semana?

— Mais ou menos isso.

Estava mais para três ou quatro vezes, sem contar quando ela usava a bicicleta para fazer o que precisava na rua, para visitar Lizzie, para fazer o trajeto entre a própria casa e a de Mark ou para ir trabalhar de manhã. Quase todo sábado, fazia um passeio em grupo com o clube de ciclistas, e praticamente todo domingo pedalava sozinha uns cinquenta quilômetros de manhã logo cedo, para direcionar as energias e se preparar para a semana.

— E quanto você pedala? Quarenta, cinquenta quilômetros?

— Depende do dia — disse Abby.

— Na média.

Ela pensou a respeito.

— Quarenta ou cinquenta nos dias úteis, e pedaladas mais longas nos fins de semana.

— Então, duas ou três vezes por semana, por três ou quatro horas, você literalmente pedala para bem longe do cara — comentou Sebastian com um tom de voz neutro.

A cabeça de Abby começou a girar a mil, fervilhando de fúria e culpa. Parecia que Sebastian havia acessado seus pensamentos e, sem a menor dificuldade, apontado uma das coisas em Mark que ela gostaria que fosse diferente, como se tivesse localizado aquela ideia em seu cérebro e a enfatizado de uma forma que impossibilitava a ignorância.

— Eu tive uma namorada que não pedalava — contou Ed, de onde estava sentado. — O namoro não durou.

A esposa dele deu um tapinha em seu braço.

— Não durou porque ela limpou o dinheiro do fundo de pensão de vocês e enfiou tudo na empresa de óleos essenciais dela.

Ed fez uma expressão de lamento.

— É, teve isso também — concordou.

Abby se obrigou a olhar para Sebastian.

— Por acaso todas as suas namoradas vivem grudadas em você? — questionou ela. — Vocês fazem tudo juntos, tipo gêmeos siameses? Ah, não, espera... Você nunca namora, né?

— Ai — murmurou Lincoln.

A expressão de Sebastian deixou de ser neutra, pensativa ou qualquer coisa que pudesse ser considerada agradável. Em vez disso, estava olhando bem feio para ela, estreitando os olhos e tensionando a mandíbula. Se olhares matassem, Abby estaria sangrando em cima do *shawarma* àquela altura.

— Quando duas pessoas adultas se amam, aceitam sem problemas passar um tempinho longe uma da outra — continuou ela, torcendo para ter soado tranquila e relaxada.

A expressão e a postura dele não mudaram (pelo menos, não de maneira aparente), mas era possível ver que ele estava irritado.

— Só me parece que você não tem muita coisa em comum com esse cara.

Os joelhos de Abby estavam tremendo. Ela estava até sem fôlego, de tanta raiva.

— Mark e eu temos muita coisa em comum.

— Você acabou de falar que ama andar de bicicleta, que é sua atividade favorita, que só é quem é por causa disso, que "foi o que salvou você". — Ele inclusive fez as aspas no ar ao completar a frase.

Abby sentiu calafrios pelo corpo. Era culpa dela, por ter sido sincera daquele jeito, por se expor na frente de um cara que mal conhecia.

Sebastian pareceu notar seu incômodo, e falou:

— É algo importante para você, e ele não quis nem aprender a andar de bicicleta.

— Você não entende — retrucou Abby. Sua voz estava calma, mas a pulsação martelava no pescoço, e os punhos estavam cerrados. — Você não faz ideia de como é fazer parte de um casal.

Ele deu de ombros.

— Se fosse uma coisa que eu amasse tanto fazer, com toda essa importância para mim, ia querer minha namorada a meu lado.

— Bom, para saber se ia querer mesmo, você precisaria ter uma namorada.

Sebastian fechou a cara, e Abby se sentiu ao mesmo tempo envergonhada e aliviada. A vergonha era por ter feito um comentário maldoso, algo que, sendo alguém que havia sentido na pele tantas vezes a intolerância do mundo, ela tentava nunca fazer. Por tê-lo deixado chateado, por ter sentido aquele impulso de atacá-lo, para começo de conversa. Porém, havia também o alívio, porque a conexão que sentia haver entre eles, um laço forjado pela memória e a intimidade (a sensação de que era fácil conversar com ele, e como se sentira à vontade para ficar nua na frente dele, pele com pele), era com certeza uma coisa de sua cabeça, e sempre tinha sido. Ou, se em algum momento existira, já não existia mais. Se por acaso algum vínculo estivesse sendo criado entre os dois, Abby tinha acabado de destruí-lo. Dali em diante poderia parar com aquela ansiedade estúpida e inútil que sentia perto dele. Poderia parar de torcer e querer que Sebastian estivesse atraído por ela, Abby Stern, a pessoa, e não apenas interessado em uma transa diferente ou mais um corpo para aquecer sua cama. Homens como Sebastian não se apaixonavam por mulheres como ela. Talvez nos livros, ou nas comédias românticas, mas não na vida real.

Além do mais, ela tinha Mark.

— Está tudo certo aqui? — perguntou a garçonete ao trazer a conta dentro de uma capa de couro. — Precisam de mais alguma coisa?

— Tudo certo — respondeu Abby. — Estava tudo uma delícia.

Ela estendeu a mão para pegar a conta e forçou um sorriso.

# Kayla

**Dia 7: Syracuse a Seneca Falls**
**Noventa e oito quilômetros**

Era um segredo, algo que nunca tinha contado para o marido e mal conseguia admitir para si mesma, mas, quando engravidara pela segunda vez, Kayla havia desejado em segredo que fosse uma menina.

Eles já tinham Andy, e ela e Dale decidiram que a segunda criança seria a última. Comprariam uma boa casa em um bairro com boas escolas, poderiam fazer viagens de férias e mais tarde mandariam os filhos para a faculdade, onde se formariam sem saírem endividados até o pescoço; seria difícil, mas não inviável, com a renda familiar que tinham. Três filhos faria a balança pender do "possível" para o "impossível". Ela chorou escondida quando soube que teria outro menino e ignorou as amigas e até própria irmã quando tentaram consolá-la, enumerando os desafios envolvidos na criação de uma filha.

Quando Ezra nascera, a maior parte da tristeza de Kayla desaparecera. Ao contrário do irmão, que tivera cólicas fortes e mal pregara os olhos nas primeiras semanas de vida, Ezra era um bebê tranquilo e meigo, que começara a dormir a noite toda com 2 meses de idade e ficava quietinho e feliz na cadeirinha do carro, no carrinho ou onde quer que fosse. À medida que os anos foram passando, Kayla vira com os próprios olhos o que acontecera quando suas sobrinhas e as filhas das amigas viraram adolescentes, com as mães tendo que lidar com problemas como automutilação, depressão, transtornos alimentares, relacionamentos complicados com amigas e namorados, discussões sobre métodos contraceptivos e sustos relacionados ao risco de gravidez.

A cada ano que passava, ela ficara mais feliz por ser mãe de meninos e orgulhosa da relação que mantinha com Andy e Ezra. *Graças a Deus que tenho filhos e não filhas*, ela pensara, presunçosa e arrogante, ao ouvir as histórias de horror relatadas pelas amigas. Desde cedo, estabelecera uma boa relação com os filhos, ciente dos erros cometidos pelos próprios pais nesse sentido. Quando perguntara à mãe de onde vinham os bebês, o que ouvira de resposta fora um "Da barriga das mamães" e logo fora colocada para correr. No dia seguinte, Kayla encontrara um livro em cima da cama que explicava os princípios elementares da coisa em uma linguagem fria e científica que no fim a deixara com mais dúvidas do que respostas. Quando menstruara, a mãe falara que os absorventes estavam no armarinho debaixo da pia do banheiro, sem dizer uma palavra sobre como usá-los nem perguntar como ela estava se sentindo. O restante da educação sexual de Kayla ficara a cargo das amigas e das aulas de biologia no colégio.

Kayla não queria que os filhos crescessem em meio àquele tipo de ignorância e vergonha. Usava os termos corretos para designar as partes do corpo deles, mesmo quando era difícil para ela dizer aquelas palavras, e quando chegaram à idade certa, comprou livros melhores. Conforme os meninos foram ficando mais velhos, Kayla continuou conversando com eles, não só sobre gravidez e doenças, mas também sobre consentimento e prazer. Ela esperava que Andy e Ezra soubessem tratar uma mulher com respeito, respeitando os limites e pensando também na satisfação dela. E, o melhor de tudo, os filhos sabiam que poderiam conversar com a mãe sobre qualquer coisa. Kayla garantira a eles que estava lá para ouvir, não julgar, fosse qual fosse o problema, e nunca havia tido motivo para se arrepender daquela promessa... até que, naquela manhã, Andy bateu à porta.

Era pouco antes das sete, e ela ouvia o barulho da chuva caindo no telhado da pousada. Dale ainda estava dormindo, deitado de lado à sua esquerda na cama, o mesmo lugar que ocupava em casa. Quando ela abriu a porta, viu Andy de calça de pijama e uma blusa de moletom, descalço e com o cabelo bagunçado. Estava parecendo um garotinho.

— Mãe — disse ele. Kayla ainda não estava acostumada com aquela voz grossa, com o fato do filho não soar mais como uma criança. — Posso conversar uma coisa com você?

— Lógico.

Kayla estendeu a mão para ajeitar a sobrancelha dele. Andy tinha crescido quinze centímetros ao longo de um ano e meio. Seu rosto estava mais anguloso, com a mandíbula mais bem definida, perdendo aquela suavidade infantil, mas ela ainda podia ver vislumbres do garotinho que quando pequeno fora roliço e macio como uma bisnaguinha, que usara galochas amarelas e uma capa do Batman na educação infantil por três semanas até o Halloween. O menino meigo e bonzinho que uma vez pedira para ela pôr alguns biscoitos a mais em sua lancheira porque a mãe de seu amigo nunca mandava sobremesa, e que, no ensino fundamental, convidara a turma inteira para as festas de aniversário para ninguém se sentir excluído.

Ela vestiu uma blusa, calçou as meias e desceu com Andy. A pousada era um casarão de tijolos ao estilo georgiano em um bairro residencial tranquilo, com uma varanda que dava a volta na construção e oito quartos, metade deles com lareiras. Kayla ouviu alguém (Jasper, presumiu) na cozinha. Já havia jarras com café na mesa da sala de jantar, além de uma bandeja com canecas ao lado. Ela se serviu e se sentou à mesa.

Andy se acomodou diante dela e perguntou baixinho:

— Isso pode ficar só entre nós?

— Ah, sim — confirmou Kayla.

Ela ficou se perguntando se Morgan já o tinha deixado de coração partido. Dois anos antes, Andy teve a primeira quedinha, no nono ano, mas a menina disse que só queria ser amiga dele. Aquilo deixara Kayla triste, mas não surpresa. Quando era uma adolescente, ela também não teria se interessado por alguém como Andy. "Tenha paciência e espere", fora o conselho de Kayla. "Logo aparece alguém que vai achar você o último biscoito do pacote". Ele a encarara, com os olhos vermelhos e uma expressão de tristeza, e perguntara: "O último biscoito do pacote é mesmo melhor que os outros?".

Kayla deu um gole no café e esperou até Andy ajeitar as pernas e os braços compridos.

— O que está acontecendo?

Andy juntou os dedos e ficou olhando para as mãos enquanto falava:

— Se eu soubesse de um segredo... se alguém me contasse alguma coisa e me fizesse prometer não dizer nada, mas eu achasse que a pessoa está em perigo...

Ele parou de falar, separou os dedos e começou a batucar de leve na mesa.

— Certo. — Kayla sentiu a própria pulsação se acelerar. — A pessoa que tem um segredo é alguém que eu conheço?

— Sim, mas eu não posso dizer quem é.

Kayla ficou pensativa.

— Que tal fazermos assim: você me conta o que está acontecendo, mas sem citar nomes? Digamos que é uma questão hipotética.

Andy concordou com a cabeça.

— Beleza. — Seus dedos voltaram a batucar a mesa. — Digamos que, hipoteticamente, eu saiba que uma pessoa está grávida e não quer estar. E que ela, hã, não pode fazer nada para resolver isso no lugar onde mora, então marcou uma consulta na clínica de planejamento familiar de Syracuse e, hipoteticamente, quer que eu vá junto, e me fez prometer que não vai contar nada para a mãe dela?

Kayla engoliu em seco.

— E você teria alguma coisa a ver com essa gravidez? Hipoteticamente?

Andy pareceu chocado, então negou com a cabeça.

— Não, de jeito nenhum. Nem hipoteticamente.

— Então a garota quer fazer um aborto e acha que a mãe não deixaria?

— Eu disse que ia ajudar. Hipoteticamente. — Andy parecia arrasado. — E quero ajudar. Ela precisa de um acompanhante, alguém para garantir que vai ficar tudo bem. Só que... — Os ombros dele penderam para baixo. — Eu não quero que ela acabe se encrencando, e também não quero encrenca para o meu lado. — Com um tom de voz baixo, ele complementou: — Eu queria contar para a mãe dela, mas ela não deixa.

— Tem algum outro adulto com quem ela possa conversar? O pai dela, talvez?

Andy fez que não com a cabeça.

— O pai dela é, tipo, um pastor. E acho que, se a mãe dela descobrir, ela vai ficar brava comigo. Tipo, vai pensar que eu incentivei ou ajudei a providenciar tudo.

Kayla com certeza poderia imaginar aquele desfecho. Sentiu um nó na garganta e um peso no estômago.

— Quando essa coisa hipotética vai acontecer?

— Hoje. A consulta é às dez. Ela queria que eu fosse pedalando com ela até lá. Só que… — Andy apontou para as janelas. — Acho que a gente não vai nem pedalar hoje.

— Certo. — Kayla deu mais um gole de café. — Foi bom você me contar.

Andy arregalou os olhos.

— Por favor, não fala nada a Morgan nem a mãe dela. Por favor. Eu prometi que não ia contar para ninguém.

— Não se preocupe. Eu não vou dizer nada.

Mas, enquanto ainda fazia a promessa, Kayla se sentiu incomodada. Como se sentiria se soubesse que Andy ou Ezra se submeteram a um procedimento médico sem ela saber, e sem que sequer um outro adulto soubesse? Mesmo se fosse uma coisa desimportante, como um piercing ou uma tatuagem, ela não gostaria. E só podia imaginar como alguém que tinha as crenças de Lily poderia se sentir se soubesse que outra mãe havia ajudado sua filha a fazer um aborto.

*Graças a Deus*, pensou, sentindo-se aliviada, mas depois culpada e envergonhada, ao pensar na própria irmã, amigas e as filhas delas. *Graças a Deus que eu não tenho filhas.*

— Eu só queria… só queria ajudar. Quero estar por perto para garantir que saia tudo bem. E não sei qual é a coisa certa a fazer — admitiu Andy.

Kayla sentiu os olhos se encherem de lágrimas ao pensar: *Eu criei um bom garoto.* Ela analisou as possibilidades mais viáveis.

— Que tal fazermos assim: você pode dizer a Morgan que, se quiser, ela pode vir conversar comigo…

— Não — interrompeu Andy. — Ela não quer que ninguém saiba! E me fez prometer que não ia contar.

Andy parecia ainda mais atormentado, como se isso fosse possível. Kayla levantou a mão para acalmá-lo.

— Diga que você promete que sua mãe não vai fazer escândalo, nem ficar brava, nem contar para mais ninguém. Diga que sua mãe pode acompanhá-la na consulta, se ela preferir uma pessoa adulta presente.

Andy arregalou os olhos.

— Você faria isso? Ajudaria assim?

Kayla assentiu, e assim se deu conta de que estava decidida. O que ela faria se estivesse no lugar de Morgan? Ou se Ezra tivesse sido a menina que ela tanto queria e a filha estivesse naquela situação?

— Sim, eu posso fazer isso. — Ela pôs a caneca na mesa e se levantou. — Vá se vestir.

Ela esperou até ouvir a porta do quarto de Andy se fechar antes de pegar o celular e digitar uma mensagem. Era preciso um esforço coletivo para criar uma criança, dizia o ditado. Portanto, ela mobilizaria quem fosse preciso para ajudar uma.

— Certo — falou Abby, tirando o elástico do cabelo e colocando ao redor do pulso. Ela havia se servido de uma xícara de café, mas não tocara na bebida em nenhum momento desde que Kayla começara a falar. — Vamos recapitular tudo.

Kayla mantinha um tom de voz bem baixo ao falar:

— Andy me contou que Morgan tem uma consulta marcada hoje na clínica de planejamento familiar de Syracuse às dez horas e pediu que ele fosse junto, porque falou que mãe dela não sabe, e não pode descobrir.

Abby assentiu.

— Acho que a família dela é muito religiosa, e Morgan acha que os pais vão ficar indignados se descobrirem — continuou Kayla. — Sei que Andy só está tentando ser um bom amigo para ela, mas fico com medo de que os pais dela descubram e fiquem com raiva de quem sabia. — Ela engoliu em seco. — E talvez até envolvam as autoridades na história. Eu não quero que Andy passe por esse tipo de situação. — Engolindo em seco mais uma vez, ela falou ainda mais baixo: — E, para ser bem sincera, também não quero esse tipo de encrenca para mim.

— Uau — disse Abby. — Certo. Eu preciso pensar.

Ela se remexeu na cadeira à mesa de jantar, mexendo no elástico no pulso. Kayla se perguntou qual seria a idade de Abby e se já teria enfrentado uma situação como aquela antes.

— Morgan tem 15 anos, né?

— Sim. E é de Ohio. Precisaria do consentimento de um dos pais ou responsável para fazer o procedimento por lá. A lei está sendo contestada, mas no momento… — Ela deu de ombros. — Tenho medo de que os pais dela tomem alguma atitude contra Andy. Ou contra mim. Ou contra você também agora, talvez. — Kayla abriu um sorrisinho amarelo. — Desculpa.

— Ou contra a Libertar — acrescentou Abby, em parte para si mesma.

— Eu… eu não sei o que fazer — admitiu Kayla, levantando as mãos e as deixando cair de novo. — A última coisa que quero é forçar uma menina de 15 anos a ter um bebê. — Ela mordeu o lábio. — Só que, mais que isso, não quero que meu filho acabe se complicando só porque tentou ajudar.

— Entendo — disse Abby, rolando os ombros e assentindo.

Kayla se perguntou, por um breve instante, se tinha sido uma boa ideia envolver Abby, se talvez não tivesse sido melhor tentar resolver tudo sozinha.

— Obrigada por me contar. — Abby ficou pensativa por um instante. — Seria melhor se eu fosse com ela? Se a informação vier a público, você e Andy podem dizer que não faziam ideia.

Era uma proposta tentadora… mas Kayla se obrigou a negar com a cabeça.

— Sem querer ofender, mas acho que Morgan precisa de alguém mais próxima da idade da mãe dela.

*Inclusive, provavelmente queria poder contar com a mãe ao seu lado,* pensou Kayla, mas não disse.

Abby comprimiu bem os lábios.

— Se Lily e o marido descobrirem, se ficarem indignados a ponto de processar alguém... e nem sei se fariam isso, porque isso só exporia Morgan ainda mais. Só que, se acontecer, é provável que eles escolhessem como alvo uma instituição, não uma pessoa.

Kayla concordou com a cabeça.

— Eu... acho que eu deveria ser a acompanhante dela. Não importa o que aconteça depois. Não importa o que a mãe dela vai pensar. Se é para ela ir até lá, não pode ser sozinha.

Abby ainda parecia incomodada, mas assentiu e respondeu:

— Acho que não vamos pedalar hoje. Jasper vai levar o pessoal de van para Seneca Falls. Então talvez seja possível mandar a sra. Mackenzie na primeira viagem. Então, se você não se importar, pode pegar um Uber com Andy até a clínica e ficar com Morgan durante a consulta.

— Você acha que a mãe dela deixaria Morgan ficar? — Enquanto perguntava, porém, Kayla teve uma ideia. — Eu posso dizer para Lily que vamos fazer uma visita à Universidade de Syracuse... que, como não podemos pedalar hoje, vamos fazer um tour para conhecer o campus.

Abby confirmou com a cabeça.

— E depois Jasper pode voltar para buscar vocês.

Kayla assentiu uma última vez. Depois disso, caberia a Morgan manter o segredo e não deixar a mãe descobrir onde ela esteve e o que tinha feito. Ela se perguntou se a garota conseguiria. Ela mesma não acreditava que teria conseguido guardar um segredo daquela magnitude na idade de Morgan.

— Acho que temos um bom plano — declarou Abby. — Se alguma coisa mudar ou se eu puder ajudar de alguma outra forma, é só me avisar.

— Pode deixar.

Abby saiu da sala de jantar e subiu a escada com passos apressados. Kayla esperou que ela sumisse de vista antes de subir também, com passos lentos e o coração pesado, perguntando-se qual era a atitude moralmente mais correta naquele caso e como poderia determinar isso.

# Morgan

**7h**

Quando Morgan acordou, estava chovendo. E, pelo barulho, não era uma garoa leve, mas um temporal.

Morgan ficou deitada na cama, ouvindo o som dos trovões e observando os clarões dos relâmpagos. O vento golpeava a janela e, quando a menina abriu as cortinas, viu os galhos das árvores quase totalmente tombados por causa da tempestade.

*Não vai dar para pedalar assim*, pensou, e em seguida: *Não vou conseguir ir à consulta.* Sentiu o estômago se revirar, e a bile subiu até a garganta. Ela engoliu em seco, olhando por cima do ombro para se certificar de que a mãe ainda estava dormindo. Nos cinco dias anteriores, sentia vontade de vomitar do momento que acordava até mais ou menos a hora do almoço. Seus seios estavam doloridos, mas seu coração doía muito mais.

Na cama, sua mãe murmurou alguma coisa, estalando os lábios enquanto se virava de lado. Morgan fechou os olhos. Queria se deitar na cama com Lily, como fazia quando era pequena, cobrir-se até a cabeça e ficar no escuro, sentindo o cheiro de talco e xampu da mãe. Fingir que nada daquilo estava acontecendo.

Ela balançou a cabeça com firmeza. Não era mais uma garotinha e seria inútil fingir que sim. Morgan saiu da cama e começou a pegar as roupas que tinha deixado separadas na noite anterior. Ela se trocaria, procuraria Andy e tentaria descobrir o que fazer. Não desistiria nem se renderia. Compareceria à consulta e interromperia aquela gravidez. Retomaria as rédeas da própria vida.

Morgan tirou o celular do carregador, digitou uma mensagem para Andy e entrou no banheiro, sem fazer barulho, carregando as roupas, dizendo a si mesma que, naquele horário no dia seguinte, já estaria tudo resolvido.

# Kayla

**7h15**

Kayla Presser voltou em silêncio para o quarto e se trocou no escuro. Era possível ouvir a movimentação na cozinha, o som de vozes e do rádio. O cheiro de ovos, bacon e café, o cheiro do café da manhã. Seu estômago roncou quando ela desceu de novo, puxou uma cadeira à mesa de jantar e se sentou para esperar.

"Morgan e eu vamos nos encontrar na sala de jantar às sete e meia, para repassar o plano", fora a mensagem de Andy.

"Quero conversar com ela primeiro", Kayla escrevera de volta.

Ela verificara a previsão do tempo, que era de temporais com trovoadas durante a manhã e chuvas com ventos fortes o dia todo. *Ninguém vai conseguir pedalar hoje*, pensou ela quando Morgan apareceu, vestindo uma camiseta larga e uma calça de moletom com o elástico na altura dos quadris. Ficou imóvel ao se deparar com Kayla, em vez de Andy.

— Olá, querida — falou Kayla.

Morgan murmurou um cumprimento e abaixou a cabeça, para que o cabelo cobrisse o rosto. Kayla se aproximou dela com o mesmo cuidado com que abordou um filhote de cervo de perninhas finas que vira no quintal certa vez, tentando não a assustar, torcendo para que não fugisse. Morgan tinha os mesmos olhos grandes e expressivos, os mesmos membros compridos, a mesma aparência de insegurança titubeante, como se estivesse na ponta dos pés, pronta para fugir. *Ela é só uma menina*, pensou Kayla, desolada. Uma criança.

— Morgan — começou Kayla. — Andy me contou sobre sua consulta de hoje.

Ela viu a menina arregalar os olhos escuros, virando a cabeça para a escada. Kayla estendeu o braço e pôs a mão de leve no ombro de Morgan.

— Venha se sentar um pouco comigo, está bem? Eu não vou criar problemas para você, prometo. Só quero ajudar.

Morgan parecia apavorada, mas se sentou à mesa. Kayla continuou falando em um tom baixo e tranquilizador:

— Não vou contar para ninguém. Sei que você deve estar com raiva de Andy por ter quebrado a promessa que fez, mas ele queria uma pessoa adulta por perto para sua consulta. Para garantir que ficaria tudo bem. Fazer perguntas. E cuidar de você depois.

Morgan estava tremendo, com a respiração acelerada, parecendo prestes a fugir. Só que não fez isso. Em vez disso, assentiu de leve e murmurou um agradecimento inaudível.

— Tem certeza de que não quer conversar com sua mãe sobre isso? — perguntou Kayla, colocando uma discreta ênfase na palavra "sua".

De imediato, Morgan negou com a cabeça.

— Não. Ela... — Morgan baixou os olhos, com os cílios escuros tocando o alto das bochechas. Uma lágrima escorreu e caiu na mesa. — Ela acha que é assassinato. Nunca iria deixar. Por favor, não conta para ela. *Por favor.*

— Tudo bem — concordou Kayla, sentindo um aperto no coração. — Eu entendo. Andy e eu vamos com você, e ficaremos lá durante a consulta, e depois... — *Levá-la para onde?*, se perguntou Kayla. *De volta para cá? Para Seneca Falls?* — Depois cuidaremos de você.

Morgan murmurou outro agradecimento, fungando e limpando o rosto antes de levantar a cabeça de novo.

— Só que nós não vamos pedalar hoje, né? E se colocarem todo mundo na van para ir até a próxima cidade?

— Andy precisa escolher uma faculdade no ano que vem. Podemos dizer a Abby e Jasper que decidimos conhecer a Universidade de Syracuse quando vimos que não ia dar para pedalar hoje. E ir de carro pode ser melhor para você do que de bicicleta, se acabar fazendo... — Ela parou de falar. — Você sabe se o procedimento vai ser hoje mesmo?

Morgan só piscou, então negou com a cabeça.

— Não sei. Espero que me deem os comprimidos... ainda está bem no comecinho. Mas me disseram que querem me examinar primeiro.

Kayla concordou com a cabeça.

— Então eu vou com você e Andy. Podemos pegar um Uber.

Morgan inclinou a cabeça, alisando a toalha de mesa com os dedos.

— Beleza. Isso... isso é ótimo. Obrigada.

A cabeça dela se movia como uma flor, oscilando sobre o caule estreito do pescoço, e Kayla ficou impressionada com o brilho do cabelo e dos olhos escuros. *Ela vai ser linda quando virar uma mulher por completo*, pensou Kayla, ficando bem irritada com as leis punitivas e os homens sem-noção que as criavam sem nunca terem testemunhado em primeira mão as consequências, com pais conservadores e namorados ausentes. Com o mundo inteiro e com as pessoas capazes de magoar uma menina como Morgan.

— Nós vamos cuidar de você — garantiu ela, sentindo, mais do que ouvindo, quando Morgan murmurou outro "obrigada".

# Sebastian

**8h28**

Sebastian acordou antes do despertador e desceu a escada vestido para pedalar. Deu bom-dia para Abby e saiu para o alpendre, onde eles tinham acorrentado as bicicletas na noite anterior. Ela mal o olhou, mantendo a cabeça baixa, os lábios apertados e caminhando com passos apressados. Sebastian tentou não ficar olhando muito. Tinha ido além dos limites na noite anterior, com as alfinetadas sobre Mark. Talvez aquilo tivesse desfeito o progresso mínimo que havia conseguido na tentativa de fazer Abby pensar que ele não era um lixo. Ela e todo o resto da internet. Sebastian buscara o próprio nome no Google naquela manhã, e com certeza algumas das críticas mais incisivas e cruéis que leu ficariam gravadas de forma irreversível em seu cérebro. Milhares de comentários, tuítes, postagens no Instagram, subreddits e listas, e até alguns artigos de opinião, entre eles um publicado no *New York Times* com o título "A derrocada do figurão do pedaço", tratavam a ridicularização dele como um sinal de avanço do feminismo, o que Sebastian apoiava totalmente… mas não quando aquilo se dava às suas custas.

Ele estava furioso e confuso, e sabia que a melhor coisa a fazer era ficar em movimento, subir na bicicleta e pedalar com todas as forças para o mais longe possível de tudo até o cérebro se acalmar.

Estava quase na porta da frente quando Abby o segurou pelo braço.

— Nós não vamos pedalar hoje — avisou ela.

— Vocês talvez não — respondeu Sebastian. — Eu vou.

Por um instante, Abby só ficou o encarando, enquanto um trovão retumbava no céu. Sebastian se perguntou se não deveria pedir desculpas por ter pegado tão pesado na noite anterior, mas então se lembrou da reação dela, sentiu a raiva e a frustração o dominarem e ficou ansioso para voltar a se movimentar.

— Eu vou ficar bem — garantiu Sebastian, impaciente. — As bicicletas têm pneus de borracha, que funciona como um isolante elétrico.

— Na verdade, não é bem assim — rebateu Abby. — Os pneus de uma bicicleta não têm uma área de superfície suficiente para dispersar a descarga elétrica de um raio. E, mesmo se estiver só chovendo forte, sem trovoadas, isso já diminui bastante sua visibilidade e sua tração. E quase vinte e cinco quilômetros da rota de hoje iam ser em vias de tráfego, no meio dos carros.

— Eu preciso muito me exercitar. — Sebastian sentia os músculos tensos, e a voz sem energia. — E eu posso ir se quiser, certo? Não estou violando nenhuma regra.

— Você pode pedalar se quiser.

Abby ia dizer mais coisas, mas desistiu. Sebastian se perguntou se ela pediria desculpas ou se a ideia era só impedi-lo de sair com a bicicleta.

— Volte para dentro — disse ela por fim. — Coma alguma coisa.

— Não estou com fome.

— Então beba um café.

— Eu não…

— Então fique em seu canto contando carneirinhos — interrompeu Abby, com a voz irritada. — Eu tenho outra coisa para resolver. Depois nós podemos ir.

Sebastian ficou olhando para ela.

— "Nós" quem?

— Nós dois. Se você insiste tanto.

Ele negou com a cabeça.

— Eu não preciso de escolta.

— São as regras da empresa — justificou Abby. — Nenhum ciclista pode sair sem um guia.

— Eu não preciso de ajuda — esbravejou ele.

— A não ser que tenha outro pneu furado — rebateu Abby.

Sebastian estava com uma comichão para começar a se mover, para ir embora, para estar em qualquer lugar menos ali. Só que ele sabia que Abby tinha razão. Havia sido uma luta consertar o pneu em condições normais. Em um dia de chuva, ele não teria a menor condição de fazer isso.

— Então escuta — falou ele. — Eu realmente prefiro ir sozinho.

— Pois é, eu já entendi — disse Abby, com um tom de voz tenso.

— Eu posso ir a uns bons metros atrás de você. Não vou abrir a boca. Nem fazer contato visual. Mas você não pode ir sozinho.

Por um momento, os dois ficaram calados no alpendre, Abby de calça de pijama (de flanela rosa e estampa de coraçõezinhos vermelhos e brancos), Sebastian segurando a bike enquanto a chuva caía sem trégua.

— Beleza — concordou ele por fim. — Tudo bem.

Ele encostou a bicicleta de novo na parede, entrou, pegou uma xícara de café e foi ficar em um canto da sala de jantar. Abby nem sequer olhou para ele antes de seguir para o andar de cima.

# Abby

**9h03**

Abby voltou às pressas ao quarto para pegar as roupas de ciclista na bolsa, sabendo que não devia ter ficado surpresa. *Sempre tem um,* Lizzie tinha avisado quando explicou a ela o que esperar da viagem. Sempre havia um encrenqueiro, alguém que insistia em pedalar fossem quais fossem as condições, e quase sempre era um homem.

Lizzie contara sobre a excursão anterior em que tinha trabalhado como guia, uma viagem de Nova York a Washington, D.C. Um dos ciclistas estivera participando de um desafio do Strava em que precisava pedalar certo número de dias consecutivos. O cara se recusou a ir para o carro de apoio mesmo quando foi emitido um alerta de tempestade com trovoadas. No fim, acabou com um braço quebrado quando um raio derrubou uma árvore no caminho e ele não conseguira frear a tempo. Mas aquele nem tinha sido o pior caso de Síndrome de Macho Alfa que Lizzie havia testemunhado. Na Irlanda, um palhaço insistiu em pedalar no meio de uma chuva de granizo. "Eu não vim até aqui para ficar sentado em uma van, vim para andar de bicicleta!", foi o que ele gritou para os guias. (Lizzie contou que o sujeito inclusive pedira um reembolso porque não conseguira cumprir a meta de seiscentos e quarenta quilômetros em uma semana nem a frequência cardíaca que estabelecera para a viagem de sete dias.)

Abby enfiou o pijama e os artigos de higiene na mala e estava calçando as meias, resmungando sobre babacas egoístas que insistiam em percorrer a quilometragem diária de qualquer maneira, quando Kayla Presser bateu à porta. Ela arregalou os olhos quando viu como Abby estava vestida.

— Você vai pedalar hoje? — A expressão de Kayla era de uma gratificante perplexidade.

— Sebastian quer pedalar. Eu vou com ele.

A cara que Kayla fez foi uma condenação eloquente da insistência de homens que insistiam em pedalar debaixo de chuva.

— Certo. Eu conversei com Morgan sobre o plano, e ela topou.

Abby notou que Kayla estava com a testa franzida, com o sorriso luminoso de costume substituído por uma espécie de carranca.

— No café da manhã, vou dizer para todo mundo que Andy e eu vamos fazer uma visita à Universidade de Syracuse, e que convidamos Morgan para ir junto.

— Parece ótimo. Fazer um anúncio na frente do grupo todo é uma boa ideia — respondeu ela.

— Né? — Kayla tentou sorrir, mas o máximo que conseguiu foi uma careta. — Ninguém gosta de brigar com os filhos em público. E será que não tem alguma coisa que Lily possa fazer em Seneca Falls?

Abby pensou a respeito. Um plano lhe veio à mente, mas envolvia a última pessoa a quem queria recorrer. Só que não conseguiu pensar em mais nada. Se não havia no mundo um lugar mais acolhedor que o lar, então não havia ninguém mais qualificado que os próprios pais para oferecer ajuda.

Ela soltou um suspiro, esfregou os olhos e deu como resposta palavras que quase nunca dizia:

— Eu vou lá falar com minha mãe.

Dez minutos depois, bateu à porta de Eileen.

— Mãe.

— Só um minuto — respondeu ela.

A porta do quarto se abriu, e Eileen apareceu, parando à soleira.

Abby não via a mãe trajando pijama fazia décadas. Em sua imaginação, visualizara chambres de seda ou pijamas frescos de algodão, com corte masculino, largas o bastante para fazer o corpo miudinho de Eileen parecer ainda mais delicado. Em vez disso, a mãe estava coberta com um roupão de banho velho que de chique não tinha nada. Havia uma mancha na gola, e uma das mangas estava se desfazendo. Com certeza era uma peça da época do primeiro casamento de Eileen e, apesar de um dia ter sido rosa-claro, a cor já havia se desbotado, dando lugar a um branco-acinzentado. Abby viu os pés descalços dela, pequenos, pálidos e frágeis, e as mãos, segurando as lapelas, com as unhas impecáveis, sem nenhuma cutícula aparecendo ou esmalte descascando, embora estivesse pedalando ao ar livre oito horas por dia... mas as manchas de idade e a pele fina, com veias inchadas, transmitiam uma imagem diferente. Abby se deu conta de que não havia dieta no mundo que fosse capaz de afastar a sombra da morte nem exercícios que pudessem manter uma juventude eterna. Um dia sua mãe morreria. *E deixaria para trás um cadáver lindo e magro,* pensou Abby.

— Pois não? — falou Eileen.

Sem as três camadas habituais de rímel, seus cílios pareciam ralos, e os lábios, sem delineador e batom, tinham a mesma cor da pele.

— Posso entrar?

Eileen pareceu intrigada, mas abriu a porta mesmo assim e, se virando de lado, fez um sinal para a cama impecavelmente arrumada. Abby se sentou na beirada do colchão e contou:

— Morgan tem uma consulta na clínica de planejamento familiar agora de manhã. Estamos tentando dar um jeito de fazer isso sem a mãe dela descobrir.

— Ah.

Abby ficou observando enquanto Eileen recebia a notícia. Ela atravessou o quarto devagar até a escrivaninha de madeira, sentando-se na cadeira de pernas finas, um móvel que Abby não se arriscaria a usar. Eileen cruzou as pernas, puxou as lapelas do roupão para mantê-lo fechado de forma mais segura e olhou para a filha, com a cabeça inclinada e os olhos estreitados.

— Ela vai à clínica para escolher um método contraceptivo ou por que devia ter feito isso meses atrás e não fez?

— A segunda opção — revelou Abby.

Eileen assentiu, parecendo pensativa, mas sem nenhuma postura crítica.

— Quem mais está sabendo?

— Morgan contou para Andy, que contou para a mãe dele, que contou para mim. Morgan e Andy iam ficar para trás na pedalada de hoje, ir até a clínica e alcançar o restante do grupo no fim do dia. Só que... — Abby fez um gesto para a janela no exato momento em que uma rajada mais forte de vento fez a chuva bater na vidraça. — Nós não vamos pedalar hoje. Então a ideia é todo mundo ir de van, ou pegar carona no trailer dos Coroas do Pedal, até Seneca Falls. — Ela revirou os olhos. — O problema é que aquele estúpido do Sebastian está insistindo que quer ir pedalando, então preciso ir com ele.

— Você vai pedalar com esse tempo? — Abby notou o tom alarmado da mãe, o que a deixou comovida de um jeito inesperado. — Isso é seguro?

— Não sabia que você se preocupava com isso — retrucou ela, com a voz seca.

— Ora, esse é o papel de uma mãe — disse Eileen no mesmo tom de Abby. — Nunca deixar de se preocupar. — Ela se voltou para a janela, observando a chuva. — Você precisa mesmo ir de bicicleta?

— É meu trabalho. E preciso resolver essa questão de Morgan antes de ir.

A mãe alisou o roupão e estalou a língua. Era um gesto familiar, acompanhado por sons bem conhecidos que transportaram Abby direto para a infância: sentada à mesa da cozinha, vendo a mãe fazer ovos poché ou passar uma camada ínfima de manteiga de maçã em uma única fatia de torrada integral.

— Morgan não tem como reagendar a consulta? — perguntou Eileen.

— Acho que a questão do tempo é fundamental nesse caso — respondeu Abby, cautelosa.

Eileen passou as mãos nas pernas.

— Como posso ajudar? O que você precisa que eu faça?

Abby sentiu uma onda de gratidão a invadir, um sentimento de afeto tão agradável quanto raro. Eileen não estava fazendo um monte de perguntas, nem a obrigando a se repetir, nem dando sugestões, nem desviando do assunto, nem discursando sobre a própria opinião sobre o tema; de imediato entendeu o problema e se ofereceu para ajudar logo em seguida. Apesar do desgosto com a mãe que às vezes parecia entranhado e inextirpável, Abby sabia reconhecer que, de vez em quando, as duas entravam em perfeita sintonia. Havia momentos em que a mãe fazia o certo.

— Se puder convencer Lily a ir até Seneca Falls na van na primeira viagem, isso ajudaria — disse Abby. — Diga que vocês podem sair para fazer compras, ou um dia de spa. Só para mantê-la ocupada.

Eileen assentiu. Caso tivesse se sentido julgada pela sugestão de Abby de um dia de spa, percebido alguma indicação de que a filha a considerava fútil e frívola, sua expressão não mudou em nada.

— Vou fazer o que for possível — respondeu ela. — Só que…

Eileen puxou o cinto do roupão.

*Lá vem*, pensou Abby.

— O quê? — perguntou ela.

— Sinceramente, eu não me sinto tão bem ajudando uma menina a mentir para a mãe. Se fosse uma das minhas filhas, ou meu filho, eu ia querer saber.

Abby engoliu em seco e concordou com a cabeça.

— Eu entendo. O problema é que eu não acho que Lily vá dar muita escolha para Morgan. E acho que ela deve poder escolher.

Eileen olhou para Abby, os cílios finos tremulando enquanto piscava.

— Você conversou com Morgan sobre a ideia de contar para a mãe o que está acontecendo? Ela pode estar subestimando Lily.

— Kayla contou que Morgan pareceu apavorada só de pensar que sua mãe pudesse descobrir — explicou Abby. — E pelo que eu vi…

— Certo.

Eileen assentiu uma única vez e pegou a enorme bolsa de cosméticos da mesma forma que Abby imaginava que um soldado apanharia a arma: costas eretas, ombros alinhados, pronta para a batalha. Abby sentiu mais uma pontada de culpa, mais uma vez pensando que a mãe não era de todo o monstro que ela pintava. Pelo menos, não o tempo inteiro.

— Vou fazer o que for possível.

— Obrigada — respondeu Abby e... por impulso, sem pensar no que estava fazendo, atravessou o quarto e envolveu a mãe nos braços.

Era possível sentir a surpresa na tensão dos ombros de Eileen, e um momento de hesitação, antes de o abraço ser retribuído.

# Abby

### 9h30

No andar de baixo, Jasper servira o café da manhã na mesa comprida da sala de jantar: iogurte, granola, frutas frescas, muffins de mirtilo e de limão com sementes de papoula, aveia, bacon, uma fritada de espinafre e queijo feta recém-saída do forno. Os irmãos Presser estavam se servindo de pratos imensos de fritada, bacon e muffins. Lincoln comia aveia a colheradas. Do lado de fora, ainda caía uma chuva torrencial, que batia com força no asfalto e nos para-brisas dos carros. Abby pegou um copo de suco de laranja e já tinha bebido metade quando Ted saiu do trailer dos Coroas do Pedal e correu no meio do temporal até a pousada.

— Hoje não é dia de pedalar — anunciou ele quando chegou, com o cabelo branco colado à cabeça e a água pingando da ponta do nariz e do lóbulo das orelhas. As palavras mal tinham saído de sua boca quando um raio cortou o céu. Ted olhou para cima fazendo uma careta, enquanto usava um pano de prato para enxugar o rosto antes de se servir de uma tigela de aveia, colocando por cima nozes-pecãs carameladas e flocos de coco. — Vocês conhecem aquela frase famosa, né? "Todo mundo reclama do tempo, mas ninguém faz nada a respeito"?

Abby confirmou com a cabeça. Ela estava se perguntando se Morgan já tinha falado com a mãe sobre a falsa visita ao campus de Syracuse e o que faria se Lily quisesse ir com ela, em vez de fazer a viagem de van.

— Segundo a previsão do tempo, vai ser assim o dia todo — continuou Ted. — Nós quatro vamos pôr as bicicletas no bagageiro e encontramos vocês lá no hotel em Seneca Falls.

— Tudo bem — respondeu Abby. — Eu só preciso me certificar de que todo mundo tenha algo definido para fazer hoje.

— Nós vamos visitar os museus — contou Lou, que tinha aparecido também e estava ao lado de Abby. — Você e Sebastian podem ir junto, se quiserem.

*Eu e Sebastian?* Abby ficou só olhando para ela. Lou retribuiu o olhar, com um sorriso aberto. Ela pensou em dizer: "Nós não estamos juntos" ou "Eu tenho namorado". E em perguntar: "Por que você acha que estamos interessados um no outro, ainda mais considerando que só o que nós fazemos na frente do grupo é discutir?".

Em vez disso, Abby se limitou a abrir um sorriso amarelo para Lou e voltou à sala de jantar para esperar os demais ciclistas. Quando todos já tinham se servido do café da manhã e estavam sentados, Abby ficou de pé e bateu com a colher na lateral da xícara.

— Muito bem, como vocês já devem ter percebido, temos um probleminha meteorológico hoje. Segundo meu aplicativo, vai chover praticamente o dia todo, então acabaríamos pedalando no meio da tempestade, e não fugindo dela. Por isso, estou recomendando que todo mundo vá de van para Seneca Falls. — Antes que alguém começasse a reclamar, ela complementou: — Eu sei que de acordo com o planejado amanhã é um dia de folga, mas se fizer sol e todo mundo quiser pedalar, tem uma ciclovia com uma vista linda que dá a volta no lago Cayuga. Está bom assim?

Todo mundo à mesa concordou com a cabeça, em especial Lily, que parecia uma prisioneira do corredor da morte que havia acabado de receber um perdão governamental. Ela devia estar morrendo de medo de pedalar na chuva. Abby engoliu em seco e tentou não imaginar aquele alívio de Lily se transformando em raiva e indignação quando soubesse o que a filha havia planejado. Morgan estava sentada ao lado da mãe, olhando para a parede com uma expressão vazia, segurando a caneca com as duas mãos. Abby bateu mais uma vez com a colher na xícara.

— A van pode levar cinco pessoas por vez. Eu liguei para o hotel em Seneca Falls, e eles vão tentar arrumar os quartos o mais rápido possível para podermos fazer o check-in mais cedo. Porém, vamos precisar fazer mais de uma viagem.

— Nós vamos sair logo depois do café da manhã e passar o dia visitando os museus de Seneca Falls — anunciou Sue, uma das Coroas do Pedal, com um sorriso no rosto. — "Para os homens, os direitos e nada mais; para as mulheres, os direitos e nada menos". Esse era o lema do jornal que Susan B. Anthony editava.

— Sue era professora de história — contou Ted.

— E quem não conhece a história está condenado a repeti-la — acrescentou Lou.

Abby se perguntou se Lily estava escutando alguma coisa e lançou um olhar desesperado para Kayla, sentindo até o corpo ficar mole de alívio quando ela falou:

— Eu vou levar Andy para conhecer a Universidade de Syracuse agora de manhã. — Kayla se virou para Lily. — Seria ótimo se Morgan pudesse ir também, se você não se importar.

— Lily, você e eu podemos ir para Seneca Falls na primeira viagem. Tem um spa maravilhoso por lá — disse Eileen, entrando em ação antes mesmo que Lily pudesse pensar em uma resposta. — Eu até já liguei para o lugar, e eles conseguem encaixar nós duas para uma massagem às onze horas. Vamos deixar os mais jovens se divertirem.

— Tem certeza? — Lily parecia um pouco atordoada quando se virou para a filha. — Morgan, eu posso ir conhecer o campus com você.

— Não — respondeu Morgan, com um tom de voz baixo, mas bem firme. — Não precisa. Você pode ir fazer o negócio do spa. Eu posso ir só com Andy e a mãe dele.

— Certo, então Lily e minha mãe vão na primeira viagem — decretou Abby, antes que Lily pudesse fazer alguma objeção. — Quem mais?

— Eu vou com vocês — declarou Lincoln para Eileen e Lily. — Sebastian decidiu ir pedalando.

Os murmúrios de preocupação se espalharam pela mesa. Abby ficou aliviada com a mudança de assunto incitada por Lincoln.

— Sério mesmo? — questionou Ed. — Nesse tempo?

— Não tem problema — garantiu Sebastian, de pé em um canto com uma caneca de café; a voz saiu resoluta, e o rosto estava inexpressivo.

Ele batia o pé no chão sem parar, como se não conseguisse ficar imóvel.

— Certo. Se Sebastian vai pedalando, eu preciso ir com ele — explicou Abby. — Os Coroas do Pedal vão no trailer, e Jasper vai levar Lincoln, Eileen e Lily, e depois voltar para pegar Kayla, Andy, Morgan, Dale e Ezra. — Ela se voltou para os Landon. — E vocês dois?

— Nós temos amigos na cidade. Vamos passar a manhã com eles, que vão nos dar uma carona até Seneca Falls depois do almoço — informou Richard Landon.

— Então está tudo resolvido — afirmou Abby. — Jasper e eu só precisamos pôr as bicicletas na van e já podemos ir.

Ela escapuliu da sala de jantar o mais rápido que pôde, refugiando-se na cozinha, onde ajudou Jasper a limpar tudo, guardar o que sobrara da comida e colocar a bicicleta dos Presser e das Mackenzie na van.

Depois disso, foi ficar com Kayla, que estava no alpendre. Juntas, elas viram Eileen e Lily Mackenzie saírem correndo da pousada e subirem na van. Abby prendeu a respiração enquanto Lincoln se ajeitava no assento do passageiro e fechava a porta e Jasper dava duas buzinadas antes de sair.

— Tudo certo? — perguntou Abby.

— Por enquanto, sim — confirmou Kayla. — Dale vai levar Ezra ao museu de ciências. Eu já chamei o Uber.

— Mande mensagem — pediu Abby. — Vá me mantendo informada. Se acontecer algum problema, me avise.

Kayla assentiu.

— Cuide-se — disse ela.

— Vocês também — respondeu Abby.

Sebastian já estava do lado de fora esperando, de capacete e com as luzes piscantes da bicicleta ligadas, enchendo as garrafas de água com uma mangueira conectada a uma torneira na lateral da casa. *Como se ele fosse precisar disso*, pensou ela. A chuva continuava forte. Na verdade, parecia ter apertado ainda mais desde que a hora em que acordara. Abby tentou ser agradável e não parecer incomodada enquanto punha o capuz da jaqueta impermeável por cima do capacete e ia falar com o único ciclista que acompanharia naquele dia.

— Está pronto? — perguntou.

Sebastian confirmou com a cabeça. Ele vestiu a jaqueta impermeável verde-limão por cima da camiseta de ciclista, mas não sem antes

Abby reparar que a peça molhada e agarrada a seu peitoral era uma distração tremenda, e logo se repreender por reparar. Tinha falado com Mark na noite anterior. Os dois tiveram uma longa e ótima conversa em que ela contara tudo sobre a excursão, mas sem dizer uma palavra sobre Sebastian.

"Estou com saudade", afirmara Mark ao final da ligação.

"Eu também", respondera Abby, tentando de verdade sentir aquilo.

Tentando não ruminar que houvera longos momentos enquanto pedalava em que não pensou em Mark uma vez sequer, nem em sua vida com ele, e que, quando ele surgia em sua cabeça, a ideia de voltar para casa parecia bem menos atraente. Também não falara do tempo e dos quilômetros que havia pedalado e que o mundo lhe parecera enorme e cheio de possibilidades, imaginando como seria ser solteira, e como aquilo não lhe parecera solitário nem assustador... apenas libertador.

— Você não precisa ir pedalando comigo — repetiu Sebastian, elevando o tom de voz para ser ouvido em meio à chuva. — Eu vou ficar bem.

— Tenho certeza disso — respondeu Abby, ainda que sem convicção nenhuma.

Aquele dia parecia um convite a acidentes e contusões. Pelo menos o início da pedalada seria em ciclovias. Só que havia o problema da lama, que ocultava riscos como cascalho solto, raízes de árvores, pedras e buracos pelo caminho. E a maior parte dos vinte e cinco quilômetros finais até Seneca Falls era por estradas vicinais de mão dupla, em geral não muito movimentadas, mas os motoristas provavelmente não estavam esperando se deparar com ciclistas em um dia como aquele, então talvez não ficassem tão atentos. E era inevitável que até os mais cautelosos acabassem mandando uma rajada de água para a lateral da estrada, fazendo parecer que estavam pedalando no meio de um lava-rápido ou de um tsunami.

— Mesmo assim, eu preciso ir com você — complementou ela.

Por um momento, Sebastian não respondeu. Abby imaginou que ele estivesse ressentido, soltando fumaça pelas ventas como nos desenhos animados.

— Então — disse ele por fim. — Eu posso assinar um termo de responsabilidade, ou o que quer que seja, isentando a empresa. E prometo não processar ninguém se acontecer alguma coisa.

Abby tinha certeza de que ele havia feito uma pesquisa no Google sobre termos de responsabilidade e afins durante o café da manhã, e com isso em mente, como se fosse controlada por um espírito maligno, sua língua ficou soltinha:

— Não se preocupe, e eu prometo que não vou fazer contato visual. Ninguém precisa saber desse nosso amor secreto.

Sebastian deu uma encarada nela.

— Amor secreto?

— É brincadeira! — falou Abby, revirando os olhos. — Está tudo certo. Pode ir na frente, quando estiver pronto. É só fingir que nem estou aqui. Nós nos vemos em Seneca Falls. No Parque Histórico Nacional dos Direitos das Mulheres.

— O quê?

— Tem um museu dedicado à aprovação da Décima Nona Emenda e aos direitos das mulheres. — Abby abriu o sorriso mais descarado para ele. — Sei que você vai querer ver. Sejamos todos feministas, né?

Sebastian se limitou a encará-la e passou a segurar a bicicleta com a mão direita, em vez da esquerda.

— Eu não quero obrigar você a ir pedalando se não quiser — falou ele, por fim.

— Para sua sorte, eu sou metade mulher, metade pata. Vamos lá — disse ela, apontando com o queixo para a rua. — Pode ir na frente.

Ele fez outra pausa antes de fazer um aceno tenso de cabeça, subir na bicicleta, prender os pés nos pedais e partir, com a roda traseira levantando um spray de água. Com satisfação, Abby notou que aquilo fez surgir de imediato uma listra marrom de lama no meio das costas dele. Também notou que, como de costume, o colete refletivo estava no bolso traseiro do cara, apesar de, naquele dia mais que qualquer outro, ser bem necessário usá-lo.

Abby o deixou abrir uma boa dianteira antes de acender as luzes piscantes e subir na bicicleta para o trecho da viagem que com certeza seria o mais longo, encharcado, lento e sofrido.

# Kayla

**9h47**

A clínica de planejamento familiar se localizava na rua Genesee, a poucos quilômetros de onde ficaram hospedados, e a uma distância menor ainda do campus. Kayla pediu o Uber dando o endereço do prédio da administração da universidade.

— Nós podemos ir andando de lá — disse ela, percebendo, contrariada, que já estava começando a encobrir os próprios passos, como se fosse uma criminosa.

Ao que parecia, a chuva que tinha cancelado a pedalada do dia também havia espantado a maioria dos manifestantes que Kayla esperara encontrar na porta. Os três só viram uns poucos homens segurando cartazes molhados e rasgados. Um deles tinha um megafone. Kayla pediu para Morgan pôr os fones de ouvido e cobrir a cabeça com o capuz da jaqueta impermeável antes de chegarem perto o bastante para ouvir o que ele vociferava, e manteve o braço sobre o ombro dela até entrarem.

A sala de espera era silenciosa, quentinha e bem iluminada, com fileiras de cadeiras estofadas e as persianas fechadas nas janelas. Kayla pegou as jaquetas impermeáveis dos dois adolescentes e pendurou em um cabideiro perto da porta enquanto Morgan conversava com a recepcionista. Ela pegou algumas toalhas de papel no banheiro feminino e entregou para Morgan, que as aceitou com um leve sorriso e enxugou o rosto. Em seguida, a menina se sentou, olhando para o nada, com as mãos fechadas dentro das mangas do moletom.

Várias vezes, Kayla abriu a boca para puxar assunto, para saber se Morgan queria conversar, se tinha alguma pergunta, se queria uma água e se não queria ligar para ninguém mesmo. E, em todas as vezes, ela disse a si mesma para não insistir, para deixar a garota em paz; se Morgan quisesse alguma coisa, pediria. Ninguém saberia como agir em um momento como aquele, pensou ela, desejando com desespero poder contar com alguma orientação e lamentando não ter tido tempo para ligar para a irmã antes de encarar aquele dia.

Não foi preciso esperar muito até que a enfermeira chamasse o nome de Morgan. Kayla notou que a garota levou um susto, quase pulando da cadeira, antes de se virar para ela. Seus olhos escuros estavam ar-regalados, e os lábios pálidos.

— Você entra comigo? — perguntou Morgan.

— Lógico que sim — disse Kayla.

— Eu espero — falou Andy com a voz embargada, olhando para Morgan. — Vou estar aqui o tempo todo.

Kayla sentiu o coração amolecer e apertou de leve o ombro de Andy.

Elas foram levadas a um consultório, e Kayla aguardou alguns mi-nutos do lado de fora para Morgan poder se trocar. Quando Morgan avisou que Kayla podia entrar, ela abriu a porta e a encontrou sentada em uma maca forrada com papel, usando um avental de hospital, com as pernas compridas e os pés descalços balançando. A menina estava tremendo, com a pele toda arrepiada, e os olhos ainda arregalados.

— Não se preocupe — disse Kayla, segurando a mão dela. — Vai dar tudo certo. Você vai ser muito bem cuidada.

Morgan assentiu sem olhar para ela.

Houve uma batida à porta.

— Morgan Mackenzie? Bom dia. Meu nome é Delia, e sou médica assistente da equipe da clínica. Sou eu que vou atender você hoje.

Delia tinha cabelo comprido e trançado, e as pedrinhas de strass em sua máscara brilharam sob a luz quando ela entrou no consultório. A primeira coisa que fez foram as perguntas de praxe: quantos anos Morgan tinha, com que idade havia menstruado pela primeira vez, quando fora seu último ciclo, se já havia feito exames de ISTs, que método contraceptivo usava.

— Nós usamos camisinha — respondeu Morgan, com um tom de voz intimidado. — Mas será que usamos errado? Ou alguma coisa assim? Nós só fizemos duas vezes.

— Você já fez um exame pélvico antes? — perguntou Delia.

Morgan negou com a cabeça. *Óbvio que não*, pensou Kayla, tentando evitar que o rosto transparecesse sua opinião. Com um tom de voz baixo e tranquilizador, Delia pediu para Morgan se deitar, mostrando cada instrumento e explicando o que seria feito e o que ela sentiria. Assim que apoiou os pés nos apoios, Morgan segurou forte a mão de Kayla e não a soltou enquanto Delia calçava as luvas e continuava a explicação durante a inserção do espéculo, e também quando desamarrou o avental e fez um ultrassom da barriga da menina. Morgan ficou toda imóvel, rígida e tensa, com os olhos bem fechados, enquanto os batimentos cardíacos acelerados preenchiam o ambiente, um som de que Kayla se lembrava de suas duas gestações.

— Certo — disse Delia. — Você está de mais ou menos oito semanas.

— O que isso significa? — perguntou Morgan com a voz tímida.

Delia guardou os instrumentos do exame de ultrassonografia e limpou cuidadosamente o gel da barriga de Morgan com um pano úmido que parecia morno.

— Significa que você pode fazer um aborto medicinal, se decidir por isso.

Morgan se sentou e abriu os olhos.

— Os comprimidos, então?

Delia confirmou com a cabeça.

— Se for essa sua decisão, você vai tomar dois tipos de medicamentos. O primeiro se chama mifepristona. Isso vai impedir que a gravidez continue progredindo. Depois, entre vinte e quatro ou quarenta e oito horas, você toma quatro comprimidos deste aqui. Esse você precisa deixar dissolver entre as bochechas e a gengiva por meia hora, e é melhor tomar um ibuprofeno junto também. O sangramento começa entre três e quatro horas após a ingestão.

— O sangramento — repetiu Morgan, estreitando os lábios. — Isso quer dizer o aborto.

— Sim — confirmou Delia. — Isso mesmo.

— Vai dar certinho. Amanhã nós temos um dia de folga — disse Kayla, fazendo as contas. — Nós estamos fazendo uma viagem de cicloturismo — explicou ela para Delia. — Mas, se você tomar o primeiro comprimido agora e os outros amanhã, e se... — Kayla procurou as palavras certas para dizer. — Se acontecer amanhã à tarde, você não vai ter problemas para seguir viagem.

Morgan assentiu.

Delia continuou a explicação:

— A maioria das mulheres expele a gestação entre quatro ou cinco horas depois de tomar o comprimido. As cólicas podem ser bem fortes, e podem sair coágulos do tamanho de um limão.

A garota estremeceu, parecendo horrorizada. Kayla apertou sua mão.

— Mas, para algumas, não é diferente de uma menstruação normal.

Morgan teve um sobressalto.

— Quanto tempo vai... por quanto tempo eu vou ficar sangrando? — perguntou ela.

— Na maioria dos casos, o sangramento começa a parar depois de vinte e quatro horas, mas você pode ter alguns escapes até a próxima menstruação.

Com um tom de voz baixo e tranquilizador, Delia listou as possíveis complicações e os sinais indicativos de quando seria preciso procurar ajuda médica.

— Vamos dar um número para você ligar e conversar com alguém daqui durante o procedimento. Você tem alguma pessoa que possa ficar ao seu lado enquanto isso? — perguntou ela.

Antes que Kayla pudesse se oferecer, Morgan respondeu:

— Minha mãe. — A voz dela soou um pouco mais firme quando se voltou para Kayla. — Se eu disser que é cólica... e ela achar que é só menstruação... vai cuidar de mim.

Delia desviou o olhar para Morgan.

— Eu não sou a mãe dela — explicou Kayla. — Sou só uma amiga.

— Sua mãe não sabe? — perguntou Delia.

Morgan balançou a cabeça.

— Não posso contar para ela — disse, com um tom de voz baixo, mas bem firme.

— Morgan tem amigos que estão cientes da situação — garantiu Kayla. — Vamos cuidar dela, para que dê tudo certo.

Delia assentiu.

— Você entendeu tudo o que eu falei? — perguntou ela, olhando com cautela para Morgan. — Tem alguma pergunta? Vou entregar tudo por escrito. Sei que parece uma coisa assustadora, mas te garanto que é um procedimento corriqueiro e que a imensa maioria das mulheres não tem nenhuma complicação.

Morgan disse que não tinha perguntas. Kayla também não.

— Quer conversar sobre métodos contraceptivos? — questionou Delia.

— Ah, não. — Morgan negou com a cabeça. — Não precisa, não.

Delia e Kayla trocaram um olhar por cima da cabeça da garota.

— Existem opções de mais longo prazo, para mulheres que não querem engravidar nos próximos meses ou anos — explicou Delia.

— Não precisa — repetiu Morgan, com uma voz firme.

— Tudo bem — respondeu Delia. — Se mudar de ideia, é só voltar aqui. E, se fizer sexo com penetração de novo, verifique se seu parceiro está usando preservativo e se a colocação está correta. Eu posso fornecer alguns para você. Só para o caso de precisar.

Morgan assentiu com a cabeça, toda tensa, antes de perguntar:

— Alguém vai saber? Quando eu voltar para casa? Se acontecer alguma coisa e eu precisar ir para o hospital?

— Quando vocês vão voltar? — perguntou Delia.

— Daqui a uma semana — disse Kayla.

— Então não tem problema — respondeu Delia. — E, não, ninguém tem como saber se você fez um aborto medicinal. Não tem nada que apareça em um exame de sangue, ou um exame físico. — Ela foi com a cadeira de rodinhas até um teclado e começou a digitar depressa. — Se precisar ir a um consultório médico ou hospital, diga que nem sabia que estava grávida — aconselhou Delia. — Mas isso é muito, muito improvável. A imensa maioria das mulheres que toma esses medicamentos combinados, eu me refiro a uns noventa e nove por cento, não tem nenhuma complicação.

— Um comprimido hoje, quatro amanhã. E está resolvido — disse Morgan, mais para si mesma.

— Eu preciso perguntar se você tem certeza dessa escolha — informou Delia. Em seguida, se virou para Kayla. — Você pode dar licença para nós um minutinho?

Kayla assentiu e saiu para o corredor. Não muito tempo depois, Delia abriu a porta.

— Ela só vai se trocar. Está tudo certo.

Na sala de espera, Andy estava sentado no mesmo lugar, com o cabelo ainda molhado, jogando no celular. Ele mais ou menos pulou para ficar de pé quando viu Morgan e correu para perto dela.

— Comprei chocolate para você — disse ele, entregando uma sacolinha na mão dela.

Morgan agradeceu com um gesto de cabeça e pôs a sacolinha no bolso da blusa de moletom, que já estava cheio por causa dos panfletos e das instruções impressas: informações sobre os medicamentos, sobre onde obter métodos contraceptivos, sobre sites com meios de contato com a clínica e telefones para os quais poderia ligar. A recepcionista entregou para Morgan três frascos de comprimidos em um saco de papel branco. Morgan foi até o bebedouro, encheu um copo, abriu a sacola e um dos frascos. Kayla viu quando ela pôs o primeiro comprimido na mão.

— Tem certeza? — perguntou Kayla uma última vez.

— Absoluta — garantiu Morgan.

Ela levou a mão à boca e engoliu o comprimido.

# Abby

**11h06**

Em um dia de sol, o caminho de terra coberto de cascalho de cimento na saída de Syracuse era nivelado e compactado a ponto de parecer pavimentado, uma ótima superfície para pedalar. Em um dia de chuva, porém, a trilha virava pura lama, que, naquela manhã em especial, parecia tragar os pneus, tornando o avanço cansativo e os obrigando a manter um ritmo bem lento.

Abby atravessou os quilômetros de ciclovia à beira do canal, ouvindo os pneus guincharem a cada rotação e vendo os tênis, as pernas e o quadro da bicicleta ficarem cada vez mais incrustados de barro. Ela não encontrou outros ciclistas no caminho. Provavelmente porque tiverem a sensatez de ficar em casa.

Durante toda a manhã, Abby foi seguindo a duras penas, tremendo, sempre mantendo a luz traseira de Sebastian à vista. Com a jaqueta impermeável verde-limão, era fácil vê-lo, mesmo no meio daquela chuvarada. Ela pedalava, ofegava e praguejava em silêncio contra ele, piscando para afastar a água dos olhos, tentando ao máximo ignorar os pés, que estavam ficando dormentes, e o nada animador ribombar dos trovões que os acompanhava a cada arrastado quilômetro que conseguiam percorrer naquela manhã. Abby também concluiu que, se houvesse carros e caminhões por perto, os veículos poderiam se tornar alvos mais fáceis para os raios do que as bicicletas, e só esperava que, quando passassem a pedalar na estrada, o tamanho diminuto deles trabalhasse a seu favor e evitasse que fossem atingidos pelas descargas elétricas, mas não a ponto de os tornar invisíveis para motoristas e caminhoneiros.

Depois da primeira hora, não conseguia mais sentir os dedos dos pés, e as mãos estavam congelando. Abby abriu e fechou os dedos, sacudindo uma das mãos, depois a outra, mudando a pegada no guidão e tentando se animar dizendo a si mesma que, por mais difícil que fosse aquilo, seria ainda pior para Sebastian, que estava pedalando na lama com os pneus estreitos de bicicleta de estrada. Pensou em Morgan, imaginando a garota na sala de espera com Kayla e Andy, ou em um consultório genérico, falando com uma pessoa compreensiva de jaleco branco, e depois a visualizou aliviada e feliz. Ela torceu para que, ao contrário de todas as adolescentes que conhecia, ela conseguisse guardar segredo, e, mais uma vez, se questionou se havia feito a coisa certa.

Eles estavam pedalando fazia quase duas horas quando chegaram a uma saída da trilha, perto do trigésimo quilômetro. Abby viu uma construção de um andar na lateral do caminho, com fumaça saindo da chaminé e o cheiro de madeira queimando se espalhando pelo ar. Ela se perguntou o que seria aquilo e se Sebastian não gostaria de entrar, fazer uma pausa e se aquecer um pouco. *Talvez ele caia em si e resolva ir de van*, pensou ela, estremecendo, e parou a bicicleta. *Talvez ele já tenha ligado para Jasper. Talvez Jasper já esteja a caminho.*

Doce ilusão.

— Ei — gritou Sebastian, esforçando-se para ser ouvido em meio aos sons do temporal. — Eu olhei no mapa, e tem uma estrada que podemos usar por oito quilômetros. — Ele estendeu o celular e ampliou o mapa para que ela pudesse ver, em meio ao vento que golpeava o rosto dos dois. — É um caminho um pouco mais longo, mas pelo menos podemos sair do lamaçal.

"Sair do lamaçal" parecia uma ótima ideia.

— Vamos nessa.

Abby deixou que ele fosse na frente, seguindo as luzes piscantes para fora da trilha e chegando a uma rua lateral. Assim que os pneus tocaram o asfalto, Sebastian saiu em disparada, pedalando como se estivesse com fogo batendo na bunda e com o cabelo em chamas, nas palavras de Lizzie. *Como se alguma coisa pudesse pegar fogo hoje*, pensou Abby. Ela estava batendo os dentes, encharcada até o sutiã, e os tênis estavam tão molhados que ela imaginou que, se os virasse de cabeça para baixo, cairia uma cascata de água. *Babaca metido a machão*, pensou ela. *Estúpido egoísta. Teimoso, asno e…*

Foi apenas por acaso que ela ergueu a cabeça no meio da ofensa e concentrou os olhos em Sebastian, não no trânsito ou no celular, que estava dentro da capa à prova d'água, no exato momento em que ele caiu. Em um instante, ele estava pedalando, movendo os pés tão depressa que pareciam quase um borrão. No momento seguinte, a bicicleta derrapou e ele foi catapultado, voando por cima do guidão e se espatifando no asfalto com um baque abafado e assustador.

Abby engoliu um grito de susto e foi até lá o mais rápido que pôde. Chegou quando ele estava se levantando, atordoado. *Que merda*, pensou ela. *Merda, merda, merda*. Mesmo depois de tantos anos de cicloturismo, só tinha visto um acidente com ferimentos graves: uma mulher que ficara com o pneu preso nos trilhos enferrujados de uma ferrovia e voara por cima do guidão, assim como Sebastian, fraturando a clavícula. Aquilo tinha sido feio. Mas aquela situação ali parecia pior.

— Você está bem? — gritou ela.

Sebastian estava de pé, mas não pareceu tê-la ouvido. A bicicleta estava caída no chão mais atrás, com a roda traseira ainda girando. Estava com ambos os joelhos sangrando, a jaqueta impermeável rasgada, coberto de sujeira e com água escorrendo do cabelo e do rosto.

Abby desceu da bicicleta e o segurou pelos ombros, dando uma boa olhada nele e ficando na ponta dos pés para inspecionar o capacete, passando os dedos pelos diferentes segmentos para verificar se algum estava rachado.

— Está com alguma dor? Você bateu a cabeça?

Sebastian fechou a cara, irritado, mas Abby viu que os lábios dele estavam roxos, e ouvia os dentes do homem batendo.

— Eu estou bem. Só preciso pegar a bicicleta.

— Pode deixar que eu pego. E venha aqui se sentar um pouco.

Ela o levou até a defensa metálica na lateral da rua, dando uma rápida verificada para ver se havia alguma urtiga por perto antes de fazê-lo se sentar. Em seguida, correu de volta para o local da queda, agradecendo a Deus por não haver tráfego no local enquanto recolhia a bolsa pendurada no guidão, a bomba de encher pneus e as duas garrafas de água que estavam espalhadas pelo asfalto, e então a bicicleta, que parecia intacta. Abby foi empurrando a bike até a defensa metálica, fazendo uma careta quando um trovão retumbou.

— O que aconteceu? — gritou ela.

— Sei lá. Devo ter acertado alguma coisa, um galho ou algo assim.

Sebastian não parecia nada bem. Ainda estava batendo os dentes, com os joelhos sangrando em profusão e o rosto alarmante de tão pálido. Abby pegou o celular e ligou para Jasper.

— E aí.

— Oi, Jasper. Sebastian está com uns probleminhas mecânicos. — Ela não queria deixar ninguém na van preocupado, caso estivesse no viva-voz, principalmente sua mãe, e "probleminhas mecânicos" parecia bem mais tranquilo do que "voou por cima da bicicleta e caiu de cabeça no chão". — Mas acabou acontecendo um tombo também, então vou chamar uma ambulância…

— Não. — Sebastian a segurou pelo braço, ainda batendo os dentes. — Nada de ambulância. Eu estou bem.

— Você precisa ser examinado. — Abby piscou para afastar as gotas de chuva dos olhos. — É política da empresa.

— Você… pode me levar.

Ela o olhou com atenção, analisando as pupilas dele, tentando determinar se estavam do mesmo tamanho.

— Eu não tenho carro.

— Carro de apoio.

Ela negou com a cabeça.

— Jasper já está em Seneca Falls. Vai demorar demais para voltar.

— Uber, então.

Abby pensou a respeito. Talvez um carro de aplicativo fizesse sentido. Com certeza eles chegariam mais rápido ao hospital do que se esperassem Jasper, desde que conseguissem um Uber ali, lógico, no meio do nada.

— Beleza. Jasper, te ligo depois.

Ela encerrou a ligação e olhou para Sebastian, pensando no que fazer primeiro.

— Eu preciso ver seu capacete. — Abby notou que as mãos dele tremiam, e foram necessárias algumas tentativas para soltar as correias. — Você acha que desmaiou quando caiu?

— Não.

— Você não acha ou não desmaiou?

— Não desmaiei.

— Sua cabeça está doendo?

— Não.

— Está com tontura? Enjoo?

— Não. — Ele respirou fundo, parecendo bem envergonhado. — Só estou me sentindo estúpido.

*E deveria se sentir assim mesmo.*

— Não se preocupa com isso.

— Foi culpa minha. — Ele parecia mesmo arrependido. Mais que isso. Parecia arrasado. — Desculpa. Eu não devia ter feito você pedalar na chuva.

*Não me diga*, pensou Abby. Ela correu até a bicicleta, pegou o kit de primeiros socorros da bolsa do guidão e tirou dali o que precisaria: gaze umedecida com álcool para limpeza, pomada antibiótica, curativos.

— Preciso dar uma olhada nos seus joelhos.

Sebastian abaixou a cabeça para ver as pernas, mas a levantou logo em seguida, fechando os olhos com força.

— Argh — murmurou ele, segurando a defensa metálica com as duas mãos como se precisasse de ajuda para manter o equilíbrio.

— Que foi? — *Puta merda.* — Você está zonzo? Acha que vai vomitar? Talvez ele tivesse se machucado mais do que ela havia imaginado.

— Não. É por causa do sangue — explicou Sebastian com a voz fraca. Ele envolveu o próprio corpo com os braços e enfiou as mãos sob as axilas. — Eu passo mal quando vejo sangue.

*Que ótimo*, pensou Abby. O dia só melhorava.

— Certo. Então é só não olhar. Fique com os olhos fechados.

Só que ela também estava com medo de que, se ele tentasse se manter equilibrado na defensa metálica com os olhos fechados, poderia

250

tombar para trás e cair na vala de escoamento da chuva, e ela teria que resgatá-lo. Aquela não seria a cereja do bolo?

— Você consegue ficar de pé? Melhor assim. Segure meu braço. Venha comigo.

Ela o conduziu pela rua com passos cambaleantes até uma árvore em um terreno baldio, que proporcionava pelo menos alguma proteção do vento e da chuva. Provavelmente era também um alvo excelente para um raio, mas Abby não podia se preocupar com tantas coisas ao mesmo tempo. Quando chegaram lá, ela apoiou a mão no ombro dele, pedindo, e ao mesmo tempo o empurrando, para se sentar na grama molhada.

— Enfie a cabeça no meio das pernas. E respire fundo.

Abby notou que ele ainda estava tremendo e ouvia o som de suas inspirações, mas pelo menos não estava teimando com ela. Sebastian mantinha os olhos bem fechados, e os lábios tão comprimidos que quase tinham desaparecido.

— Respire fundo — repetiu Abby, agachando-se para examinar os ferimentos, que pareciam ser ralados bem grandes, mas apenas superficiais. — Inspire contando até quatro, segure o ar contando até quatro, depois expire contando até quatro. Vou limpar seus joelhos e fazer um curativo. Depois vou ver se consigo um Uber. Beleza? Continue respirando fundo e fique com os olhos fechados.

Ela limpou a maior parte da sujeira com a água da garrafa, depois abriu um envelope de gaze umedecida com álcool.

— Vai arder um pouco — murmurou ela antes de começar a esfregar a gaze no joelho dele.

Sebastian se encolhia e soltava pequenos gemidos enquanto Abby fazia aquilo, tentando limpar o mais depressa possível, mas com cuidado.

— Não é com o sangue de todo mundo, com sangue em geral, só com o meu — explicou Sebastian, com os olhos ainda fechados e pálido feito leite desnatado.

*Ok, machão*, pensou Abby.

— Eu não faço muito o tipo machão — contrapôs Sebastian, soltando um ruído que parecia uma risada, mas que não parecia ser de divertimento.

Abby percebeu que tinha falado em voz alta. Ops.

— Não, só não tem consideração pelos outros mesmo — respondeu ela, mais para si mesma.

— É verdade — concordou ele, ainda batendo os dentes. — É verdade, e eu peço desculpas.

Ela lavou a sujeira e a água da chuva dos dedos antes de abrir a pomada e começar a aplicar nos arranhões.

— Fica mais fácil se você se mantiver em movimento — comentou ele.

Abby ergueu os olhos. Sebastian estava de olhos fechados, a chuva escorrendo pelo rosto.

— O que fica mais fácil?

— Tudo.

Ela se perguntou se ele estava falando só do dia de pedalada ou se estaria se referindo a outra coisa. Aquele babado no TikTok? Ou a história entre eles dois?

— Você estava certa sobre mim. Eu nunca tive namorada. Pelo menos não uma de verdade.

— Tudo bem — respondeu Abby. Ela acabou de fazer o curativo no joelho esquerdo e passou para o direito. — Pode ser que você não tenha encontrado a pessoa certa ainda.

— Não é isso. É que eu… — ele estendeu o braço, com a palma para cima — … mantinha a rotação da coisa, o movimento. Sempre uma garota diferente. Talvez uma delas fosse a pessoa certa. — Ele soltou um ruído de lamento. — Talvez até a que fez aquele primeiro vídeo.

Abby pensou a respeito. Tinha visto o vídeo, e a garota baixinha de cabelo escuro que havia feito a gravação era bonita. Parecia combinar com Sebastian. Ninguém olharia para os dois e estranharia o fato de estarem juntos.

Com uma voz quase baixa demais, Sebastian disse:

— Ou pode ter sido você.

Abby sentiu o corpo todo ficar tenso e o rosto ficar quente, mesmo no meio da chuva.

— Ah, eu não acho que…

— Tudo bem — interrompeu ele, com toda a gentileza. — Eu só quero ser seu amigo.

Ouvir aquilo não devia ter sido decepcionante, pensou Abby. Devia era ter sido um alívio. Mesmo assim…

Ela terminou os curativos, pensando em dar um tapinha ou até um apertão na coxa dele, mas, em vez disso, só disse, com um tom animado:

— Prontinho!

— Ótimo. — Ele ficou de pé, ainda cambaleando um pouco e com os olhos fechados. — Pode ir na frente que eu alcanço você.

Abby o encarou.

— Sebastian, nós não vamos mais pedalar — disse ela, com a maior nitidez possível. — Precisamos ir para o hospital, esqueceu?

— Eu estou bem — repetiu ele. — Quero pedalar. Sozinho. Simplesmente seguir em frente.

Abby ficou só o olhando. Respirou fundo algumas vezes e, quando sentiu que conseguiria falar com calma, avisou:

— Um pneu seu furou.

— Eu troco.

— Você mal consegue fazer isso mesmo quando está seco e sem nenhum machucado.

— Eu me viro.

— Sebastian…

— Eu só quero ficar em movimento.

Ele se levantou e começou a andar na direção da bicicleta. Foi quando Abby explodiu.

— Minha nossa, como você é babaca! E estúpido! Eu não posso deixar você pedalar sozinho no meio de um temporal depois desse tombo! Mesmo se eu quisesse, e pode acreditar que adoraria, perderia o emprego se deixasse você sozinho.

Sebastian se virou e olhou para ela.

— Então, eu até entendo que você quer ficar em movimento, mas às vezes simplesmente não dá. — Abby passou a língua nos lábios. — Não dá.

Naquele momento o vento ficou mais forte, e o barulho foi ficando cada vez mais alto… e então foi como se o céu desabasse, mandando uma torrente de água em cima dos dois. A chuva apertou tanto que parecia cair em cascatas, em vez de gotas, escondendo tudo ao redor atrás de um paredão cinza e opaco.

Sebastian estendeu o braço e segurou a mão de Abby. Seus dedos molhados se fecharam ao redor dos dela enquanto a puxava para baixo da árvore até se encostarem no tronco, onde as folhas e os galhos proporcionavam um mínimo de abrigo. Abby tentou puxar a mão de volta, mas Sebastian não a soltou.

— Desculpa — disse ele. Abby notou um leve tremor em sua voz. — Desculpa ter feito você sair em um tempo como esse.

— Tudo bem — respondeu ela, fazendo o máximo que podia para manter um tom de voz baixo e tranquilo.

Então se deu conta de que estava falando com ele da mesma forma que se dirigia aos cachorros rabugentos que frequentavam a Vem, Doguinho, os pequeninos e trêmulos, que andavam na bolsa das donas e passavam o tempo todo em alerta máximo, escancarando os dentes, provavelmente porque morriam de medo de serem estraçalhados pelos maiores. Talvez, apesar de ser um homem branco e bonito, Sebastian fosse assim: grande, forte e confiante por fora, minúsculo e assustadiço por dentro, no fundo um cachorrinho trêmulo. A imagem de um chihuahua com o rosto de Sebastian a fez sorrir, e ele deve ter percebido.

— Que foi? — perguntou Sebastian.

— Nada.

— Não, pode falar.

— Acho que eu percebi que você é do tipo que só late e não morde — respondeu Abby. — Como os cachorrinhos lá da creche canina que rosnam para os maiores porque estão com medo.

— Você não me deixa com medo — retrucou ele. — Eu gosto de você, esqueceu? É por isso que quero ser seu amigo.

*Ele sofreu uma concussão, só pode ser*, concluiu Abby.

— Tem certeza de que não está sentindo nenhuma tontura?

— Eu estou bem. Vamos nos sentar um pouco — sugeriu ele e, ainda segurando a mão dela, a puxou para um pedaço de grama junto ao tronco largo da árvore.

— Vou ver se consigo encontrar um Uber.

Mais uma vez, Abby tentou puxar a mão de volta, mas Sebastian não parecia disposto a largá-la.

— Você pode… — começou ele, engolindo em seco. — Pode ver se eu ainda estou sangrando?

Ela deu uma olhada nos joelhos do homem.

— Não, o sangramento parou.

Abby abriu dois aplicativos de transporte. Nenhum dos dois mostrava motoristas disponíveis em um raio de quinze quilômetros. Para completar sua sorte.

— Preciso ligar para Jasper de novo — avisou ela. — Não tem nenhum motorista aqui por perto, então ele vai precisar vir.

Sebastian assentiu. Ela percebeu, achando graça, que ele havia fechado os olhos de novo. O predador, o macho alfa, derrubado por um ralado nos joelhos. Seria engraçado, se ele não estivesse tão em pânico.

Ligando para o número de Jasper, ela explicou a situação e mandou a localização para ele.

— Passo aí assim que for possível — disse ele.

— Beleza — respondeu Abby, encerrando a ligação e voltando a se sentar. — Jasper vai vir.

Sebastian não pareceu ter ouvido. Ainda estava de olhos fechados, pálido, com a cabeça virada para cima, apesar da chuva que atravessava a folhagem da árvore e atingia o rosto dele.

— Quero conversar com você sobre o lance do TikTok — disse ele. — Gostaria de poder me explicar.

Abby balançou a cabeça.

— Você não me deve explicação nenhuma — respondeu ela.

— Mas quero me explicar — insistiu Sebastian. — A questão é que… — Ele engoliu em seco e parou de falar, obviamente inseguro sobre o que dizer. Quando falou, foi bem baixinho: — Talvez eu esteja mesmo com medo. Meus pais…

Abby esperou que ele continuasse.

— É uma coisa meio disfuncional. Meio que um horror.

Abby pensou a respeito antes de responder:

— Acho que a maioria das pessoas acha a relação dos pais uma coisa meio horrível mesmo.

— Então, saindo com uma mulher uma vez só, não tem como se magoar — complementou ele, abrindo os olhos e a encarando por baixo daqueles cílios tão longos que chegava até a ser uma injustiça. — Nem levar *ghosting*.

— Você não levou *ghosting* de mim.

Ele balançou a cabeça em negação.

— Eu acordei e você não estava mais lá, Abby. Acho que essa é a definição de *ghosting*. — Sebastian voltou a balançar a cabeça, com a água pingando do nariz. — Não sabia nem se você era de verdade.

Abby não sabia como responder àquilo... mas se pegou pensando em como se sentiria se levasse um cara para casa e ele sumisse de seu quarto antes mesmo que ela tivesse a chance de se despedir. Então engoliu em seco, sentindo-se constrangida. E culpada.

— Fique aqui um minutinho. Vou pegar uma coisa para você.

Abby se levantou, pôs o capuz e correu até onde tinha deixado a bicicleta, encostada a uma árvore ali perto. Na bolsa do guidão, pegou a toalha de microfibra e a única camiseta de manga comprida que tinha levado, achando que precisaria dela em algum momento se a chuva não parasse. Enfiou tudo nos bolsos e correu de volta para Sebastian.

— Tome aqui, seque-se um pouco.

Ainda estava um temporal, mas pelo menos a árvore proporcionava alguma proteção. Sebastian pegou a toalha e enxugou o rosto.

— Você está tremendo — disse ele.

— Eu estou bem.

— Desculpa, Abby.

Ele estava bem perto dela, com a coxa encostada na lateral da sua, e os braços dos dois também se tocavam.

— Isso foi uma estupidez, além de uma coisa perigosa. Eu não devia ter exposto você a essas condições.

— Tudo bem. Sério mesmo. Sem problemas. — Ela engoliu um seco, preparando-se para o que precisava dizer. — E eu não devia ter sumido daquele jeito. Você tem razão. Foi uma coisa bem imatura. — Abby hesitou, mas se obrigou a explicar: — Como eu disse para você naquele dia, nunca tinha feito nada como aquilo antes...

Ele abriu os olhos de novo, só um pouco.

— Nunca? Acho que você disse "quase nunca".

— Nunca — repetiu Abby. — É que... acho que simplesmente não sou assim.

Além do mais, ela não era convidada com muita frequência para ir até a casa de desconhecidos bonitões. Só que era melhor deixar aquela parte de fora.

— Não se mexa.

Sebastian se aproximou (sem muito esforço, ela percebeu, considerando que os dois estavam tão próximos que não havia muita distância a encurtar), soltou a tira do queixo dela e removeu o capacete.

— O que você está fazendo? — perguntou ela, um tanto atordoada.

— Venha aqui — disse ele, puxando-a para mais perto.

Abby se sentiu como se estivesse hipnotizada enquanto se inclinava na direção dele, e ficou se perguntando se Sebastian tentaria beijá--la... mas só o que ele fez foi abaixar a cabeça e enxugar o cabelo dela com todo o cuidado. E fez isso direitinho, com mãos firmes, mas não brutas, apertando de leve as mechas e esfregando o couro cabeludo. Quando parou, o rosto dos dois estava bem próximo. Ela conseguia ver o cinza-azulado dos olhos dele e as gotas d'água presas nos cílios, além de ouvir a própria pulsação reverberando nos ouvidos. Pelo que pareceu uma eternidade, eles apenas se olharam. E então, devagar, Sebastian levantou a mão e passou os dedos na bochecha de Abby.

*Eu tenho namorado*, pensou.

*Ele só quer ser meu amigo, e isso não é coisa que simples amigos façam um com o outro*, pensou.

*Ele vai me beijar, e eu não posso deixar*, pensou.

Abby imaginou o próprio braço se levantando e a mão empurrando o ombro dele. Porém, apesar de conseguir visualizar cada movimento, o corpo não parecia disposto a impedir o avanço inevitável da boca de Sebastian até a dela.

Ela deixou os olhos se fecharem, os lábios se entreabrirem e Sebastian chegar mais perto, até conseguir sentir a respiração dele na própria pele.

Naquele momento, o celular dela tocou.

— Olá! — cumprimentou Jasper, todo simpático e animado. — Acabei de terminar a primeira viagem, e estou voltando para buscar vocês. No Google diz que o trajeto leva trinta e sete minutos. Estou levando um café quentinho.

— Você é um anjo que caiu do céu — respondeu Abby.

— Aguentem firme e fiquem em um lugar seguro. Até daqui a pouco.

Abby desligou. Sebastian ainda estava bem perto, ainda a olhando com uma expressão quase de maravilhamento no rosto. Ela pegou a toalha das mãos dele e entregou a camiseta.

— Vista essa aqui.

Ele olhou para sua mão.

— É sua camisa, veste você.

— Você está todo molhado.

— Nós dois estamos.

— É, mas você caiu da bicicleta e bateu a cabeça. E está machucado. E sua jaqueta rasgou.

Sebastian baixou os olhos e notou pela primeira vez o estrago.

— E eu ainda estou preocupada com a possibilidade de uma concussão. Acho que você pode estar em estado de choque.

Ela meio que empurrou a camiseta nas mãos nele.

Sebastian a pegou e olhou para Abby, com um sorrisinho.

— Está tentando me fazer tirar a roupa?

Abby revirou os olhos.

— Estou tentando fazer você pôr uma roupa, para não morrer de hipotermia.

Ele observou a camiseta e olhou para ela de novo.

— Se eu vestir isso, você janta comigo amanhã?

Falando devagar, cada vez mais convencida de que ele havia sofrido uma lesão cerebral, Abby respondeu:

— Eu janto com você toda noite.

— Sim, mas nós vamos a um lugar legal amanhã à noite.

Ela o encarou. Era verdade que o grupo tinha uma reserva no Sackett's Table, que a revista *Food & Wine* tinha indicado como um dos melhores restaurantes do norte do estado de Nova York. Abby estava surpresa por Sebastian prestar atenção ao itinerário a ponto de saber daquilo.

— Então, você vai se sentar comigo no jantar?

— Por quê?

Ele pareceu indignado.

— Eu gosto de você. E quero ser seu amigo.

— Amigo — repetiu Abby.

Sebastian ficou só olhando para ela. Então, de forma bem lenta e deliberada, acariciou a bochecha de Abby com a ponta dos dedos. Ela soltou um suspiro audível, mesmo na chuva.

*Controle-se*, pensou, sacudindo o cabelo molhado para trás.

— Então, você acabou de ter uma experiência de quase morte...

Sebastian fez um som de deboche.

— Eu caí da bicicleta. Não escapei de um engavetamento nem nada do tipo. Não estou vendo nenhuma luz branca me chamando.

— Você passou por uma experiência traumática — corrigiu Abby.

— Pode ter batido a cabeça. E está frio. E, de novo, eu tenho namorado. Não posso sair com você!

— Quem disse que você vai sair comigo? — questionou Sebastian, com razão. — Nós só vamos jantar juntos. Como amigos.

Abby tentou não pensar na vontade que sentia de simplesmente ceder, aceitar, pegá-lo nos braços e beijá-lo até os dois se esquecerem de que estavam na chuva e no frio.

— Você não sabe nada de mim — disse ela.

Sebastian, com um sorrisinho, balançou a cabeça e segurou a mão dela de novo.

— Sei que você leva velas aromáticas em passeios cicloturísticos.

Abby olhou feio para ele. Tinha mencionado a vela durante uma conversa, na hora do almoço, com os Coroas do Pedal sobre objetos supérfluos que as pessoas levavam e as coisas ridículas que os ciclistas faziam para reduzir o peso da bagagem, como quebrar a escova de dente ao meio ou fatiar lasquinhas do sabonete, mas não lembrava de Sebastian ter estado ouvindo, ou sequer estar na mesma mesa na hora.

— Sei que você pedala uns cinquenta quilômetros sozinha aos domingos de manhã. Sei que sua melhor amiga é Lizzie, que você conheceu quando tinha 8 anos e ela 42, e que virou guia de excursões de cicloturismo por causa dela. Sei que você achava que sua bike era um tapete voador, para ir até bem longe de casa quando seus pais brigavam.

Abby continuou só olhando para ele. E era quase certeza que estava boquiaberta também.

— Eu sei que você sabe trocar um pneu furado.

— Ah, sim — murmurou Abby. — Quando nós tivermos um tempo livre, eu vou te ensinar.

Sebastian pegou a mão dela.

— Eu conheço você — disse ele.

A chuva parecia estar diminuindo, passando de um dilúvio bíblico a um temporal corriqueiro, e as palavras de Sebastian ecoaram nos ouvidos dela. "Eu conheço você."

Abby sentiu um nó na garganta, e seu coração batia de um jeito estranho dentro do peito.

— Eu preciso dar uma olhada na sua bicicleta.

Ela tentou ficar de pé. Sebastian passou a segurá-la pelo antebraço, em vez da mão, mantendo-a onde estava, com os olhos cravados no rosto de Abby. As pontas do cabelo molhado se enrolavam nas bochechas e na testa dele, e a palidez daquela pele só intensificava o tom de ardósia dos olhos e as curvas elegantes da boca.

— Vamos jantar juntos — pediu ele mais uma vez.

Abby cedeu.

— Certo, que tal assim: se vestir a camiseta, não me der trabalho no hotel e for liberado do exame físico...

— Eu estou bem...

— E — interrompeu Abby, falando por cima da voz dele — se prometer parar de ser babaca e usar o colete refletivo sem reclamar todos os dias em vez de enfiar no bolso...

Sebastian resmungou alguma coisa sobre toda conversa acabar se voltando para a história do colete.

— Aí eu posso jantar com você — concluiu Abby. — Como amiga. Se você ainda quiser.

*Não vai rolar*, pensou ela. *Ou ele vai cair em si ou vai passar a noite no hospital em observação por causa da concussão que sofreu, que é o único motivo para estar sendo legal comigo.*

— Combinado — concordou Sebastian.

Ele se levantou, tirou a jaqueta verde que rasgara na queda e a camiseta de ciclista branca que usava por baixo. Abby se esforçou para não olhar, e não demorou muito para começar a lamentar a falta de controle. Naquele dia de céu fechado e chuva, ele era tão admirável quanto fora na escuridão do quarto, com peitorais e braços que pareciam moldados por um escultor, com a quantidade ideal de pelos no peito. Mark depilava o dele com frequência, o que Abby imaginava ter menos a ver com os pelos e mais com uma aversão a qualquer coisa que parecesse fora de controle, que assinalasse que o corpo, e não o cérebro, estava no comando.

Mas ela não queria pensar em Mark.

Sebastian vestiu a camiseta dela, que não ficou ridícula nele, como a princípio Abby pensara. Estava meio curta nos braços, e folgada no peito, mas não parecia que ele tinha vestido um saco de dormir, o que era seu maior temor.

— Gostei — disse ele. — Tem seu cheiro.

*Uma concussão, com certeza!*, pensou Abby, tentando se concentrar nisso o máximo possível enquanto Sebastian voltava a se sentar sob a árvore. Ele abriu as pernas e bateu na grama molhada entre elas.

— Venha se sentar aqui.

Abby se imaginou entre as pernas dele, recostada em seu peito, sentindo os braços dele a segurarem, e sentiu o corpo todo pulsar de desejo.

— Ah, não.

— Nós precisamos ficar aquecidos — argumentou ele.

— Eu estou bem — disse Abby, apesar de não estar.

Continuava batendo os dentes, e os dedos dos pés e das mãos estavam dormentes. *Foda-se*, pensou ela, e com cautela se abaixou até o chão molhado, não entre suas pernas, mas perto dele, ao lado.

Sebastian fez um som anasalado, achando graça, e passou o braço pelo ombro dela para puxá-la junto a si, fazendo todo o corpo de Abby sentir o calor da lateral do peitoral quente dele e da camiseta seca.

— Pronto, minha gotinha de limão — murmurou Sebastian.

*Gotinha de limão?*, pensou Abby. Sebastian tinha se virado para ela, subindo a mão esquerda pelo seu pescoço, segurando a nuca e massageando com gentileza. Com a mão direita, ele esticou um dos cachos dela e então soltou, para que balançasse de volta.

*Uma concussão com certeza*, pensou Abby. E, em seguida: *Mark*. Pensou no namorado em casa, na mãe a apenas algumas dezenas de quilômetros. E, por fim, pensou: *Ai, eu estou em uma tremenda enrascada*. Abby se recostou em Sebastian, sentindo o calor dele, inalando seu cheiro. Com os olhos fechados, quase podia fingir que estava sonhando enquanto ele deslizava a mão esquerda por seu ombro e puxava seu rosto para cima, para seus lábios se encontrarem. O rosto dele estava molhado, com as bochechas geladas, mas a boca, quando tocou a dela, era a coisa mais quente do mundo.

— Abby — murmurou ele.

Ela sentiu o polegar de Sebastian acariciando sua bochecha, e então, bem de leve, roçando sua sobrancelha enquanto a outra mão mudava o ângulo de sua cabeça, permitindo que ele aprofundasse o beijo. Por um momento, ela sentiu a língua dele tocar a dela, então ele se afastou um pouco para mordiscar o lábio inferior de Abby. *Ah, nossa, ele é tão bom nisso*, pensou Abby, permitindo-se ser gulosa por um instante, levando a mão ao ombro dele e depois por aquelas costas largas e fortes.

Sebastian soltou um ruído grave de satisfação e a envolveu pelos ombros com um dos braços e pela cintura com o outro, levantando-a até ela estar quase em seu colo.

— Você está gelada — comentou ele, ao começar a beijar seu pescoço.

Ela sentiu uma leve sucção, e um roçar de dentes, o toque morno da língua e... ah, estava se derretendo toda, como açúcar em meio àquela chuva, a Bruxa Malvada do Oeste. Sebastian inclinou a cabeça dela para trás, expondo mais de seu pescoço para o que estava fazendo.

— Preciso te esquentar.

Ele a envolveu com os braços, colando-a com força à camiseta relativamente seca que ele vestia.

— Abby — sussurrou ele antes de colar a boca em sua pele de novo.

Abby sentiu o corpo todo ficar mole, ficar quente, como a cera de uma vela, e os próprios braços envolveram o pescoço de Sebastian por vontade própria, puxando-o para mais perto.

Os dois estavam se beijando quando uma buzina tocou. Abby se afastou às pressas e ficou de pé em um pulo quando viu Jasper atrás do volante da van. Ele parou a van ali perto e baixou a janela.

— Ora, vocês dois parecem estar no maior aconchego aí! — gritou ele.

Abby, que secretamente estava torcendo para que Jasper se perdesse ou que o carro de apoio quebrasse, disparou para longe de Sebastian, correndo até a van e se debruçando na janela.

— Precisamos ir para um hospital — disse ela baixinho. — Com certeza ele sofreu uma concussão.

— Era isso que você estava fazendo? — Jasper parecia estar se divertindo com a situação. — Um teste para detectar uma concussão?

— Estou falando sério — respondeu Abby, sentindo o rosto ficar vermelho.

— Por quê? — questionou Jasper. — Ele está com tontura? Vomitou? Ou desmaiou?

— Não, e diz que não está com dor de cabeça, mas está com um comportamento estranho.

— Eu não sofri concussão nenhuma.

Sebastian tinha se levantado e estava caminhando na direção deles.

— Mas concordou em ir para o hospital — contrapôs Abby, então o conduziu até a van e abriu a porta traseira do lado do passageiro. — Trate de se sentar aí. Jasper e eu vamos pegar a bicicleta.

Sebastian se acomodou na van. Abby e Jasper saíram correndo na chuva.

— Você pode esquecer o que viu? — perguntou Abby, falando baixinho.

— Esquecer o quê? — respondeu ele, fazendo cara de inocente.

Abby sorriu para ele, sentindo até as pernas moles de alívio, apesar de as bochechas ainda estarem quentes. Estava se sentindo zonza, desconfortável e bem mais do que um pouco envergonhada. Não havia regras explícitas sobre o envolvimento de guias com ciclistas pagantes, e Lizzie tinha contado para Abby que aquilo acontecia. E havia também Mark, a situação mal resolvida que pairava sobre sua cabeça, como uma pedra suspensa de uma forma cada vez mais precária por uma corda prestes a arrebentar. E sua mãe, que estava na viagem, atenta a tudo com os olhos de laser. E Morgan. Abby reservou um momento para torcer para que Morgan tivesse feito a consulta em segurança, para que a situação estivesse resolvida e para que a mente dela estivesse em paz.

Quando as bicicletas foram devidamente guardadas, Abby afivelou o cinto no banco do passageiro e Jasper se posicionou atrás do volante. Pelo retrovisor, viu Sebastian lançar um olhar intrigado em sua direção. Abby fez o melhor que pôde para ignorá-lo, secando a tela do celular e fazendo uma pesquisa no Google.

— Certo, tem uma clínica que atende emergências e um pronto-socorro em Seneca Falls. O que você acha? — perguntou ela para Jasper. — O pronto-socorro, né?

Ela deu algumas instruções sobre como chegar e começou a pesquisar por "sintomas de concussão", ponderando se "atração súbita por pessoas inapropriadas" seria um deles.

— Quer que eu ligue para Lincoln? — perguntou ela para Sebastian, sem se virar para olhá-lo.

— Pode deixar comigo. Espere aí.

Ele não pôs o celular no viva-voz, mas a van era pequena, e Abby pôde ouvir cada palavra.

— O que aconteceu? — perguntou Lincoln. — Você está bem?

— Estou. Eu passei em cima de alguma coisa e fui arremessado da bicicleta. Mas está tudo certo. Abby e Jasper estão me levando até o hospital para ser examinado, porque é política da empresa.

Silêncio. Abby até conseguia imaginar Lincoln, que a tinha visto brigar com Sebastian a semana toda por causa de um simples colete refletivo, tentando assimilar a ideia de que seu amigo estava disposto a ir para o hospital com ela sem chiar muito.

— Você está com a carteirinha do plano de saúde? — perguntou Lincoln, por fim.

— Aham.

— Beleza. Manda uma mensagem quando chegar. Eu vou para lá também.

— Tudo bem. Só que não tem nada de errado comigo. Só uns ralados no joelho, mas Abby já fez os curativos.

— Estava sangrando? — questionou Lincoln. — Você desmaiou?

— Sangrou, mas não desmaiei, não. Abby cuidou de mim.

O tom de voz de Lincoln se tornou mais cauteloso.

— Espero que você tenha agradecido.

— Ah, agradeci, sim.

Pelo retrovisor, Abby viu Sebastian dar uma piscadinha. Ela desviou os olhos, sentindo o rosto esquentar de novo.

Sebastian encerrou a ligação e abriu um sorriso simpático para Abby pelo retrovisor. A mulher balançou a cabeça, começando a se perguntar se não tinha sido *ela* quem sofrera a concussão, batido a cabeça em algum momento, se não acordaria ainda na cama em Syracuse e descobriria que aquela manhã tinha sido um sonho. Então, com uma pontada de culpa, pensou em Morgan e Andy e se debruçou sobre o celular para mandar uma mensagem para Kayla e ver se estava tudo certo. Mas, enquanto digitava, parte dela ainda sentia os lábios quentes de Sebastian nos seus, ele segurando seus dedos, puxando-a para o colo e a chamando de gotinha de limão.

# Lily

**14h**

A manhã em Seneca Falls acabou se revelando o momento mais agradável de que Lily se lembrava na vida. Jasper as levara direto para o hotel, ela e Eileen fizeram o check-in, deixaram as malas, pegaram guarda-chuvas emprestados e saíram caminhando na chuva, passando pela capela wesleyana onde, segundo informava uma placa, havia acontecido a primeira convenção pelos direitos da mulher, em 1848. Em uma enorme extensão de pedra cinzenta paralela à calçada, coberta pela água que escorria, estava o texto da Declaração de Sentimentos. A chuva diminuiu o suficiente para Lily e Eileen pararem um pouco para ler.

— "Quando, no curso dos acontecimentos humanos, torna-se necessário que uma parcela da família humana assuma entre as pessoas da terra uma posição diferente da qual vinha ocupando até então, mas uma a que as leis da natureza e de Deus lhes dão direito, o devido respeito às opiniões da humanidade exige que se declare as causas que levaram a esse desfecho" — leu Lily em voz alta.

Ela continuou andando até a seção que listava o que as participantes da convenção consideravam abusos cometidos pelos homens contra as mulheres, e leu em silêncio:

*Ele monopolizou quase todas as ocupações rentáveis, e àquelas as quais ela tem permissão de seguir se paga apenas uma remuneração escassa.*

*Ele torna inacessível a ela todas os meios para a riqueza e distinção, que considera mais honrados para si. Como professora de teologia, medicina ou direito, ela nunca é conhecida.*

*Ele lhe nega as condições de obter uma formação completa, as portas de todas as faculdades estão fechadas para ela.*

*Ele permite a participação dela na Igreja e no Estado, mas em uma posição de subordinada.*

— É impressionante o quanto nós avançamos — murmurou Lily.

— É impressionante o quanto ainda temos que avançar — retrucou Eileen.

O spa ficava logo virando a esquina, decorado em tons castanhos e beges, onde o som da fonte artificial competia com o da chuva do lado de fora. O ar cheirava a lavanda e sálvia, e os frequentadores e esteticistas usavam vestes brancas e calçados de sola macia, além de falar em voz baixa e sussurrada, como se fossem enfermeiros em algum hospital caríssimo. Lily foi designada a uma massagista mulher, o que a poupou do constrangimento de ter que pedir uma, e se a profissional estranhou quando ela não tirou a calcinha e o sutiã, pelo menos não disse nada.

Lily nunca tinha feito uma massagem antes. Pensou que fosse ficar desconfortável e envergonhada, como de fato se sentiu de início, com uma desconhecida ali tocando seu corpo, mas, quando enfim conseguiu relaxar, não acreditou no quanto era maravilhoso ter as mãos quentes e fortes de uma mulher trabalhando na musculatura tensa de seu pescoço e ombros.

— Tem muita tensão aqui — murmurou a mulher.

— Filha adolescente — respondeu Lily, o que arrancou da massagista um ruído de compreensão.

Quando a massagem terminou, Lily e Eileen foram conduzidas por um corredor à luz de velas e se sentaram em poltronas estofadas altas, com bacias de água borbulhante a seus pés. Lily se sentiu como uma rainha quando se sentou, bebendo água saborizada com pepino enquanto uma jovem de cabelo escuro se abaixava para cortar suas unhas e lixar seus calos. Havia seis pessoas fazendo as unhas dos pés, e todas com as mesmas vestes brancas que serviam como uma espécie de uniforme, eliminando as diferenças que ficariam assinaladas pela presença de sapatos, bolsas e roupas. Eileen usava uma pulseira reluzente que Lily imaginou que fosse de diamantes verdadeiros, além de brincos com as mesmas pedras, que brilhavam sob as luzes. Suas bochechas dela eram ligeiramente sardentas, assim como as de Abby.

Pensar na filha de Eileen a fez pensar na própria, e as sensações agradáveis de leveza e conforto imiscuídas em seu corpo despareceram, substituídas pelo habitual peso nos ombros, a preocupação com o fato de que a filha estava se tornando uma desconhecida para ela.

— Você tem duas filhas? — perguntou ela para Eileen.

— Isso mesmo. Marni, a irmã de Abby, é a mais velha, já tem 38 anos! — Eileen balançou a cabeça. — Não entendo como foi que fiquei tão velha.

Lily queria fazer um milhão de perguntas: suas filhas odiavam você quando tinham a idade de Morgan? Contavam para você sobre a vida delas? Tinham humores instáveis ou eram complicadas, exasperantes? Já sentiu que elas odiavam você? Já sentiu que você as odiava, ou que eram só desconhecidas que simplesmente apareceram em sua casa um dia de manhã?

— Morgan é a única que você tem, certo? — perguntou Eileen. — Ela parece ser um amor.

Lily ficou retorcendo os dedos sobre o colo. Em casa, se uma de suas amigas fizesse aquele elogio, Lily aceitaria de bom grado. *Sim, Morgan é uma boa menina.* Mas estava longe de casa, na companhia de uma mulher que não a conhecia e que muito provável nunca mais a veria. Talvez fosse a chance de elucidar algumas coisas.

— Ela é difícil — respondeu Lily, por fim, falando baixo, com a voz tímida. — É… difícil de entender. Afetuosa e então fria. Por exemplo, esta viagem. A ideia era que ela pedalasse com o pai e eu viajasse no carro de apoio, mas, como ele não pôde vir, Morgan pareceu não se importar de fazer a excursão comigo. Não só isso, como fez questão de vir.

Lily ainda se lembrava de Morgan lhe dizendo que seria ótimo, mesmo sem o pai, que não seria preciso adiar nem remarcar, que queria fazer a viagem planejada nos dias marcados. "Você e eu vamos nos divertir", fora o que dissera para Lily.

— Eu realmente pensei que ela quisesse passar um tempinho comigo. E então, quando chegamos aqui... — Lily fez com a mão um gesto cortante, com o qual esperava comunicar a maneira como Morgan vinha a ignorando por completo.

— Ora — disse Eileen. — Isso parece bem normal para uma adolescente. Às vezes nem elas sabem o que querem, ou isso muda a cada minuto. Eu adoraria falar que isso fica mais fácil com o tempo, mas não sei se é verdade, não.

Houve um momento de silêncio, enquanto as mulheres começaram a pintar as unhas delas com pinceladas precisas e cuidadosas: rosa-claro para Lily, vermelho-escuro para Eileen.

— Não sei se você sabe, mas eu não avisei para Abby que viria. Só apareci.

Lily não sabia. Ela olhou para Eileen, que estava com os olhos voltados para os próprios pés.

— Se eu perguntasse, acho que ela não me aceitaria. Deve estar pensando que estou invadindo o espaço dela. — Eileen deu um gole na água com pepino. — Sei que ela pode não me querer por perto, mas algum dia vai se lembrar de que estive aqui ao lado dela. Vai entender que eu fiz um esforço. — Ela deu outro gole. — Acho que isso é boa parte do trabalho de uma mãe, principalmente quando os filhos ficam mais velhos. É continuar marcando presença.

Aquilo seria verdade? Lily estava lá, depois do tanto que Morgan pedira para não adiar a viagem, prometendo que passariam aquele tempo juntas. Havia marcado presença, estava ao lado da filha, mas Morgan a ignorava.

Lily fez o possível para injetar alguma alegria na voz, que soou falsamente animada:

— Eu devia me lembrar da sorte que tenho. Morgan é uma boa menina — disse ela, em parte para Eileen, em parte para si mesma.

Eileen se limitou a murmurar "Hum" baixinho. As esteticistas fizeram sinais para que apoiassem as pernas em blocos de espuma. Lily achou que as pedras aquecidas que estavam esfregando em suas panturrilhas eram quentes demais e faziam cócegas.

— O importante é que ela saiba que é amada por você. Aconteça o que acontecer — declarou Eileen, com uma expressão estranha de tão intensa, virando-se na cadeira para olhar bem nos olhos dela.

Havia alguma coisa incomodando Lily, em um nível quase inconsciente. Seria alguma coisa que Morgan tinha dito? Alguma coisa na aparência dela, algum gesto que ela havia feito? Apesar de tentar, Lily não conseguiu identificar o que era. Abriu um leve sorriso e assentiu, decidindo que conversaria com a filha assim que chegasse. Perguntaria o que estava acontecendo e só se daria por satisfeita quando tivesse uma resposta convincente.

# Sebastian

**14h45**

"Vire amigo dela", fora o que Lincoln tinha dito. E Deus era testemunha de que ele estava tentando ao máximo fazer aquilo. Só que não dava para negar o quanto gostaria de ser mais do que um amigo para Abby Stern.

*Ela é diferente*, Sebastian se imaginou dizendo para o amigo. *Eu tenho certeza. É a pessoa certa para mim.*

Eram palavras que deveriam deixá-lo assustado, mas seu coração parecia um confete arrebatado do chão por uma brisa de primavera. Estava encantado, ele se deu conta, balançando a cabeça, abismado. Deslumbrado. Quanto tempo fazia que não sentia uma conexão emocional com uma mulher, e não apenas física? Fazia anos. Se é que já tinha acontecido algum dia.

— Liberado — disse o médico, já a caminho da porta.

Sebastian desceu da maca, onde a bermuda molhada tinha deixado uma marca de bunda no papel. Ele não estava mentindo para Lincoln. Queria ser amigo de Abby, sim, mas não só isso. Queria saber tudo sobre ela: ouvir a história de vida, descobrir de onde vinha e para onde queria ir a seguir. Queria servir macarrão para ela na cama, e provocá-la, e chamá-la de gotinha de limão, e pedalar com ela pelo mundo todo. Agora que a havia encontrado, nunca mais queria perdê-la.

Ele saiu empolgado para vê-la… mas, no fim, era só Lincoln que estava à espera, seco, de banho tomado e vestido com roupas normais.

— Abby estava morrendo de frio. Ela foi para o hotel tomar banho e ver como está todo mundo — explicou ele, digitando no celular, provavelmente para chamar um carro para os dois. Terminada a tarefa, guardou o celular no bolso da camisa e lançou um olhar de censura para Sebastian. — Por que você quis pedalar nesse tempo?

Sebastian deu de ombros.

— Eu... eu só queria ficar em movimento.

Lincoln ainda o encarava.

— Tem certeza de que está tudo bem?

Sebastian assentiu.

— Chamei Abby para jantar comigo.

— Como assim? — questionou Lincoln, falando devagar, como se achasse que Sebastian tinha batido a cabeça. — Você janta com Abby toda noite.

— Ah, sim. Mas dessa vez vamos nos sentar juntos.

Lincoln soltou o ar pela boca e balançou a cabeça, olhando para Sebastian como quem dizia: *Já começou de novo com a palhaçada.* Sebastian o seguiu pelo corredor do hospital, com o tênis de ciclismo fazendo *clique-clique* no piso a cada passo.

— Não é nenhuma coisa sórdida. Eu só queria que a gente se conhecesse melhor.

Lincoln não disse uma palavra.

— Como *amigos* — acrescentou Sebastian.

Lincoln não respondeu.

O silêncio se tornou desconfortável, o que obrigou Sebastian a continuar falando.

— Eu não vou magoá-la nem nada do tipo.

Lincoln olhou bem para ele por um tempo.

— Tudo bem — falou. — Mas e se ela magoar você?

Por um instante, Sebastian ficou sem saber o que responder.

— Como assim?

Lincoln comprimiu os lábios.

— Lembra quando Lana e eu terminamos?

Sebastian lembrava. Lincoln e a namorada começaram a se relacionar em setembro do segundo ano de faculdade e foram felizes pelos dois anos seguintes. Então, nas férias de verão antes do último ano, Lana conseguira um estágio na Cidade do México e dissera para Lincoln que queria sair com outras pessoas; fazia sentido cada um ter liberdade por um tempo antes de assumirem um compromisso sério. Lincoln não gostou nada daquilo, mas aceitou. Foi o rompimento mais civilizado e racional que Sebastian tinha visto na vida. Lana foi para o México e Lincoln voltou para casa, em Nova York, onde ficou numa boa, pelo menos até o dia em que ela postou uma foto sorrindo nos braços de um colega bonitão chamado Jorge. Naquela tarde, Lincoln apareceu no *Jersey Journal*, onde Sebastian estava estagiando, com os olhos vermelhos e cheirando a maconha e cerveja, o que no caso dele era totalmente inédito. Ele entrara na internet, encontrara o voo mais barato para o México com dois assentos disponíveis e ia para lá no dia seguinte.

"Vamos comigo", pedira ele a Sebastian. "Preciso dar um jeito de voltar com ela."

Em vez de acompanhá-lo até o México, Sebastian o levou para casa, para o apartamento dos pais do amigo no Upper West Side, onde Lincoln estava passando as férias. Eles se sentaram à mesa da cozinha e, todo sem jeito, Sebastian tentou consolá-lo e explicar por que fazer aquela viagem não era uma boa ideia. "Você e Lana fizeram isso de comum acordo", foi seu argumento. "Deixe que ela conheça outros por aí. Quando perceber que ninguém faz tão bem para ela quanto você, vai voltar. Quem ama de verdade não prende ninguém!"

Lincoln olhara feio para ele.

"Se começar a citar memes, eu acabo com sua vida."

Sebastian ficou com ele naquele dia, e dormiu no chão do quarto de infância de Lincoln, que não chorou… pelo menos, não na sua frente. O amigo não quebrara pratos, não queimara roupas, nem apagara todas as fotos de Lana do celular, nem a bloqueara nas redes sociais. Só sofrera em silêncio pelo resto do verão. Sebastian se lembrava de muitos suspiros e longos silêncios. Lincoln perdera peso e mal sorria naquela época. Fora como se o mundo tivesse perdido todo o gosto, como se não houvesse nada de agradável para ele em lugar nenhum. Sebastian tinha feito o possível para apoiá-lo. Ajudou Lincoln a criar um perfil nos aplicativos de encontros, fora em encontros duplos com ele junto com as garotas que ele conhecia nos apps, e com a filha de um amigo da família dele, mas não tivera jeito. Lincoln só queria saber de Lana.

No corredor do hospital, Sebastian mediu bem as palavras.

— Lembro, sim. Foi difícil para você.

— Difícil para mim — repetiu Lincoln, balançando a cabeça. — Parecia que eu comia vidro moído todos os dias. Tinha vontade de morrer, inclusive. Quer dizer, não ia me matar, mas aquilo me doía a esse ponto. Eu não queria viver em um mundo no qual eu não estava com ela, no qual ela não me queria. Doía demais. E continuou doendo até voltarmos a ficar juntos.

Aquilo demorara meses, pelo que Sebastian lembrava.

— Você entende? — perguntou Lincoln. — Quando você entra em um relacionamento e fica vulnerável, pode acabar se machucando.

— Eu sei.

Lincoln parecia duvidar, mas Sebastian entendia, sim. De verdade. Se estivesse com Abby, se permitisse que o amor por Abby florescesse, e se de alguma forma fosse correspondido, deixaria o coração nas mãos dela todos os dias. Ela teria o poder de feri-lo, de magoá-lo, de fazê-lo perder a vontade de viver. De tirar toda a cor do mundo, roubar o sabor da comida, transformar os minutos em horas, as horas em dias, e o resto da vida dele em um lento rastejar rumo ao inevitável fim. Ele balançou a cabeça, confuso… e admirado. Como Lincoln tinha conseguido fazer aquilo? Como qualquer pessoa conseguia, aliás?

— É assustador — disse Sebastian por fim.

— Mas vale a pena — garantiu o amigo. — Se der certo, se você encontrar a pessoa ideal, todo o sofrimento vale a pena.

# Abby

**15h**

Abby pedira ao Uber para parar em uma farmácia na volta do hospital e correra pela calçada na chuva, percorrendo os corredores a passos apressados para pegar tudo de que precisava. Depois que fez as compras, recebeu uma mensagem de Kayla no celular. "Tudo certo. Acabamos de entrar na van. Morgan parece bem. Estamos a caminho." Abby escreveu para a mãe em seguida, que respondeu: "Ainda no spa. Até as quatro. Deu tudo certo?".

"Segundo grupo a caminho", escreveu Abby. E em seguida, engolindo o orgulho: "Obrigada pela ajuda". Os pontinhos indicativos de que a mãe estava digitando apareceram, mas depois sumiram e, no fim, o que apareceu na tela foi um joinha abaixo da última mensagem de Abby.

*Certo*, pensou Abby. A partir dali, era só uma questão de ficar de olho em Morgan e torcer para que a garota conseguisse guardar segredo.

No hotel, Abby pegou a chave do quarto e subiu para enfim poder tirar as roupas frias e molhadas, soltando um gemido de satisfação ao entrar no chuveiro quente. Quando tinha tirado toda a sujeira, o sangue e a graxa do corpo, quando os dedos das mãos e dos pés não estavam mais dormentes e ela se sentia aquecida de novo, se secou, se vestiu, prendeu o cabelo em um coque e bateu à porta do quarto de Lily e Morgan.

— Só um minuto! — respondeu Morgan com a voz fraca.

Quando a garota abriu a porta, estava usando uma camiseta comprida e larga, uma calça de moletom enorme e um par de meias brancas e macias de chenile. O rosto estava pálido, e os olhos, vermelhos.

— Oi — disse ela, quase em um cochicho, olhando para um lado e para o outro no corredor.

— Estou sozinha — falou Abby. — Minha mãe está mantendo a sua ocupada, para você poder ter algumas horas sozinha. Eu só queria saber se está tudo bem.

Os ombros de Morgan penderam para baixo.

— Você já sabe?

— Sei que você teve uma consulta médica — explicou Abby, cautelosa. — E queria saber como está se sentindo.

Morgan abaixou a cabeça e deu de ombros bem de leve antes de responder:

— Obrigada.

— Trouxe uma almofada térmica e umas coisas para você fazer um lanchinho. — Abby mostrou a sacola, e Morgan abriu um pouco mais a porta para ela poder entrar. — Como você está?

— Estou bem — disse Morgan. — Por enquanto. Vou ter que tomar duas medicações diferentes. Uma hoje, outra amanhã. A de hoje já tomei. Acho que é a de amanhã que... enfim, você sabe. — Ela respirou fundo. — A coisa acontece.

— Você tem Tylenol, não tem? — perguntou Abby, apontando com o queixo para a sacola. — A almofada térmica deve ajudar. Quando minha amiga Marissa abortou, disse que ajudou bastante com as cólicas.

Morgan levantou a cabeça de repente, erguendo o olhar do chão para o rosto de Abby.

— Você tem uma amiga que abortou.

Abby fez que sim com a cabeça.

— Muitas mulheres fazem abortos — garantiu ela, imaginando que Morgan podia não saber daquilo, que dentro da bolha da menina, em um estado conservador, podia nunca ter conhecido ou sequer ouvido falar de uma mulher que interrompeu uma gestação.

Pelo menos não uma que estivesse disposta a falar a respeito.

— E como foi? — Os dedos de Morgan puxavam a bainha da camiseta, e mais uma vez ela voltou o olhar para o carpete. — Ela ficou bem? Depois de fazer?

— Ela contou que as cólicas foram bem fortes — disse Abby, pois não queria iludir Morgan quanto ao que viria pela frente. — Mas só por algumas horas. Depois passou e ela ficou bem. Disse que comer porcarias e ver comédias românticas também ajudou. — Abby começou a pegar as coisas que tinha comprado. — Tem coisas doces, salgadas, azedas e chocolate. Os quatro grupos alimentares!

— Não estou com muita fome. — Morgan umedeceu os lábios com a língua antes de voltar a falar. — Eu só queria estar em casa. No meu quarto. Na minha cama.

Abby soltou um suspiro, lembrando que sempre se sentia mais segura quando estava na própria cama, com uma pilha de travesseiros servindo de barricada.

— Quer que eu fique um pouco aqui com você?

— Não, obrigada — respondeu Morgan. — Acho que vou tentar tirar um cochilo. — Ela esboçou uma tentativa de sorriso para Abby. — Não dormi muito na noite passada.

— Eu entendo — disse Abby. — E hoje à noite? Meu quarto tem duas camas, e você pode ir ficar comigo quando quiser. Nós podemos ver um filme.

Morgan pareceu pensar a respeito, então negou com a cabeça.

— Obrigada, mas acho que vou ficar bem.

Abby assentiu, apesar de achar que Morgan não parecia nada bem.

— Sei que Andy ficaria muito feliz em vir fazer companhia, se você quisesse.

Morgan confirmou com a cabeça e abriu um sorriso amarelo.

— Acho que eu preciso manter distância de garotos por um tempo.

— Bom, você tem meu número. Vou estar no quarto, se precisar de alguma coisa. E vamos ver como você fica amanhã e depois. Provavelmente não vai estar muito disposta a pedalar, então vou deixar Jasper avisado. — Abby fez uma pausa. — O que você vai falar para sua mãe?

Morgan pôs a sacola na cama e passou os dedos pelo cabelo.

— Que estou menstruada — respondeu ela. — Afinal... não deixa de ser verdade.

— É uma boa forma de se pensar — concordou Abby. — Você deve estar aliviada.

Um leve sorriso apareceu no rosto de Morgan ao responder:

— Vou ficar aliviada quando isso acabar.

Abby pôs a mão no braço da menina.

— Descanse um pouco — recomendou. — E mande mensagem se precisar de alguma coisa. Mais doces e salgadinhos, ou um refrigerante. Ou uma companhia. Eu estou aqui para o que for preciso, e Kayla também. Todo mundo está disposto a ajudar, com o que quer que seja. Vamos cuidar bem de você.

Morgan agradeceu e fechou a porta. Abby foi para seu quarto, pediu comida chinesa e se deitou na cama com os olhos fechados. Depois da pedalada na chuva, depois do acidente, do interlúdio com Sebastian e o estresse de manter o que Morgan fizera em segredo, ela deveria estar exausta, mas não sentia nem um pouco de sono. Parecia pronta para correr uma maratona ou sair para dançar a noite toda. Sua mente estava voltada para Sebastian: a maneira como ele a olhara, o que falara, a sensação da boca dele na sua quando a beijara na chuva. Era a mesma sensação de quando aprendera andar de bicicleta: de estar leve que nem pluma, de estar voando, de ser linda e poderosa e imbatível.

# Abby

**Dia 8: Seneca Falls**

O dia seguinte à tempestade amanheceu com o tempo limpo e ensolarado: uma manhã perfeita para dar uma volta sem pressa ao redor do lago Cayuga. Abby tinha avisado ao grupo que sairiam para pedalar às nove da manhã. Às sete, ela acordou com o celular vibrando e com várias mensagens não lidas. Quando olhou para a tela, engoliu em seco ao ler as primeiras. Às pressas, digitou uma mensagem para Morgan: "O que aconteceu? Você está bem?".

Não houve respostas. Abby se vestiu depressa, escovou os dentes e correu para o saguão do hotel, onde os ciclistas da Libertar estavam reunidos em torno da jarra de café. Eileen estava vestida de um jeito impecável, com calça de linho branca e um conjunto de suéter e blusa rosa-choque. Kayla Presser usava um short jeans e uma camiseta, com o cabelo preso em um rabo de cavalo, os olhos inchados e marcas de travesseiro no rosto. Lily Mackenzie estava ainda mais desarrumada, de chinelo e com a calça de pijama aparecendo por baixo do roupão, falando em um tom estridente e assustado, gesticulando sem parar.

— Morgan e eu fomos dormir às onze, e quando acordei ela não estava lá. — Sua voz tremia quando ela sacou um iPhone do bolso do roupão. — Pensei que tivesse vindo pegar um café ou coisa do tipo, mas aí encontrei o celular dela. Estava no quarto, então não tenho como rastrear onde ela está.

— Certo. Não vamos entrar em pânico — disse Abby.

— Ela nunca sai sem o celular. Nunca mesmo. — O tom de Lily soou acusatório quando olhou para Eileen, Kayla e Abby. — Liguei para meu marido e para a melhor amiga dela. Ninguém tem notícias.

— Certo — repetiu Abby, virando-se para Kayla. — Andy sumiu também, né?

Kayla assentiu.

— Ele não estava mais lá quando acordamos de manhã, mas acho que está com o celular. Pelo menos, não encontrei lá no quarto.

— Então devem estar juntos.

Abby serviu um café para Lily e a levou na direção das quatro poltronas ao redor de uma mesinha de centro que ficava perto da porta. Kayla e Eileen se sentaram, e Abby falou:

— Vamos começar do início. De ontem à noite.

Lily segurou a caneca com as duas mãos, deu um gole e começou:

— Morgan não quis sair para jantar. Disse que estava com cólica e sem fome, então ficou descansando. Pedi comida para nós, e acho que ela tomou um pouco de sopa. Nós vimos um filme e fomos dormir às onze. Hoje de manhã, quando acordei, ela não estava no quarto.

Ela deu mais um gole no café e passou a língua nos lábios, o mesmo gesto nervoso que Abby tinha visto Morgan fazer, e então se virou para Kayla.

— Andy falou alguma coisa para você ontem à noite? Aconteceu alguma coisa quando ela estava com vocês?

Abby trocou um rápido olhar com a mãe. Lily percebeu, e sua expressão passou de desnorteada a desconfiada.

— Aconteceu alguma coisa? — repetiu ela. Como ninguém respondeu, ela voltou a perguntar, com a voz alta e esganiçada: — Alguém por favor pode me dizer o que está acontecendo?

Eileen comprimiu os lábios. Kayla olhou para o chão.

— A bicicleta de Morgan ainda está aqui? — perguntou Abby.

— Não sei. — Lily parecia um pouco menos furiosa. Talvez estivesse aliviada por ter alguma tarefa em que se concentrar. — Vou lá ver.

Abby assentiu.

— Quando soubermos se a bicicleta ainda está aqui ou não, vamos fazer uma lista de todos os lugares para onde ela pode ter ido e começar a procurar.

— Será que é melhor chamar a polícia? — sugeriu Lily. — E se ela tiver sido sequestrada? E se for... sei lá, traficantes de crianças...

Abby levantou uma das mãos.

— Ainda faz menos de vinte e quatro horas, e pelo menos sabemos que ela deve estar com Andy. Não acho que a polícia vá levar uma notificação a sério a esta altura. Até podemos ligar, mas acho melhor procurarmos nós mesmos.

— Eu quero chamar a polícia — disse Lily, com as mãos cerradas junto à cintura.

— Tudo bem — falou Abby. — Você tem uma foto recente de Morgan? Eles devem pedir uma.

— Ai, meu Deus — respondeu Lily.

Ela pareceu se encolher toda. Ela envolveu os ombros com os próprios braços e começou a chorar. Eileen pôs a mão nas costas da mulher.

— Vamos lá — disse Eileen. — Precisamos ver se a bicicleta dela está aqui ainda.

Abby ficou grata... além de ter a sensação inquietante de não estar nem irritada nem frustrada com a mãe.

As portas do elevador se abriram, e Sebastian, adoravelmente vestido com uma camiseta e um short amarrotados, esquadrinhou o saguão com os olhos até encontrá-la.

— O que aconteceu? — perguntou ele.

— Morgan e Andy sumiram — explicou Abby.

Ele assentiu, bem sério.

— Como posso ajudar?

Dez minutos depois, Sebastian já estava na bicicleta, seguindo na direção do centro de Seneca Falls para fazer uma ronda pelas cafeterias, ao passo que Kayla e Lily digitavam no celular, cada uma de um lado do saguão. Enquanto Lily estava ocupada, Abby lançou um olhar interrogativo para a mãe, como quem perguntava: "Você sabe de alguma coisa?". Eileen contraiu os lábios e negou com a cabeça. *Onde está você, Morgan?*, ponderou ela, procurando o telefone do hospital. *Onde e como você está?*

# Morgan

Durante toda a noite, Morgan ficou acordada, olhando para o teto, com a mãe dormindo na cama ao lado e o frasco com a segunda rodada de comprimidos na mão. "Estou com cólica", ela havia falado para Lily. A mãe fizera uma cara de quem não estava entendendo e a olhara de um jeito que a fizera sentir o corpo todo pegando fogo, como se estivesse segurando um cabo de panela quente, e parecera durar uma eternidade. Morgan se obrigara a encarar a mãe até que, por fim, Lily informara que buscaria uns analgésicos e a deixara sozinha.

Morgan fingiu que estava dormindo enquanto a mãe pedia o jantar. E fingiu acordar por tempo suficiente para tomar umas colheradas de sopa, que era o máximo que o estômago embrulhado conseguiria tolerar. Então assistiu ao filme que a mãe encontrara, ou pelo menos manteve os olhos voltados para a tela, e fingiu mais uma vez pegar no sono depois que Lily apagou a luz e se aproximou para lhe dar um beijo. Naquele momento, ficara perto, muito perto mesmo, de contar a verdade, de abrir a boca e desabafar tudo. Porém, no fim, apertou os lábios e se forçou a ficar quieta até que, finalmente, a mãe foi ao banheiro escovar os dentes e depois se deitou na cama. As cortinas ficaram fechadas, deixando o quarto às escuras e em silêncio, a não ser pelo leve ruído da respiração de Lily e a pulsação de Morgan, que retumbava em seus ouvidos.

*Eu não posso fazer isso*, pensara Morgan. Não com a mãe no quarto, nem por perto. Tinha certeza de que, quando começasse, a mãe bateria os olhos nela e saberia exatamente o que estava acontecendo e o que Morgan tinha feito.

Às seis da manhã, ela mandara uma mensagem para Andy: "Vc pode conversar?". Ela achara que a resposta fosse demorar um pouco, mas fora imediata. "Aconteceu alguma coisa?".

Morgan não sabia nem por onde começar, não conseguia digitar aquelas palavras e as ver aparecer na tela (e se alguém a obrigasse a abrir as mensagens, como tinham feito com aquela pobre garota em Nebraska, a que Olivia tinha mencionado?). Em vez daquilo, escreveu apenas: "Tem algum lugar aonde a gente possa ir?".

"Encontro você na frente dos elevadores em dez minutos", fora a resposta de Andy. Morgan saíra de debaixo das cobertas e calçara os tênis. Tinha se deitado de calça de moletom e camiseta, então não precisava nem se trocar. Deixando o celular na cama, saíra em silêncio pela porta e atravessara o corredor na ponta dos pés, com a chave do quarto e os medicamentos no bolso e a almofada térmica que ganhara de Abby enfiada debaixo do braço.

Andy estava à espera, amarrotado e bocejando, com cheiro de sono, e um cobertor e um travesseiro na mão.

— Você está bem? — perguntou ele. — Já tomou os outros comprimidos?

— Ainda não — respondeu Morgan.

Ainda não fazia vinte e quatro horas. O corpo parecia idêntico a como estava no dia anterior, e no dia antes do anterior: os seios sensíveis e doloridos, o nariz de repente cem vezes mais sensível a odores. Naquele momento mesmo, estava sentindo no ar um toque de gel de limpeza e resquícios do protetor solar na pele de Andy.

— Falaram para esperar vinte e quatro horas. Então é só às onze. Eu só não posso estar no quarto quando fizer isso. — Ela baixou o tom de voz. — Com minha mãe lá.

Andy concordou com a cabeça.

— Tem uma academia lá no térreo — disse ele. — Com uma esteira, tapetes de ioga, essas coisas. Não tem ninguém lá. Eu já fui ver. Sei que não é… que não é o ideal — complementou, hesitando um pouco. — Mas é um lugar tranquilo, tem uma TV, e posso levar mais cobertas e…

— É uma boa ideia — disse Morgan. — Você fica lá comigo?

Andy engoliu em seco de modo perceptível.

— Fico, sim. Lógico.

Morgan desceu com ele, pensando na mãe e em como se sentiria ao acordar e ver a cama vazia e o celular da menina no quarto. Ela sabia que devia ter deixado um bilhete ou mandado uma mensagem, mas já era tarde demais para aquilo.

— Vem comigo.

Andy a levou por um corredor no andar térreo do hotel e usou a chave do quarto para abrir a porta com os dizeres ACADEMIA, que no fim era só uma salinha com um espelho cobrindo uma das paredes e piso de borracha. Diante do espelho havia uma única esteira ergométrica, um elíptico, um rack com halteres e uma pilha de tapetes de ioga. A televisão ficava pendurada na parede em um canto e, logo abaixo, havia uma mesa e um frigobar com garrafinhas de água, uma pilha de toalhas de mão e uma tigela com laranjas e maçãs que pareciam de cera.

Andy empilhou os tapetes de ioga junto à parede, colocando o travesseiro e o cobertor por cima. Morgan se sentou de pernas cruzadas e, depois de alguns instantes, Andy fez o mesmo.

— Quer água? — perguntou ele. — Ou… um chá, talvez? Tem chá e café lá no saguão.

Ela confirmou com a cabeça.

— Um chá, por favor — pediu.

Andy foi buscar, e Morgan o ficou observando, perguntando-se por que não podia namorar um cara legal como ele. Aquela atenção a fazia se sentir quentinha por dentro, toda derretida e melosa, como quando ela e a mãe faziam balas e o açúcar passava de grãos individuais a uma bola de caramelo no fogão.

Morgan não queria pensar na mãe. Não queria se lembrar de quando ela lhe ensinara como usar a parte traseira da colher para esticar o caramelo, ou de quando viam juntas a cor do doce passar de um tom de âmbar para um marrom-escuro brilhoso. Não queria lembrar do cheiro do açúcar misturado com o dos galhos da árvore de Natal na sala, nem de se sentar ao lado dela no sofá, usando agulha e linha para fazer guirlandas de pipoca e cramberry, enquanto o pai cantava músicas natalinas e acendia a lareira da sala. Não haveria mais Natais como aquele se a mãe descobrisse o que Morgan tinha feito. Morgan provavelmente não poderia nem voltar para casa.

Ela soltou um grunhido e se deitou de lado, apoiando a cabeça no travesseiro e puxando o cobertor até o pescoço. Quando Andy voltou, fingiu que estava dormindo, ouvindo enquanto ele punha a xícara no chão e se sentava no pé da cama improvisada. Em algum momento, ela pegou no sono de verdade porque, quando abriu os olhos de novo, uma hora tinha se passado, e Andy a observava, mordendo o lábio.

— Minha mãe não para de mandar mensagem — disse ele, mostrando o celular. Morgan viu que passavam das oito. — Sua mãe… parece que ela está bem preocupada. Não sabe onde você está e quer chamar a polícia.

Morgan engoliu em seco.

— Você contou para sua mãe onde estava? — perguntou ela, falando baixinho.

Andy fez que não com a cabeça.

— Não respondi nenhuma mensagem.

— Beleza.

— Mas acho melhor você conversar com ela. Ou um de nós. Ela precisa saber pelo menos que você está bem.

Morgan o encarou.

— Não posso.

O pomo de adão de Andy subiu e desceu, e ele e esfregou as mãos no short.

— Não dá para fugir dela pelo resto da viagem. Você ia dizer que estava com cólica, né?

O rosto dele ficou um pouco vermelho.

Morgan confirmou com a cabeça. Em seguida, enfiou a mão no bolso, pegou o frasco e leu as instruções que já sabia de cor: *Coloque 4 comprimidos (200 mg cada) entre as bochechas e as gengivas e deixe-os lá por 30 minutos até se dissolverem. Você não deve falar nem comer durante esses 30 minutos, então é bom ficar em um lugar tranquilo, onde não vai ser interrompida. Depois de 30 minutos, beba água e engula tudo o que tiver sobrado dos comprimidos. Esse também é um bom momento para tomar um analgésico como ibuprofeno, considerando que as cólicas devem começar em três horas.*

— Espera — pediu a menina.

Antes que Andy pudesse dizer alguma coisa, ou ela pudesse se arrepender, abriu o frasco, despejou os comprimidos na mão e enfiou na boca, dois de cada lado, entre as bochechas e as gengivas, fazendo uma careta por causa do gosto amargo dos remédios quando começaram a se dissolver, olhando para o relógio até os trinta minutos passarem. *Está feito*, pensou ela. Seu coração estava disparado de euforia e terror, e de vergonha e arrependimento, além do alívio. Mais do que qualquer coisa, o alívio por ter feito aquilo e, em pouco tempo, poder deixar aquela situação para trás.

# Lily

— Você foi até a academia e acabou pegando no sono lá? — repetiu Lily.

Morgan parecia péssima, com o cabelo embaraçado, os lábios rachados e olheiras escuras. Ao bater os olhos na filha quando ela aparecera arrastando os pés no saguão, às dez e meia da manhã, com Andy a seguindo com uma expressão constrangida, de imediato Lily soube que alguma coisa estava errada.

"Lá para cima", declarara a mulher, com um tom curto e grosso.

Morgan a seguira até o elevador e entrara com ela no quarto. Lily pendurara o aviso de NÃO PERTURBE na maçaneta na porta e se trancara lá dentro para confrontar a filha.

— Andy queria me mostrar como se faz ioga — disse Morgan, olhando para o chão.

Em meio às ligações frenéticas (para a polícia, para Don, no Arizona, para Olivia, amiga de Morgan, que estava em um acampamento de férias), Lily tinha voltado ao quarto para se trocar e manter as mãos ocupadas com alguma coisa. Arrumara as duas camas e recolocara a bolsa de viagem de Morgan em cima da prateleira depois de dizer a si mesma que a filha não iria muito longe sem o celular, o aparelho dos dentes e a adorada chapinha.

— Você estava na academia com Andy?

Lily ouviu a própria voz, alta, estridente e nem um pouco elegante. Ela lembrou que Andy voltara carregando um cobertor e um travesseiro quando aparecera com Morgan no saguão… mas a filha não seria abusada o suficiente para aparecer com aquelas coisas se tivesse feito alguma coisa indecente com ele. Andy parecia um bom menino, muito educado, e os pais dele eram pessoas sérias e decentes... mas Lily sabia que os jovens meninos, mesmo os mais agradáveis, às vezes eram os que causavam os maiores estragos.

— Eu estou com cólica — justificou Morgan. — Eu... Minhas pernas estavam doloridas. O corpo todo. Ele só quis me ajudar. — Ela começou a fungar, esfregando os olhos com uma das mãos. — Ainda não estou me sentindo bem. Acho que vou passar o dia na cama hoje.

Lily olhou bem para a filha, olhando para o rosto dela, as roupas, os olhos inchados e vermelhos. Elas tinham combinado de passar o dia visitando os museus: o dos direitos das mulheres e o dedicado ao filme *A felicidade não se compra*, um dos favoritos de Lily. Bedford Falls, onde se passava o filme, era inspirada em Seneca Falls. Agora, sabia que nenhum daqueles passeios aconteceria.

Morgan parecia bem diferente que de costume. Era evidente que estava exausta e infeliz. Mas por quê? O que tinha acontecido? Andy Presser havia feito alguma coisa com ela que a magoara?

— Desculpa — disse Morgan.

Ela foi para a cama, deitou-se, encolheu-se de lado, de costas para Lily, virada para a parede. Lily a observou por um momento. Em seguida, sentou-se na beirada do colchão da filha e acariciou o cabelo de Morgan, massageando as costas dela.

— Querida — murmurou a mulher.

— Eu só quero ficar sozinha — respondeu Morgan, com uma voz baixa e chorosa. — Por favor, me deixa sozinha um pouco.

— Só quero saber se você está bem. Você me deu um tremendo susto. — Lily passou as mãos de novo no cabelo de Morgan e perguntou baixinho: — Andy fez alguma coisa?

— Não! — Morgan se sentou na cama na mesma hora, falando bem alto. Ela negou com a cabeça e voltou a se deitar, encolhendo-se ainda mais. — Andy é ótimo.

— Alguma outra pessoa magoou você?

Morgan voltou a negar com a cabeça, mas Lily sentiu o corpo da filha se enrijecer discretamente sob sua mão.

— Aconteceu alguma coisa?

Ela negou em silêncio de novo.

— Querida, você pode me contar qualquer coisa, seja o que for.

Lily se sentiu como se estivesse tateando no escuro, dando topadas com os dedões na mobília e esbarrando com os quadris nas mesas, pois tudo parecia apenas formas vagas na penumbra.

— Você vai ficar brava comigo — disse Morgan.

— Prometo que não vou, mas preciso saber o que aconteceu. — Ela respirou fundo e se obrigou a perguntar: — Tem alguma coisa a ver com Brody?

Se não estivesse observando e ouvindo com tanta atenção, não teria visto o discreto assentir de Morgan, com o cabelo roçando a fronha do travesseiro. *Talvez ele tenha terminado com ela*, pensou Lily... mas seu coração de mãe, ou sua intuição, talvez até mesmo a própria experiência, sugeria que outra coisa parecia mais provável.

— Brody fez alguma coisa que você não queria?

Morgan juntou uma das mãos na outra, apertando os dedos.

— Não... não exatamente.

— Pode me contar — garantiu Lily, acariciando o cabelo sedoso de Morgan, com movimentos gentis e uma fala suave. — Pode me contar qualquer coisa.

— Você vai ficar brava. — A voz de Morgan estava embargada de choro. — Vai ficar tão brava que nem...

Lily ficou esperando que ela completasse.

— Não vai nem me amar mais — sussurrou Morgan, por fim.

— Ah, querida. — Lily não alterou o tom de voz, apesar de estar tomada pelo terror e com os dedos gelados. Ela se inclinou mais para a frente e apertou os ombros de Morgan. — Não existe nada que me faria deixar de amar você, minha menina.

Ao ouvir aquilo, Morgan começou a soluçar, chorando tanto que o corpo inteiro se sacudia.

— O que quer que seja, vai ficar tudo bem — declarou Lily, apesar de sentir os olhos queimando. Brody teria feito alguma coisa? Machucado a filha? Ah, ela o mataria se fosse o caso. Acabaria com ele. Destroçaria o corpo dele com as próprias mãos. — Eu prometo que não vou ficar brava e que nunca vou deixar de amar você.

Morgan chorou ainda mais. Em seguida se sentou, fungando e limpando os olhos.

— Brody... — começou ela.

Lily ficou em silêncio, forçando-se a ficar imóvel na base da pura força de vontade.

— Ele... ele não me forçou a nada. Não me machucou nem... — Morgan pegou uma mecha de cabelo e começou a retorcer, enrolando os fios em torno das mãos e olhando para a colcha da cama. Sua voz saiu baixa e inexpressiva: — Nós só fizemos duas vezes, e eu nem gostei. E usamos camisinha. Tomamos cuidado. Só que...

*Não*, pensou Lily. *Ah, não.*

— Eu engravidei — confessou Morgan, chorando.

O corpo dela oscilou na direção de Lily, como se quisesse apoiar a cabeça no ombro da mãe, como se quisesse que ela a abraçasse, mas Lily não conseguia se mover nem dizer nada. Ficou atordoada e paralisada, como se o corpo tivesse se transformado em uma estátua de sal, como a mulher de Ló, ouvindo Morgan soluçar e contar o resto da história. O teste de gravidez. O pedido de ajuda à Olivia. O plano que elaboraram. A consulta na clínica em Syracuse. O que fizera lá, com a conivência de Kayla e Andy, no dia anterior.

— Está brava comigo? — perguntou Morgan, ainda aos prantos, com palavras quase ininteligíveis. — Você me odeia?

— Ah, querida. Não. Lógico que não.

— E também não pode ficar brava com Andy e a sra. Presser. — Ela levantou a cabeça e olhou bem para Lily com os olhos cheios de lágrimas. — Não pode. Não é culpa deles.

— Eu não estou — disse Lily. — Não estou brava com ninguém. É que... — Ela respirou fundo, sentindo a cabeça girar a mil. — Eu só queria que você tivesse me contado. Para poder estar ao seu lado.

— Mas não é uma coisa que... Mas você não... — Morgan enxugou os olhos, limpou o nariz com a manga da blusa e finalmente olhou para a mãe, continuando baixinho: — Você acha que isso é assassinato.

Lily se levantou da cama e foi até o banheiro, abriu as torneiras da pia e deixou a água correr até ficar quente. Ela molhou uma toalha de mão, pegou uma caixa de toalhas de papel e se sentou ao lado da filha na cama. Com gestos suaves, usou a toalha quente e molhada para limpar o rosto de Morgan, assim como fazia quando ela era pequena e ficava com o rosto todo sujo ao comer chocolate ou marmelada. Outras crianças gostavam de passar geleia de uva ou de morango na torrada ou no sanduíche de manteiga de amendoim, mas Morgan sempre gostara de marmelada. "Você tem um paladar sofisticado", dissera Don uma vez, e a menina passara dias repetindo com a vozinha fina: "Eu tenho um paladar sofisticado!".

Os ombros estreitos de Morgan se sacudiam com os soluços. A garota fechou os olhos com força, como se não tivesse coragem de olhar para Lily, que sentiu a vergonha subir pela garganta, inevitável como a lembrança que surgiu em sua mente.

— Preciso contar uma coisa para você — declarou Lily, esperando até que Morgan abrisse os olhos e voltasse a encará-la antes de respirar fundo e começar a contar: — Aos 18 anos, eu tive um namorado.

Houve um tempo em que Lily Mackenzie era Lily Lawrence. Ela vinha de uma pequena área rural na região central do estado da Pensilvânia, uma cidadezinha cujo distrito escolar dava férias para as crianças no primeiro dia da temporada de caça, onde havia seis igrejas e uma escola cristã que mandava três ônibus de estudantes a Washington para a Marcha pela Vida todo ano em janeiro. Lily, seus pais e os dois irmãos mais velhos viviam em uma casa no estilo Cabo Cod, com três quartos, dois banheiros e uma macieira silvestre no quintal.

Durante o último ano do ensino médio, Lily cresceu quase oito centímetros, dois tamanhos de sutiã e conseguiu convencer a mãe a deixá-la fazer luzes no cabelo castanho. Lily passava o perfume Obsession, da grife Calvin Klein, atrás das orelhas toda manhã e usava sutiã de bojo para ir à escola, e os garotos que conhecia desde o jardim de infância, que a esnobavam em comparação às amigas mais bonitas e desinibidas, começaram a reparar nela. Assim como Benjamin, o irmão mais velho de Sharon, sua melhor amiga.

Eles se conheceram em uma festa na casa de Sharon, em um sábado à noite, no verão, depois que ela e as amigas se formaram no ensino médio. Havia uma fogueira no quintal, um cooler cheio de gelo e garrafas de refrigerantes (e outro, no porta-malas do carro de um colega de sala, cheio de cervejas). O vestido que Lily usou naquele dia era cor-de-rosa de malha furadinha de algodão, tinha uma saia com uma camada de babado na ponta e alças finas, ressaltando o bronzeado dos braços e ombros expostos. Nunca tinha se sentido tão bonita, tão desejada, e, quando Ben foi até ela segurando duas cervejas pelo gargalo, com um olhar de admiração no rosto, ela se sentiu também uma garota de sorte. Especial. Notada. Ben e Lily passaram a noite toda conversando, primeiro perto da fogueira, depois em um sofá na sala de estar da casa. Ele pediu o número dela e deu um beijo de leve em seus lábios no fim da noite, com um dedo sob seu queixo para levantar o rosto dela até o dele, e não era nem um pouco parecido com os garotos da escola, que iam enfiando a língua na boca das meninas como se quisessem saber se tinham todos os dentes molares… isso quando não batiam os dentes nos delas. A boca de Ben era suave, e tinha gosto de uísque, e o cheiro dele era de loção pós-barba. Lily se apaixonou na mesma hora.

Seus pais não aprovavam. Ben tinha 23 anos, e ainda faltavam três semanas para ela fazer 18. Era um homem, e Lily, uma menina. Ela foi proibida de vê-lo, o que, obviamente, só a deixou ainda mais ansiosa para sair com ele. Então se encontravam em segredo. Era bem fácil. Lily não precisava nem mentir. "Vou até a casa de Sharon", era o que dizia. Só não acrescentava que Sharon estava trabalhando como salva-vidas naquele verão, que os pais dela estavam nos respectivos empregos e que não havia ninguém em casa além de Ben. Durante todo aquele verão, ela inventou idas aos cinemas e festas, noites passadas na casa de amigas, fogueiras à beira do lago e trabalhos de babá marcados de última hora.

Lily havia crescido indo à igreja todos os domingos. Tinha feito a promessa de se manter virgem até o casamento, mas aquilo parecia ser uma coisa nebulosa e distante quando Ben colava a boca em seu pescoço e subia a mão por sua blusa ou a enfiava em sua calça; eram como palavras ditas por uma desconhecida. Eles transaram mais de uma dezena de vezes e sempre usavam camisinha. No fim das férias, a hora de ir para a faculdade chegou, mas a menstruação dela não.

Ben entrou em pânico.

— Eu não posso me casar — disse ele. — Não posso ter um filho. Não tenho nem emprego!

A essa altura, Lily já tinha reparado que ele também não estava se esforçando muito para procurar trabalho. E também não conseguia culpá-lo. Se tivesse um bom lugar para ficar, com tudo pago pelos pais, e comida quente todas as noites, não faria questão de arrumar um emprego também.

Lily fez um teste de gravidez caseiro e, quando recebeu a notícia que de surpreendente não tinha nada, ligou para o pediatra, o dr. Rosen, que cuidava dela desde que era bebê. Ele pediu que ela fosse ao consultório no fim do dia, quando só estivessem ele, a secretária e a enfermeira. Lily se sentou na maca da pequena sala com o cartaz da pirâmide alimentar na parede, onde costumava ser pesada, medida e examinada em busca de infecções de ouvido e urticária. Com os olhos baixos, ela pediu segredo.

— Você já é adulta — disse ele. — Então as regras de praxe se aplicam. O que me disser aqui fica só entre nós.

Ela contou o que tinha acontecido. O médico fez algumas perguntas com um tom tranquilo e neutro, e a enfermeira foi colher urina para fazer o exame, só para ter certeza.

Diante do resultado positivo, o dr. Rosen prescreveu três receitas, arrancou as folhas do receituário e enfiou em um envelope antes de entregar para ela. Uma era de anticoncepcionais. As outras duas, de medicamentos que encerrariam a gestação.

— Uma farmácia em Harrisburg tem tudo isso em estoque — indicou ele.

Lily saiu do consultório quase atordoada de tanto alívio por existir um comprimido capaz de resolver o problema, por não precisar se submeter a um procedimento cirúrgico, nem pagar por aquilo, nem contar para os pais. Ela dirigiu quarenta e cinco minutos até Harrisburg, onde comprou e tomou os medicamentos. O sangramento foi fortíssimo, e as cólicas, pior do que qualquer dor que tivesse sentido antes. Ela tomou Tylenol e ficou na cama com as cortinas fechadas, levantando-se de hora em hora para trocar o absorvente.

E então estava feito. Ela foi para a faculdade com os anticoncepcionais dentro do frasco no bolso da frente da mochila. Quatro anos depois, formou-se e tirou a licenciatura para lecionar. Conseguiu um emprego como professora do terceiro ano em uma escola em Pittsburgh e alugou uma quitinete em Squirrel Hill. A maioria das colegas eram boas pessoas, mas de meia-idade e até mais velhas, já casadas e com a vida resolvida. Lily se inscreveu em um clube de caminhadas e um curso de degustação de vinhos. Frequentava diferentes igrejas todo domingo. Gostava de caminhadas e de vinhos, e a igreja lhe proporcionava um senso de pertencimento e estrutura na vida. As crenças com que tinha sido criada eram importantes para ela, verdade, mas, se fosse bem sincera, seria obrigada a admitir que estava mais em busca de amizades do que de Jesus naquele momento.

Donald Mackenzie era o pastor do grupo de jovens da terceira igreja a que ela foi. Tinha um rosto redondo e sincero que o fazia aparentar menos que seus 29 anos, com o cabelo ruivo em um corte escovinha. Ele foi falar com ela no café da tarde com bolo para os recém-chegados, perguntando de onde era, onde tinha estudado e o que estava achando de Squirrel Hill. Falava com uma voz confiante, com o mesmo tom reverberante que usava para pregar, mas Lily viu que o pescoço dele ficou todo vermelho ao perguntar:

— Se você estiver livre no sábado à noite, nós podemos ir juntos a algum lugar?

Eles jogaram uma partida de minigolfe e jantaram no Ruby Tuesday, onde Don pediu um chá gelado para beber e o segundo prato principal mais barato do cardápio. Quando a comida chegou, ele abaixou a cabeça e murmurou uma prece para abençoar o frango grelhado antes de dar a primeira mordida.

— Sei que é não um jantar nem um pouco chique — disse Don, em um tom de quem pedia desculpas.

Lily falou que não era problema, que não precisava de nada chique e que estava tendo uma noite bastante agradável. E não era mentira. Don era gentil e respeitoso, um bom ouvinte, um homem que tratava bem os pais e se dava bem com o irmão e as irmãs. Era ambicioso também, e contou sobre o plano de um dia ter o próprio púlpito.

— Nunca vou ficar rico, mas sustentar uma família eu devo conseguir — declarou ele.

Nove meses depois de terem se conhecido, Don a pediu em casamento com o que chamou de "menor diamante do mundo". Lily chorou ao aceitar. E chorou de novo quando contou que não era mais virgem, murmurando:

— Eu gostaria de ter esperado por você.

Com um gesto carinhoso, ele secou as lágrimas do rosto dela e falou:

— Isso ficou no passado. O que está feito está feito.

Na noite de núpcias, ele foi carinhoso, despindo-a com mãos trêmulas, dizendo em tom de brincadeira que ela precisaria explicar o que ia aonde. Don foi muito gentil, meio atrapalhado no começo, fazendo um esforço para não apressar nada, para não acelerar as coisas, apesar de estar tremendo de desejo, lutando para se controlar, para se segurar, para que fosse bom para os dois.

Ela contou que não era virgem, mas não falou sobre o aborto… apesar de estar quase certa de que Don a perdoaria. No entanto, também perguntaria se ela se arrependia do pecado, se lamentava de verdade o que havia feito. E Lily seria obrigada a mentir, porque não se arrependia nem lamentava.

Por isso, não contou nada. Quando engravidou de Morgan e o ginecologista perguntou, na frente de Don no consultório, sobre gestações anteriores, ela disse sem pensar duas vezes que aquela era a primeira. A verdade era que mal se lembrava daqueles cinco dias terríveis entre o teste com resultado positivo e a viagem a Harrisburg com a receita do dr. Rosen na bolsa.

E então nasceu Morgan, uma menina perfeita e linda, que sabia pintar e desenhar tão bem desde a primeira aquarela; que ganhava um dinheiro extra como calígrafa, escrevendo convites de casamento e cardápios de restaurante; que era modesta, meiga e de uma beleza radiante. Quando Morgan fez 10 anos, Don já era o pastor principal da igreja. Embora os ensinamentos sobre castidade, devoção e uma vida temente a Deus dele fossem mais restritivos do que os que Lily crescera ouvindo, embora os bailes da pureza e os anéis de promessa fossem uma coisa meio bizarra, como rituais de uma seita, Lily obedecia aos preceitos e mantinha os próprios segredos para si.

No quarto do hotel, quando terminou de contar a história, Lily juntou as mãos sobre o colo. Morgan a olhava com uma expressão de fascínio, como se o rosto da mãe fosse uma máscara que tivesse sido arrancada para revelar feições bem diferentes.

— Você se sentiu culpada? — perguntou Morgan.

Lily sabia que precisava ser sincera.

— Na época, não. Mas agora? A verdade é quase nunca penso nisso. — Aquilo não era totalmente verdade. Lily engoliu em seco. — Eu disse ao bebê que sentia muito, mas que ainda não estava pronta, e pedi que esperasse por mim. Disse a mim mesma que a alma dele voltaria para o céu e esperaria até que eu estivesse pronta. E acho que foi isso que aconteceu. E esse bebê, meu bebê, era você.

Ela sorriu para Morgan, enxugando os olhos. Ela a encarou com uma expressão solene antes de entregar os lenços de papel e esperar até que secasse o rosto.

— Você vai contar para o papai um dia?

Lily pensou a respeito.

— Não sei.

Em tantos anos de casamento, nunca havia cogitado a sério a ideia de contar para Don sobre o que fizera tão jovem, quando era apenas alguns anos mais velha que a filha. Talvez fosse melhor ter falado. Talvez não tivesse mudado nada em relação à maneira dele de pensar, às crenças e à pregação. Mas talvez tivesse mudado, sim.

— E vai contar para ele sobre mim? — murmurou Morgan.

Aquela resposta, pelo menos, Lily tinha.

— Isso depende de você, contar para ele ou não. Essa história é sua.

Morgan assentiu, mordendo o lábio. Lily a abraçou de novo e acariciou o cabelo da filha.

— Quero que você tenha tudo. Quero que você possa ir para onde quiser. Quero que você possa ser quem quiser. Quero... — Ela fez um gesto com as mãos, que eram idênticas às de Morgan, com dedos longos e finos, unhas ovaladas e punhos estreitos. — Quero que você tenha tudo. Tudo o que quiser. — E, com uma voz mais firme e convicta, completou: — Qualquer coisa no mundo.

# Abby

À s onze da manhã, depois que Morgan e Andy voltaram para as respectivas famílias, um grupo de ciclistas da Libertar se reuniu no estacionamento para que Abby os guiasse, enquanto atravessavam uma paisagem verde e marrom de terras cultivadas, até o brilho distante do lago Cayuga. O céu ainda estava bem azul, e o ar, límpido como cristal. O caminho também passava por uma rodovia duplicada, um trecho de asfalto em meio a pastos, florestas antiquíssimas e novas construções. Eles pedalaram pelo acostamento (a não ser por Ted, que tinha a tendência de enveredar para o meio da estrada), e os carros e caminhões que passavam deixavam espaço de sobra. Sebastian tomou a dianteira com Lincoln. Abby acabou pedalando ao lado de Eileen. Estavam descendo por uma colina, e ela olhou para a mãe enquanto passavam por um posto de gasolina onde havia também um dispensário de cannabis.

— Não é mais ilegal — disse Abby, ao ver Eileen contorcendo os lábios. — Você já experimentou?

— Maconha? — Eileen revirou os olhos. — Lógico, na faculdade. Todo mundo fumava na época, ou pelo menos experimentava.

Era difícil para Abby imaginar a mãe como uma universitária, sentada no chão de um alojamento com um baseado na boca. A mente queria colocar a Eileen que ela conhecia naquele cenário, imaginando a mãe em um conjuntinho de caxemira e com o cabelo recém-escovado, franzindo a testa em censura para os maconheiros ao redor, dizendo para eles quanto tempo precisariam passar na esteira para queimar as calorias de todos os doces e salgadinhos que comeriam na larica.

— Virando à esquerda! — gritou Abby quando chegaram a um semáforo.

Os ciclistas saíram da rodovia e pegaram uma estrada vicinal de duas mãos, passando por um empreendimento de casas recém-construídas, um galpão e outra propriedade rural. As ovelhas os encaravam com curiosidade. Uma delas ergueu a cabeça e fez um "bééééé" lacônico antes de voltar a mastigar o capim.

Abby limpou o suor do rosto no ombro e se obrigou a falar logo de uma vez:

— Obrigada por ter me ajudado ontem — disse ela com a voz um pouco tensa, mas pelo menos usou as palavras certas para transmitir os sentimentos.

— De nada — respondeu Eileen, parecendo tão desconfortável quanto a filha.

Abby mexeu no câmbio e trocou para uma marcha mais pesada.

— Você acha que Morgan vai contar para a mãe o que aconteceu?

Eileen pensou a respeito.

— Se eu fosse apostar, diria que sim.

Abby engoliu em seco.

— E, em uma escala de um a dez, quanto você acha que Lily vai ficar furiosa?

*E quais são as chances de processar todas nós?*

— Zero — respondeu Eileen, sem titubear.

Abby deu uma boa olhada na mãe.

— Mesmo sabendo que a filha fez uma coisa que vai contra tudo o que aprendeu e que os pais dela acreditam?

— Eu acho que esses valores e crenças são deixados de lado quando isso acontece com uma filha ou um filho — explicou Eileen. — Acho que, no fim das contas, toda mãe só quer aquilo que for melhor para os filhos. E forçar uma adolescente a ter um bebê… — Eileen balançou a cabeça em negação. — Lily deve saber que isso não seria bom para Morgan nem o que ela queria.

*Ah, sim*, pensou Abby, amargurada. *Uma mãe que respeita os desejos da filha adolescente é realmente incrível.* Só que não disse nada. Nem Eileen. As duas pedalaram juntas até a beira do lago, uma vasta massa azul-escuro, brilhando sob o sol. Havia um parque perto da margem, onde Abby pediu para o grupo parar.

— Hora do almoço! — anunciou.

Os ciclistas estacionaram as bicicletas e pegaram o que tinham levado para comer dos alforjes e das bolsas penduradas no guidão (durante a procura por Andy e Morgan, Abby mandara uma mensagem para informá-los da situação e outra com uma lista dos mercados e lanchonetes dos arredores, pedindo que comprassem comida para a pedalada no lago).

— Venha se sentar comigo — chamou Eileen.

Ela conduziu Abby até uma mesa um pouco afastada do restante do grupo. Abby viu a mãe pegar o almoço: uma salada com palitinhos de cenoura à parte. Abby tinha comprado um sanduíche de peru com bacon e abacate, um cookie e um pacote de batatinhas em uma cafeteria. Nenhuma das duas disse nada enquanto Abby abria um guardanapo de papel para forrar a mesa e Eileen enfiava o garfo no potinho de molho de salada, colocando em cada dente do talher a menor quantidade possível.

— Oi, Abby.

Sebastian passou uma perna comprida por cima do banco da mesa de piquenique. Havia pelo menos trinta centímetros de distância entre os dois, mas mesmo assim Abby conseguia sentir, ou imaginar que sentia, o calor do corpo dele, e do olhar. E também a mãe em estado de alerta.

— Hoje à noite ainda está de pé? — perguntou ele, desembrulhando um sanduíche enorme.

— Aham.

— O que tem hoje à noite? — perguntou Eileen.

— Ah, nada — respondeu Abby, ao mesmo tempo que Sebastian dizia: — Vamos jantar juntos.

Eileen franziu a testa.

— Vocês não jantam juntos todas as noites? — questionou Eileen.

— Foi isso que Abby falou! — Sebastian ainda teve a cara de pau de parecer todo satisfeito.

— Nós só vamos nos sentar juntos para Sebastian poder me entrevistar — explicou Abby, apressando-se para interromper o interrogatório da mãe o quanto antes.

Abby se perguntou se havia como Eileen ter deduzido o que aconteceu no dia anterior. Ela não teria como saber, foi o que disse a si mesma, torcendo para estar certa, para que aquilo não estivesse estampado em seu rosto. E também lembrou que Mark tinha colaborado para que Eileen estivesse na viagem. Eles ainda estariam em contato? Mark estaria ligando todo dia para a mãe dela em busca de notícias? "Oi, sra. F., só queria saber se está tudo bem". Ou a mãe poderia estar mandando notícias para Mark sem ser solicitada? "Olá, Mark, por acaso você sabe que tem um bonitão nessa viagem e que ele e Abby estão passando bastante tempo juntos?"

— Então agora vocês viraram amigos? — perguntou Eileen, com um tom de voz inocente e uma expressão que não denunciava nada.

Contudo, Abby sabia que estava sendo julgada. Depois de uma vida inteira de experiência, ela sempre sabia quando fazia alguma coisa errada ou decepcionante, quando Eileen resolvia pesar as coisas e a balança não pendia para o lado de Abby.

— É só um jantar — murmurou Abby.

Os olhos de águia de Eileen continuaram pregados na filha.

— Ah! — exclamou Sue, sentando-se ao lado de Sebastian. — Vocês vão jantar juntos?

— Vamos — confirmou Sebastian.

Sue e Lou pareceram contentíssimas ao ouvir aquilo. Lou inclusive bateu palminhas, toda animada. Eileen não abriu mais a boca depois que os Coroas do Pedal se sentaram à mesa. Naquele dia, a camiseta de ciclista deles era verde com letras brancas.

— Cadê Andy? — perguntou Lou para Abby discretamente.

— No cantinho do pensamento — falou Ted. — Você sabe que ele fugiu com Morgan hoje de manhã, né?

— Shh!

Sue tentou calá-lo ao notar que Ezra tinha levantado a cabeça para ouvir a conversa.

— Andy tirou o dia de folga — explicou Abby.

— E Morgan está com a mãe dela. Acho que vão sair para fazer compras — complementou Eileen.

Abby lançou um olhar de gratidão para a mãe.

— Andy está com a mãe dele, e Abby com a mãe dela, e os dois estão encrencados — continuou Ted, sem perceber as tentativas dos outros de fazê-lo ficar quieto.

Sebastian sorriu para Abby, que abaixou a cabeça, mas não conseguiu evitar sorrir de volta. Apesar do escrutínio e julgamento de Eileen, apesar do medo, talvez irracional, de que a mãe e o namorado estivessem em uma espécie de complô, ela se sentia feliz. Não tinha a menor esperança de que as coisas com Sebastian pudessem chegar a algum lugar, assim como não criara nenhuma expectativa na noite que passara com ele no Brooklyn. Pelo menos não estava alimentando ilusões em relação ao que jamais aconteceria. E, assim como na primeira vez, mal podia esperar para estar com ele, próxima o bastante para sentir o calor do corpo de Sebastian e receber aquela atenção mesmo que fosse só pelo tempo que duraria uma simples refeição.

No apartamento na Filadélfia, Abby tinha um armário cheio de roupas, uma gaveta cheia de lingeries, uma penteadeira cheia de maquiagens e um salão de praxe virando a esquina. Ali no quarto do hotel, tinha um hidratante labial e uma embalagem pequena de creme para o corpo. Como acessório, só os brincos pequenos na orelha. Seu único calçado era um par de tênis sem cadarço e o que usava para pedalar, os únicos produtos de banheiro eram um desodorante e o xampu e condicionador do hotel.

Abby balançou a cabeça e começou a retorcer as mechas do cabelo com os dedos.

— Meu reino por um difusor — murmurou ela, então ouviu uma batida à porta.

Quando abriu, deu de cara com Lou e Sue.

— Ficamos sabendo que tinha alguém precisando de uma intervenção fashion — falou Sue.

— E viemos salvar o dia — complementou Lou. — Vamos lá.

Abby calçou os tênis e seguiu Lou e Sue porta afora, atravessando o estacionamento coberto de poças d'água até o trailer dos Coroas do

Pedal. Abby achou graça no adesivo colado em uma das janelas, com os dizeres: QUANDO O TRAILER COMEÇAR A BALANÇAR, FAVOR NÃO INCOMODAR.

— Quer limonada? — ofereceu Ted.

— Ah, quero, por favor.

Ted sorriu e entregou a ela um copo, e Abby olhou ao redor. Havia uma pequena sala na parte da frente, com sofás embutidos em ambos os lados, uma mesinha no centro, e uma TV de tela grande na parede, em um suporte que parecia ser possível dobrar e guardar junto ao teto. Mais adiante, tinha uma pequena cozinha, com uma pia, um forno, um micro-ondas e um fogão de duas bocas. Uma porta fechada parecia dar acesso ao banheiro. E os quartos? Talvez houvesse beliches em algum lugar, deduziu Abby.

— Venha cá! — chamou Lou. — Pode se sentar!

Ela levou Abby até o sofá. Um espelho de maquiagem dobrável já estava com luzes acesas no centro da mesa, junto com um secador, um modelador de cachos, uma caixa de acrílico cheia de pincéis, batons e várias cores de sombras, quatro pares de brincos e meia dúzia de pulseiras e colares.

Abby balançou a cabeça ao olhar para tudo aquilo.

— Quanta gentileza de vocês!

— Ah, tenha dó — disse Ted. — Você está fazendo um favor para elas. Estão animadas como não estiveram em momento nenhum nesta semana.

— Nós achamos que você e Sebastian ficam lindos juntos — comentou Sue.

Abby ficou sem reação. "Lindos juntos?" Elas estavam sabendo do que acontecera no dia anterior, na chuva? E, se assim fosse, quem mais saberia?

Quando ela se sentou no sofá, Lou lhe entregou um creme hidratante, de uma marca que Abby reconhecia da pia do banheiro da mãe.

— Passe no rosto — instruiu Lou.

Os olhos azuis dela brilhavam, e os dedos estavam quentes quando segurou o rosto de Abby, virando seu rosto de um lado ao outro antes de começar a abrir gavetas no kit de maquiagem, remexendo na grande variedade de potes, bastões, paletas e pincéis.

— Lou trabalhava no balcão da Chanel na Bloomingdale's — contou Sue.

— Muitas luas atrás.

Com movimentos rápidos e suaves, Lou passou vários cremes na pele de Abby e usou um pincel para escurecer as sobrancelhas da mulher mais jovem. Abby fechou os olhos e concluiu que ali havia ótimas pessoas com quem se aconselhar.

— Vocês gostam de Sebastian? — perguntou ela.

— Bem — murmurou Sue, aparecendo com mais acessórios. — Ele é um homem trabalhador. É inteligente. Vocês dois gostam de pedalar.

— E ele é muito bonito — complementou Lou, com um ar sonhador.

— Obrigado pela parte que me toca! — falou Ted, batendo a mão no coração.

— E gosta de você — acrescentou Sue. — E você gosta dele. Vocês combinam. Encontrar uma pessoa assim é uma coisa rara e maravilhosa.

Abby pensou a respeito. "Vocês combinam." Isso significava que ela não combinava com Mark? Ou que eles combinavam, só que menos?

— Olhos fechados, por favor — murmurou Lou.

Abby obedeceu. O calor do trailer, o relaxamento dos músculos depois do dia de pedalada, somados à tensão da manhã, a estavam deixando sonolenta, apesar da ansiedade e das preocupações com a mãe (o que Eileen poderia saber e, caso estivesse em contato com Mark, o que estaria dizendo para ele).

— Mas e aquela confusão no TikTok? — perguntou ela, obrigando-se a tocar no assunto, apesar de não saber ao certo se queria ouvir a resposta. — Não sei se Sebastian é do tipo que namora sério.

— Ou talvez os dias de farra tenham acabado e agora ele esteja pronto para sossegar — contrapôs a voz de Ed em algum lugar atrás dela.

— A questão não é onde ele já esteve, e sim para onde está indo! — complementou Ted.

— Você gosta dele? — perguntou Lou, com a mesma gentileza com que passava o pincel na testa de Abby. — Porque é isso o que importa.

A mulher mais velha segurou o queixo de Abby, virou a cabeça dela para a esquerda e para a direita, e Abby respondeu baixinho:

— Eu não quero me magoar, e acho que com ele corro um risco enorme.

— Às vezes é preciso se arriscar mesmo — afirmou Sue. — Se não se abrir para novas possibilidades, inclusive barcas furadas...

— Nada acontece na vida — complementou Lou. — Não importa se é bom, ruim ou indiferente. Agora vamos decidir o que você vai vestir e depois termino com os olhos e faço sua boca.

— Ah. — Abby nem tinha cogitado a hipótese de vestir outras roupas. — Eu vou assim mesmo. Não trouxe mais nada.

Sue pareceu decepcionada.

— Não quer experimentar um vestido?

— Tudo bem, mas e se eu estiver de vestido e Sebastian aparecer de bermuda e camiseta? Eu não quero fazer parecer que me produzi demais, né?

— Não se preocupe com Sebastian — respondeu Lou, com um sorrisinho de quem dizia "Eu sei uma coisa que você não sabe". — Os rapazes cuidam dele.

Abby não mencionou a maior preocupação: dos quatro Coroas do Pedal, só as roupas de Ted serviriam nela. Só que teve uma surpresa agradável quando descobriu que Sue tinha várias saias e vestidos de jérsei com elástico na cintura, ou de um tamanho que servia em seu corpo. Eram um pouco compridos, mas com certeza melhores que suas roupas normais.

Ela experimentou três vestidos e acabou escolhendo um azul-claro de verão, feito de um jérsei macio de algodão. Era sem manga, com uma gola quadrada, mais apertado no busto, e chegava até os joelhos. Abby estava rodopiando um pouquinho, apreciando a sensação do tecido contra suas pernas, quando Sue lhe entregou uma sandália branca rasteirinha com fivelas prateadas e Lou mostrou dois colares, um de prata e turquesas, e outro de contas de vidro em um tom escuro de azul.

— Sue, o que você acha?

Ela levou o dedo aos lábios enquanto pensava.

— O de prata.

— Concordo.

Lou escolheu um batom rosa-claro com um pouquinho de brilho, e tons discretos de sombra azul-celeste e prata nas pálpebras antes de perguntar:

— O que você acha de cílios postiços?

— Deixo isso nas suas mãos — respondeu Abby, e ficou imóvel enquanto Lou usava pinças para aplicar alguns fios.

— Pronto. Perfeito!

Lou se levantou e levou a mão ao coração.

Elas levaram Abby para os fundos, passando pela porta que ela supôs que fosse o banheiro, ou talvez uma despensa ou closet, até um quarto com uma cama *queen-size*, uma cômoda e um espelho de corpo inteiro em um canto.

— Voilà! — exclamou Lou, girando-a um pouco.

— Parece a Nicole Kidman quando jovem! — comentou Sue.

— Não, não — discordou Lou. — Parece a primeira mulher do Spielberg!

— Kate Capshaw?

— Não — respondeu Lou, com toda paciência. — Kate Capshaw foi a segunda mulher dele. A primeira era aquela garota de cabelo castanho cacheado. Amy alguma coisa. Ela estava naquele filme com o cara dos picles!

— Amy Irving! *Amor à segunda vista*! — exclamou Sue. — Ah, eu adoro aquele filme.

Abby ouvia tudo, com um sorriso, tentando não se concentrar muito, olhando só as partes do corpo que podiam estar bonitas, ou pelo menos aceitáveis. Era uma habilidade que ela havia aprimorado ao longo dos anos ao se defrontar seu reflexo, sob as luzes implacáveis de provadores, dormitórios, banheiros… basicamente qualquer cômodo com um espelho, constatou, amargurada. Só que, daquela vez, enquanto o olhar passava pelo cabelo, o rosto, o vestido e as sandálias, para sua surpresa, se sentiu bonita como nunca antes. Seu cabelo, libertado do rabo de cavalo que usava para pedalar, caía sobre as costas em uma cascata de cachos radiantes e nem um pouco frisados. Os olhos pareciam maiores e mais abertos, a boca brilhava sob uma camada de brilho labial cor-de-rosa, e o vestido realçava as curvas de uma forma que, ela achava, deixaria Sebastian, que a tinha visto com bermudas e camisetas justas em cores neon que não escondiam nada e ressaltavam menos ainda, bem impressionado.

Mais uma vez, Abby se lembrou da sensação dos dedos dele em seu rosto, da mão dele segurando sua cabeça, e a língua ágil e quente em sua boca. Seu corpo todo esquentou. Ela se sentia como um bombom de cereja, toda derretida e doce por dentro.

— Venha cá — chamou Sue, levando Abby até a cômoda. — Escolha um perfume.

Abby borrifou três frascos diferentes no ar antes de escolher um aroma floral, que espirrou no pescoço e nos punhos. *Sebastian vai gostar disso*, pensou. Ela se perguntou se Mark também gostaria, fechando os olhos e pedindo a si mesma para, pelo menos uma vez, parar de ficar pensando tanto, viver o momento e curtir aquela noite.

Ela saiu do trailer e atravessou o estacionamento para esperar no quarto até Sebastian ir chamá-la, o que aconteceu às seis e meia em ponto.

Abby abriu porta ainda um pouco incrédula, sem acreditar que aquilo estava acontecendo. E lá estava Sebastian, tão bonito que ela mal conseguia aguentar olhar para ele, de calça cáqui e uma camisa social azul, além de estar segurando um buquê de margaridas amarradas com um laço amarelo.

— Uau — disse ele, olhando-a de um jeito que fez cada centímetro da pele de Abby ferver. — Você conseguiu ficar ainda mais bonita.

— Obrigada.

Ele também parecia ter recebido o tratamento de beleza dos Coroas do Pedal. Abby viu que a calça estava um pouco larga, a camisa um pouco curta nas mangas e que eles haviam lhe emprestado uma gravata vermelha e dourada.

Sebastian levou a mão ao nó na gravata enquanto Abby o inspecionava.

— Estou me sentindo como se estivesse no oitavo ano recebendo a ajuda do meu pai para me vestir para o baile da escola.

*Você jamais iria a um baile da escola comigo*, pensou Abby, repreendendo-se em seguida. Afinal, como poderia saber? Talvez ela fosse exatamente o tipo de Sebastian. Talvez o menino de 13 anos que ele fora não a chamasse de Menina Gelatina. Talvez a chamasse para sair, aparecesse em sua casa, conhecesse seus pais, sua madrasta e seu padrasto e a olhasse da mesma maneira que naquele momento.

— Só para deixar claro, isso não é um encontro — disse Abby, obrigando-se a dar o aviso.

Sebastian não pareceu incomodado.

— Pode ser o que você quiser.

*Isso não ajuda em nada*, pensou Abby enquanto pegava a bolsa que Lou emprestara.

Sebastian lhe ofereceu o braço.

— Pronta?

Abby sorriu para ele.

— Vamos lá.

Jasper tinha estacionado a van na frente do hotel, com o trailer dos Coroas do Pedal logo atrás, mas Sebastian a conduziu até um Prius que aguardava mais adiante.

— Espera aí, o que está acontecendo? — questionou Abby enquanto Sebastian perguntava o nome do motorista, abria a porta e esperava que ela entrasse.

— Pedi um Uber para nós.

— Ah, não precisava.

*Mas boa ideia*, pensou ela.

— Eu sei, mas queria que a noite fosse especial — respondeu ele.

Abby ficou olhando pela janela durante os cinco minutos de trajeto até o Sackett's Table. O restaurante havia sido recomendado tanto pela *Food & Wine* como pelo *New York Times*, e Lizzie contara que a reserva fora feita por Marj com meses de antecedência, antes mesmo de venderem os pacotes da viagem.

— Piersall, mesa para dois — disse Sebastian.

— Por aqui — respondeu a hostess, abrindo um sorriso com covinhas para Sebastian e os conduzindo à extremidade da mesa do grupo, passando por Eileen e Lincoln, os Landon e os Presser, Lily e Morgan, e os Coroas do Pedal, que fizeram sinais nada discretos de joinha quando ela passou.

— Tentei conseguir uma mesa só para nós, mas... — justificou Sebastian.

— Não, tudo bem.

Abby reparou que Lincoln estava olhando quando Sebastian puxou a cadeira para ela se sentar. Sentiu sobre si o olhar de Eileen também, enquanto alisava o vestido e se ajeitava no assento. Em seguida, Sebastian se sentou, na diagonal de Abby, perto o suficiente para ela sentir os joelhos dele roçarem os seus.

— Oi — disse ele, com uma voz baixa.

— Oi — respondeu Abby.

Abby pensou que seria uma situação constrangedora, como poderia ser o primeiro contato íntimo com uma pessoa. Só o que já tinha feito com Sebastian até então (pelo menos ao longo da última semana) fora beijá-lo e fazer curativo nos joelhos dele, mas ainda assim se preparou para uma situação esquisita, com os dois sofrendo para encontrar assuntos para conversar e descobrindo que não tinham muita coisa em comum e que, na verdade, não se conheciam nem um pouco. Mas, à medida que a noite progredia, Abby se deu conta de que tinham se conhecido melhor ao longo dos dias anteriores, enquanto pedalavam ou jantavam juntos. E, para melhorar, quando não estava ranzinza nem preocupado, Sebastian era uma boa companhia. Contou como conheceu Lincoln na faculdade, e que os dois não tinham nada em comum e no fim viraram melhores amigos. Contou sobre o pai, que era professor de economia.

— Eu era o único garoto do bairro que recebia mesada junto com uma aula sobre escassez, oferta e demanda, e custos e benefícios.

— Qual foi a matéria que você mais gostou de escrever?

— Conte sobre o X Games — sugeriu Lincoln.

Sebastian revirou os olhos e respondeu:

— Eu vou contar uma coisinha sobre o X Games.

Ele e Lincoln tinham ido à competição de esportes radicais juntos e escrito uma reportagem para o jornal da faculdade na época de graduação.

— Lincoln ficou obcecado pelas competições de skate — confidenciou Sebastian.

Indignado, Lincoln retrucou:

— Os caras precisam de muita habilidade para fazer tudo aquilo!

Quando o garçom chegou, Abby e Sebastian pediram um drinque, ovos cozidos recheados e chips de batata artesanais como entrada.

Dividiram uma massa como prato principal, e depois Abby pediu o frango recheado, e Sebastian, costelas de porco. No fim, nenhum dos dois sabia muita coisa sobre vinho.

— Explica melhor como funciona o Exclusivo.com — pediu ela.

Sebastian sorriu. E a história durou até que terminassem a garrafa de vinho que demoraram tanto para escolher (no fim, pediram para o sommelier sugerir um que fosse bom e não muito caro), a sobremesa e o café.

— Você tem um sorriso lindo — murmurou Sebastian. Abby ficou vermelha. E sorriu. — E parece ser uma pessoa feliz.

— Não sou feliz o tempo todo — respondeu Abby.

Com todo aquele charme e atenção concentrados nela, parecia que Abby estava mergulhando em águas profundas sem um cilindro de oxigênio, uma coisa ao mesmo tempo excitante e assustadora. Ela poderia se dar mal. Poderia sofrer sequelas gravíssimas, nunca mais voltar a ser a mesma. Sebastian ainda a olhava com toda atenção, com os olhos cravados em seu rosto. Em sua boca. Abby queria ficar sozinha com ele em algum lugar, fechar os olhos e aproximar o corpo do dele, sentir aquela boca em seu pescoço, e aquela voz em seu ouvido.

— Quer dar uma volta? — sugeriu ele.

Abby assentiu. Ela nem se lembrava de ter saído do restaurante. Foi como se, em um momento estivessem lá dentro, com um cappuccino e um tiramisù, e no seguinte estivessem na calçada, a meio quarteirão do hotel, sob um céu límpido e estrelado.

Eles caminharam até chegarem a uma escultura que retratava duas mulheres dando as mãos e uma terceira um pouco afastada.

Abby apontou para o monumento.

— Diga o nome dessas sufragistas! — desafiou ela. — Sem procurar no Google.

Sebastian olhou para ela, com um leve sorriso presunçoso.

— Susan B. Anthony e Elizabeth Cady Stanton, sendo apresentadas a Amelia Bloomer — disse ele. — Óbvio.

Abby o encarou, tão surpresa que demorou um pouco para soltar um "Uau".

— Você acha que eu só conheço homens? — questionou Sebastian, um tanto indignado.

— Bom...

— Acontece que eu considero que tanto os homens como as mulheres ofereceram grandes contribuições ao país. — Ele fez uma pausa. — Além disso, tem uma placa ali.

Abby caiu na risada. Um dos brincos tinha enroscado no cabelo. Sebastian estendeu a mão e desfez o nó. *Isso com certeza não é uma coisa que um amigo faria*, pensou Abby.

Dando um passo para trás, ela perguntou:

— Você conhece a frase da Susan B. Anthony sobre mulheres e bicicletas?

Sebastian fez que não com a cabeça.

— Ah, é minha favorita. — Abby se empertigou toda, alinhando os ombros e recitando de cor: — Ela disse: "Acho que a bicicleta fez mais pela emancipação das mulheres do que qualquer outra coisa no mundo. Comemoro sempre que vejo uma mulher de bicicleta. Ela se sente autoconfiante e independente assim que sobe no assento, e lá vai ela, um verdadeiro retrato da feminilidade desimpedida".

Abby sentiu o rosto ficar vermelho e torceu para não ter soado muito boba. Só o que conseguia ver no rosto de Sebastian, porém, era interesse. Ele parecia quase melancólico quando falou:

— Acho que eu deveria mandar minha mãe em uma viagem de bike.

A língua de Abby parecia ligeiramente inchada por causa do álcool.

— A feminilidade da sua mãe é impedida?

Sebastian podia ter dado risada. Ela deixou essa opção. Em vez disso, parecia pensativo.

— Ela bebe — disse ele por fim.

— Ah. — Abby passou a língua nos lábios e engoliu em seco, tentando pensar em uma resposta apropriada. "Bebe" quanto? Ela estava se tratando? Era uma coisa recente ou tinha sido assim a vida toda? O que perguntou com um tom cauteloso, foi: — Por causa da pandemia? Sei que muita gente passou por maus bocados...

— A pandemia não ajudou — Sebastian parecia irritado —, mas acho que as coisas já estavam ruins antes disso. Durante um bom tempo, eu não dei atenção à situação. E, quando não dava mais para ignorar, parei de pensar a respeito. — Ele fez um nítido esforço para parecer bem-humorado de novo. — Um passeio de bicicleta ia fazer bem para ela.

— Acho que toda mulher deveria fazer um. Toda garota também. — Abby pensou em Morgan. — Toda garota precisa aprender a andar de bicicleta. Porque significa que ela pode chegar aonde quer sozinha. E, se estiver em um lugar ruim, sabe que pode ir embora.

Ela conseguia até ouvir uma voz a censurando na cabeça, bem parecida com a de Eileen quando a mandava calar a boca, para falar menos, que os homens não gostavam de falatório, muito menos de sermões, e detestavam acima de tudo aulinhas sobre feminismo. Abby arriscou outro olhar para Sebastian, preparando-se para ver uma expressão de tédio ou escárnio. Não viu nenhuma evidência de uma coisa nem outra.

— Você organiza algum passeio só para garotas? — perguntou ele.

Abby negou com a cabeça.

— Eu quase não faço passeios como guia. Só estou aqui como substituta de última hora. No primeiro dia, eu estava apavorada. — Ela abriu um sorriso. — Com certeza vocês perceberam.

— Eu não. Você foi ótima.

Abby batucou com os dedos na lateral do corpo, pensativa.

— Sei que tem uma organização na Filadélfia que ensina crianças a montar as próprias bicicletas. As pessoas doam bikes antigas, e os mecânicos são todos voluntários. As crianças aprendem tudo sobre montagem e reparos e, quando o curso acaba, podem ficar com as bicicletas em que trabalharam. E meu clube tem passeios para iniciantes, para o pessoal mais novato poder aprender como andar com segurança no trânsito, e as técnicas para pedalar na subida. Mas não tem nada específico para garotas.

*Talvez devesse existir*, pensou ela, guardando a ideia para elaborar mais tarde.

Sebastian pôs a mão na lombar dela para guiá-la pela calçada até o hotel. As sandálias emprestadas de Abby faziam barulho no calçamento. Seus quadris e seus ombros roçavam os de Sebastian. Era agradável, considerou ela. Confortável. Toda vez que se tocavam, ela sentia o cheiro da colônia dele. Ou, mais provavelmente, de Ted ou Ed. Não importava. No friozinho da noite, a mão dele era quente de maneira agradável e a lembrava de como tinha sido a sensação de beijá-lo na chuva. Aquele devia ter sido o melhor beijo de sua vida, pensou ela. E, em seguida, pensou em Mark e sentiu a culpa dando um nó em seu estômago.

— Está pensando no dr. Maravilha? — perguntou Sebastian.

Abby olhou feio para ele. O tom de voz podia ser de provocação, mas a expressão dele era carinhosa, sincera e esperançosa. Ela balançou a cabeça.

— Nós precisamos mesmo falar disso?

— Eu queria saber — disse ele. — Como amigo.

Abby ficou sem saber o que dizer. De todo o coração, gostaria de poder dizer que era solteira. Só que estava mesmo preparada para terminar tudo com Mark, que era uma verdadeira maravilha? Dispensar um cara meigo, carinhoso, bonito e com um emprego estável e bem remunerado para ter um casinho de verão com alguém que provavelmente não queria muito mais que aquilo?

Toda vermelha, Abby virou o rosto para o ar frio da noite… e a voz que ouviu na mente com certa surpresa, a que lhe deu uma resposta, foi a de sua mãe. "Você é jovem e bonita. Tem o direito de escolher." Ficar com Mark porque achava que era a melhor opção, se não a única, casar-se com ele com a cabeça cheia de dúvidas porque já tinha sido magoada antes, era errado. Tanto para ela quanto para ele.

— Não sei — murmurou ela. E então, concluindo que precisava dar algum tipo de explicação para ele, falou devagar: — É complicado. Mark já me amava quando eu era adolescente, quando eu sentia que até minha própria mãe não gostava muito de mim.

— Como alguém poderia não gostar de você? — questionou Sebastian.

Quando entraram no elevador, ele deslizou a mão pelas costas dela até a nuca. Abby sentiu o corpo se arrepiar todo, e a respiração ficar acelerada. Ela sabia que deveria fazê-lo parar, mas não fez isso. Não conseguia.

— Todas as mães amam os filhos, né? Mas ela sempre agiu como se eu fosse um problema, como se tivesse alguma coisa errada comigo. Como se fosse obrigação dela resolver esse problema.

— Não tem nada de errado com você — falou ele, com um tom de voz baixo. — E também não acho que você seja um problema.

As portas do elevador se abriram, e eles saíram para o corredor. Sebastian colocou a mão em sua lombar.

— Eu gosto de você — disse ele, dando um beijo em sua testa, depois no rosto, e em seguida estendendo a mão para segurar um dos cachos de Abby entre os dedos, puxar até esticar e depois soltá-lo. — E acho que essa é a minha parte favorita.

Abby deixou os olhos se fecharem.

Os lábios dele estavam quentes e a beijaram com confiança. Ele segurou sua nuca enquanto abria a boca dela com a língua.

*Eu não deveria fazer isso*, pensou Abby, segurando o ombro dele com uma das mãos e o braço com a outra.

— Posso ir para seu quarto? — pediu ele, com um murmúrio baixo que ela sentiu reverberar no meio das pernas.

Abby fez que sim com a cabeça e segurou a mão dele, deixando que a conduzisse pelo corredor até o quarto e depois a cama.

— Espere um pouco — disse ele. — E feche os olhos.

Ela obedeceu sem pensar duas vezes.

— Empreste sua chave.

Depois de entregar para ele, Abby o ouviu sair e depois voltar.

— Pode abrir — falou Sebastian.

Quando ela fez isso, encontrou o quarto iluminado pelo brilho de meia dúzia de velas em potes de vidro, com as chamas bruxuleando sobre a escrivaninha, sobre a cômoda e no parapeito da janela, envolvendo as paredes e a cama nas sombras, atenuando os ângulos retos, transformando o impessoal quarto de hotel em um cenário romântico e onírico. Abby sentiu as lágrimas nos olhos. Ela se lembrou de Chris, na faculdade, que a empurrava para dentro do dormitório do alojamento no escuro, e só depois de verificar se não tinha ninguém por perto para vê-los juntos. Chris jamais teria acendido velas para Abby. Não se dera nem sequer o trabalho de arrumar a cama.

Sebastian a puxou para si, fazendo o corpo dela se encaixar à extensão sólida do dele. Tocou a bochecha de Abby, como tinha feito na outra tarde, só que no momento as mãos dele estavam quentes e secas enquanto ele acariciava o lábio inferior da mulher com o dedão.

Ela nem pensou em pedir para Sebastian parar quando ele a deitou de barriga para cima no colchão. Deixou que ele beijasse seu pescoço, a garganta, as bochechas, e depois de novo a boca. Com o corpo dele colado ao seu, Abby sentiu que ele estava tão no clima quanto ela, e era a melhor sensação do mundo.

Abby pensou em Mark, sozinho na Filadélfia. Pensou em sua mãe, que provavelmente estava no quarto, a algumas poucas portas dali; Eileen e o olhar que era como um laser e não deixava passar nada.

— Tudo bem se não fizermos tudo hoje? — murmurou ela.

Sebastian assentiu e olhou para ela.

— Mas podemos fazer algumas coisas?

— Podemos fazer um monte de coisas.

Ela se sentou e arrancou a gravata de Sebastian, desabotoando a camisa em seguida. Ele baixou a mão até a bainha de seu vestido, olhando para ela, esperando sua autorização antes de tirá-lo pela cabeça. Abby sentiu uma pontadinha de arrependimento por não ter levado nenhuma lingerie bonitinha, como o sutiã preto de renda e a calcinha combinando que tinha comprado para usar no Dia dos Namorados.

— Tudo bem? — perguntou ele, estendendo o braço para soltar o fecho de seu sutiã com uma habilidade notável.

— Está, sim — respondeu Abby, assentindo.

Eles se beijaram enquanto se despiam, até Sebastian ficar só de cueca e Abby de calcinha, segurando um travesseiro com que tentava esconder a barriga, e ele o afastava todas as vezes.

— Abby — murmurou ele quando ela inclinou a cabeça para beijá--lo, dando-se conta de que nunca tinha se sentido daquele jeito antes, nunca mesmo.

# Sebastian

Quando ele acordou, ainda era o meio da madrugada. O cheiro de Abby o envolvia, a pele que não conseguia parar de tocar, as curvas das bochechas, do queixo, do ombro. Ele se lembrou daqueles dedos cautelosos limpando o sangue de seus ferimentos, passando a pomada e aplicado o curativo. E também de Abby se recusando a acreditar em seus pretextos até que ele contasse o que estava acontecendo de verdade. E de Abby lhe dando uma camiseta seca, fazendo questão que a vestisse. Abby, com os cachos, o nariz sardento e os olhos cor de avelã. Abby, que o fazia rir tanto.

As velas ainda bruxuleavam no quarto. Ele se levantou, soprou para apagá-las e voltou para debaixo das cobertas, tocando-a de leve, e então com mais firmeza, segurando seu ombro até que ela piscasse algumas vezes e o encarasse, com os olhos arregalados na semipenumbra.

— Eu procurei você depois que foi embora — revelou ele.

Ela franziu o rosto, ainda o encarando, e perguntou com uma voz sonolenta:

— Quê?

— Naquela manhã, no meu apartamento. Eu fui procurar você.

— Ah, é?

— Só que não sabia nem seu sobrenome, nem nada a seu respeito, a não ser que era madrinha de um casamento. Eu voltei para aquela balada...

Os olhos de Abby se arregalaram de novo.

— Você foi... — Ele respirou fundo, pôs a mão no ombro dela e tentou de novo. — Aquela foi a melhor noite da minha vida.

— Sério? — Antes que ele pudesse responder, Abby complementou: — Para mim também. Mas não imaginei que você fosse querer me ver de novo.

— Você poderia ter deixado o número para saber se seria assim mesmo.

Ele bateu de leve no traseiro dela, fingindo que a castigava, mas na verdade era só uma desculpa para tocá-la.

Ela se sentou, abraçando os joelhos junto ao peito, se encolhendo toda enquanto o encarava com uma expressão séria.

— Eu não queria acabar me decepcionando nem te decepcionando.

Ele a olhou e balançou a cabeça.

— Abby…

— Foi tão bom. Era essa a lembrança que eu queria ter, sem estragar tudo esperando por uma ligação que nunca viria. Ou um segundo encontro que terminaria em um fiasco.

Ele a encarou por um momento, parecendo perplexo.

— Óbvio que não teria sido um fiasco. Nós nos damos bem. Temos uma ótima química. E nos divertimos juntos! — complementou ele. — Não é?

Abby sorriu para ele.

— Sim — confirmou ela.

Sebastian se esticou na cama, afastou as mãos dela dos joelhos com um gesto delicado e a puxou para junto de si.

— Nós desperdiçamos dois anos — disse ele, como um grunhido, no ouvido dela, sorrindo quando a sentiu estremecer.

— Eu só estava bancando a difícil — sussurrou Abby, virando a cabeça até que seus lábios se encontrassem e pudesse beijá-lo de uma maneira que lhe dissesse que não o faria esperar, nem ficar sem ela, nunca mais.

# Abby

**Dia 11: Medina a Buffalo**
**Oitenta e seis quilômetros**

Eles deixaram Seneca Falls na manhã seguinte e pedalaram até Rochester, onde Abby e Sebastian passaram outra noite juntos no hotel. Abby pedalou com Sebastian por certa parte do dia. Ela o ignorou de propósito no jantar e então atravessou o corredor na ponta dos pés às onze da noite, quando esperava que a mãe já estivesse dormindo e era improvável que fosse comprar alguma coisa nas máquinas automáticas. No dia seguinte, pedalaram sessenta e seis quilômetros, de Rochester até Medina. Abby passou a maior parte do dia com os Landon. Ele trabalhava em um banco de investimentos, ela no ramo de gestão financeira e originalmente tinham planejado um passeio pela Toscana, combinando o cicloturismo com a degustação de vinhos, mas no fim decidiram não ir tão longe, porque a mãe de Carol estava doente.

— Nós não queríamos estar em outro país no caso de... — A voz dela ficou embargada.

— No caso de uma emergência — complementou Richard.

Carol abriu um sorriso de gratidão.

— Richard entende muito de vinhos — disse ela para Abby.

— Algum dia nós ainda vamos para lá — garantiu ele.

Abby percebeu o olhar que eles trocaram, a expressão de gratidão de Carol e a de orgulho e contentamento de Richard. Eles não eram os esnobes que ela imaginava. Eram companheiros. Faziam sacrifícios um pelo outro, se ajudavam nos tempos difíceis. Ela queria aquilo para si. Mas e quando o sacrifício se tornava abnegação? Como saber quando se estava abrindo mão de mais do que deveria? Ela acabaria se ressentindo de Mark se ficasse com ele e nenhuma de suas férias envolvesse bicicleta, mesmo quando pedalar era a coisa que Abby mais amava no mundo? Sebastian poderia acompanhá-la nas viagens. Mas ele estaria preparado para um relacionamento? Conseguiria ser fiel?

Ela desejou que Lizzie estivesse lá, e também que tivesse com a mãe uma relação que lhe permitisse conversar a respeito daquilo. Abby continuou pedalando de cabeça baixa, sem compartilhar os pensamentos com ninguém. Passou o dia e a maior parte da noite conversando com Sebastian, quando suas bocas não estavam ocupadas com outra coisa. Ele contou mais sobre o alcoolismo da mãe. Ela contou sobre o divórcio dos pais. Ele contou que seus pais não foram levá-lo quando começara a faculdade. Ela contou que tinha sido jogada no acampamento Golden Hills.

Conversaram sobre tudo, menos Mark e o que aconteceria quando a viagem acabasse. Era como fazer um mergulho no oceano, visitar um mundo desconhecido e lindo, mas sabendo que não era possível ficar lá por muito tempo, que não era possível prender a respiração para sempre. Em algum momento, Abby sabia que precisaria ir à superfície em busca de ar.

No décimo primeiro dia de viagem, o último trecho longo a ser percorrido de bicicleta, eles seguiram pela trilha que ia de Medina a Buffalo. Sebastian ia pedalando ao lado de Abby. O tempo ainda estava quente, mas, à medida que seguiam para o norte, os sinais da chegada do outono se tornavam mais evidentes: as folhas mudando de cor, a ausência de menores de idade na trilha.

Lily e Morgan estavam de volta às bicicletas, pedalando lado a lado. Morgan viajara dois dias de van, e Lily a acompanhara por empatia e solidariedade, mas também porque não era uma ciclista muito entusiasta nem experiente, e aquela quilometragem toda estava acabando com ela. A mulher aceitara de bom grado a folga, e Morgan, pelo que Abby pôde ver, ficou contente com a companhia.

A caminho de Buffalo, Abby contou a Sebastian sobre a excursão de cicloturismo que tinha feito pelos Finger Lakes com um casal que levara a bebê de 1 ano e meio em um carrinho atrelado à bicicleta, e que a criança chorara sem parar durante todos os minutos e quilômetros de cada dia.

— Os dentinhos dela estavam nascendo, acho. — Abby sorriu ao lembrar. — E ela já sabia andar, então não queria ficar presa no carrinho o dia todo. As únicas palavras que sabia além de mamã e papa eram "não" e "chão", mas, minha nossa, gritava isso sem parar. O dia *in-tei-ro*. — Abby balançou a cabeça. — O pessoal se revezava para ficar atrás de um dos dois, o que estivesse com a menina na hora, para ficar cantando e fazendo caretas, tentando acalmá-la de alguma maneira. Foi um pesadelo. Três pessoas pediram o dinheiro da viagem de volta.

Ela voltou a balançar a cabeça, pensando que àquela altura era só uma história divertida, mas que na época em que acontecera não tivera graça nenhuma.

— E tinha um casal na viagem também com só um mês de casados. A viagem era parte da lua de mel dos dois. No primeiro dia, a mulher disse que estava ansiosa para engravidar, que adorava bebês, que estava empolgadíssima para começar uma família. Juro para você que, pelo fim da viagem, o marido dela tinha marcado uma vasectomia.

— Que horror — comentou Sebastian.

E tinha sido mesmo. Mas Abby conseguia imaginar uma cena diferente. Um bebê em um carrinho acoplado à bicicleta de Sebastian. Abby pedalando ao seu lado, contando histórias, fazendo-o dar risada. Os três, no final do dia de passeio, sentados ao redor de uma fogueira sob um céu estrelado; juntos na barraca a noite toda (com o bebê convenientemente desaparecendo nessa parte da fantasia).

— Você acha que vai morar no Brooklyn pelo resto da vida? — perguntou Abby.

— Por enquanto estou gostando de ficar lá, mas também acho que em algum momento vou querer me fixar em um lugar mais tranquilo. E bem mais barato, de preferência.

— Eu estava pensando no que conversamos ontem à noite — revelou Abby, um pouco hesitante.

Sebastian sorriu. Em Medina, eles foram comer pizza no jantar, e o grupo se hospedara em um hotel butique que era um casarão de pedra, com quartos pequenos e cheios de personalidade, com formatos incomuns e decorados com artigos de ciclismo e outras parafernálias. O de Abby tinha uma bicicleta Schwinn antiga pendurada na parede, com a cama *queen-size* logo abaixo.

— Relembre para mim o que conversamos — pediu Sebastian.

— Meu trabalho — respondeu Abby com um tom meio irritadiço.

— Nós conversamos sobre o que eu vou fazer da vida.

— Ah — falou Sebastian.

Abby ficou meio envergonhada ao se lembrar do discurso que fizera, dizendo que adorava cachorros, mas não queria passar a vida toda passeando com eles. Estivera aninhada junto a Sebastian, com a bochecha encostada em seu peito. Ele fazia carinhos em seu cabelo, e ela não sabia se de fato estivera sendo ouvida com atenção.

— Então o que você acha que gosta mais de fazer? — perguntou ele.

— Ser guia de cicloturismo — respondeu ela. — Só que não é uma coisa que dá para fazer o ano inteiro, se a pessoa quiser ter uma residência fixa.

— Isso é verdade — concordou Sebastian.

— Tudo bem ir seguindo as estações do ano quando se tem 20 e poucos anos, mas quando você quer... — Abby hesitou um pouco — ... ter filhos, ou uma família, ou uma casa, qualquer coisa assim, não dá certo.

Sebastian perguntou se seria possível ganhar o suficiente no verão para se sustentar por todo o ano. Abby explicou que não. Ele quis saber se ela estava disposta a fazer um trabalho menos recompensador (passear com cachorros ou empregos temporários em escritórios) fora da temporada de cicloturismo.

— Por enquanto, sim. Mas, se eu decidir ter filhos, não vai dar certo.

Sebastian pedalou em silêncio por um momento.

— E se fosse alguma coisa que envolvesse ciclismo e garotas? — sugeriu ele. — Tipo, um programa só para meninas. Você poderia ensinar as que não sabem andar e organizar passeios e viagens.

— Eu precisaria ver que tipo de programas já existem por aí. Para ver se não é uma coisa que já fazem.

Era uma boa ideia. Mas a ideia de começar uma coisa do zero, tendo que descobrir que tipo de documentação e seguro precisaria providenciar, e se precisaria trabalhar com uma bicicletaria ou uma organização já existente, e onde encontraria outras pessoas para ajudarem, e como faria para recrutar as ciclistas... tudo isso a fazia se sentir sobrecarregada, sufocada e exausta antes mesmo de começar.

— Mas você seria ótima! — contrapôs ele quando Abby falou tudo aquilo. — E pode dar certo. Você pode ter residência fixa em um lugar, na Filadélfia, ou onde quer que seja.

Abby se perguntou se o "onde quer que seja" seria o Brooklyn, mas não disse nada.

— Seria uma junção de tudo que você adora. Pedalar e... — Ele fez um gesto com a mão. — Coisas de mulheres. Esse lance feminista e sei lá o quê.

Abby levantou as sobrancelhas.

— "Esse lance feminista e sei lá o quê"?

— Você pode ser guia de excursão quando estiver um tempo bom e dar aulas nas outras épocas. E também pode pedir para as bicicletarias oferecerem voluntários ou doações.

— É possível. — A mente de Abby estava a mil e ela já estava se perguntando como aquilo funcionaria e para quem poderia pedir ajuda. — Talvez. Talvez exista um nicho para isso. — Depois de um instante, falou: — Obrigada.

— Mas eu não fiz nada.

— Você me levou a sério — explicou Abby. — Isso é importante.

— Disponha — falou ele.

Abby se inclinou sobre o guidão.

— E você? — questionou ela. Com um tom de zombaria, perguntou: — Onde você se vê daqui a dez anos?

— Sei lá. Eu gosto do meu trabalho. Mas acho que gostaria de... não sei muito bem. Ter filhos. Uma casa. Família. Não agora, mas um dia, talvez — contou ele, enquanto Lincoln dava uma acelerada para se juntar a eles.

— Acho que você seria um bom pai — disse Abby.

Abby teve noventa por cento de certeza de ouvir Lincoln tossir sussurrando "porra nenhuma", mas Sebastian pareceu lisonjeado.

— Ah, é?

— Com certeza — confirmou ela. — Você pode ensinar as crianças a estarem sempre preparadas e a pedir ajuda quando precisarem.

— Ei, eu troquei aquele pneu sozinho. Só demorou um pouco.

— Sim, sr. Não Preciso Da Sua Chave De Roda.

— Eu não fui tão insuportável assim! — reclamou Sebastian.

— Foi, sim — falou Ted, que passava por perto.

— Desculpa, mas é verdade — disse Sue, que vinha atrás de Ted.

— Ah, e você também pode ser um exemplo de como obedecer às recomendações do guia, seguindo as instruções e as regras de segurança à risca — continuou Abby.

Sebastian passou a mão no colete. Ele vinha mantendo a promessa e vestira o equipamento nas duas manhãs anteriores sem reclamações. Sem reclamar muito, pelo menos. "As coisas que nós fazemos por amor", Sebastian havia dito naquela manhã. Mas estava só brincando. Lógico.

— Se eu montar um grupo, vou convidar você para ensinar às crianças como agir quando quase baterem com tudo na porta de uma picape. Podemos chamar de Introdução à Birra.

— Birra? — repetiu Sebastian.

— Ah, qual é. Não venha me dizer que não era isso que você estava fazendo.

Ela pôs uma marcha mais leve diante de uma leve elevação no caminho e sentiu as costas ficarem rígidas ao ver Eileen, que pedalava com Carol Landon.

— Olá, meninas! — cumprimentou Abby com a voz animada. — Tudo certo?

— Tudo lindo — respondeu Eileen, com um sorriso sem mostrar os dentes.

Abby sentiu a pele pinicar e uma gota de suor escorrer pela nuca até a lombar. A mãe sabia o que estava acontecendo entre ela e Sebastian? Tinha visto alguma coisa? Ou descoberto de alguma forma?

Ela ouviu Sebastian e Lincoln se aproximando.

— Olá, sra. Fenske! — cumprimentou Sebastian.

— Eileen, por favor — respondeu a mãe, com o mesmo sorriso tenso.

Abby trocou a pegada da manopla do freio para o apoio de braços do guidão, ficando debruçada sobre a bicicleta e olhando para baixo. A trilha, até então de cascalho e terra, virava um caminho pavimentado àquela altura, seguindo o trajeto do canal na travessia de um parque. Em uma leve inclinação gramada, um pai ajudava um garotinho empinar pipa. Uma mulher passeava com uma cadela com lacinhos cor-de-rosa nas orelhas peludas e uma expressão de empáfia na cara. Buffalo não era longe dali. Em vez de grandes extensões de terras desocupadas, eles estavam pedalando por um bairro, e era possível ouvir o som do trânsito por perto. Buffalo e as Cataratas do Niágara. E então o fim da viagem. O fim do que quer que estivesse rolando entre ela e Sebastian.

Abby pôs uma marcha mais pesada e acelerou o ritmo.

— Vou ver como estão Lily e Morgan — disse ela para Sebastian.

— Nós nos encontramos na hora do almoço.

Ela pedalou com força, com as pernas se movendo sem parar e os pulmões ardendo, afastando-se da mãe e desejando poder se desvencilhar com a mesma facilidade da culpa e dos pensamentos.

# Sebastian

— **P**ode ir me contando tudo — ordenou Lincoln assim que eles passaram por Eileen e Carol Landon.

Obviamente, Lincoln tinha notado a ausência de Sebastian no quarto do hotel pelas três noites anteriores, mas até então tinha ficado calado.

— Tudo eu não vou contar, né — disse Sebastian.

— Conte alguma coisa, então — pediu Lincoln. Diante do silêncio de Sebastian, ele insistiu: — Estou achando que o projeto amizade já era, né?

Ele soou meio irritadiço. Sebastian balançou a cabeça e respondeu:

— Não é o que você está pensando.

— Acho que não é mesmo, se você passou três noites seguidas com ela.

Sebastian não respondeu.

— Conte o que está rolando — persistiu Lincoln. — Qual é, me fale alguma coisa. Eu sou um cara casado. Nunca mais vou beijar uma mulher pela primeira vez. Tenho que viver isso pelos olhos dos outros.

— Não tem nada para contar — contrapôs Sebastian, em um acesso de cavalheirismo.

— Ah, tem muito o que contar, sim — disse Lincoln. — Você está gostando dela?

— Estou.

— E pretende sair com ela de novo?

Aquela era a grande questão. Sebastian queria, mas, se Abby quisesse filhos em breve, se estivesse à procura de alguém para cumprir o papel de namorado sério e futuro marido para o casamento que a mãe dela devia estar planejando fazia tempo, Sebastian achava que não seria ele a pessoa certa. Pelo menos, ainda não.

— Ela mora na Filadélfia — respondeu ele.

— Tem uma nova invenção incrível que se chama trem — retrucou Lincoln. — Já ouviu falar?

— Nós não fizemos nenhum plano ainda.

Lincoln não queria deixar o assunto morrer.

— E o que você quer fazer?

Sebastian não respondeu. Não sabia se queria ser um namorado e então marido para Abby, ou sequer para alguém, o pai dos filhos dela, ou de qualquer outra mulher. Mas com certeza queria voltar a ver Abby Stern, na bicicleta, na cama e em todos os lugares entre uma coisa e outra.

— Eu vou querer sair com ela depois que a viagem acabar.

— Certo, então o que foi que eu não entendi direito aqui? — questionou Lincoln. — Qual é o problema?

A fita do guidão de Sebastian estava se soltando do lado direito. Ele fez o melhor que pôde para prendê-la de volta com uma só mão.

— Você precisa dar um jeito de fazer acontecer — instruiu Lincoln.

— Eu vou.

— Porque hoje é o último dia de pedalada…

— Eu sei.

— … e amanhã vamos até as Cataratas…

— Pois é.

— … e no dia seguinte vamos voltar para Nova York.

— É, já entendi. Eu também sei qual é o itinerário.

— Então, se for para dizer alguma coisa, é melhor fazer isso logo — concluiu Lincoln.

— Eu sei! — retrucou Sebastian quase gritando.

Ele pensou em dizer para Lincoln que era complicado, que Abby tinha namorado. Só que disso Lincoln já sabia. E enfatizar justamente essa parte da história o fazia parecer ainda mais cafajeste do que a internet toda já achava, caso fosse possível.

Lincoln pegou a garrafa de água no suporte, deu um gole e guardou de novo.

— Abby faz você rir — insistiu ele. — Eu gosto dela, e acho que Lana ia gostar dela, o que é o mais importante.

Ele fez uma pausa, longa o bastante para eles contornarem uma curva na trilha do parque. Estavam passando por casas àquela altura, com vista para as árvores e o canal, com pontes partindo dos quintais e sobrepondo a água. Idosos pescavam na margem em cadeiras dobráveis, e crianças brincavam com uma bola de futebol. À distância, Sebastian já conseguia ver a silhueta dos arranha-céus. Buffalo ia se aproximando a cada volta do pedal. Seu coração ficou apertado.

— De volta à civilização — disse Lincoln, ecoando os pensamentos de Sebastian.

Ele se pegou desejando que a viagem continuasse, que pudessem pedalar até o Canadá, passando pelas Cataratas do Niágara e o lago Ontário, e seguindo adiante de lá também. As viagens de bicicleta (assim como qualquer outra) criavam um espaço liminar, transitório, longe das rotinas domésticas e de trabalho que exigiam acordar todos os dias no mesmo lugar. Sebastian ainda não estava pronto para encarar o fim. Principalmente quando pensava em como a pele de Abby ficava vermelha quando a beijava, nas mãos pequenas dela no cabelo dele, puxando-o devagar no começo, e então com força suficiente para fazê-lo estremecer.

Ele se pegou olhando ao longe com o que imaginava ser um sorriso todo sonhador. Em seguida, farejou o ar.

— Está sentindo esse cheiro?

— Cereais matinais de mel — falou Lou, que tinha aparecido à esquerda. — Tem uma fábrica da General Mills em Buffalo, então esse cheiro vem de lá. Da última vez que Ted e eu passamos por aqui, estava com cheiro de cereais de chocolate com marshmallow.

Ela fez um aceno e disparou na frente. Sebastian olhou para o amigo.

— Não é Sue quem é casada com Ted?

— Hã, acho que sim… Mas não mude de assunto. Se você quiser continuar com essa mulher, é melhor falar logo.

Sebastian assentiu, considerando que Abby sabia tudo o que era importante a seu respeito, as coisas que importavam de verdade. Tinha visto o melhor e o pior dele, como alvo de milhares de piadas no

Twitter e no TikTok. Ela o vira sem roupa. E ele a vira nua também. Sabia que ela ficava mexendo no rabo de cavalo quando estava nervosa ou pensativa, que arrumava os travesseiros para fazer a toca todas as noites e, às vezes, punha um na frente na barriga quando estavam na cama, e que era preciso que ele a beijasse e acariciasse até que ela se desprendesse da aparência, puxasse discretamente o travesseiro e o jogasse no chão.

Ele queria passar mais tempo com Abby. Queria saber de tudo o que ela gostava, as músicas, os filmes e restaurantes favoritos. Queria fazer outra viagem de bike com ela, só os dois. Talvez não fosse amor. Talvez fosse cedo demais para ter certeza. Mas ele queria mais tempo com ela. Quanto a isso, não havia dúvidas.

A Trilha Empire State acabava (ou começava, a depender da direção do viajante) às margens do lago Erie, em Buffalo. Os ciclistas da Libertar chegaram pouco depois das quatro da tarde e se revezaram para posar diante da placa de metal azul e dourada que marcava o final da trilha. Morgan, que vinha viajando na van, ainda parecia um pouco pálida e abatida, mas sorriu ao ser fotografada com Lily, e os Presser se posicionaram com os filhos e as bicicletas diante da placa, rindo quando Abby tirou a foto. Sebastian tirou uma de Abby com a mãe. Abby tirou a de Lincoln e Sebastian ("Querem gravar um Tik--Tok?", perguntou ela, com uma expressão inocente, e os dois gritaram "Não!" em uníssono). Em seguida, Lincoln tirou fotos de Sebastian com Abby. Ele a puxara para junto de si, e ela o olhara sorrindo e um pouco vermelha. Sebastian quis beijá-la, mas Eileen estava por perto. Eles teriam a noite toda juntos, e o dia seguinte, para decidir o que viria a seguir. Mas, em vez de expectativa, Sebastian sentiu a ansiedade começar a corroer sua felicidade. Mais três noites e dois dias. E então seria o fim.

Eles voltaram a subir nas bicicletas, e Abby guiou o grupo por uma rua tranquila e arborizada até a região central de Buffalo, para a pousada onde passariam a noite. Ele vinha pedalando ao lado dela, e os dois davam risada, seguindo em um ritmo tranquilo, conversando sobre o que jantariam e quantas asinhas de frango à moda de Buffalo comeriam, quando Sebastian viu Abby ficar paralisada.

Seguindo o olhar dela, ele viu um homem de cabelo escuro que estava na entrada para carros da casa onde ficariam. Tinha altura mediana e um bom físico por baixo da calça cáqui e da camisa social. O cabelo era curto, o queixo no estilo de super-herói. O olhar estava cravado em Abby, inexpressivo.

— Ai, merda — falou Abby baixinho, parando a bicicleta.

— Abby — disse o homem.

Ele pegou o celular, espiou a tela e levantou a cabeça de novo com os olhos estreitados, mas não estava olhando para Abby, e sim para Sebastian. O jornalista sentiu a própria pele se arrepiar ao acionar os freios, encostando a bicicleta na lateral da rua e soltando os pés dos pedais.

— Mark? — A voz de Abby soou um pouco esganiçada. — O que está fazendo aqui?

Em vez de responder, Mark esperou Abby se aproximar e brandiu a tela do celular na cara dela. Abby olhou para o que quer que ele estivesse mostrando. Quando levantou a cabeça, Sebastian viu o rosto dela ficando vermelho.

— Não é o que… Não é… — Ela engoliu em seco. — Mark. Vamos lá para dentro conversar.

Mark não respondeu. Em vez disso, foi andando até Sebastian.

— É você? — questionou ele, mostrando o celular.

Sebastian sentiu um frio na barriga parecido com o que sentia depois de apertar o cinto do carro da montanha-russa, mas antes de começar o passeio. Ele se obrigou a olhar. "COMEDOR DO BROOKLYN ATACA NOVAMENTE!" A manchete parecia feita por alguém do Tumblr e não, graças a Deus, pelo *Page Six* de novo. Abaixo da chamada havia uma foto dele, à mesa de um restaurante, curvando-se na direção de uma mulher que sem dúvidas era Abby. Sebastian viu que a fotografia tinha sido tirada no Sackett's Table, em Seneca Falls, e recortada para excluir o restante do pessoal da excursão, fazendo parecer que estavam só os dois em um jantar romântico à luz de velas.

— Você é o cara do TikTok — disse Mark em um tom que não era de pergunta.

Sebastian levantou as mãos.

— Ei, cara — começou ele. — Eu posso explicar tudo.

— Não precisa — retrucou Mark, irritado. — Acho que Abby pode se explicar sozinha.

Em uma rápida sucessão, Sebastian se deu conta de uma série de coisas. A primeira era que estava apaixonado por Abby. Não era só uma atração passageira, e sim amor, pela primeira vez na vida. O que aconteceria se ela não decidisse terminar tudo com Mark para ficar com ele? Haveria como culpá-la? Sebastian reconhecia que não era exatamente a melhor escolha, muito menos a mais segura. Pelo menos não em comparação a alguém como Mark.

Os outros ciclistas estavam chegando, um a um, parando na calçada ou na entrada de carros para ver o espetáculo.

— O que está acontecendo? — perguntou Ted, apontando o pescoço flácido na direção de Mark, franzindo o rosto na tentativa de ouvir.

— Acho que é o namorado dela — falou Sue.

— Ela não é namorada de Sebastian? — perguntou Ed.

Os três se voltaram para Sebastian, que só deu de ombros, olhando para Abby.

— Espere só um minutinho — pediu ela para Mark. — Preciso ver se todo mundo do grupo está bem, e depois nós conversamos.

Ela se virou para a plateia reunida, incluindo todas as pessoas da excursão menos Lou, que estava dirigindo o trailer dos Coroas do Pedal. Sebastian viu que a mãe de Abby ainda estava na bicicleta, com as mãos no guidão e os olhos escondidos atrás dos óculos escuros. Não havia opção a não ser observar Abby empurrar a bicicleta até a entrada para carros, deixá-la por lá e levar Mark lá para dentro sem sequer olhar na direção dele.

# Abby

Abby tentou manter a calma, respirando fundo enquanto procurava no celular as instruções sobre como destrancar a porta. Mark estava logo atrás e era possível sentir toda a raiva dele. Ela digitou o código, abriu a porta e depois foi com Mark para a sala de estar da pousada, que tinha pé-direito alto e mobília ao estilo antigo que parecia desconfortável: um sofá revestido com seda listrada em vermelho e dourado, duas poltronas com encosto alto e uma mesa em meia-lua junto à parede. Havia uma tigela com pétalas de flores secas na mesinha de centro, e uma pequena lousa fofinha sobre um frigobar, avisando aos hóspedes que a água mineral, o isotônico e as barras energéticas custavam três dólares a unidade. Abby se sentou no sofá. Mark ficou de pé.

— E então? — perguntou ele, em um tom desagradavelmente acusatório. — O que está acontecendo?

*Fale logo de uma vez*, pensou ela, sentindo o peso da culpa e da vergonha, furiosa consigo mesma e com quem quer que tivesse tirado e postado aquela foto, transmitindo a notícia para Mark de uma forma que a pintava da pior maneira possível. Abby sabia que doeria, mas estava consciente de qual era a coisa certa a fazer. Era preciso arrancar o Band-Aid em um só puxão. Acabar de uma vez com aquilo. E então pelo menos estaria tudo encerrado.

— Você nunca nem me contou que esse cara estava na viagem. — Ele a encarou com as sobrancelhas erguidas. — Acho que existe um motivo para isso.

— Durante a maior parte do tempo, eu nem falei com ele, porque estava indo tão na frente dos outros que parecia que estava fazendo a viagem sozinho.

Aquilo era verdade. Pelo menos no início da viagem.

— É evidente que vocês conversavam durante as refeições. E nos hotéis também, né?

Abby engoliu em seco.

— Eu quero saber o que aconteceu — exigiu Mark.

Ela abaixou a cabeça.

— Mark…

— Eu quero saber — repetiu ele, com a voz áspera.

Abby sabia que não podia mentir.

— Desculpe — disse ela bem baixinho.

— Ah, meu Deus — falou ele, parecendo enojado, como se Abby fosse alguma coisa suja grudada na sola do sapato, o que para ela pareceu um tratamento merecido. Seu comportamento não fora exatamente honrado. Longe disso. — Esse cara, Abby? Sério mesmo? Você me traiu com esse cara? O que a porra da internet inteira sabe que não presta, e que virou motivo de piada?

Ela assentiu de leve. Desde que conhecera Mark, era raro o ouvir falar palavrões e nunca o tinha visto tão magoado ou irritado. Quando voltou a falar, foi com um tom de voz venenoso, passando as mãos no cabelo.

— Porra, Abby, como assim? — questionou ele.

Ela não tinha uma boa resposta. Na verdade, não tinha resposta nenhuma. Só tentou manter a voz firme enquanto pedia desculpas várias vezes.

Mark passou as mãos pelo cabelo outra vez, e ela o ouviu inspirar e expirar.

— Certo. Então, o que você quer? Nós vamos terminar, é isso? — Antes que ela pudesse falar alguma coisa, Mark a encarou com uma expressão implacável e incrédula. — Antes que você responda, eu só queria dizer que acho ridículo e ofensivo pra caralho você ter escolhido aquele… — Ele não encontrou uma palavra e no fim acabou só fazendo um gesto de desprezo lá para fora. — *Aquilo*… em vez de mim.

— Você tem razão — disse ela, baixinho. — Eu sei.

— Porra, como assim? — Ele elevou o tom de voz. — O cara é um viciado em sexo! Trata as mulheres como se fossem pacotes de M&Ms!

Obviamente, aquilo fez com que Abby se lembrasse dos doces que Mark deixara sob o travesseiro dela uma noite no acampamento Golden Hills. Mark era tão meigo, querido e gentil. Por que ela não o queria? Por que não conseguia imaginar um futuro com ele sem sentir o estômago revirado e as pernas bambas, querendo subir na bicicleta e pedalar para bem longe?

— Toda essa conversa de que as mulheres são pessoas e não objetos, e no fim você termina com um cara assim — disse ele, com a voz amargurada.

*Sebastian não é assim*, pensou Abby. Mas talvez fosse. No mínimo tinha sido até bem pouco antes. E ele dissera que queria mudar, porém era possível acreditar? Ela o conhecia direito, por acaso? Sabia se era confiável? Ele conseguiria mesmo melhorar o comportamento?

— Eu não entendo — continuou Mark. — Não entendo mesmo. É esse o conceito que você tem de si mesma? É isso o que você acha que merece?

— Talvez — respondeu ela, com a voz intimidada.

*Talvez seja isso que penso de mim mesma*. Ela não tinha uma carreira. Morava em um lugar que seus pais tinham conseguido, e ainda usava a senha deles para assistir a alguma coisa na TV. Não terminara o mestrado, não tinha carro e o saldo de sua conta no banco era de menos de mil dólares. A única coisa que aprendera a fazer em seus anos no planeta fora se sentir mais ou menos feliz em um corpo gordo e nem isso conseguia fazer o tempo todo. Talvez, no fundo, não acreditasse que merecesse alguém melhor que Sebastian, ou mais do que algumas horas de diversão com um cara que provavelmente a esqueceria assim que voltasse para Williamsburg, assim como tinha feito com dezenas, talvez centenas, de mulheres antes dela.

Mark limpava os olhos com fúria.

— Eu te amo.

— Eu sei — murmurou Abby. — E sinto muito, Mark. Você não sabe quanto.

— Nós tínhamos uma vida juntos, e você simplesmente jogou isso fora.

Ele segurou o cabelo de novo, soltou um suspiro trêmulo e se sentou no sofá ao seu lado. Abby o deixou segurar sua mão.

— Eu poderia te perdoar — disse ele, olhando para a frente. — Nós podemos tentar superar isso, se for o que você quer. — Mark se virou para ela, encarando-a com firmeza. — É isso o que você quer?

Abby sentiu os olhos arderem e um nó na garganta. Ela sabia qual era a verdade, e se obrigou a dizê-la:

— Você merece alguém melhor que eu.

Mark soltou sua mão e balançou a cabeça.

— Então é isso, fim de papo?

— Eu sinto muito — sussurrou ela, desejando abrir um buraco no chão e se enfiar lá dentro, desejando nunca ter conhecido Sebastian, desejando estar em qualquer lugar menos ali. — Você é um homem maravilhoso e um namorado maravilhoso, e eu sei que…

Ela engoliu em seco, desejando que a vida tivesse um botão de avanço rápido, para chegar a uma hora, ou um dia, ou uma semana ou até a outro ano em que aquilo já tivesse acabado.

— Por quê? — questionou Mark. Diante da ausência de resposta, ele insistiu: — Ei, você não tem o direito de não me responder. Eu mereço uma explicação. O que ele tem que eu não tenho? Além de muito, mas muito mais experiência?

*Ele sabe andar de bicicleta*, pensou Abby, mas não falou. Uma mulher com mais juízo, ao fazer uma comparação entre os dois, escolheria Mark sem pensar duas vezes. Ele era a escolha mais segura, sem sombra de dúvidas. Mesmo que não soubesse andar de bicicleta, e às vezes jogasse fora sem querer uma sobra de comida que ela queria guardar ou deixasse o sorvete dela endurecer no freezer, ainda que o sexo, até no início da relação, fosse apenas bom e nunca ótimo, Mark era a melhor escolha. Ele a amaria para sempre, seria um marido confiável e inabalavelmente generoso, além de um pai maravilhoso. Sebastian poderia nem sequer se lembrar do nome dela na semana seguinte. Poderia ser que nunca quisesse ter filhos.

*E mesmo assim*, pensou Abby. *Mesmo assim…*

— Ele não tem nada que você não tenha — respondeu ela com a voz bem baixa. — Você não fez nada de errado. Não é algo que tenha feito. Sou eu.

— Então é isso, fim? — A voz de Mark estava desolada.

Abby confirmou com a cabeça, sem olhar nos olhos dele.

Mark fez um sonzinho desagradável e ficou de pé.

— Acho que a lembrança do acampamento Golden Hills é o que nos resta. Mando mensagem quando eu voltar, para combinar um dia para você pegar as coisas — falou ele, virando as costas e saindo apressado da sala, da casa e da vida dela para sempre.

Abby ficou sentada no sofá. Não sabia se conseguia se mexer e com certeza começaria a chorar em breve, mas por ora as lágrimas ainda não estavam ali. Ela imaginou uma mulher rasgando um bilhete de loteria premiado e jogando os pedaços no esgoto. O que ela havia feito? Tinha desperdiçado a única chance de ser feliz? Uma vida com Mark lhe traria felicidade? Ou no fim teria sido como uma calça jeans apertada demais, que parecia bonita por fora, mas a fazia se sentir restringida, confinada, como se nunca mais fosse ficar confortável de novo?

Ela apoiou a cabeça entre as mãos, lembrando que Mark parecera seu destino, que o reencontro dos dois em Kensington parecera ter sido o carma atuando para incitá-la a dar o próximo passo, que seria o mais natural. Mas talvez ela estivesse seguindo pelo caminho errado. Talvez fosse a hora de parar de fazer as coisas só porque eram as mais óbvias, convencionais, ou fáceis. Em breve Abby estaria em casa, de volta à estaca zero, mas pelo menos decidiria ela mesma que rumo tomar.

Abby ouviu passos se aproximando, de alguém atravessando o corredor, e sentiu a pulação se acelerar. Só que quem entrou na sala não foi Sebastian, foi Eileen.

— O que aconteceu? — perguntou a mãe.

*Ai, meu Deus*, pensou Abby.

— Você pode sair daqui? — retrucou ela com um tom que soou bem mais ríspido do que era a intenção.

Eileen pareceu assustada, e então chateada. Ela cruzou os braços e comprimiu os lábios.

— Eu só queria saber se está tudo bem com você.

— Estou, sim — esbravejou ela, de alguma forma fazendo as palavras soarem como um "Como se você se importasse".

— Aconteceu alguma coisa com Mark?

A mãe estava com as sobrancelhas franzidas e falou com uma voz que transmitia uma preocupação sincera. *Tarde demais*, pensou Abby.

Ela sentia a cabeça zunindo, e o medo foi crescendo e crescendo até chegar ao auge até responder com uma voz que sibilou como um chicote:

— Só me deixe em paz. Eu não quero você aqui. Não queria nem que você participasse da viagem, então vá embora. Entendeu? Vá embora. — Ela sentiu o rosto pegando fogo. — Se você se apressar talvez encontre Mark antes que ele se mande. Vocês podem ser magros e felizes juntos, comendo homus de colher e escovando os dentes como sobremesa.

Eileen arregalou bem os olhos, aí abriu a boca para dizer alguma coisa, mas mudou de ideia e virou as costas, atravessando de volta o corredor com passos apressados. Abby ficou imóvel por um momento, com a respiração pesada e as mãos tremendo, sem acreditar no que havia feito e se perguntando o que ainda restava em sua vida para ser destruído. Tinha perdido o namorado (*Perdido?*, perguntou uma voz zombeteira na mente, estava mais para *jogado no lixo*) e irritado a mãe. E, no meio disso tudo, onde estava Sebastian? Por que não tinha ido procurá-la, para confortá-la e dizer que não era o que Mark havia dito, ou o que o mundo todo achava que era, e que cuidaria dela e sempre seria fiel?

Abby cerrou os punhos e fechou os olhos com força. *Sebastian não é a resposta*, pensou ela mais uma vez. Mas, por Deus, detestava a ideia de voltar a ser solteira ou, pior ainda, começar a sair com caras desconhecidos de novo. Já tinha passado tempo demais sozinha, e sofrido humilhações demais nas mãos de caras que a ignoravam, como se fosse invisível. Nas mãos dos homens dos aplicativos de encontros, com queixo molenga, barriga de chope e princípio de calvície, que sem a menor cerimônia mandavam mensagens diretas dizendo que ela seria muito mais bonita se fosse à academia, fizesse uma dieta, comesse menos e se exercitasse mais. A ideia de passar por tudo aquilo de novo era repugnante.

Ela ouviu os outros ciclistas se movendo pela casa, atravessando os corredores, conversando. Mais uma vez, espichou o olho para a escada. Sebastian era atraente demais, tudo o que eles tinham vivido fora tão bom. Abby ainda conseguia sentir o rosto, o peito e as coxas formigando no lugar onde a barba por fazer dele havia roçado. Parte dela queria subir a escada, arrancar a roupa, tomar um banho quente e procurá-lo, se deixar ser abraçada por ele e se esquecer de tudo.

Mas não podia fazer aquilo. Não conseguiria simplesmente ir para a cama com outro cara. E, mesmo se conseguisse, não seria certo. Ela havia deixado que o relacionamento preenchesse muitas lacunas em sua vida, coisas que não deveriam ter sido responsabilidade de Mark nem de nenhum outro homem. Resolver aquilo era uma obrigação sua, e de mais ninguém.

Por isso, em vez de subir para o quarto de Sebastian, ela saiu da sala, conseguiu dar um aceno simpático de cabeça para Lily Mackenzie e foi até onde tinha deixado a bicicleta.

Ela sacou o celular e, no Strava, encontrou uma rota famosa de quase cinquenta quilômetros ao redor da cidade. Abby encheu a garrafa de água em uma mangueira na lateral da casa, reaplicou o protetor solar, espremendo até o fim do frasco da bolsa no guidão. Em seguida sacudiu o cabelo e prendeu de novo em um rabo de cavalo, que passou pela abertura do capacete, posicionou o celular no apoio do guidão e passou a perna por cima do quadro. Depois de uma última olhada por cima do ombro para a casa, saiu pedalando.

# Sebastian

Sebastian não se lembrava da última vez que havia se sentido tão desolado, infeliz e impotente quanto no momento em que viu Abby entrar na casa com Mark.

Ele fez menção de segui-la, mas Lincoln o impediu com uma das mãos no braço de Sebastian e um olhar de cautela no rosto.

— Dê um tempinho a ela.

Por isso, ele passou direto pela sala de estar e subiu a escada para o quarto, que tinha um banheiro pequeno, piso de madeira, duas janelas grandes com vista para a rua e uma cama de dossel.

Sebastian tomou um banho rápido, de ouvidos apurados para sons de portas batendo ou vozes exaltadas, para os passos de Abby na escada, a voz dela ou a batida à porta. Imaginou que abria a porta e a via lá, dizendo que tinha mandado Mark para casa, falando que acreditara nele quando Sebastian dissera que estava mudado, que gostava dela de verdade, que ela não era só o último quadradinho de uma cartela fictícia de bingo.

Depois de dez minutos esperando de toalha, começou a ficar com frio e percebeu que o cabelo estava pingando e molhando o chão. Ele se vestiu, penteou o cabelo, calçou os tênis e se sentou na beirada da cama, vendo as fotos que tirara na viagem, parando em uma dele com Abby na frente da placa em metal azul e dourado que assinalava o fim da trilha. Estava com o braço em volta da cintura dela, que o olhava com um sorriso. "Cadê você?", escreveu para ela. "Está tudo bem?"

Abby não respondeu. Quando enfim ouviu a batida à porta, Sebastian ficou de pé em um pulo.

— Sou só eu — disse Lincoln.

— Você viu Abby? — perguntou Sebastian.

Lincoln fez que não com a cabeça.

Sebastian desceu e perguntou para Jasper e Lily, e depois a cada um dos Coroas do Pedal, se alguém a havia visto. As respostas foram todas negativas. Ele saiu e foi até a garagem onde as bicicletas estavam guardadas, mas não a de Abby… então pelo menos era possível saber o que ela estava fazendo, mas não onde.

Até pensou em pegar a bike e procurá-la, mas a noite já estava caindo e Sebastian concluiu que, a não ser que estivesse sem o celular ou sem bateria, Abby devia saber que ele queria falar com ela, mas preferiu não responder.

Depois de mais uma mensagem ("Cadê você?"), permitiu que Lincoln o arrastasse para a van e eles foram jantar. Sebastian comeu asas de frango à moda de Buffalo e continuou esperando. Bebeu uma cerveja e continuou esperando. Ouviu os demais ciclistas falarem sobre as partes favoritas da viagem, e o que mais tinham gostado de comer, e onde seriam as próximas aventuras, e continuou esperando. De volta à pousada, ligou para o celular de Abby, que não atendeu. Depois de mandar mais uma mensagem e não receber resposta, acabou pegando no sono, com o abajur ao lado da cama ainda ligado e o celular nas mãos.

Na manhã seguinte, Abby não apareceu para o café da manhã. Sebastian estava comendo uma fritada, sem nem ao menos sentir o gosto do que comia, quando Jasper foi até a mesa.

— Posso falar um minutinho com vocês?

Quando o grupo ficou em silêncio, ele falou:

— Abby mandou avisar que voltou de trem para a Filadélfia. Ela precisava resolver alguns assuntos em casa, mas me pediu para falar que adorou pedalar com vocês.

— Mas nós não tivemos nem a chance de nos despedir! — contrapôs Sue.

Até Morgan pareceu decepcionada, e Lou olhou feio para Sebastian, como se a ausência de Abby fosse culpa dele. Sebastian foi falar com Jasper na cozinha, pedindo informações que ele evidentemente não tinha.

— Eu não sei nada além do que já falei para vocês — garantiu Jasper. Quando procurou Eileen para perguntar se ela sabia de alguma coisa, só o que a mãe de Abby tinha a dizer era o mesmo que Jasper.
— Ela tinha alguns assuntos para resolver. É só isso que eu sei.

Naquela manhã, Sebastian percorreu de bicicleta os trinta e sete quilômetros até as Cataratas do Niágara e passou o dia pedalando com Lincoln, como uma criança de 6 anos arrastada a contragosto para as férias da família, fazendo o passeio de barco, sentindo as gotículas que se desprendiam das quedas d'água se acumulando no rosto e no cabelo e tentando não ficar se lembrando do dia de chuva que passara com Abby, quando a beijara.

*Ela está pensando*, disse a si mesmo. *Está se decidindo*. Ele só torcia para que Abby não estivesse se apegando àquela história toda do Tik-Tok, reconsiderando tudo a respeito dele e o rejeitando por completo, planejando desaparecer de sua vida de novo.

— Dê um tempinho para ela — aconselhou Lincoln outra vez no bar onde jantaram naquela noite. — Quem ama de verdade não prende ninguém. Se ela voltar para você, é porque é sua. Se não voltar, é porque nunca foi. — Ele inclinou a cabeça. — Um cara muito sábio me disse isso uma vez.

— Você nem imagina a raiva que estou de você agora — disse Sebastian olhando para a mesa, deixando o hambúrguer quase intocado.

— Então pode ficar com raiva de si mesmo — retrucou Lincoln. — Foi isso o que você me disse quando Lana e eu terminamos. E deu certo! — Ele deu um tapinha no ombro de Sebastian. — É só ter paciência. Se tiver que acontecer, vai acontecer.

— Você está gostando de me ver sofrer — comentou Sebastian.

Lincoln negou com a cabeça.

— Não. Mas é possível que tenha chegado sua hora de passar por uns maus bocados. Sabe como é.

Sebastian refletiu a respeito. Pensou na sorte que sempre teve até Alyssa postar aquilo no TikTok, que sua vida havia sido uma sequência ininterrupta de jogos de Frisbee e passeios de bicicleta, bebedeiras com amigos e sexo. Ele trabalhava com o que gostava, morava em um apartamento melhor do que teria condições de pagar, contava com todos os privilégios reservados aos homens brancos, apesar de alguns deles dizerem que isso não existia, ou no mínimo que as coisas não eram mais como já haviam sido um dia.

Ele se deu conta de que não estava acostumado a perder. Quando pegou o hambúrguer, sentiu o ketchup no dedo e largou o sanduíche de novo no prato sem dar nenhuma mordida.

— Posso dar uma sugestão? — perguntou Lincoln.

— Eu tenho como impedir isso? — rebateu Sebastian.

Lincoln se preparou visivelmente para proferir um discurso:

— Se você quiser, de verdade, ter um relacionamento com Abby, ou com qualquer pessoa, precisa refletir melhor sobre como foi sua vida até agora. Sobre o que levou você a querer ir para a cama com tantas mulheres.

— Eu não fui levado a isso — respondeu Sebastian. — Foi mais uma sensação de "Ora, por que não"? — Lincoln abriu um lenço umedecido sem dizer nada. — Está querendo me dizer que estou tentando compensar um vazio no meu coração? Alguma lacuna na minha vida? Que minha mãe não me amava, que meu pai nunca esteve presente?

Sebastian tentou soar sarcástico, mas Lincoln continuava a encará-lo, sem a expressão habitual de paciência e tolerância. Em vez disso, o que havia no olhar do amigo era dó. O que, obviamente, só fez Sebastian se lembrar das inúmeras vezes que sua mãe ficava inacessível e seu pai precisava se ocupar de cuidar dela, das ocasiões em que nenhum dos dois tinha tempo ou energia para dedicar ao filho.

Ele não suportava pensar naquilo.

— Nem todo mundo vem de famílias perfeitas. Nem todo mundo tem sua sorte — respondeu ele.

— É verdade — admitiu Lincoln.

— Eu não preciso de terapia — afirmou Sebastian, sentindo os lábios se franzirem como se estivesse escancarando os dentes de raiva para o mundo.

Estava se lembrando das sessões em família nos tratamentos de desintoxicação da mãe, de como tudo aquilo fora inútil e frustrante. Qual era o sentido de culpar os pais, se não era possível voltar no tempo e exigir que fizessem tudo diferente? Por que se prender a um passado que não podia ser mudado? Era preciso seguir em frente. Esse era o lema de Sebastian.

Lincoln ergueu as mãos.

— Eu não falei nada de terapia. Talvez você não precise mesmo, mas acho que pode ser uma coisa benéfica para todo mundo, ter alguém para conversar. E, veja bem, eu não sei qual é a sua, não sei por que você é desse jeito. Se a questão é sua família ou sei lá o quê. Mas Lana e eu conversamos e...

— Ah — interrompeu Sebastian. — Que ótimo. Fico feliz por ter proporcionado um assunto para vocês conversarem.

— ... nós estamos preocupados com você, só isso — concluiu Lincoln, com uma voz calma e firme, enquanto encarava Sebastian. — Nós só queremos que você seja feliz.

E sobre isso Sebastian não tinha como discutir.

# Abby

**Filadélfia**

No domingo de manhã, Abby dormiu até mais tarde.

Foram três longas semanas desde o fim da viagem, quando ela voltara correndo para casa. Mas no fim conseguiu sobreviver às terríveis primeiras horas e dias depois do rompimento, e estava decidida a resolver a vida, a começar a transformar a própria casa em um lar e passar a viver da maneira como gostaria.

Ela se levantou da cama e abriu as cortinas. O sol bateu no piso de madeira e no tapete estampado em cor-de-rosa e dourado que tinha comprado na Etsy no dia anterior. A estante, por fim montada, estava cheia de livros organizados por cor. Três de seus pôsteres foram emoldurados e pendurados na parede, junto a um espelho antigo gigantesco que ela e Lizzie encontraram em um antiquário na rua South (elas precisaram contratar um carreto para levá-lo para casa e recrutar quatro membros do clube de ciclismo para carregá-lo escada acima). Havia uma mesa de verdade na cozinha e um espaço dedicado ao home office, uma escrivaninha perto da janela. Uma fileira de vasos de plantas enfeitava o parapeito, e as sacolas de roupas finalmente tinham sido mandadas para doação. Não era como a casa de Lizzie, com uma coleção de objetos colecionados ao longo de uma vida toda de aventuras, mas também não parecia mais um dormitório de alojamento estudantil, um lugar sem personalidade que só era usado para dormir.

Abby falou para Marj, da Libertar, o quanto tinha gostado de ser a guia da viagem, e ela respondera que recebera ótimos feedbacks dos ciclistas e prometera que a chamaria para futuras excursões. Abby voltou a trabalhar na Vem, Doguinho, para poder pagar o aluguel, mas já começando a pensar no passo seguinte e tentando encontrar uma forma de ser remunerada para fazer o que amava. Um clube de ciclistas para empoderar garotas e jovens. Começaria conversando com Lizzie e Gabriella, sua amiga bibliotecária que criara o acampamento de férias em Kensington. Elas provavelmente saberiam indicar alguém para ajudá-la.

Ela fez o máximo para se manter ocupada, mas não conseguia parar de pensar em Sebastian. Pelo menos, por enquanto, ela havia conseguido se segurar e não ligar nem mandar mensagem para ele, nem fazer nenhuma pesquisa no Google com o nome dele, nem tentar encontrá-lo nas redes sociais.

No dia em que Mark fora confrontá-la em Buffalo, e algum tempo depois, Sebastian a bombardeara de mensagens. "Abby, por favor, me ligue", "Você está bem?" e "Podemos conversar?". Ela não respondeu, e as mensagens pararam. Desde então, não houve mais sinal de vida. Abby disse a si mesma que assim era melhor e se dedicara à tarefa de comunicar a amigos e familiares que Mark não fazia mais parte de sua vida.

Começara com Lizzie, pedalando até o apartamento da amiga e contando toda a saga sentada no sofá, com Grover cochilando em seu colo.

Lizzie expressou o interesse, a empatia e o ultraje à medida que Abby narrava o desvio de rota de Morgan Mackenzie, as noites com Sebastian e como a viagem tinha terminado.

— Imagine só como é péssimo falar para um cara que o problema não é ele, é você. Por mais que seja verdade, sempre parece uma mentira esfarrapada — disse Abby.

Ela ainda se lembrava de como Mark tinha ficado arrasado, com uma expressão vazia de choque no rosto. Ainda conseguia ouvir a amargura na voz dele quando questionara: "Esse cara, Abby? Sério mesmo?".

— Que raiva eu sinto de mim mesma por ter desperdiçado o tempo dele desse jeito.

— Não foi um desperdício, se ele estava disposto a passar esse tempo com você — argumentou Lizzie. — É melhor pensar assim: ele ficou o quê, quase dois anos com você? Sorte dele — complementou ela, enquanto Abby contrapunha.

— Eu sinto que acabei com a vida dele.

— Acho que você está superestimando a própria relevância na vida dele, viu — falou Lizzie, cautelosa, antes de se inclinar um pouco mais para perto. — E Eileen? Ela viu o que aconteceu?

Abby negou com a cabeça, fazendo uma careta como se tivesse engolindo alguma coisa amarga.

— Ela viu que ele estava lá e sabe que conversamos, mas não falei mais com minha mãe depois disso. E acho que ela percebeu que estava rolando alguma coisa com Sebastian.

— Ai, ai — murmurou Lizzie baixinho. — E qual é seu plano? — Como Abby não respondeu, ela acrescentou: — Imagino que você não tenha visto Eileen desde que voltou para casa.

— Eu meio que explodi com ela no fim da viagem.

— Então você precisa pedir desculpas.

— E ela não sabe que eu terminei com Mark.

— Então é só contar para ela.

Abby assentiu. Seu temor de contar sobre o fim do relacionamento para Eileen era quase o mesmo que sentira no rompimento em si, mas ela sabia que era algo que precisava ser feito.

— Vamos deixar Eileen de lado um pouquinho — sugeriu Lizzie. — Podemos falar sobre o cara do TikTok agora? O Romeu de Red Hook? O Don Juan de Gowanus.

Abby fechou os olhos.

— Que tal não?

Lizzie se inclinou para mais perto e sacudiu Abby pelos ombros.

— Você deixou de lado todos os detalhes. Eu quero a história toda. Cada reviravolta. Sem esconder nada.

— Beleza — concordou Abby.

Ela percebera que estava sorrindo um pouco, apesar de tudo. Mesmo se nunca mais visse Sebastian (e estava quase certa disso), se lembraria da sensação de ser desejada por um cara como ele. Poderia levar aquilo consigo como um suvenir ou uma joia, um tesouro para ser desenterrado e visto quando precisasse de um lembrete de que era uma pessoa que valia a pena, que alguém como ele a considerara bonita e desejável.

No fim, não demorou muito para contar sua história. Lizzie bateu palminhas e suspirou quando Abby contou sobre o primeiro beijo, debaixo de um dilúvio entre Syracuse e Seneca Falls. E apertou a mão de Abby ao ouvir a parte em que mandara Mark embora, subira na bicicleta e fugira sem falar com Sebastian, dando voltas ao redor de Buffalo até anoitecer.

— Ele ficou me mandando mensagem sem parar nessa noite e nos dias seguintes, mas, depois disso, nada.

Abby soou um tanto melancólica. E estava se sentindo assim, também uma tonta, dividida entre o lamento pelo rompimento com Mark e o desejo por Sebastian.

— Você quer voltar a se encontrar com ele? — perguntou Lizzie.

— Óbvio que sim. — Abby queria fazer tudo com Sebastian, o que ele estivesse disposto. Tudo o que já tinha feito e o que ainda não haviam experimentado. — Só que...

Só que Sebastian provavelmente não queria um relacionamento de verdade... e Abby tinha quase 34 anos. Mesmo se congelasse os óvulos, não tinha tempo a perder com homens frívolos.

Aquilo levava os pensamentos dela de volta a Mark, que era sério e confiável.

— Eu fui uma estúpida? — perguntou Abby baixinho. — Pode me falar se tiver sido.

— Ah, eu não vou dizer nada, não. Você sabe a resposta.

— Será?

Lizzie esperou que ela complementasse.

— Mark é gentil — começou Abby. — É paciente. Quase nunca perde a cabeça. Não grita. É inteligente. Bem-sucedido. — Ela engoliu em seco. — E ele me amava.

Abby se lembrou do jeito que Mark a olhara na primeira noite em que o levara para o apartamento dela: com adoração, fascínio, e maravilhamento. "Que sorte eu tenho", ele havia sussurrado, beijando o pescoço dela.

— Ele disse que achava que poderia me perdoar. Que poderíamos virar a página e deixar isso para trás, se eu quisesse.

— E?

— E ele me amava — repetiu Abby, parecendo que estava tentando convencer Lizzie daquilo. Ou talvez a si mesma. — E ele fazia bem para mim.

Abby abaixou a cabeça e se concentrou em coçar Grover atrás das orelhas.

— E?

Abby engoliu em seco.

— E ele é um tédio — admitiu ela, falando baixinho. — Não. Isso não é justo. O problema não era ele. Eu é que estava entediada. Às vezes. — Ela esfregou as mãos nas coxas. — Mas ele não come açúcar. Não anda de bicicleta. E não… sabe como é…

*Não fazia parecer que eu morreria se ficasse mais um instante que fosse sem tocá-lo*, pensou ela, mas não falou.

— Entendi, ele não inflamava sua alma.

Lizzie olhou bem para Abby, com a expressão paciente e imparcial, embora certamente tivesse uma opinião sobre a questão.

— E Sebastian?

— Ele é muito… — Abby se lembrou do quarto do hotel iluminado à luz de velas e fechou os olhos. — Ele é lindo. E tem um cheiro delicioso. Tem uma relação ótima com o melhor amigo. Leva o trabalho a sério. E anda de bicicleta.

Dizendo em voz alta, não parecia muita coisa.

— Você pode mandar uma mensagem para ele, convidando para vir até aqui. Só para ver no que dá. Se não for para a frente, a fila pode andar — sugeriu Lizzie.

— Tudo bem, mas será que tem alguém fazendo fila para mim?

— Que tal deixar de lado essa bobagem de mulher gorda que fica se depreciando? — retrucou Lizzie.

Grover, que percebera a mudança de tom, levantou a cabeça para encarar Abby, mas a braveza foi atenuada pela presença do brinquedinho em forma de donut em sua boca.

— Isso é muito século XX.

— Eu não estou me depreciando, estou sendo realista — respondeu Abby.

Se por um lado Eileen exercera uma força negativa em sua vida (na direção da autonegação e do autodesprezo), Lizzie fora a força positiva, um exemplo vivo de que era possível ocupar um lugar no mundo com um corpo gordo sem odiar a si mesma.

Abby não achava que a amiga fosse uma pessoa solitária... mas se perguntava se Lizzie não gostaria de ter uma companhia para suas viagens, ou pelo menos alguém à espera quando voltasse para casa, alguém que quisesse ouvir as histórias e ver as fotos dela. Alguém para recomendar que usasse o protetor solar antes de ir à praia em Cuba, ou que a lembrasse de levar a roupa térmica quando fosse esquiar em Banff, alguém que acompanhasse pela internet o avião em que ela estivesse atravessar o Atlântico. De que adiantava ter uma vida tão rica se não havia com quem compartilhar as experiências? De que adiantava ter ótimas histórias se não havia ninguém para ouvi-las?

— Você se sente sozinha às vezes? — perguntou Abby para a amiga.

— Lógico — respondeu Lizzie. — Às vezes sim. Todo mundo se sente sozinha de vez em quando. — Ela puxou Grover para o colo. — Mas quer saber? Acho que é melhor estar sozinha do que presa com a pessoa errada para sempre.

Grover se virou para a mulher mais velha com um olhar cheio de amor. Lizzie o acariciou sob o queixo.

— Mas me conte o resto também — pediu Lizzie. — Você falou que queria conversar sobre uma outra coisa.

Abby respirou fundo.

— Eu tive uma ideia. Por enquanto é só uma ideia mesmo. Não sei se é possível, ou como levar a coisa adiante.

— Qual é a ideia?

Abby apertou o nariz em nervosismo. Estava com medo de que, se contasse para Lizzie sobre a decisão, se falasse aquilo em voz alta, talvez a ideia soasse inviável ou impossível, algo que ela jamais conseguiria concretizar... ou uma coisa que outras pessoas já estavam fazendo. Não sabia qual das alternativas seria pior.

— Eu tive uma conversa com Sebastian e o amigo dele sobre ciclismo e por que gostava tanto de pedalar. Contei sobre quando era criança, e sobre a independência que ganhei com a bicicleta, podendo me deslocar entre a casa do meu pai e da minha mãe, ir ao shopping ou à livraria, me sentindo mais…

Abby tentou encontrar uma palavra que não fizesse Lizzie revirar os olhos, ou soltar um risinho de deboche, ou as duas coisas. Estável? Centrada? Tranquila?

— Feliz — disse por fim. — E tem também o que aconteceu com Morgan, que já contei para você. Então minha ideia é criar um clube de ciclistas só para garotas. Eu poderia organizar passeios, ensinar como fazer a manutenção da bicicleta e como andar com segurança no trânsito. E talvez programar uma viagem mais longa nas férias de verão. — Ela fez uma pausa, e então acrescentou: — Em um estado mais liberal. Com a opção de uma parada em uma clínica de planejamento familiar.

Abby se preparou para enfrentar uma reação de ceticismo, mas Lizzie só pareceu pensativa mesmo.

— Isso é bem parecido com o que faz o pessoal da Girls on the Run, de corrida, né? A não ser pela parte da clínica de planejamento familiar.

— Certeza — respondeu Abby.

— Minha sobrinha fez esse programa quando estava no ensino fundamental. Tem a parte da corrida, mas também as aulas sobre imagem corporal, pressão social e autoestima. Coisas assim.

— Pois é! Exatamente. — Abby encolheu os joelhos para junto do peito. — Só que eu não tenho qualificação para nada disso, fora o ciclismo. Posso ser a guia de cicloturismo e mais nada. Mas fiquei pensando… tipo, tenho amigas professoras, terapeutas. Posso procurar gente, pessoas capacitadas, boas profissionais, para trabalhar com as meninas. E sei que pode parecer ridículo, mas talvez a inclusão da clínica de planejamento familiar possa ser uma forma discreta de oferecer ajuda para garotas que precisem desse tipo de atendimento… — Abby fechou os olhos. — É uma ideia boba, eu sei.

— Não, nada disso — retrucou Lizzie. — De jeito nenhum. Infelizmente, é uma coisa necessária. E meio que uma grande ideia, na verdade.

Lizzie pôs Grover no chão e ficou de pé, estendendo os braços. Abby se levantou para receber o abraço da amiga.

— Minha menina está toda crescida — comentou Lizzie, começando a cantarolar "Sunrise, Sunset".

Abby deu uma risadinha.

— Você me ajuda?

Lizzie assentiu.

— Você poderia conversar com o pessoal da Neighborhood Bike Works.

Abby conhecia o grupo que ensinava crianças de baixa renda a montar bicicletas com peças doadas e ficar com elas no fim do programa. Lizzie passou as mãos pelo cabelo, ainda pensativa.

— E sobre a outra parte, a passagem pela clínica de planejamento familiar... se as mulheres do século passado, nas décadas de 1950 e 1960, arrumaram um jeito criativo de espalhar informações como para quem ligar e para onde ir, eu não acho sua ideia nada absurda.

— Então você acha que pode dar certo?

— Você nunca vai saber se não tentar.

*E vou me odiar se não tiver coragem de tentar*, Abby se deu conta. Ela pensou em Morgan, no medo que ela devia ter sentido, na solidão, mesmo estando em um grupo, e na coragem que devia ter sido necessária para compartilhar o segredo com Andy. As mulheres da excursão da Libertar a ajudaram quando a menina precisara de ajuda, assim como Lizzie fizera com Abby, quando era uma menina precisando de acolhimento. Com certeza havia outras Morgans e outras Abbys por aí; o mundo estava cheio de garotas e de jovens que precisavam de certa mão amiga, de apoio e informação, ou de métodos contraceptivos confiáveis, e não havia gente suficiente para arriscar o próprio bem--estar para sair em auxílio de tais pessoas. Alguém precisava correr aquele risco. Por que não Abby? Ser solteira poderia atuar em seu favor nesse caso. Se fosse parar na cadeia, pelo menos não deixaria marido e filhos para trás.

— Parece que você chegou a uma decisão — comentou Lizzie.

— É, acho que sim — disse Abby. — Mas ainda preciso falar com Eileen.

— Para dentro da toca da leoa! — brincou Lizzie. — Já fez o testamento?

— Não — respondera Abby. — Se ela me matar, você pode ficar com tudo. Mas dê um sumiço em tudo o que for vergonhoso antes que Eileen apareça para limpar o apartamento.

— Pode deixar — disse Lizzie, dando um abraço nela para desejar boa sorte.

Abby passou o *Rosh Hashaná* com o pai, ouvindo-o entoar as preces e dar um sermão sobre tolerância e amor ao próximo na prática, não só na teoria.

Na manhã do Yom Kippur, ela foi à sinagoga de Eileen.

— Você está maravilhosa — falou a mãe quando Abby a encontrou em frente ao santuário.

Os demais membros da congregação já estavam entrando. Alguns usavam branco, como anjos, com tênis de lona nos pés, em obediência ao édito de não vestir couro nem produtos de origem animal no dia mais sagrado do ano. Eileen ostentava um terninho preto elegante e sapatos de salto alto com sola vermelha. Segurou a filha de leve pelos ombros e a olhou de cima a baixo. Abby sempre detestou ser inspecionada daquela forma. Era como estar em uma balança com rosto, um híbrido de ser humano e máquina capaz de aferir o peso exato dela, até a terceira casa decimal, e se estava pesando mais ou menos do que na última vez que estivera em casa. Eileen franziu os lábios.

— Você parece...

*Não fale, não fale, não fale*, pensou Abby.

— ... saudável — complementou Eileen.

Obviamente, era uma forma velada de dizer "mais magra", mas pelo menos era uma demonstração de cuidado para não a ofender abertamente. Elas entraram juntas, só a duas. Marni estava com os sogros em Nova Jersey, e Simon havia avisado que iria à sinagoga em Nova York, embora Abby tivesse suas dúvidas.

Ela se juntou ao restante da congregação enquanto a jovem rabina entoava o *vidui*, a confissão coletiva, uma lista em ordem alfabética de pecados, todos reconhecidos na primeira pessoa do plural, porque de acordo com a tradição judaica não havia ninguém que se aproximasse da perfeição divina. A congregação começou a declamar em coro.

*Nós transgredimos*
*Nós traímos*
*Nós roubamos*
*Nós caluniamos*
*Nós induzimos os outros a pecar*

Abby se pegou pensando em Morgan, em como ela e Eileen ajudaram a menina a mentir para a própria mãe, mas, graças a Deus, no fim dera tudo certo. Uma semana depois do fim da viagem, Lily mandou um e-mail para Abby lamentando por não ter conseguido se despedir dela pessoalmente, agradecendo por zelar pela segurança de Morgan e por fazer a filha entender que não estava sozinha.

Queria ter estado lá, mas entendo por que ela achava que não podia me contar (e sei que é parte do amadurecimento encontrar outros adultos em quem confiar). Eu fico grata por Morgan ter amigos e outras pessoas adultas a apoiando. Ela está bem e saudável, curtindo o penúltimo ano de colégio.

*Nós demos as costas*
*Nós ignoramos nossas responsabilidades*
*Nós fomos perversos*
*Nós nos comportamos levianamente*

Abby olhou para a mãe. Os olhos de Eileen estavam bem fechados. Ela batia de leve com o punho no peito a cada verso da oração. Abby se perguntou em que a mãe estaria pensando, se aquilo tinha algum significado para ela ou se os feriados judaicos eram só um pretexto para exibir o novo modelito enquanto se cercava de outras pessoas que também estavam sem comer. Logo em seguida, porém, repreendeu-se por não ter conseguido esperar nem o sol se pôr para começar a ser crítica e implacável. *Melhore*, Abby disse a si mesma. *Trate de se esforçar mais*. Ainda que Eileen não facilitasse.

*Nós causamos sofrimento*
*Nós fomos intransigentes*
*Nós nos recusamos a ver a mão de HaShem*
*Nós nos rebelamos*
*Nós incitamos*
*Nós pecamos*
*Nós nos desgarramos*

No Yom Kipur, judeus praticantes se confessavam em público. E também se encarregavam de pedir perdão pessoalmente às pessoas que magoaram. Abby sabia o que precisava fazer. *Acabe logo com isso*, pensou Abby. Quando as orações terminaram, ela voltou para casa com a mãe e perguntou:

— Posso ajudar em alguma coisa?

— Venha comigo — respondeu Eileen, e Abby a seguiu até a cozinha, onde todos os eletrodomésticos e bancadas reluziam.

Ela viu uma caixa branca com as palavras "bolo de maçã" em cima de uma boleira e um saco de papel cheio de bagels no balcão, espalhando o aroma de massa fresquinha e fermentada pelo ar.

Eileen começou a tirar verduras, legumes e embalagens de peixe defumado da geladeira. Abby pegou uma faca serrilhada, uma tábua de corte e a travessa branca de porcelana que a mãe sempre usava. Os bagels ainda estavam quentes, macios por fora, fofinhos por dentro. Quantas vezes Abby tinha colocado os bagels na bandeja e visto a mãe pegar metade, eviscerar, tirando o miolo, e preencheer com vegetais e um pouquinho de nada de cream cheese?

Abby se acomodou em um banquinho no balcão da cozinha e se pôs a trabalhar. Eileen foi até a bancada perto da pia pegar uma faca, deu a volta na ilha e pegou uma tábua de corte da gaveta. "Nunca se sente quando pode ficar de pé, nunca fique de pé quando pode andar, nunca fique parada quando pode se manter em movimento", era um dos mantras de Eileen. Ela andava da lavanderia até o quarto mais de uma dezena de vezes, carregando uma peça de roupa por vez, e no shopping center ou supermercado estacionava à maior distância possível da entrada para dar alguns passos a mais.

*Pare de julgar*, Abby se repreendeu enquanto Eileen começava a fatiar um pepino em rodelas fininhas. A mãe havia se trocado e usava um vestido simples de linho. Abby viu, achando um pouco de graça, as marcas de bronzeado que a bermuda de ciclista tinha deixado nas pernas dela abaixo da bainha da saia. *E pare de enrolar.*

— O último dia da viagem foi interessante — comentou Eileen, antes que Abby pudesse tocar no assunto. Ela terminou de fatiar os pepinos, colocou tudo com capricho na travessa e começou a picar a cebola roxa. — Todo mundo quis saber para onde você tinha ido. E Sebastian ficou arrasado.

Eileen fez uma pausa, olhando bem para Abby, que ficou em silêncio, se esforçando para manter uma expressão neutra.

— E no fim descobrimos que Ted é casado com Lou, e Ed é casado com Sue.

Abby sentiu os olhos se arregalaram.

— Espera aí, como é?

— Eles fazem troca de casal — contou Eileen, com um sorrisinho presunçoso. — Durante as viagens. Contaram para tudo mundo durante o brunch, antes de voltarmos. Eles dizem que isso mantém as coisas sempre novas e excitantes.

— Ai, meu Deus — disse Abby. — Então eles são praticantes de swing? Um quadrisal?

— Uma polícula — respondeu Eileen, usando uma palavra que provavelmente nem sequer conhecia antes da viagem. — Eles têm um acordo. São todos amigos e já vêm fazendo... — Ela fez um gesto com a mão. — ... aquilo... há trinta anos. Dizem que ninguém sente ciúme, e ninguém fica magoado. E, pelo que eu vi, pareciam felizes mesmo.

— Felizes, é? — falou Abby bem baixinho. — Isso é bom.

— Andy me contou tudo — continuou Eileen. — Esse estilo de vida faz muito sucesso no TikTok. É assim que eles chamam, sabe? Estilo de vida.

— Não brinca. — Abby tentou fazer parecer que estava se divertindo. — Lily me mandou um e-mail. Ao que parece, ela e Morgan estão ótimas.

— Fico contente em saber. Isso é tudo o que qualquer mãe quer. — A voz de Eileen soou um pouco áspera. — Ser incluída. Fazer parte da vida da filha.

*Não vou nem tocar nesse vespeiro*, pensou Abby. Ela pôs as mãos no balcão de mármore, que combinava com os azulejos brancos das paredes e com os armários também brancos.

— Mãe, eu queria pedir desculpas. Por ter estourado com você daquele jeito no último dia da viagem. — Abby contraiu os músculos do abdome e encolheu os dedos dos pés dentro dos sapatos. — Também queria contar que Mark e eu terminamos.

O que não era bem verdade (o mais honesto seria dizer "Eu terminei com Mark"), mas foi o melhor que ela pôde fazer. Desconfiava de que Eileen já soubesse, mas mesmo assim preparou-se para o pior, caso a mãe decidisse jogar uma cebola em sua cabeça. Ou a faca. Ela se preparou para vê-la gritar, chorar, rasgar as roupas e arrancar os cabelos. Talvez fosse deserdada. "Eu não tenho mais filha", a mãe berraria. Ela imaginou Eileen iniciando o período de Shivá; provavelmente aproveitaria a ocasião para comprar uns pretinhos básicos novos.

Mas, em vez de gritar ou chorar ou perguntar onde Abby estava com a cabeça, ou dizer que estava morta para ela, em vez de qualquer uma dessas reações, Eileen apenas assentiu, foi até a pia, lavou a faca e começou a enxaguar um escorredor de massa cheio de tomates com toda a calma.

— E você está bem?

Abby ficou só olhando para a mãe, de repente sem saber o que falar.

— Estou, sim. Quer dizer, estou triste. E com raiva de mim mesma por ter causado essa mágoa. E me sentindo um pouco sozinha ultimamente.

Por mais que soubesse que ela e Mark não eram as pessoas certas um para o outro, era reconfortante ter alguém para dividir a vida e a cama, alguém que a conhecesse. Alguém que soubesse sua história e ouvisse o que tinha a contar.

Eileen fungou, pegou um tomate e cortou ao meio. Ela baixou os olhos para a tábua de corte e em seguida levantou a cabeça.

— Eu também devo um pedido de desculpas para você.

— Por quê?

— Quero mostrar uma coisa.

Quando a mãe pegou o celular, Abby se perguntou se seria alguma coisa relacionada a Sebastian, uma novidade ainda pior do que tudo o que ela já tinha visto. Uma tentativa de alertá-la, uma forma de fazê-la se sentir ainda mais triste por ter terminado com Mark.

Eileen ficou rolando a tela por um momento e então passou o celular para o outro lado do balcão. Abby olhou para a tela. Era uma foto. De início, pensou que fosse sua: uma garotinha de cabelo cacheado diante de uma piscina, estreitando os olhos por causa do sol de uma tarde de verão. Ela usava um vestidinho sem mangas, e Abby reconheceu aqueles contornos: braços e coxas grossos, a barriga arredondada e saliente. Punhos e tornozelos largos, mãos grandes e dedos gorduchos, as proporções que desagradavam a mãe desde que ela se conhecia por gente. A expressão no rosto também era bem familiar. A menina estava sorrindo, mas com uma expressão tensa e resguardada, com os ombros caídos. Abby reconhecia o corpo e a expressão… mas não o vestido nem o lugar, e o cabelo da garota era alguns tons mais escuros que o seu naquela idade.

— Onde é isso? — questionou Abby. — De quando é essa foto?

— Está fazendo as perguntas erradas — disse Eileen. — Repare bem.

Abby analisou a imagem com mais atenção, e assim reparou também em pequenas diferenças no rosto e nas feições da menina. Os lábios eram mais finos, as sobrancelhas mais escuras. A questão não era *de quando*, e sim *de quem*.

— Essa é…

O coração de Abby disparou.

— Sou eu — disse Eileen. — Aos 6 anos de idade.

Abby ficou olhando para a foto, chocada e sem palavras. Se Eileen tivesse confessado ser uma alienígena enviada para observar o comportamento dos humanos, ou contado que tinha uma vida secreta e outra família, ou que estava pensando em se candidatar a presidente, Abby teria ficado menos perplexa. Tudo isso parecia mais plausível do que imaginar a mãe como uma ex-gorda, uma quase idêntica a ela própria.

— Como assim? — Abby levantou os olhos. — Eu não sabia disso.

— Eu nunca contei para você. — Eileen espalmou as mãos no balcão. — Por vergonha, acho. E porque estava tentando te ajudar. — Ela baixou os olhos, olhando para o tomate, que derramava sementes e sumo na tábua de corte. — Eu me lembrava muito bem de como as coisas tinham sido difíceis para mim: das críticas da minha mãe, de como as outras crianças me maltratavam, dos apelidos que inventavam para mim… — Eileen fez uma pausa, então continuou falando, olhando para o nada, evitando olhar nos olhos da filha: — Eu me sentia muito sozinha. E me senti assim por muito tempo. Então pensei que perdendo peso resolveria isso.

Abby sentia a língua espessa e pesada dentro da boca. O cérebro parecia sobrecarregado e lento, as emoções uma bagunça só. Ela não sabia se estava irritada, triste, decepcionada ou alguma outra coisa bem diferente.

— Por quanto tempo você…

*Não diga gorda*, ela lembrou a si mesma. Abby até podia se sentir à vontade com essa palavra, mas para Eileen era uma ofensa terrível, praticamente uma declaração discriminatória.

— Por muito, muito tempo. Até depois de me casar e me tornar mãe.

Abby ficou boquiaberta. Eileen deu de ombros.

— Eu até mostraria fotos minhas da adolescência e da juventude, mas nunca tive muitas e acho que botei fogo nas que sobraram. — Ela apertou os lábios. — Sempre pensei que você fosse querer ver meu álbum de casamento, de quando seu pai e eu nos casamos. Ou fotos suas quando bebê.

— Você está superestimando meu interesse em casamentos e bebês — retrucou Abby.

Eileen juntou as mãos. Abby olhou para a aliança de casamento da mãe e o anel de diamantes de noivado (um avanço significativo em relação a quando era casada com o pai de Abby), que estavam largos no dedo. Havia algumas manchas de idade nas mãos dela, algumas veias proeminentes sob a pele. Os dedos e os punhos tinham o mesmo formato que os seus. Como nunca tinha reparado naquilo?

— Eu fui uma criança solitária — continuou Eileen. — E quando as outras meninas começaram a namorar, eu não tive tantas opões quanto elas. Acho que até existiam garotos que não se importavam com minha aparência, mas não queriam virar motivo de chacota entre os amigos se me chamassem para sair.

Abby, que havia sentido a mesma coisa na pele, notou que estava balançando a cabeça em concordância. Precisou fazer um bom esforço para parar.

Eileen pegou a faca e voltou a cortar os tomates.

— Já existiam lugares como o acampamento Golden Hills quando eu era jovem. Eles punham anúncios na última página da revista *Seventeen*. Daqueles bem pequenos, quase escondidos. Eu implorei para meus pais me mandarem para lá. Pensei que, se conseguisse perder peso, estaria tudo resolvido. — Ela fez uma careta, sacudindo a cabeça. — E a resposta deles foi que, se eu quisesse mesmo emagrecer, poderia fazer isso sozinha, que só precisava de disciplina. "Coma menos, se exercite mais." Como se fosse assim tão simples.

— Mas isso é o que…

*Isso é o que você falava para mim.* Só que Eileen tinha mesmo dito aquelas palavras? Ou simplesmente mandava Abby para um acampamento de férias comandado por gente que acreditava naquele conceito?

Abby pensou em todas as refeições sem gosto e sem prazer servidas pela mãe, os anos de pratos cheios apenas de verduras e legumes, os filés de peito de frango grelhado e as batatas-doces com uma quantidade mínima de manteiga. Lembrou que nunca tinha visto biscoitos que não fossem dietéticos na despensa, e que no freezer só encontrava sorvete de leite desnatado, e nunca sorvete comum, e também que os bolos (de maçã para o desjejum no Yom Kipur, e um bolinho fino com cobertura de chocolate no aniversário de Abby) desapareciam logo no dia seguinte depois de servidos, mesmo quando sobrava uma boa quantidade. Quando ela criava coragem para perguntar, Eileen dizia que já tinha acabado, e Abby sabia que era melhor não insistir. Apenas aceitava que o bolo não estava mais lá, e que ela estava errada por querer mais, porque isso era uma fraqueza.

— Para você funcionou, não? — perguntou Abby.

Eileen esfregou a testa com a ponta dos dedos e depois os baixou para alisar as sobrancelhas.

— Não — disse ela. — Para mim, não.

Abby observou os braços bem torneados da mãe, o cabelo com luzes e o peito liso. O último tomate, partido em dois, derramando o sumo na tábua de corte. A faca ao lado.

— Como assim?

— Eu fiz uma cirurgia de redução do estômago depois que vocês três nasceram.

Se Abby tinha ficado surpresa por a mãe ter sido gorda no passado, no momento estava em estado de choque, quase sem conseguir falar.

— Quando? — perguntou ela com a voz fraca.

— Quando você tinha 3 anos, Simon, 5, e Marni, 7. — Ela pegou a faca, mas largou em seguida. — Seu pai foi terminantemente contra. Na época, era uma coisa nova e muito mais arriscada. "Existem efeitos colaterais", ele me dizia. "Você pode morrer." Só que eu tinha ganhado peso em todas as gestações, não conseguia emagrecer, e meus médicos começaram a dizer o que todos os outros também falavam, sobre pré-diabetes e o excesso de peso fazer mal para as articulações e o coração. Sempre me davam sermões sobre o peso, mesmo quando estava tratando só uma infecção de ouvido. — O rosto dela mudou de novo, a expressão ficando amarga e furiosa. — Lembro que uma vez peguei uma virose estomacal. Fiquei uma semana sem conseguir comer. Vomitava o tempo todo. Quando não aguentei mais e fui ao médico, o que eu sempre detestava fazer, porque fosse qual fosse o motivo ia ouvir a mesma ladainha…

— … você recebeu os parabéns.

Abby sentiu o rosto imóvel e inexpressivo. Eileen confirmou com a cabeça.

— Meu médico disse para continuar com o que estava fazendo. E nesse caso era vomitar sem parar.

— Espero que você tenha trocado de médico depois disso — disse Abby.

Sua mãe abriu um sorriso tristonho.

— Eu fiz a cirurgia. Falei para seu pai que queria ficar saudável, para poder ver vocês crescerem e ficar com ele por muito, muito tempo.

— Saudável, não. Mais magra — contrapôs Abby com um tom cortante. — Você queria ser mais magra.

— Mais magra. Certo, tudo bem. — Eileen ergueu as mãos em um gesto de rendição. — Você tem razão.

— Nunca passou pela sua cabeça que o problema podia não ser você? — questionou Abby, percebendo a irritação na voz. — Que talvez o resto do mundo na verdade estivesse errado?

Eileen abaixou a cabeça.

— Eu não tinha como mudar o mundo — disse ela. — Mas talvez devesse ter tentado. Provavelmente era a melhor coisa a fazer. A atitude mais corajosa.

Ela fungou, e Abby tentou endurecer o próprio coração, continuar com raiva, com receio de acabar sentindo pena de Eileen.

— Mas eu nunca fui muito corajosa. — Eileen ergueu os olhos cheios de lágrimas para encarar a filha. — Nunca fui como você.

Abby engoliu em seco. Ela sabia como lidar com a Eileen decepcionada, a Eileen crítica, a Eileen irritada, frustrada, amargurada ou determinada. Contudo, percebeu que não tinha a menor ideia do que fazer diante de uma Eileen arrependida, uma Eileen que estava se desculpando, admitindo os erros e dizendo que Abby era a mais corajosa entre elas. Uma Eileen ex-gorda. Uma Eileen que já havia sido como ela.

Abby umedeceu os lábios.

— E o papai acabou aceitando a questão da cirurgia?

— Ah, ele ficou apavorado. — Os lábios de Eileen se curvaram em um sorriso discreto, mais para si mesma do que para Abby. — Com o tempo eu o convenci. Eu falei para ele que estar acima do peso também tinha efeitos colaterais. — Ela balançou a cabeça. — Disse que era meu corpo, então a escolha era minha. E no fim ele cedeu.

Abby apoiou as mãos no balcão para se equilibrar. Ainda sentia o cheiro dos bagels quentinhos e do perfume da mãe, a sensação provocada na pele pelo ar frio da cozinha, e ouvia vagamente o padrasto, no andar de cima, ao telefone. Gary, o Empresário, não descansava nem nos feriados.

Falando bem devagar, Abby disse:

— Então você me fez acreditar a vida toda que era uma pessoa naturalmente magra e que, se eu comesse do seu jeito, emagreceria também. E, durante esse tempo todo, a grande questão é que seu estômago tem o tamanho de uma bola de tênis. — A raiva fervilhava dentro dela, suplantando a empatia e a tristeza. — Por que não me contou? Por acaso faz alguma ideia de como foi ser uma criança gorda com uma mãe como você?

Eileen continuou olhando para o balcão, e não para Abby.

— Não contei por que achei que, se tomasse todas as precauções quando você era pequena, não ganharia peso, para começo de conversa, e não viraria...

— Gorda — esbravejou Abby.

— Uma pessoa solitária — corrigiu Eileen. — Infeliz. Eu não queria que você fosse deixada de lado. Não queria que fosse maltratada pelas outras crianças, como aconteceu comigo. E também não entendia o papel da genética nisso. Acho que na época ninguém sabia. — Ela começou a batucar os dedos de leve no balcão. — Juro que só queria que as coisas fossem mais fáceis para você do que foram para mim. Quando você começasse a namorar, eu queria que tivesse opções. E quando fosse adulta e saísse para o mundo, fosse para a faculdade, procurasse emprego, não queria que fosse julgada pelos outros, que fosse vista como uma pessoa preguiçosa e sem força de vontade. Sei que o mundo mudou, que as pessoas hoje têm uma outra cabeça. Sei que é possível ser saudável sem ser magra. Sei que existem médicos que não saem dando bronca ou pressupondo que a pessoa não se cuida se for mais corpulenta, nem colocam todos os seus problemas de saúde na conta do peso. — Ela fez uma pausa para respirar. — Eu entendo que nem sempre fiz as escolhas certas, nem soube me explicar como deveria. Sei que você tem raiva de mim. Mas pensei que...

A mente de Abby se concentrou sobretudo nas palavras "namorar" e "opções".

— Mas e você? — perguntou ela. — Só se casou com meu pai porque não tinha opções? Porque ninguém mais queria você?

— Ah, Abby — murmurou a mãe em um tom de tristeza. — Eu não tenho bola de cristal. Não tinha como saber quem mais iria querer alguma coisa comigo. Não sabia como as coisas seriam.

Ela pegou os tomates fatiados, colocou-os na travessa e começou a transferir o cream cheese do pote plástico para um de vidro.

— E se eu não tivesse me casado com Bernie, não teria você. Nem seus irmãos. Então não me arrependo. Nem um pouco. E sei que cometi erros. Sei que nem sempre fiz a coisa certa. — Naquele momento, ela encarou Abby. — Mas tudo o que fiz, para o bem ou para o mal, foi porque te amo. Só queria que as coisas fossem mais fáceis para você.

— E para sair bonita nas fotos de seu casamento — complementou Abby com um tom ácido.

— Bem, é verdade — disse Eileen. — Isso também fazia parte. A parte mais boba e superficial, que me dá vergonha. E peço desculpas por ter feito você se sentir... — Ela engoliu em seco. — Como se não fosse bonita. Porque é. E sempre foi. Por dentro e por fora.

*Agora ela vai querer me abraçar*, pensou Abby. *E eu vou sentir como se estivesse me afogando, porque só pode ser o dilúvio do fim do mundo. Ou vou acordar no hospital em Seneca Falls, com uma concussão cerebral.*

— Eu sei que não lidei com essa questão do jeito certo, agora entendo, mas só queria o que toda mãe quer. Que você fosse feliz. Que tivesse escolhas. — Ela olhou bem nos olhos de Abby, procurando algo. — Queria que você tivesse todas as escolhas do mundo.

Abby sabia que aquele era o momento em que deveria ter respondido: "Eu entendo", ou "Eu perdoo você". Só que ainda sentia a dor de ter sido exilada no Golden Hills, de achar que o próprio corpo era inadequado e vergonhoso, e a isso ainda se somava a tristeza de estar sozinha naquele momento.

— E veja só no que deu — respondeu ela.

— Ah, Abby.

Eileen contornou o balcão e se acomodou em um banquinho ao lado de Abby, perto o bastante para que ela sentisse o perfume da mãe e o cheiro do creme com retinol que Eileen passava sob os olhos à noite. A mãe tocou o cabelo da filha.

— Mark era uma ótima pessoa, mas isso não significa que fosse o homem certo para você.

Abby ficou só olhando para a mãe, perplexa a ponto de não conseguir nem falar. A mão de Eileen tocou seus cachos com todo o cuidado.

— Ora, vamos. Não é possível que você esteja tão surpresa. Seu pai era uma ótima pessoa. Ainda *é*. Mas nós não combinamos. E você e Mark também não.

— Você... — Abby balançou a cabeça, ponderando quantas surpresas mais Eileen ainda teria na manga. — Pensei que você adorasse Mark! Que quisesse que eu me casasse com ele.

Eileen pareceu confusa de verdade.

— E por que você achava isso?

Abby balançou a cabeça outra vez, ainda sentindo que o mundo estava do avesso, que nada era como ela pensava e tudo havia mudado. Por exemplo, se estendesse a mão para pegar o copo d'água, acabaria com um peixinho dourado na mão ou um martelo. Era possível que ela estivesse tão errada sobre a mãe? Eileen estaria empolgada com a ideia de Abby se casar com um médico judeu bonzinho porque estava convencida de que Mark era a melhor (e provavelmente a única) opção para a segunda filha? Ou tinha sido Abby quem internalizara aquelas ideias sobre quem, ou o que, deveria querer, sobre o que merecia e o que era possível para alguém como ela? Seria possível que ela tivesse engolido tudo aquilo, todas aquelas noções preconcebidas, expectativas reduzidas e as tais metas de vida e, de alguma forma, projetado aquilo na mãe magérrima? Uma mulher que, no fim das contas, também era uma vítima da cultura da dieta?

Abby fechou os olhos e se lembrou da mãe penteando seu cabelo quando era pequena, com um pente plástico de dentes espaçados, com gestos carinhosos, desembaraçando cada um dos nós, dizendo como o cabelo dela era bonito. Ela teria bloqueado todas as lembranças de quando Eileen a tratara com bondade? Teria descartado todas as lembranças de propósito e se recusado a ver Eileen de qualquer outra maneira que não fosse uma mãe sempre fria, severa, crítica e controladora? Recusando-se a acreditar quando Eileen dizia que na verdade só queria sua felicidade?

— Abby — disse a mãe. — Mark nunca come sobremesa e não sabe andar de bicicleta. E não estava nem disposto a mudar isso.

— Ele... mas eu achei que... — Abby fungou. — Ele é médico!

— Sim, é verdade — concordou Eileen.

— E ele me amava!

Abby continuava fungando.

— Isso também é verdade — admitiu Eileen. — Mas às vezes não basta.

Abby balançou a cabeça, apoiou os braços no balcão, onde apoiou a cabeça para chorar mais um pouco no espaço escuro que criara com o corpo, com a mãe acariciando seu cabelo.

— Na minha idade, você já tinha dois filhos e uma casa — comentou Abby com a voz abafada.

— E quando tinha dez anos a mais que você, era uma mulher divorciada — complementou Eileen. — Se eu aprendi alguma coisa com isso, é que você não precisa ter pressa. Pode ir com calma, até encontrar a pessoa certa. Alguém que ame você do jeitinho que é. Ou mesmo quando nem você consegue se amar.

Ela fez um último carinho em Abby, pegou o restante dos ingredientes, arrumou na travessa e começou a abrir as embalagens de peixe defumado. O ar foi preenchido pelo aroma de salmão e peixe branco. Abby ficou com água na boca.

— Então, o que está acontecendo entre você e Sebastian? — perguntou Eileen. — Vocês pareciam gostar bastante da companhia um do outro.

*Respire fundo*, pensou Abby. *Prepare-se.*

— Sebastian é bem divertido — respondeu ela. — Mas acho que não está a fim de nada sério.

— Ora. — Eileen começou a arrumar as fatias de salmão em outra travessa. — Talvez uma relação séria não seja o que você precisa no momento.

— Eu tenho quase 34 anos — rebateu Abby.

Eileen fez um gesto com a faca na mão, desconsiderando a frase.

— Ah, faça-me o favor. A filha de Friedelle Gould congelou os óvulos e teve um bebê no ano passado, e ela tem 42. Vocês têm mais opções do que nós tivemos.

Abby balançou a cabeça. Só havia passado quatro noites com Sebastian e uma delas fora dois anos antes. Mal o conhecia, e o pouco que sabia não parecia promissor. Sebastian não era alguém com quem se casar.

Mas mesmo assim... era ele que Abby queria. E a mãe continuava olhando para ela, com uma expressão inabalável, firme e cheia de amor.

— Ligue para ele — sugeriu Eileen. — Faça um convite para ele vir conhecer a cidade e depois veja o que acontece.

— E se ele não quiser vir? — O nó na garganta de Abby parecia duro e amargo. — E se a diversão dele fosse só a parte da sedução, e agora que estou disponível não estiver mais interessado?

— Então você vai saber que a verdade é essa. — O tom de Eileen era seguro e convicto. — E pode partir para outra.

A mãe foi levar a travessa com o peixe para a sala de jantar. Abby ficou pensativa.

Aquilo fazia sentido. Era de uma lógica incontestável. Uma das pouquíssimas ocasiões em que Lizzie e a mãe de Abby lhe disseram para fazer a mesma coisa. Mas só de pensar em correr o risco de receber de Sebastian um "Obrigado, mas não" deixava Abby nauseada, com o estômago embrulhado. A vontade, ao pensar nisso, foi de fazer o mesmo que tinha feito em Buffalo: subir na bicicleta e sumir o quanto antes e para o lugar mais distante possível.

Só que aquilo não era uma opção. Pelo menos não naquele momento. Em pouco tempo a campainha tocaria, a casa se encheria de amigos e parentes: os filhos de Gary, o Empresário, os irmãos e sobrinhos de Abby.

Ela cumprimentou os convidados que chegaram depois do pôr do sol e se sentou ao lado de Eileen enquanto a mãe acendia as velas e declamava as bênçãos. Comeu um bagel com crosta de sementes com salada de peixe branco e cebola roxa, e metade de um de massa de ovos com cream cheese e salmão. Não julgou o prato da mãe, e achava que o mesmo valia para Eileen quanto ao seu. No fim da noite, a mãe preparou uma marmitinha com bolo de maçã, *rugelach*, bagels e patês, e ajudou Abby a colocar tudo nos alforjes da bicicleta.

— Você me perdoa? — perguntou Abby.

— Lógico que perdoo. — Eileen colocou um pote com salada de peixe branco na sacola e fechou o alforje. — E sei que vai demorar um tempo para você me perdoar. Mas estou contente por ter contado. Já vinha querendo fazer isso tinha tempo.

A mãe a puxou para junto de si e, pela primeira vez, Abby deixou que ela a abraçasse sem se preocupar com o próprio corpo, ou com o de Eileen, ou em como devia parecer macia e grande e provavelmente repugnante nos braços finos e bem torneados da mãe.

— Eu só quero que você seja feliz — sussurrou Eileen.

Abby assentiu, esforçando-se para não pensar na mãe apenas como um corpo, e sim como uma alma: ferida e traumatizada, vulnerável e amorosa. Uma mãe que só queria o melhor para a filha, que estava se esforçando ao máximo para isso, que se arrependia dos erros.

— Obrigada — disse Abby, e Eileen se despediu dela com um beijo na bochecha.

## Um ano depois

# Abby

**Agosto de 2024**

Nos meses que seguiram à viagem da Libertar, Abby cumpriu à risca o próprio cronograma. Depois do café da manhã, ela fazia alguma atividade física: caminhava, ou alternava entre caminhar e correr, ou andava de bicicleta, ou então uma aula de ioga ou exercícios para fortalecer a musculatura do abdome e das costas na sala de estar. Continuou se empenhando para transformar o apartamento em um lar, pendurando alguns pratos acima da geladeira, fixando ganchos no armário para casacos, cuidando dos vasos de manjericão, tomilho, tomate e pepino na pequena varanda. Ia à casa do pai para os jantares de *Shabbat*, e aos brunches de domingo com a mãe, refeições que com o tempo foram incluindo cada vez mais os carboidratos.

No começo, dezenas de vezes por hora, centenas de vezes por dia, ela pensava em Sebastian. Havia coisas que sentia vontade de contar (ou mostrar, ou perguntar) para ele. A contragosto, foi forçada a admitir que imaginava coisas com Sebastian que nunca tinha pensado com Mark, e não só uma ida a certo restaurante ou museu, mas uma vida toda. Dias passados juntos. Longas caminhadas, piqueniques, cinema, shows, drinques nos bares favoritos e jantares nos restaurantes prediletos dela. Noites na mesma cama, na casa dela ou na dele.

Não conseguia parar de pensar nele, mas não se permitia uma ligação ou uma mensagem. No primeiro mês, marcou cada dia do calendário, que foi vivendo hora a hora, às vezes até minuto a minuto. Começou a anotar em um diário as coisas pelas quais se sentia grata, deu início a uma rotina de cuidados com a pele e atentou para o fato de que tentar não pensar em uma pessoa inevitavelmente levava a pensar nela, mesmo quando estava se esforçando ao máximo para se esquecer de quando ele segurara sua mão com os dedos gelados de chuva, ou a beijara na frente de uma estátua de Susan B. Anthony e dissera que ela era linda.

O outono chegou, depois o inverno. Abby escreveu uma proposta de um clube de ciclismo e mandou, junto com o currículo e as referências, para uma amiga de Lizzie que trabalhava como orientadora educacional em uma escola particular da cidade. Depois de verificar o histórico dela, a diretora da escola concordou em fazer um teste com Abby e, em uma segunda-feira gelada de janeiro, o primeiro dia depois do recesso de fim de ano, ela se encontrou com as quatro meninas que apareceram na fonte atrás do Museu de Artes da Filadélfia, duas delas com bicicletas híbridas, uma com uma bike de estrada e a quarta com uma bicicletinha de três marchas tão pequena que os joelhos da menina quase batiam no queixo quando pedalava. Abby foi com ela até o quiosque de aluguel de bicicletas mais próximo, para que a garota pegasse uma mais apropriada para o tamanho dela, e pediu para que pedalassem um pouco em círculos ao redor da fonte, para ver se sabiam andar com segurança, antes de partir para um passeio de quase treze quilômetros, saindo da Kelly Drive, atravessando a ponte Falls e seguindo pela trilha recém-pavimentada do outro lado do rio.

Ela levou a proposta a outras escolas e conseguiu montar um clube para cada dia da semana, trabalhando com duas escolas particulares e três públicas. As escolas públicas pagavam uma miséria, e as particulares não muito mais. Abby não se importava. Era um trabalho recompensador, em que podia usar as habilidades que tinha, e isso era mais importante do que ganhar uma fortuna. Desde que conseguisse pagar o aluguel e o plano de saúde, ficaria tudo bem.

Nos fins de semana, era voluntária da Neighborhood Bike Works na região oeste da Filadélfia. Ensinava às crianças como fazer reparos e a andar de bicicleta, além de organizar passeios no parque Fairmount, em Manayunk e pela Forbidden Drive. Depois de seis meses trabalhando daquele jeito, criou um clube que chamou de Garotas pela Filadélfia, em que ensinava às meninas gratuitamente a andar de bike (e a conseguir uma, caso ainda não tivessem) e convidava especialistas para dar palestras sobre nutrição, hábitos de estudo, mediação de conflitos e elevação da autoestima. "Vamos encerrar a programação da temporada com uma viagem de cinquenta quilômetros", Abby escreveu. "Faça parte do clube e descubra até onde você é capaz de chegar!"

No primeiro passeio do Garotas pela Filadélfia, no primeiro sábado de maio, cinco meninas apareceram: a tímida Connie, com um rabo de cavalo comprido e escuro, que parecia ter bem menos do que seus 12 anos de idade, era colega de classe de Sally, que tinha 13. Madisyn, de 12 anos, e Ryleigh, de 14, eram irmãs. Ryleigh tinha uma bicicleta de dez marchas bem antiga, e Madisyn tinha pegado emprestada uma BMX com um primo. Hannah, a quinta menina, era de Queen Village, e lembrava Abby quando tinha a idade dela, com cabelo cacheado até os ombros, um senso de humor sarcástico e nenhum interesse em atividades físicas. "Só vim porque meus pais me obrigaram", foi o que Abby a ouviu comentar.

— Olá, meninas. Meu nome é Abby e vou pedalar com vocês hoje.

As garotas estavam sentadas sob as árvores no parque Azalea Gardens. Abby estava de pé na frente delas, segurando a bicicleta com uma das mãos, com a boca seca e as mãos suadas, vivenciando o pior episódio de síndrome da impostora desde que se colocara diante dos ciclistas que participariam da excursão da Libertar e comunicara que seria a guia da viagem.

— Vamos dar uma olhada nas bikes de vocês.

A corrente de Ryleigh estava enferrujada, e o pneu traseiro de Sally, vazio. O câmbio de Madisyn estalava perigosamente toda vez que ela trocava de marcha. E, quando Abby perguntou se todas já tinham andado de bicicleta antes, a confirmação de Hannah com um aceno de cabeça não inspirou muita confiança.

Abby lubrificou a corrente de Ryleigh, elevou o selim de Madisyn, encheu o pneu de Sally, torceu para que o câmbio barulhento não estourasse e se certificou de que todas estivessem com o capacete bem preso.

— Eu não queria ter vindo — murmurou Hannah.

— Eu sei — cochichou Abby de volta.

— Todo mundo vai rir de mim — falou Hannah.

Ao contrário das outras meninas, que estavam de short e camiseta, Hannah usava uma calça larga de moletom e uma blusa folgada. Era um dia quente, e ela estava suada e desconfortável, de cabeça baixa.

— Eu não vou — garantiu Abby.

— Todo mundo vai ser mais rápida que eu — falou ela.

— Ainda bem que não é uma corrida, então — brincou Abby, mas Hannah não sorriu. — Eu vou pedalar ao seu lado, e nós podemos ir devagar. Só queria que você tentasse, está bem? Pode ser divertido.

O primeiro passeio foram os treze quilômetros pela Kelly Drive, voltando pela Martin Luther King Drive. Abby ensinou as meninas a pedalar em fila indiana, a se manterem sempre atentas, a gritar "Esquerda!" quando ultrapassavam pessoas que faziam caminhada ou corrida. Levou quase uma hora. Depois do primeiro quilômetro e meio, Hannah já estava reclamando de dor nas pernas. No terceiro, falou que estava com dor na bunda. E, perto do quinto, disse que o corpo todo doía.

— É só continuar pedalando — aconselhou Abby.

Ela foi seguindo ao lado de Hannah e, por fim, elas voltaram ao ponto de partida: Sally enxugando o suor do rosto, Madisyn e Ryleigh discutindo sobre quem havia sido a mais rápida, Connie tinha um sorrisão e Hannah, apesar das pernas e do traseiro dolorido, demonstrava um orgulho silencioso, mas indisfarçável.

Todo sábado, Abby levava as ciclistas para diferentes passeios pelo parque, passando pelo Please Touch Museum, a Japanese Tea House e o Belmont Plateau. Uma vez por mês, no fim da pedalada, elas iam a uma cafeteria para ouvir uma palestra, em geral de uma amiga de Abby, ou de uma amiga de suas amigas: uma psicóloga que falava sobre autoestima, uma nutricionista que falava sobre alimentos saudáveis e energizantes, uma professora que ensinava estratégias de aprendizado e hábitos de estudos. Abby pensou em tudo o que teria gostado de saber, ou de aprender, quando tinha a idade das garotas e tentava encontrar alguém para preencher tais lacunas. Embora soubesse que algumas delas pudessem estar enfrentando problemas mais sérios do que ela poderia imaginar, também sabia, ou pelo menos esperava, que pedalar servisse como um breve respiro de tudo aquilo, que as palestrantes lhes proporcionassem conhecimento, e que as duas coisas combinadas as fortalecessem pouco a pouco.

Sem fazer nenhum comentário, Eileen lhe mandara uma matéria escrita por Sebastian sobre a Trilha Empire State quando fora publicada, três semanas depois do fim da viagem. Abby prendera a respiração, esperando o pior, mas fora um relato direto e objetivo sobre a trilha, as condições de tráfego, as diferentes rotas possíveis e os vários prestadores de serviço que ofereciam os passeios. As fotografias eram as feitas por Lincoln ou Sebastian na trilha, e também do que parecia ser um panfleto do conselho de turismo do estado de Nova York. Houvera uma única menção sobre a Libertar, e Abby não fora citada. Ela pensara em mandar uma mensagem para Sebastian e dizer que tinha gostado do texto, mas no fim decidira não fazer isso. Ele também tinha o número dela. Se quisesse falar com ela, poderia entrar em contato. Só que os meses foram passando, e nada aconteceu. Abby se esforçou para esquecê-lo e seguir em frente.

E então, em uma manhã de domingo em agosto, quase um ano depois que tinham se visto pela última vez, outra matéria aparecera no e-mail dela, enviada por Lincoln. "Achei que você ia querer ver isso", fora o que ele escrevera. "Espero que esteja bem." Abby engolira em seco e clicara no link. O título era "O LIBERTAR", e o texto era assinado por Sebastian Piersall.

Abby afundou na cadeira e começou a ler.

*As melhores viagens são as que nos mudam. Começam em um determinado lugar, com uma versão de nós, e quando terminam, dias ou semanas depois, além de ter estado em outro lugar, talvez tenhamos nos tornado outra pessoa. De preferência, alguém melhor, que conheceu lugares novos, viu coisas novas, encarou desafios e conseguiu superá-los. Em termos ideais, tudo isso faz surgir uma pessoa nova e aprimorada... ou, se não chegar a tanto, pelo menos alguém um pouquinho melhor.*

*Comigo foi assim.*

*Em agosto do ano passado, no fim do verão, fui de bicicleta de Manhattan até a fronteira do Canadá. Escrevi sobre o roteiro da viagem, a paisagem, a história da Trilha Empire State, as várias empresas que oferecem a viagem e as cidadezinhas e grandes cidades no trajeto.*

*O que não citei nessa matéria foi que comecei a viagem como* persona non grata, *em meio a um cancelamento público que teve início no segundo dia da excursão.*

*Dos 20 e poucos aos 30 e poucos anos, fui um usuário ativo dos aplicativos de encontros, conhecendo diferentes mulheres a cada fim de semana. Não via nenhum mal nisso, só estava me divertindo. Então uma delas se reuniu com umas amigas, e sete das oito descobriram que já tinham saído comigo (você pode acrescentar aspas aos termos "conhecendo" e "saído comigo"). Diante disso, ela acionou o tribunal das redes sociais. Por alguns dias, fui o assunto do momento na internet. Entrei nos* trending topics *do Twitter, fui citado por alguns comediantes de stand-up. Meu nome se tornou uma espécie de alerta, um alvo, virei uma piada certeira com bermuda de ciclista.*

*Pode procurar no Google. Eu espero.*

*Uma coisa que o cicloturismo proporciona de sobra é tempo para ficar a sós com os próprios pensamentos... principalmente se estiver pedalando pelas florestas do norte do estado de Nova York, onde a paisagem é bonita, mas sem nada que chame tanto a atenção, e não existe tráfego de veículos nem de pedestres por perto para causar interrupções. Só o que resta é se concentrar no que está passando em sua própria mente. À medida que os quilômetros eram percorridos, passei pelos cinco estágios do sofrimento: negação (isso não pode estar acontecendo!), raiva (eu não fiz nada de errado!), barganha (talvez se eu postar um pedido de desculpas tudo isso passe), depressão (minha vida sexual já era), depressão profunda (minha vida como um todo já era) e, por fim, aceitação: certo, talvez eu tenha pisado na bola mesmo. Talvez precise refletir sobre o motivo dessa necessidade de me comportar como um moleque que entra em uma sorveteria disposto a experimentar cada um dos trinta e um sabores da casa e ir embora. Talvez, como dizem por aí, eu precisasse trabalhar algumas questões, talvez houvesse um problema que estava sendo ignorado.*

*Para agravar ainda mais a situação, a guia cicloturística da excursão era uma mulher que eu tinha conhecido anos antes, só que à moda antiga: em um bar, no final de uma festa de despedida de solteira. Nós não passamos muito tempos juntos, mas senti uma conexão imediata com ela, uma sensação de "quero conhecer melhor essa pessoa e quero que ela me conheça também". Isso nunca havia me acontecido antes. Só que não peguei o número dela. Pensava que nunca mais fosse vê-la na vida. Quando vi que ela comandaria a viagem, me senti um homem de muita sorte, que estava recebendo uma nova chance do universo. Mas, quando o escândalo estourou, me senti o maior azarado do mundo, pois aquela mulher estava me vendo da pior forma possível. Pensei que jamais fosse confiar em mim... e, o que era pior, tinha todos os motivos para isso.*

*Percebi que era a hora de mudar. E, no fim das contas, essas duas semanas em cima da bicicleta foram só o início de minha jornada. Deixando de lado os detalhes e o papo de terapeuta, passei as semanas e os meses seguintes analisando meu próprio eu, tentando entender por que levava uma vida de muito sexo e pouquíssima intimidade. Em parte, tinha a ver com minha família, e em parte com a masculinidade tóxica inculcada por uma cultura que valoriza o homem por suas conquistas quando, na verdade, o que ele faz é se esconder, se esquivar, se recusar a expor as próprias vulnerabilidades... o que, obviamente, é uma coisa que exige da pessoa coragem de verdade.*

*Comecei a viagem me protegendo atrás de uma armadura. Percorri quilômetros de asfalto, margeando rios, atravessando campos e bosques, sob as copas de árvores e, à medida que o verão foi dando espaço ao outono, minha armadura protetora começou a rachar. No fim da viagem, seria preciso tomar uma decisão. Eu queria remendar o traje de proteção, vesti-lo de novo (uma armadura completa, com direito a peitoral, braçal, manoplas, torresmos e elmo) e continuar a viver como antes? Ou era chegado o momento de me relacionar de outra forma com o mundo?*

*Decidi pela segunda opção. O caminho menos percorrido, a trilha mais difícil. E foi assustador. Eu me senti despido no pior sentido possível, frágil e indefeso, vulnerável a qualquer ventinho passageiro. E entendi que é assim que a maioria das pessoas se sente o tempo todo. Viver dói. A vida é cheia de tristezas, perdas e decepções, e mesmo as ocasiões mais felizes trazem consigo uma pitadinha de algo desagradável. Mas não é possível se abrir às coisas boas (a felicidade, o amor verdadeiro, a conexão) se não estiver disposto também a correr o risco de se magoar.*

*Então esse é meu final feliz. Mais de mil quilômetros depois, eu me vi vulnerável pela primeira vez, e ainda sozinho. E, se estiver se perguntando se no fim fiquei com a garota, se estou com meu amor verdadeiro, a resposta é não. Ou talvez ainda não?*

*Mas sei que evoluí. Sei que não sou mais a pessoa que era quando essa jornada começou. E talvez ainda exista esperança para mim.*

Havia uma única imagem ilustrando o texto, uma foto de Sebastian ao lado da bicicleta, com o capacete embaixo do braço, com a trilha se estendendo atrás de si. Estava com o queixo erguido e sorrindo um pouco, olhando diretamente para a câmera. Para Abby. Seu rosto era tão familiar e tão querido. Ela sentiu vontade de enfiar a mão no outro lado da tela e tocá-lo. Sentiu vontade de responder o e-mail de Lincoln, questionando por que havia mandado aquilo e se Sebastian ainda pensava nela, se ainda havia uma chance para os dois. Sentiu vontade de ligar para Sebastian e perguntar tudo isso para ele.

Mas as ciclistas estavam à espera, e Abby não podia decepcioná-las.

Ela aplicou protetor solar nos braços e no rosto. Em seguida, encheu os pneus da bicicleta, trancou a porta do apartamento, apoiou a bike no ombro e a carregou escada abaixo. Seguiu para o norte pela rua 11 e então para oeste pela Spruce, com o coração disparado, dizendo a si mesma que, se Sebastian tinha mudado, o mesmo valia para ela, que havia descoberto o que queria da vida, preenchido algumas lacunas.

Estava mais corajosa. Talvez valesse a pena investir em um relacionamento com ele àquela altura da vida. Talvez estivesse pronta para isso.

Abby se debruçou sobre o guidão e acelerou o ritmo, chegando quase aos vinte e cinco por hora, com as coxas queimando, a respiração acelerada, com pressa para encontrar as ciclistas. Não havia nenhum trem bloqueando a passagem da rua para a beira do Schuykill, o que era raríssimo. Abby atravessou os portões, passou por cima dos trilhos, tocou a sineta e gritou "À esquerda!" para um grupo de corredores distraídos que ocupavam quase o caminho todo, e seguiu pela trilha que margeava o rio, passando por baixo da ponte da rua Walnut e, depois por uma leve subida, pelo parque em que havia uma pista de skate, desceu a ladeira atrás do Museu de Artes da Filadélfia e entrou na Kelly Drive.

Mark tinha encontrado uma pessoa nova. Abby sabia que isso aconteceria, e com toda sinceridade desejava que fosse feliz. A foto mais recente postada por ele no Instagram o mostrava com a nova namorada, sorrindo e exibindo as medalhas por terem participado da Broad Street Run. Abby estava contente por Mark ter encontrado uma mulher que o acompanhasse nas corridas, que não considerasse as escolhas alimentares dele uma tortura. Ela lhe desejava tudo de bom.

Seguindo em frente e tentando pensar apenas no dia que teria: uma pedalada de mais de trinta quilômetros começando na Forbidden Drive, seguindo por uma trilha até Manayunk e indo até Valley Forge antes de voltar para o ponto de partida. A viagem de acampamento para encerrar a temporada do clube estava próxima, e as meninas tinham progredido muito. Hannah conseguia atravessar toda a Kelly Drive e a West River Drive sem parar para descansar e sem reclamar, Connie já era capaz de pedalar nas ciclovias da cidade, no meio do trânsito, sem ficar toda trêmula, chorosa e apavorada, e Sally encarava qualquer ladeira sem descer para empurrar a bicicleta.

Elas tinham se esforçado tanto. Abby estava orgulhosíssima.

Atravessou a ponte Falls, seguiu pela calçada, passou pela garagem da companhia de ônibus urbanos e pela interseção da avenida Ridge com a avenida principal. A trilha se afunilava e virava uma ladeira acentuada antes de dar em outra descida e seguir o curso tortuoso do córrego Wissahickon sob as copas suspensas das árvores. Abby estava pedalando colina acima quando viu o cartaz. Era um pedaço de papelão preso com fita a um poste de madeira, encravado na grama na lateral da trilha, com uma única palavra escrita:

## ABBY

Intrigada, ela parou e olhou para os dois lados antes de dar meia-volta. Descendo um pouco a ladeira, chegou ao cartaz e confirmou que de fato era seu nome que estava ali.

Ora essa. Havia muitas garotas chamadas Abby no mundo. Talvez uma delas estivesse organizando um brunch ou um chá de bebê no restaurante do parque. Ela começou a pedalar de novo, passando pelo cartaz que dizia ABBY e chegou ao que dizia STERN.

— Mas ué? — murmurou ela enquanto seguia em frente, pedalando mais depressa, para ver se havia outros cartazes.

E havia, sim. O terceiro dizia ESTOU. O quarto, COM. O quinto dizia SAUDADE. E o sexto não tinha palavras. Só um coração vermelho em um papelão branco.

O coração de Abby estava na garganta quando ela chegou à leve elevação que terminava em um estacionamento do lado direito e o restaurante Valley Green à esquerda. À beira da água, os pais ajudavam as crianças a jogar pão para os patos. Diante do estacionamento, Abby viu as ciclistas vestindo a camiseta laranja com letras azuis com os dizeres GAROTAS PELA FILADÉLFIA, que tinham recebido na semana anterior. E, no centro do grupo, estava Sebastian, no fim da trilha, parado na frente de um banco, segurando a bicicleta com uma das mãos.

Vê-lo de novo foi como levar uma flechada no coração. Sebastian estava tão lindo, com o rosto bronzeado, a camiseta de ciclista de mangas compridas colada ao peito, olhando para Abby como se ela fosse o que ele sempre quis. Como se Abby Stern fosse o maior desejo do coração dele.

Abby parou a bicicleta, deixando um bom espaço entre eles. Continuou com as mãos no guidão e um dos pés no pedal, preparada para uma fuga emergencial se fosse necessário.

— Sebastian. O que está fazendo aqui na Filadélfia? — perguntou ela, contente pela voz ter soado tranquila e estável.

Sebastian fez um gesto na direção dos cartazes.

— Estava com saudade. Queria ver você.

As meninas observavam tudo, com os olhares alternando entre os dois, atentas a cada palavra. Sebastian continuava tão bonito quanto ela se lembrava, mas parecia... não exatamente mais velho. Mais maduro, talvez? Aparentando menos manha? O cabelo estava penteado de outro jeito, ou talvez só bagunçado por causa do capacete, e a expressão parecia sincera e aberta. As ciclistas ao redor dele davam risadinhas.

— Suas amigas me ajudaram com os cartazes — contou ele. — Encontrei vocês no Instagram.

Abby sentiu o coração se inflar como um balão, ficando mais leve a cada respiração. Ela se obrigou a tentar ser cautelosa e madura e não fazer a coisa que mais queria, que era largar a bicicleta no chão e se jogar nos braços dele.

— Lincoln me mandou seu texto — disse ela.

— E o que você achou?

— Foi bem... — Ela passou a língua nos lábios e olhou para as garotas, que assistiam a tudo com os olhos arregalados, como se fosse o melhor filme que já tinham visto na vida. — Foi bem provocativo.

— Provocativo — repetiu ele, sorrindo. — Posso pedalar com vocês?

Abby sentiu as pernas ficarem bambas. E não só as pernas.

— Bom, nós somos um clube de ciclistas mulheres — respondeu ela.

— Senhorita Abby, você não deveria pressupor o gênero dos outros desse jeito — brincou Ryleigh.

— É, a gente nem sabe os pronomes dele! — complementou Sally.

— Ele trouxe donuts — disse Hannah. — Então pode vir.

— Vocês podem dar um minutinho para a gente? — pediu Abby.

As meninas responderam que sim. Abby sentiu o olhar delas quando levou Sebastian para mais perto da água e para longe dos ouvidos delas... ou pelo menos torcia para que fosse longe o bastante. Ele foi empurrando a bicicleta pelo guidão, olhando para ela com uma expressão agradável, sincera e cheia de expectativa.

— O que está fazendo aqui? — questionou Abby. — Como foi que me encontrou?

— Eu entrei em contato com sua mãe e perguntei onde você estaria hoje, mas estou seguindo seu grupo no Instagram também. Fiquei impressionado. E andei pensando bastante em você desde o fim da viagem.

Ele empurrou a bicicleta um pouco mais para a frente, e em seguida a puxou para trás de novo.

Abby o encarou. "Por que você gosta de mim?", quis perguntar. "Por que me escolheu?" Se ela e Mark não combinavam, havia ainda mais diferenças entre Abby e Sebastian. Ele poderia ter a mulher que quisesse. Por que ela, então?

— Você não me conhece — contrapôs ela, em vez de dar voz aos questionamentos que passavam pela cabeça. — Não de verdade.

— Mas posso conhecer.

— Você não mora aqui.

— Mas posso vir visitar — rebateu Sebastian. — E você pode ir me ver. A gente pode se encontrar nos fins de semana. Eu compro suas passagens de ônibus.

— Minha nossa — falou Abby, balançando a cabeça. — Nem para me pagar um trem?

Ele revirou os olhos antes de responder:

— Se você preferir, eu compro suas passagens de trem. — Ele apontou para a trilha e para as garotas, que evidentemente tentavam ouvir a conversa. — É melhor não deixar as ciclistas esperando.

Ele estendeu a mão para segurar a dela, e Abby se permitiu retribuir o gesto, sentindo uma onda de eletricidade percorrer o corpo, uma sensação de que era disso que precisava, de que assim se sentia completa.

— Eu quero te conhecer melhor — repetiu ele. — E conhecer seus lugares preferidos, e os que frequentava quando era criança. — Ele mostrou a bolsa de viagem pendurada no canote do selim, pendendo ao lado da roda traseira. — Eu trouxe umas roupas. Nós podemos ir jantar juntos hoje, se você quiser.

— Pare com isso — pediu Abby com a voz fraca e embargada. Não poderia olhar para ele nem o deixar chegar muito perto. Se fosse tocada, ou beijada, por ele, não haveria mais volta. — Pare de ser assim tão legal comigo.

— Por quê? — perguntou ele.

— Porque... — A voz de Abby saiu esganiçada e estrangulada quando se obrigou a dizer: — Mulheres como eu não namoram caras como você.

— Abby. — Sebastian parecia chocado, quase com raiva, e ela sentiu o toque dele em sua mão, depois no queixo, e então na bochecha. — Não existem mulheres como você. Nem caras como eu. Só eu e você, e eu estava com saudade, e queria que conhecesse meus pais...

Abby balançou a cabeça, um tanto trêmula, com um nó na garganta e os olhos ardendo, e então surgiu um sorrisão em seu rosto.

— Tudo bem — murmurou ela.

— Tudo bem?

Ela assentiu.

— Abby — sussurrou ele, puxando-a para junto de si com o braço livre.

Sebastian acariciou o cabelo e as costas dela com a mão quente e chegou àquele lugarzinho em sua nuca que a fazia se derreter inteira. Então se inclinou para a frente, levantou o queixo dela com um gesto todo solene e deu um beijo suave e cheio de significado em sua boca. Em seguida, pegou a própria bicicleta e entregou à Abby a dela.

*Talvez ela e Sebastian jamais se casassem*, era o que Abby pensava enquanto andava na direção das meninas. Talvez ela nunca se casasse com ninguém. Talvez Abby escolhesse uma vida de aventuras, como Lizzie, viajando o mundo e ensinando às garotas tudo o que sabia. Sua única certeza era de que, naquele dia, naquele momento, ela poderia ter Sebastian. E, naquele dia, era exatamente o que queria.

Ela pôs o capacete, subiu na bicicleta e se virou para as ciclistas.

— Esse é meu amigo Sebastian...

— A gente já sabe — interrompeu Hannah, revirando os olhos. — A gente sabe de tudo.

— Ele vai pedalar com a gente hoje. Estão prontas?

Todas elas assentiram.

— Então vamos pôr os capacetes.

Sebastian olhou para ela com a expressão cheia de orgulho. Isso a fez sentir toda quentinha e trêmula ao mesmo tempo, feliz e sortuda, como se tudo o que quisesse pudesse ser seu.

— Muito bem, então — falou ela. — Bora pedalar.

# Agradecimentos

Eu adoro andar de bicicleta e adorei escrever esta história sobre ciclismo, cicloturismo e garotas e mulheres encontrando o próprio caminho em um mundo que parece cada vez mais hostil.

Sou grata a algumas pessoas da Atria Books, como Natalie Hallak, que teve uma atenção muito perspicaz e atenciosa com este livro. Agradeço a Lindsay Sagnette, Jade Hui, Esther Paradelo, Elizabeth Hitti, Shelby Pumphrey, Lacee Burr, Paige Lytle, Zakiya Jamal, Kate Rizzo, Alison Hinchcliffe e Rebecca Justiniano, além de Libby McGuire e Jonathan Karp.

Lauren Rubino trouxe uma nova perspectiva que foi fundamental à medida que nos aproximávamos da linha de chegada. Shelly Perron fez um trabalho maravilhoso de preparação de texto. Todo e qualquer erro é de responsabilidade minha. Como sempre, James Iacobelli torna as capas dos livros sempre deslumbrantes e convidativas.

Na produção do audiobook, agradeço a Sarah Lieberman e Elisa Shokoff, sempre criteriosas e criativas na hora de encontrar as pessoas certas para dar voz a minhas palavras.

Sou muito grata a Dacia Gawitt e sua família por compartilharem a história de Marjorie Gawitt comigo e me permitirem mostrar aqui um pouco de sua amada Marj: uma leitora dedicada, cozinheira talentosa e sempre amiga de todos. Foi uma honra usar o nome dela nesta história.

Em Hollywood, agradeço à ajuda de Michelle Weiner (que não é minha parente) e meus irmãos, Jake e Joe Weiner (esses, sim, parentes). Uma menção especial também para Molly, minha irmã, que sempre me faz rir.

Jasmine Barta mantém meu site pessoal sempre bonito e minha newsletter sempre saindo no prazo (caso não conheça o site ou a newsletter, pode acessar jenniferweiner.com e reparar esse erro!).

Agradeço à Celeste Fine, minha agente, e a John Mass, diretor editorial da Park & Fine e meu primeiro leitor, cuja ajuda para moldar esta história e os personagens foi inestimável. Meu muito obrigada também para Andrea Mai, Emily Sweet, Elizabeth Pratt, Mahogany Francis e Theresa Park.

Minha assistente, Meghan Burnett, é uma de minhas primeiras leitoras mais confiáveis. Além de ser inteligente, engraçada e perspicaz, também me ajuda horrores no quesito doméstico, seja encontrando uma forma de inserir uma reviravolta espinhosa na trama ou dando um jeito de podar a árvore na frente de minha casa, a que a prefeitura nos forçou a remover.

Como sempre, sou grata a minhas filhas, Lucy e Phoebe, que me deixam passar tanto tempo no reino da invenção… e em cima da bicicleta. Um agradecimento especial a meu marido, Bill Syken, que me apoia quando saio e me recebe de braços abertos quando volto para casa.

Por falar em minha bike, agradeço aos membros do Clube de Ciclistas da Filadélfia, em especial ao fundador, Tim Carey, que pedala desde que se entende por gente e é um ótimo contador de histórias de aventuras sobre duas rodas. Tim já pedalou o país inteiro, organizou viagens da Flórida à Filadélfia e conhece cada palmo da cidade e a história (ou pelo menos uma história) de cada rua, ponte e construção (ele costuma falar que dois terços do que conta para os ciclistas é verdade, e um terço inventado, e que cabe a nós desvendarmos o que é o quê). Seus relatos de viagem no Facebook contêm muitas informações sobre quilometragens, refeições e paisagens, além de várias grafias alternativas e criativas de seu ramen favorito.

Quando a pandemia fez o mundo parar em 2020, comecei a pedalar de novo, e fiquei contentíssima ao descobrir que Tim vinha organizando passeios todos os dias da semana. Poder subir na bicicleta e sair por aí foi o que manteve minha saúde física e mental, e voltar a passar um tempo na bike me ajudou a lidar não só com uma pandemia em escala global, mas também com as próprias perdas, tanto no campo pessoal quanto político.

Agradeço a Tim e às pessoas que conheci nos passeios do clube: Johanna Blackmore, Ginnie Zipf, e principalmente Dani Ascarelli, sua irmã Silvia e o companheiro dela, Clive Jenner, com quem pedalei de Buffalo até Albany no verão de 2022.

A Trilha Empire State existe de verdade, assim como o Neighborhood Bike Works, aqui da Filadélfia (neighborhoodbikeworks.org). E, embora Abby veja o clube como uma versão ciclística do projeto *Girls on the Run*, na verdade existe uma organização chamada *Girls in Gear* que, segundo as descrições do site, "ajuda as ciclistas a conhecerem melhor a si mesmas, suas bicicletas e suas comunidades", e já montou clubes em Nova Jersey, Pensilvânia e Ohio. Vocês podem conhecer mais do trabalho que fazem acessando girlsingear.com.

As trilhas e organizações citadas neste livro são reais, assim como os desafios que Morgan enfrenta. A decisão da Suprema Corte norte-americana do caso *Roe vs. Wade* foi revertida, e os desafios que as mulheres enfrentam para interromper uma gestação são imensos. Alguns estados instituíram as chamadas "leis do batimento cardíaco", proibindo qualquer tipo de aborto depois de seis semanas, quando muitas mulheres ainda nem sabem que estão grávidas. Outros baniram a circulação de medicamentos abortivos, e uma medida semelhante de alcance nacional está pairando no horizonte. Não é preciso ter uma imaginação de escritora para prever o impacto dessas leis. Só o que se precisa fazer é ler o noticiário.

Minha mãe participou de passeatas e protestos pelo direito ao aborto, assim como eu. "Não podemos regredir", era nossa palavra de ordem… só que regredimos. Entreguei muitos dos broches e cartazes que usávamos para minhas filhas, na esperança de que, algum dia, o aborto possa ser feito de forma segura e legalizada, e em números cada vez menores, e todas as garotas e mulheres poderão fazer as próprias escolhas em relação às respectivas vidas reprodutivas. Enquanto isso, o trabalho continua.

Susan B. Anthony foi quem melhor soube explicar. Andar de bicicleta significa liberdade. E, assim como ela, é a liberdade (de todos os tipos) o que desejo para todas as garotas e mulheres.

Este livro foi impresso pela Vozes, em 2024, para a Harlequin.
O papel do miolo é avena 70g/m², e o da capa é cartão 250g/m².